홍루몽

紅樓夢

2

조설근 지음 · 홍상훈 옮김

솔

寶釵
설보차 薛寶釵

碧痕

벽흔 碧痕

| 일러두기 |

1 — 이 번역은 조설근曹雪芹·고악高鶚 저,『홍루몽紅樓夢』[북경北京: 인민문학출판사 人民文學出版社, 1996]을 완역한 것이다.
2 — 독자들의 이해를 돕고자 각 권의 책 뒤에 역자 주석과 함께 가계도, 등장인물 소개, 찾아보기, 대관원 평면도, 연표 등을 부록으로 붙였다. 번역의 주석은 저본底本의 주석과 기타 문헌을 참조하여 각 회마다 1, 2, 3, 4… 차례대로 번호를 매겨 붙였으며, 특별한 경우가 아니면 저본의 원래 주석은 따로 구별하여 밝히지 않았다. 본문의 등장인물에는 •, 찾아보기에는 * 표시를 하고, 부록 면에 각각 가나다 순으로 간단한 설명을 달아두었다.
3 — 이 번역에서 책 제목은『』로, 시나 짧은 문장, 그림 제복, 노래 제복 등은「」로 표시했다.
4 — 등장인물에 대한 호칭은 대화를 비롯하여 특별히 필요한 경우가 아니면 일괄적으로 본명으로 표기했다. (예: 가우촌→ 가화, 진사은→ 진비)
5 — 본문에 인용된 시 구절은 주석의 분량이 길어지는 것을 감수하고 가능한 한 원작 전체를 소개했는데, 이는 해당 구절의 정확한 의미와 인용된 맥락을 이해하는 데 도움을 주기 위해서이다.
6 — 각 권 앞에 실은 그림들은 청나라 때 개기改琦가 그린 것으로『청채회홍루몽도영 淸彩繪紅樓夢圖詠』(중국서점, 2010)에 수록된 것이다. 본문 중 각 회마다 사용된 삽화는『전도금옥연全圖金玉緣』의 공개된 삽화를 다듬어 사용한 것이다.
7 — 본문에서 시詩, 사詞, 부賦 등 문학작품, 역자 주석이 달린 부분, 성어成語, 의미 강조가 필요한 부분, 동음이의어와 인명, 지명, 사물명 등 처음 나오는 고유명사에 한자를 병기했다. 부록의 각 항목에도 한자가 병기되어 있으며, 한글과 독음이 다를 경우〔〕를 사용했다.

| 차례 |

제19회 절절한 사랑 넘치는 밤 미녀는 말뜻을 알아듣고
       끝없는 생각 이어지는 고요한 날 옥은 향기를 풍기다 21

제20회 왕희봉은 질투심 품은 이에게 바른말을 하고
       임대옥은 아양 떠는 말투를 흉내 내어 조롱하다 47

제21회 현명한 화습인은 가보옥을 꾸짖어 경계하고
       어여쁜 평아는 부드러운 말로 가련을 구하다 63

제22회 노래 가사를 듣고 가보옥은 선기를 깨닫고
       수수께끼를 만들며 가정은 불길한 예감에 슬퍼하다 83

제23회 서상기의 오묘한 가사는 희롱하는 말과 통하고
       모란정의 고운 곡조는 미녀의 마음을 경계하다 109

제24회 취금강은 재물을 가벼이 여기며 의협을 숭상하고
       사랑에 빠진 소녀는 손수건 남겨 그리움을 일으키다 129

제25회 마법에 걸린 자제는 귀신을 만나고
       홍루의 꿈에 신령과 통하여 두 신선을 만나다 151

제26회 봉요교에서 말을 꾸며 마음을 전하고
       소상관에서 봄날 졸음 속에 그윽한 정을 내비치다 175

제27회 적취정에서 양귀비는 호랑나비 희롱하고
       매향총에서 조비연은 지는 꽃 보며 눈물 흘리다 197

제28회	가옥함은 정을 담아 비단 허리띠를 선물하고 설보차는 부끄러워 붉은 사향 염주를 벗어주다 217
제29회	복 많은 이는 복이 많은데도 복을 기원하고 사랑에 빠진 여인은 사랑이 깊어도 더욱 정을 바라다 249
제30회	설보차는 부채 일을 핑계로 양쪽을 치고 영관은 '장' 자를 써 바깥 사람과 사랑에 빠지나 273
제31회	부채를 찢어 미녀의 귀한 웃음 짓게 하고 기린 장식을 빌려 백년해로의 복선을 깔아두다 289
제32회	가보옥은 마음속의 의혹을 하소연하고 금천은 치욕을 못 이겨 스스로 목숨을 끊다 309
제33회	기회를 엿보던 형제는 입을 함부로 놀리고 못난 자식 가보옥은 모진 매를 맞다 325
제34회	사랑 가운데 사랑으로 인하여 누이에게 감동하고 잘못을 거듭하니 이를 지적하며 오빠를 타이르다 339
제35회	백옥천은 몸소 연잎탕을 맛보고 황금앵은 매화 무늬 주머니를 잘 짜주다 359

역자 주석   381

부록   가씨 가문 가계도 398 | 주요 가문 가계도 399 | 등장인물 소개 400
　　　찾아보기 412 | 가부와 대관원 평면도 426 | 연표 427

제19회

절절한 사랑 넘치는 밤 미녀[1]는 말뜻을 알아듣고
끝없는 생각 이어지는 고요한 날 옥은 향기를 풍기다

情切切良宵花解語　意綿綿靜日玉生香

가보옥 얼굴에 연지가 묻어서 임대옥이 가보옥을 나무라다.

궁으로 돌아간 귀비貴妃는 이튿날 황제를 알현하고 은혜에 감사하며 본가에 문안 인사하러 갔을 때의 일들을 아뢰었다. 황제는 무척 기뻐하면서 황궁의 채색 비단이며 금은 등을 가정賈政과 여러 후궁의 관리들에게 하사했는데, 이에 대해서는 자세히 이야기할 필요가 없겠다.

녕국부寧國府와 영국부英國府에서는 연일 전심전력을 기울였기 때문에 모두 지치고 피곤했지만, 대관원大觀園*에 진설된 물품들을 수습하는 데 이삼일이 더 걸렸다. 남들은 다른 사람들의 눈을 피해 게으름을 피우기도 했지만, 희봉熙鳳은 누구보다 일이 많고 일에 대한 책임도 무거웠기 때문에 도무지 쉴 방법이 없었다. 게다가 그녀는 남들한테 이런저런 말을 듣기 싫어하는 성격이기 때문에 애써 아무렇지도 않은 듯 일에 열중했다.

그에 비해 보옥寶玉은 일도 없고 가장 한가했다. 그런데 하필 이날 아침 습인襲人의 어머니가 직접 태부인〔賈母〕을 찾아와 습인을 집에 데려가서 설을 쇠게 하고 저녁에 돌려보내겠다고 청했다. 이 때문에 보옥은 하녀들과 골패놀이*를 하고 바둑을 두며 놀아야 했다. 방 안에서 노는 것도 재미가 없어지려던 즈음에 하녀들이 와서 물었다.

"녕국부의 가진賈珍 나리께서 연극도 보고 등불놀이도 구경할 겸 모셔오라 하셨습니다."

보옥이 옷을 갈아입혀달라 하고 막 나가려는데, 귀비가 설탕을 넣어 찐 치즈〔酥酪〕를 보내왔다. 보옥은 예전에 습인이 이걸 맛있게 먹던 모습을 떠올리고는, 두었다가 습인에게 주라고 지시했다. 그리고 태부인에게 말한 뒤 연극을 구경하러 갔다.

가진이 뜻밖에 마련한 무대에서는 「정도령이 부친을 알아보다〔丁郎認父〕」²와 「황백앙이 귀신 병사로 진을 크게 펼치다〔黃伯央大擺陰魂陣〕」³, 그리고 「손오공이 하늘나라에서 큰 소동을 피우다〔孫行者大鬧天宮〕」⁴와 「강태공이 장군의 목을 베고 신령에게 작위를 주다〔姜子牙斬將封神〕」⁵ 같은 이야기를 공연하고 있었다. 갑자기 귀신이 나타나 소동을 피우고 요괴나 마귀가 등장하는가 하면, 깃발을 든 군인들이 모이고, 염불을 외며 향을 피웠다. 게다가 징소리와 북소리에 섞여 함성을 질러대니 그 소리가 멀리 거리 밖에까지 들릴 정도였다. 이에 온 거리 사람들이 칭송해 마지않았다.

"정말 대단한 공연일세! 다른 집에서는 절대 저렇게 못하지."

보옥은 공연이 이렇듯 번잡하고 시끌벅적해지자 잠깐 자리에 앉아 있다가 이내 여기저기 돌아다니며 한가롭게 놀았다. 우선 안으로 들어가 우씨尤氏와 하녀, 희첩들과 잠깐 우스갯소리를 주고받고는 곧 둘째 대문을 나섰다.

우씨 등은 보옥이 연극을 보러 나갔으려니 생각하고 신경 쓰지 않았다. 가진과 가련賈璉, 설반薛蟠 등은 주령놀이*에 빠져 역시 보옥을 돌보지 않았고, 설사 보옥이 잠깐 자리를 비웠다 하더라도 안에 들어갔다고 생각하고서 그를 찾지도 않았다. 보옥의 시중을 들던 하인들 가운데 나이가 좀 많은 이들은, 보옥이 여기 왔으니 틀림없이 저녁이 되어서야 자리가 파하겠다 생각하고 이 틈에 노름을 하러 가거나 친구 집에 차를 마시러 갔고, 심지어 기생집에 가거나 술을 마시러 가기도 했다. 그들은 모두 흩어졌다가 저녁에 다시 올 생각이었다. 나이 어린 녀석들은 모두 희방戲房⁶으로 들어가 떠들썩한 연극을 구경했다.

보옥은 하인들이 아무도 보이지 않자 이렇게 생각했다.

'이 집의 작은 서재 안에 미인도가 하나 걸려 있었는데, 정말 솜씨가 신기에 가까웠지. 온 집안이 이렇게 북적거리지만 거긴 아무도 없을 테니 당연히 그 미인도 쓸쓸할 거야. 그러니 내가 가서 위로해줘야겠어.'

보옥은 곧 서재로 갔다. 막 서재 창가에 이르렀을 때, 방 안에서 신음이 들렸다. 그는 깜짝 놀랐다. 설마 미인이 살아났단 말인가? 그는 마음을 단단히 먹고 창호지에 침을 발라 구멍을 뚫고 안을 훔쳐보았다. 방 안에서는 그 미인이 살아난 것이 아니라 명연茗烟이 어느 여자아이를 누른 채 경환선고가 보옥에게 가르쳐주었던 그 일을 벌이고 있었다. 보옥은 자기도 모르게 소리를 질렀다.

"세상에!"

보옥이 문을 박차고 들어가자 깜짝 놀라 떨어진 두 사람이 부들부들 떨었다.

명연은 보옥이라는 걸 알고 다급히 무릎을 꿇고 용서를 빌었다.

"벌건 대낮에 이게 무슨 짓이냐! 진 형님이 아시면 네놈을 살려둘 것 같으냐?"

그러면서 계집아이를 보니 그리 예쁜 얼굴은 아니어도 깔끔하게 생긴 게 조금은 매력이 있어 보였다. 그녀는 창피해서 귓불까지 빨개진 채 말없이 고개를 숙이고 있었다. 보옥이 발을 구르며 호통을 쳤다.

"당장 나가라!"

그 말에 퍼뜩 정신이 든 그 계집아이는 나는 듯이 도망쳐버렸다. 보옥이 얼른 따라나와 소리쳤다.

"걱정 마, 아무한테도 말하지 않을게!"

다급해진 명연이 뒤에서 소리쳤다.

"아이고 할아버지! 남들이 다 듣겠어요!"

"저 애는 몇 살이냐?"

"아마 열여섯 살이나 열일곱 살쯤 될 겁니다요."

"나이도 물어보지 않았다니 다른 건 물어보나 마나로군. 저 애가 너한테 속았어. 불쌍하군, 불쌍해!"

그러면서 또 물었다.

"이름은 뭐야?"

"헤헤, 이름을 이야기하자면 길어지는데, 정말 신기해서 글로 쓸 수가 없다니까요. 개 말이 자기 어머니가 자기를 낳을 때 비단 한 필을 얻는 꿈을 꾸었다네요. 그런데 그 비단에 부귀가 끝없이 이어지라는 뜻의 '만卍' 자 모양의 오색 꽃무늬가 있어서 이름을 만아卍兒°라고 지었답니다요."

"하하, 정말 신기하군. 틀림없이 그 아이에게는 나중에 행운이 좀 따를 게다."

그렇게 말하고 보옥은 잠시 생각에 잠겼다. 그 틈에 명연이 물었다.

"도련님, 저 좋은 연극을 왜 안 보세요?"

"한참을 봤더니 지겹길래 나와서 여기저기 돌아다니다가 우연히 너희들을 보게 된 거야. 이제 뭘 하지?"

"히히, 지금은 아무도 모르니까 제가 살그머니 도련님을 성 밖으로 모셔서 여기저기 돌아보게 해드릴까요? 조금만 놀다가 돌아오면 아무도 눈치채지 못할 거예요."

"안 돼. 유괴범한테 잡혀갈지도 모르거든. 그리고 사람들이 알면 난리가 날 거야. 차라리 근처 잘 아는 데로 가는 게 좋겠다. 그러면 금방 돌아올 수 있잖아?"

"근처 잘 아는 데라면 누구 집으로 가요? 그것도 어렵네요."

"하하, 나한테 생각이 있다. 너희 누나 집에 가서 뭐하나 보고 오자."

"하하, 좋습니다, 정말 좋아요! 거길 잊고 있었네요. 그런데 어르신들이 알면 제가 도련님을 함부로 모시고 다녔다고 저한테 매질을 하실 텐데요."

"내가 있잖아!"

명연이 곧 말을 끌고 와서, 두 사람은 뒷문으로 나갔다.
다행히 습인의 집은 그리 멀지 않아 겨우 일 리 반쯤 가니 벌써 대문 앞에 도착했다. 명연이 먼저 들어가 습인의 오빠 화자방花自芳*을 불렀다. 그때 습인의 어머니는 습인과 몇몇 외손녀, 질녀들과 함께 다과를 먹고 있었는데 밖에서 누군가 "형님!" 하고 부르는 소리를 들었다. 자방이 얼른 나가 보니 보옥과 명연이었다. 그는 깜짝 놀라면서 다급히 보옥을 안아 말에서 내리게 하고 마당으로 들어가 소리쳤다.
"보옥 도련님께서 오셨어요!"
다른 사람이라면 몰라도 습인은 그 소리를 듣자 영문도 모른 채 황급히 달려나와 보옥의 손을 덥석 잡으며 물었다.
"어떻게 오셨어요?"
"하하, 심심해서 누나가 뭐하나 보러 왔지."
습인은 그제야 안심하고는 "허!" 하고 탄성을 내뱉으며 미소를 머금고 말했다.
"또 생각 없이 말썽을 일으키셨군요! 대체 여긴 뭐하러 오셔요?"
그리고 명연에게 물었다.
"또 누구랑 같이 왔어?"
"헤헤, 다른 사람들은 아무도 모르고 우리 둘만 왔어요."
"그게 무슨 말이야! 도중에 누굴 만나거나 우연히 나리와 마주쳤더라면 어쩔 뻔했어? 거리에 사람도 많고 마차며 가마가 북적거리는데 자칫 무슨 일이라도 생기면 어쩌려고? 그게 재미로 할 일이야? 정말 간들도 크지! 이게 다 네 녀석이 꼬드겨서 생긴 일일 테니 내 돌아가면 기필코 할멈들에게 일러서 네 녀석에게 매질을 하게 할 거야!"
명연이 입을 삐죽이며 말했다.
"도련님께서 호통을 치시고 때리시면서 저더러 길을 안내하라고 하셨는데 오히려 제 탓이라니요! 전 오지 말자고 말씀드렸다고요. 정 그렇다면 돌아가면 되지요."

자방이 급히 말했다.

"됐다. 기왕 왔으니 여러 말 해봐야 소용없다. 하지만 좁고 지저분한 이 집에서 어떻게 도련님을 모시지?"

습인의 어머니도 벌써 보옥을 맞이하러 나와 있었다. 습인은 보옥을 이끌고 안으로 들어갔다. 방 안에 있던 네다섯 명의 여자아이들은 보옥이 들어오는 것을 보고 모두 고개를 숙인 채 부끄러워했다. 자방과 그의 어머니는 보옥이 추울까봐 구들로 올라가라고 권하고는 서둘러 따로 다과상을 차리고 좋은 차를 끓이느라 분주했다. 습인이 웃으며 말했다.

"괜히 헛수고 마세요, 제가 알아서 할게요. 다과도 차릴 필요 없고 아무거나 드시게 해서도 안 돼요."

습인은 자기의 방석을 가져다가 구들 위에 깔고 보옥을 앉혔다. 자신의 발화로를 보옥의 발밑에 넣어주고, 염낭에서 향료를 넣은 매화 모양의 작은 덩어리를 꺼내 자신의 손난로에 피우고 뚜껑을 잘 덮어 보옥의 품에 안겨주었다. 그리고 자기 찻잔에 차를 따라 건네주었다. 그때 습인의 어머니와 오빠가 서둘러 가지런히 다과상을 차려 내왔다. 습인은 먹을 만한 게 하나도 없는 걸 보고 웃으며 말했다.

"기왕 차려온 거라 그냥 내보내긴 뭐하니까 그럭저럭 조금 맛이나 보세요. 그 또한 저희 집에 오신 보람이라 할 수 있으니까요."

그러면서 잣을 몇 알 까서 속껍질을 벗기고 손수건에 받쳐서 보옥에게 건네주었다.

보옥은 습인의 두 눈이 조금 발그레하고 얼굴에 바른 분가루가 젖어 있는 걸 보고 소곤소곤 물었다.

"왜 울었어?"

"호호, 언제 울었다고 그래요? 조금 전에 눈에 티가 들어가 문질러서 그래요."

습인이 그렇게 얼버무리자 보옥도 그러려니 했다. 그날 보옥은 붉은 바탕에 금빛 구렁이 모양의 꽃무늬를 수놓은, 여우 겨드랑이털로 만든 소매 좁은 옷을 입고, 겉에는 담비털로 만든 짙푸른 마고자를 입고 있었다. 습인이 말했다.

"여기 오시려고 일부러 새 옷으로 갈아입으신 모양인데 사람들이 어디 가느냐고 묻지 않던가요?"

"하하, 가진 형님 댁에 연극 보러 가느라 입은 거야."

습인이 고개를 끄덕이며 또 물었다.

"조금만 계시다가 돌아가셔요. 여긴 도련님 같은 분이 오실 데가 아니에요."

"누나도 얼른 돌아가자. 누나 주려고 좋은 걸 남겨두었거든."

습인이 슬며시 미소를 지으며 말했다.

"조용히 말씀하세요. 다른 사람들이 들으면 뭐라 하겠어요?"

그러면서 손을 뻗어 보옥의 목에 걸린 통령보옥을 풀어내더니 자기 자매들을 향해 웃으며 말했다.

"다들 구경해봐. 언제나 이 얘기만 나오면 '틀림없이 희귀한 것일 텐데 아쉽게도 구경할 기회가 없다.'고들 했으니 이번에 열심히 봐둬. 아무리 희귀한 거라 해도 직접 보면 이런 정도라고."

습인은 통령보옥을 자매들에게 구경시켜주고는 다시 보옥의 목에 잘 걸어주었다. 그러고서 오빠에게 보옥을 태워 돌려보낼 작은 가마나 수레를 구해오라고 했다. 자방이 말했다.

"내가 바래다드릴 테니까 말을 타고 가셔도 괜찮아."

"그게 아니라 가시다가 누구랑 마주칠까봐 그래요."

자방은 얼른 나가서 가마를 한 대 구해왔다. 사람들은 보옥을 감히 더 붙들어두지 못하고 전송할 수밖에 없었다. 습인은 과자를 집어 명연에게 준 뒤 폭죽이나 사라며 돈을 조금 주면서 당부했다.

"다른 사람들한테 얘기하지 마. 너도 잘못한 게 있으니까!"

그리고 곧장 대문 앞까지 나와 보옥이 가마에 오르는 것을 보고 주렴을 내려주었다. 자방과 명연은 말을 끌고 따라갔다. 녕국부 거리에 이르자 명연은 가마를 멈추게 하고 자방에게 말했다.

"제가 도련님을 모시고 녕국부로 가서 잠시 사람들 틈에 섞여 있다가 건너가야겠어요. 그래야 사람들이 의심하지 않을 테니까요."

자방은 일리 있는 말이라 생각해서 얼른 보옥을 안아 가마에서 내린 뒤 다시 말에 태웠다. 보옥이 웃으며 말했다.

"폐를 끼쳤네요."

그리고 보옥은 아까처럼 뒷문으로 들어갔는데, 이 이야기는 더 이상 하지 않겠다.

한편, 보옥이 외출하자 그의 방에 남아 있던 하녀들은 모두 제멋대로 놀았다. 바둑을 두기도 하고, 골패놀이를 하기도 하면서 방바닥에는 온통 수박씨와 껍질을 늘어놓았다. 하필 그때 유모 이할멈이 보옥에게 문안 인사를 하겠다고 지팡이를 짚고 왔다. 하지만 보옥은 없고 하녀들은 모두 노는 데 정신이 팔려 어수선한 것이 너무 눈꼴사나웠다.

"에휴! 내가 나간 뒤로 자주 와보지 않았더니 너희들 꼴이 갈수록 말이 아니구나. 다른 어멈들도 갈수록 너희에게 잔소리를 못하고 말이야. 보옥 도련님은 높은 등잔대와 같아서 남은 비춰주지만 자기 몸은 비추지 못하는 분이야. 남의 집 더러운 것만 싫어할 줄 아시지. 여긴 도련님 방인데 너희들이 엉망으로 만들어놔서 갈수록 체통이 서지 않게 되는구나!"

하녀들은 보옥이 이런 걸 따지지 않는다는 것을, 이할멈은 이미 나이가 많아 은퇴하고 밖으로 나간 몸이라 지금은 자기들을 어쩔 수 없다는 것을 잘 알고 있었다. 그래서 그들은 이할멈을 거들떠보지도 않고 노는 데에만 열중했다. 이할멈은 계속해서 보옥이 지금은 밥을 얼마나 먹는지, 몇 시에 잠을 자는지 따위를 물었지만, 하녀들은 모두 건성으로만 대답할 뿐이었다. 개중에 어떤 이는 욕을 퍼붓기도 했다.

"정말 꼴 보기 싫은 할망구야!"

이할멈이 또 물었다.

"이 사발 안에 치즈가 있는데 왜 나한테 주지 않지? 내가 먹어야겠다."

할멈은 즉시 숟가락을 들고 먹기 시작했다. 그러자 한 하녀가 말했다.

"당장 멈춰요! 그건 습인 언니 주라고 남겨둔 거예요. 도련님이 돌아오시면 또 화내실 거예요. 그러니 할멈이 잡쉈다고 직접 말씀하세요. 괜히 우리만 혼나게 하지 마시구요!"

이할멈은 화도 나고 부끄럽기도 해서 이렇게 말했다.

"도련님이 그리 못되게 변했을까? 못 믿겠다! 내가 우유 한 그릇 먹는 건 말할 것도 없고, 이보다 값진 걸 먹어도 그래. 설마 나보다 습인이를 더 중히 여기시겠어? 도련님이 이렇게 자라신 게 내 피가 변한 젖을 잡수신 덕이란 걸 모르시겠어? 그런데 내가 이까짓 우유 한 그릇 먹었다고 화를 내시겠어? 나는 꼭 먹어야겠으니 어찌 되나 보자! 너희들이 습인을 어떻게 생각하는지는 모르지만 걘 솜털도 안 빠졌을 때부터 내가 직접 가르쳐 기른 계집애야. 제까짓 게 뭐 대단하다고!"

그러면서 이할멈은 홧김에 치즈를 다 먹어버렸다. 또 다른 하녀가 웃으며 말했다.

"쟤들이 말솜씨가 없어서 할멈을 화나게 했나 보네요. 보옥 도련님은 지금도 늘 할멈에게 물건을 보내며 공경을 다하시는데, 이런 걸로 기분 상하실 리 있겠어요?"

"너희도 여우처럼 알랑거리며 나를 속이면 안 돼. 지난번에 차 때문에 천설茜雪이를 쫓아낸 걸 내가 모를 줄 아는 모양이구나? 나중에 잘못이 있다면 내 다시 와서 처분을 받겠다!"

할멈은 잔뜩 화가 나서 돌아갔다.

잠시 후 보옥이 돌아와서 사람을 보내 습인을 데려오라고 했다. 그런데 청문晴雯*이 침상에 누워 꼼짝도 하지 않자 보옥이 물었다.

"어디 아파? 아니면 내기에서 졌어?"

그러자 추문秋紋*이 말했다.

"내기야 오히려 쟤가 이기고 있었지요. 그런데 뜻밖에 이할멈이 와서 정신 사납게 하는 바람에 지게 되자 화가 나서 드러누웠어요."

"하하, 너도 이 할멈처럼 속이 좁아서야 되겠어? 그냥 마음대로 하라고 내버려둬."

그러는 사이에 습인이 돌아와 서로 인사를 나누었다. 습인이 보옥에게 밥은 어디에서 먹었고 언제 돌아왔느냐고 묻고는, 자기 어머니와 자매들을 대신해서 동료 하녀들에게 안부 인사를 전했다. 잠시 후 그녀가 옷을 갈아입고 화장을 지우자 보옥이 치즈를 가져오라고 했다. 하녀들이 말했다.

"이할멈이 먹어버렸어요."

보옥이 뭐라 말하려 하자 습인이 얼른 가로채 말했다.

"호호, 남겨두었다는 게 그거였군요. 신경 써줘서 고마워요. 예전에 그걸 맛있다고 많이 먹었더니 배탈이 나는 바람에 몽땅 토하고 나서야 괜찮아진 적이 있지요. 이할멈이 먹었다니 차라리 잘됐네요. 여기 둬봐야 괜히 버리기만 할 텐데. 전 그냥 말린 밤이나 먹을까 하는데, 도련님이 껍질 좀 까주실래요? 전 잠자리 펴러 갈게요."

보옥은 정말 그런 일이 있었나 보다 여기고 치즈 일은 더 이상 거론하지 않았다. 그리고 밤을 가져와 등불 앞에서 껍질을 까다가 다른 사람들이 방 안에 없는 틈을 타서 습인에게 웃으며 물었다.

"오늘 누나 집에서 본 그 빨간 옷을 입은 애는 누구야?"

"제 이종사촌 동생이에요."

보옥이 두세 번 감탄사를 연발하자 습인이 말했다.

"왜요? 아하, 알겠다. 그 애한테는 빨간 옷이 안 어울린다는 거죠?"

"하하, 아냐, 아니라고! 그런 애한테 빨간 옷이 어울리지 않으면 누구한테 어울리겠어? 사실 그 애가 너무 예쁘게 생겨서 어떻게 하면 우리 집으로 데려올 수 있을까 싶어 그런 거지."

"흥! 하녀 팔자를 타고난 건 저 하나면 됐지, 설마 우리 친척들이 모두 하녀 팔자라는 건 아니겠지요? 그런데도 꼭 예쁜 여자애를 골라 이 댁 하녀로 데려와야겠다고요?"

"하하, 또 너무 생각이 앞서는군! 내가 하녀로 데려와야 한다고 했어? 친척으로 데려오면 안 되나?"

"그것도 꿈조차 꾸지 마세요!"

보옥은 더 이상 말하지 않고 밤만 깠다. 그러자 습인이 웃으며 말했다.

"왜 아무 말씀 안 하세요? 방금 제가 무례한 말을 해서 기분이 상하신 모양인데, 내일 홧김에 은돈 몇 냥 써서 그 애들을 사오면 되잖아요?"

"하하, 참 대답하기 곤란한 말이네. 난 그저 그 아이가 예뻐서 이런 큰 저택에 어울린다고 칭찬한 것뿐이라고. 우리같이 탁한 인간들은 오히려 이런 데서 사는데 말이지."

"걔한테는 이런 행운이 없지만 그래도 귀여움 받고 사랐어요. 서희 이모와 이모부가 얼마나 보물처럼 아끼는데요. 지금 열일곱 살인데 혼수 준비도 다 해놔서 내년이면 시집보낼 거래요."

보옥은 '시집'이라는 말을 듣자 자기도 모르게 "허!" 하고 탄성을 내질렀다. 그가 심란해하고 있을 때 습인이 탄식하며 말했다.

"제가 여기 와 있는 몇 년 동안 자매들이 한자리에 모이기 어려웠지요. 그런데 이제 제가 돌아갈 수 있게 되니까 자매들이 모두 떠나게 되네요."

보옥은 그 말에 무슨 사연이 있다는 걸 깨닫고 깜짝 놀라 자기도 모르게 밤을 떨어뜨리며 물었다.

"무슨 소리야, 이제 돌아갈 수 있다니?"

"오늘 어머니와 오빠가 상의하는 걸 들었는데, 제가 일 년만 더 고생하면 내년에 제 몸값을 치르고 다시 데려가겠다고 하시더군요."

보옥은 더욱 어리둥절해져서 물었다.

"왜 데려가시겠대?"

"그게 무슨 말씀이세요! 저는 이 댁 가노家奴의 딸[7]이 아니잖아요? 가족이 모두 다른 데 살고 저만 혼자 여기 있으니 계속 머물 이유가 없잖아요?"

"내가 안 보낸다면 그것도 어렵지 않아!"

"예로부터 그런 법은 없었어요. 궁중에도 정해진 관례가 있어서 몇 년마다 한 번씩 궁녀를 뽑아 들이고 내보내지, 평생 붙들어두는 법은 없어요. 그러니 도련님 댁에서야 말할 필요도 없지요!"

보옥이 생각해보니 과연 일리가 있는 말이었다.

"할머님이라면 그런 일 쯤이야 어렵지 않게 하실 수 있을걸?"

"왜요? 제가 정말 얻기 어려운 하녀라서 노마님 마음에 들었다면 내보내려 하지 않으실 수도 있겠지요. 가령 우리 집에 돈을 좀 더 주고 절 붙들어놓으시겠다면 그럴 수도 있겠지요. 하지만 사실 저도 보통 사람에 지나지 않아요. 저보다 훨씬 나은 사람도 많으니까요. 제가 어려서 이 집에 들어와 노마님을 모시다가 그다음엔 몇 년 동안 사史아가씨 시중을 들었고, 지금은 몇 년째 도련님을 모시고 있지요. 이제 저희 집에서 제 몸값을 치르면 돌려보내줘야 마땅하지요. 어쩌면 노마님께서 은혜를 베푸셔서 몸값도 받지 않고 저를 보내주실지도 몰라요. 제가 도련님 시중을 잘 들고 있으니까 보내주시지 않을 일은 절대 없어요. 시중 잘 드는 거야 제가 마땅히 해야 할 일이니까 무슨 특별한 공을 세운 것도 아니지요. 제가 가더라도 좋은 하녀가 올 테니 제가 없어서 일이 안 되는 건 아니라고요."

보옥이 듣고 보니 습인을 보내줄 이유는 있지만 붙들어둘 명분은 없는지라 마음이 더욱 조급해졌다.

"그렇다 하더라도 내가 한사코 붙들어두겠다고 하면 할머님이 누나 어머님께 얘기하시지 않을까? 돈을 좀 많이 드리면 누나 어머님도 굳이 데려가겠다고 하기 곤란하실 텐데."

"제 어머니야 당연히 계속 우기지 못하시겠지요. 얘기를 잘해서 어머니를 설득하거나 어머니에게 돈을 더 주시겠다는 얘긴 하지 마세요. 얘기를 잘하지 않고도, 돈을 한 푼도 주지 않고도 기어이 절 붙들어두려 하신다면, 어머니도 감히 따르지 않겠다고 하실 수 없을 테니까요. 하지만 이 댁에서는 이렇게 권세를 믿고 함부로 횡포를 부린 적이 없어요. 이건 다른 일과는 달라요. 다른 물건이라면, 도련님이 좋아하면 열 배의 돈을 주고 사주더라도 파는 사람에게 손해가 없으니 그래도 괜찮지요. 그런데 지금 이유 없이 저를 붙들어두는 것은 도련님께도 무익할 뿐만 아니라 저희 혈육들을 떼어놓는 셈이지요. 이런 일은 노마님이나 마님도 절대 하려 하지 않으실 거예요."

보옥은 한참 생각하고 나서 말했다.

"그럼 누난 갈 수밖에 없겠네?"

"그렇지요."

그 말을 듣고 보옥은 이렇게 생각했다.

'누나 같은 사람이 이렇게 박정하고 의리 없을 줄은 몰랐어.'

그리고 탄식하며 이렇게 말했다.

"어차피 모두 떠나리라는 걸 진즉 알았더라면 아무도 데려오지 않았을 걸! 때가 되면 나만 외톨이로 남겠군."

그는 화가 나서 침대에 누워버렸다.

사실 습인은 집에 있을 때 어머니와 오빠가 자신의 몸값을 치르고 데려오려 한다는 소리를 듣고 죽어도 돌아가지 않겠다고 말했다.

"옛날에 먹을 게 없을 때는 은돈 몇 냥의 값어치라도 있는 게 저밖에 없었겠지요. 저를 팔지 않으면 어머니, 아버지가 굶어죽어도 보살펴줄 이가 없었겠지요. 전 운 좋게 가씨 집안에 팔려서 주인과 마찬가지로 입고 먹을 수 있고, 매를 맞거나 욕을 먹지 않고 아침저녁으로 잘 지내고 있어요. 게

다가 지금은 아버지도 돌아가시고 집안 살림도 제법 갖춰져서 가세를 회복했지요. 여전히 형편이 어려워 저를 팔아 몇 푼이라도 더 벌겠다면 또 모르지요. 사실 그것도 어렵지 않아요. 그런데 지금 무엇하러 절 데려오시겠다는 건가요? 제가 죽었다 치고 다시는 그런 생각조차 하지 마세요!"

그 때문에 습인은 한바탕 울고불고 난리를 쳤다. 그녀의 어머니와 오빠도 그녀가 이렇게 고집을 부리자 당연히 데려오기 어렵다고 생각했다. 처음 습인을 팔 때 평생 하녀로 삼지 못한다는 단서를 달았는데, 가씨 집안이 자비롭고 후덕하므로 조금만 사정하면 몸값조차 받지 않을 가능성이 있다고 생각했다. 또한 가씨 집안에서는 아랫사람들을 천대하지 않고 은혜를 많이 베풀면서 위세를 부리지 않는다는 점도 생각했다. 게다가 집안의 어른이나 젊은이나 할 것 없이 모두 방 안에 두고 가까이 시중드는 하녀들은 집안의 다른 하인들과는 대우가 달랐다. 평범하고 보잘것없는 집안의 딸이라도 그렇게 존중받긴 어려웠다. 이러저러한 이유로 습인의 어머니와 오빠는 그녀를 데려올 생각을 접었다. 그 뒤에 보옥이 찾아와서 습인과 친한 모습을 보여주자 그녀의 어머니와 오빠도 사정을 짐작하고 걱정하지 않게 되었다. 그들로서는 의외의 일이기는 했지만 그래도 안심하고 습인을 데려오겠다는 생각은 다시 하지 않게 되었다.

한편, 습인은 보옥이 어려서부터 성격이 특이하고 장난기가 많으며 고집스럽기가 다른 아이들과는 유다른데, 도저히 말로 표현하기 어려운 괴상망측한 버릇까지 있다는 걸 잘 알고 있었다. 근래에는 할머니가 자신을 끔찍이 아긴다는 것을 믿고 제멋대로인데도 부모조차 보옥을 엄하게 다스리지 못했다. 그 바람에 보옥은 더욱 거리낌 없이 제멋대로 굴면서 공부 같은 올바른 일들에는 관심을 두지 않았다. 습인이 매번 타이르고 싶어도 듣지 않을 것 같아 참고 있었는데, 마침 오늘 이런 이야기가 나오자 일부러 거짓말로 그의 마음도 알아보고, 성질을 눌러놓은 뒤에 다시 잘 타이르려 했던 것이다. 그런데 보옥이 말없이 누워버리자 습인도 그가 자신을 차마 내보내기 싫어 아쉬워하고 화도 많이 누그러졌다는 것을 알아챘다. 그녀는 원래 밤을 먹을 생각이 없었다. 차 때문에 천설이 쫓겨난 것처럼 치즈 때문에 또 무슨 일이 생기지나 않을까 싶어 밤을 핑계로 보옥이 그 일을 거론하지 않도록 얼버무렸던 것이다. 습인은 하녀들에게 밤을 가져가 먹으라 하고, 자신은 보옥에게 다가가 그를 살살 흔들었다. 보옥의 얼굴에는 눈물 자국이 가득했다.

"호호, 이게 뭐 상심할 일이라고 이러세요? 도련님이 정말 절 붙들어두고 싶으시면 가지 않을 수도 있어요."

보옥은 그 말에 무슨 뜻이 담겨 있음을 눈치채고 물었다.

"누나가 방법을 말해봐. 난 어떻게 해야 붙들어놓을 수 있을지 모르겠어."

"호호, 평소 우리 사이가 좋은 건 말할 필요도 없지요. 하지만 도련님이 절 붙들어두시려거든 이것만으로는 안 돼요. 제가 두세 가지 제안할 게 있어요. 도련님이 정말 그대로 하신다면 진심으로 절 붙들어두려는 것으로 알겠어요. 그러면 전 목에 칼이 들어와도 나가지 않겠어요."

보옥이 웃으며 다급히 말했다.

"뭔데? 어서 말해봐. 하라는 대로 다 할게. 누나, 착한 누나, 두세 가지가 아니라 이삼백 가지라도 하라는 대로 다 할게. 제발 누나들이 날 보살펴주고 지켜줘. 내가 재가 되어 날리는 날까지…… 아니, 재가 되어 날리는 것도 안 좋아. 그것도 형체와 자취가 남고 알아볼 수 있을 테니까! 내가 한줄기 연기가 되어 바람에 흩어질 때까지 보살펴줘. 그때는 누나들도 날 돌볼 수 없고, 나도 누나들을 보살펴줄 수 없겠지. 그땐 내가 어디로 가든 그대로 내버려두고 나도 누나들 좋아하는 데로 가도록 내버려둘……"

말이 채 끝나기도 전에 습인이 다급하게 손으로 그의 입을 막았다.

"좋아요, 정말 잘됐네요! 마침 도련님한테 그런 말씀 좀 마시라고 부탁드릴 참이었는데 오히려 더 심하게 말씀하시는군요!"

"다시는 이런 얘기 안 할게."

"이게 첫 번째로 고쳐야 할 사항이에요."

"알았어, 고칠게. 또 그런 소릴 하면 내 입을 비틀어버려. 그리고 또 뭐야?"

"둘째는 공부를 진짜 좋아하시든 그렇지 않으시든 간에 나리 앞에서든 다른 사람 앞에서든 절대 반박하거나 누굴 비방하지 마시고 그저 공부를 좋아하시는 것처럼 흉내라도 내시라는 거예요. 그러면 나리께서도 화를 좀 덜 내실 테고 남들한테도 좋게 말씀하실 게 아니에요? 나리께선 이 집안은 대대로 학문을 닦아왔는데 도련님이 태어나신 뒤로는 나리 바람과 달리 공부를 좋아하지 않는다고 생각하세요. 그러니 나리께서는 속으로 화도 나고 부끄럽기도 하시겠지요. 그리고 도련님께선 나리 앞에서든 뒤에서든 늘 말도 안 되는 소리만 하시잖아요. 가령, 공부해서 벼슬살이하는 사람은 모두 '녹을 파먹는 좀〔祿　〕'이라고 하시고, '명명덕明明德'[8] 외에는 책다운 책이 없고, 모두 옛사람들이 성인聖人의 뜻을 이해하지 못하고 자기들 마음대로 엮어낸 엉터리라는 식으로 말씀하시잖아요. 이런 말씀들을 하시면서 어떻게 나리께서 걸핏하면 화를 내시며 매질을 하신다고 원망하실 수 있겠어요? 남들이 도련님을 어떻게 생각하겠어요?"

"하하, 다신 그런 얘기 안 할게. 그거야 어릴 때 하늘 높은 줄 모르고 입에서 나오는 대로 지껄인 헛소리들이야. 지금은 감히 그런 소리 못 해. 그리고 또 뭐야?"

"앞으론 스님이나 도사를 비방해서도 안 되고, 연지나 분을 갖고 놀지도 마세요. 더 중요한 건 남들이 입술에 바른 연지를 빨아먹는 버릇이나 빨간색을 좋아하는 버릇도 고치셔야 한다는 거예요."

"알았어, 모두 고칠게. 또 뭐가 있어? 얼른 말해봐."

"호호, 더 이상은 없어요. 그저 만사에 조심하시고, 마음 내키는 대로 하시지만 않으면 돼요. 도련님이 제가 말씀드린 대로만 하신다면 팔인교八人

轎⁹를 메고 와서 데려간다 해도 전 떠나지 않겠어요."

"하하, 누나가 여기 오래 있으면 팔인교 탈 일이 없겠어?"

"흥! 그런 거야 전 바라지도 않아요. 그런 복이 있다 해도 이치에 맞는 게 아니라면, 설령 그런 기회가 와도 전 흥미 없어요!"

둘이 한참 이야기를 나누고 있는데 추문이 들어와 말했다.

"자정이 다 되어가는데 주무셔야지요. 조금 전에 노마님께서 어멈을 보내 물으시기에 주무신다고 했어요."

보옥이 시계를 가져오라 해서 시간을 보니 과연 바늘이 정각 열 시를 가리키고 있었다. 그는 그제야 다시 양치질을 하고 잠옷으로 갈아입고 잠자리에 들었다.

이튿날 아침, 자리에서 일어난 습인은 몸이 무겁고 머리가 지끈거렸다. 게다가 눈은 부어 있었고 팔다리는 불덩이처럼 뜨거웠다. 처음에는 그래도 억지로 버텼지만, 나중에는 견디지 못하고 그저 눕고 싶은 생각뿐이었다. 그래서 그녀는 옷을 입은 채 구들에 누웠다. 보옥이 급히 태부인에게 알리고 의원을 보내 진찰하게 했다.

"감기 몸살에 걸렸을 뿐이니까 약을 한두 첩 먹고 열을 내리게 하면 괜찮아질 겁니다."

의원이 약방문을 써주고 가자 보옥은 사람을 시켜 약을 잘 달여오게 했다. 습인에게 약을 먹이고 이불을 덮고 누워 땀을 좀 내라고 해두고 나서 보옥은 대옥黛玉의 방으로 갔다.

그때 대옥은 침대에 누워 낮잠을 자고 있었고, 하녀들은 제 일들을 보러 모두 밖에 나가 있었기 때문에 방 안은 숨소리 하나 없이 아주 조용했다. 보옥이 비단실로 엮은 부드러운 문발을 걷고 안으로 들어가보니 대옥이 자고 있었다. 보옥은 얼른 다가가서 흔들어 깨우며 말했다.

"누이, 금방 밥을 먹었는데 또 자?"

대옥은 눈을 떠 보옥을 보고 말했다.

"오빠, 좀 나가서 돌아다니세요. 전 그제 밤을 새우고 지금까지도 제대로 쉬지 못해 온몸이 시큰시큰 쑤시고 아파요."

"나가는 건 별거 아니지만 자꾸 잠만 자면 더 큰 병이 생겨. 내가 기분을 풀어줄게. 피곤을 잊고 지내다보면 좋아질 거야."

대옥은 눈을 감은 채로 말했다.

"피곤하진 않아요. 그저 좀 쉬고 싶어요. 오빠, 다른 데 가서 좀 놀다 오세요."

보옥이 그녀를 흔들며 말했다.

"어딜 가라는 거야? 다른 사람 만나면 지겹단 말이야."

대옥이 피식 웃으며 말했다.

"여기 있고 싶거든 저쪽에 얌전히 앉아 계셔요. 우리 얘기나 해요."

"나도 좀 눕고 싶은데?"

"그러세요."

"베개가 없으니 같이 벨까?"

"헛소리! 바깥방에 베개 있잖아요. 하나 가져와 베세요."

보옥은 바깥방에 나가 둘러보다가 돌아와 웃으면서 말했다.

"저건 싫어. 어떤 지저분한 할멈이 베던 건지 모르잖아."

대옥은 눈을 크게 뜨고 일어나 웃으며 말했다.

"정말 오빠는 내 운명의 '천마성天魔星'[10]이라니까요! 자, 이걸 베세요."

그녀는 자기 베개를 보옥에게 밀어주고 자신은 다른 베개를 가져와 베고 누웠다. 둘은 마주보고 누웠다.

대옥은 보옥의 왼쪽 볼에 단추만 한 핏자국이 있는 걸 보고 상체를 굽혀 가까이 다가가 손으로 문지르며 자세히 살펴보았다.

"이건 또 누구 손톱에 긁힌 거예요?"

보옥은 몸을 돌려 피하며 말했다.

"하하, 긁힌 게 아니야. 아마 조금 전에 쟤들 연지를 개어주다가 조금 묻은 모양이야."

그러면서 보옥은 손수건으로 닦으려 했다. 대옥은 자기 손수건으로 닦아주며 중얼거렸다.

"또 그런 짓을 했군요. 한 건 그렇다 치고 꼭 티를 내고 다녀요! 다른 사람이 보면 기막힌 일이라고 소문을 낼 테고, 그게 외숙부 귀에 들어가기라도 하면 또 괜히 여러 사람한테 화를 내실 게 아니에요?"

보옥은 그런 말들은 전혀 듣지 않고 그저 한줄기 그윽한 향냄새에 취했다. 대옥의 소매 안에서 나온 그 향냄새는 기분을 몽롱하게 하고 뼈마디를 흐물흐물해지게 만들었다. 보옥은 덥석 그녀의 소매를 붙잡고 그 속에 뭐가 들어 있나 살펴보려 했다. 그러자 대옥이 웃으며 말했다.

"시월 엄동설한에 누가 향 같은 걸 갖고 다니겠어요?"
"하하, 그럼 이 향기는 어디서 나는 거야?"
"저도 모르지요. 아마 옷상자 안의 향기가 옷에 밴 모양이지요."
"아냐, 그럴 리가 없어! 이런 이상한 향기는 향병香餠*이나 향구香毬*나 향주머니에서 나는 향과는 달라."

"흥! 설마 무슨 나한羅漢이나 진인眞人이 저한테 이런 향을 주었겠어요? 신기한 향 재료를 얻는다 해도 꽃이나 꽃봉오리, 서리, 눈을 받아 향으로 만들어줄 친오빠나 자매들도 없다고요. 제가 가진 거라곤 싸구려 향들밖에 없어요."

"하하, 그냥 한마디 한 건데 그런 식으로 갖다 붙이다니! 혼내지 않으면 또 무슨 소리를 할지 모르겠군. 이제부턴 용서 없어!"

그러면서 보옥은 몸을 돌려 두 손에 입김을 후후 불더니 곧장 손을 뻗어 대옥의 양쪽 겨드랑이를 마구 간질였다. 대옥은 본래 간지럼을 참지 못하는 성격이라 숨이 넘어갈 듯 웃어대며 말했다.

"가보옥! 또 그러면 나 화낸다!"

보옥은 그제야 손을 멈추고 웃으며 말했다.

"또 그런 식으로 말할 거야?"

"호호, 무서워서 못하겠네요."

그녀는 귀밑머리를 쓰다듬어 정리하면서 말했다.

"저한테 이상한 향이 있다면 오빠한텐 '따뜻한 향[暖香]'이 있겠지요?"

보옥이 무슨 소리인지 몰라 물었다.

"그게 뭐야?"

대옥이 고개를 끄덕이며 한숨을 내쉬고는 미소 지으며 말했다.

"바보! 멍청이! 오빠한텐 옥이 있고, 또 누구는 그것과 짝이 되는 금을 갖고 있잖아요? 지금 그 사람한테는 '차가운 향[冷香]'이 있으니까 오빠한텐 그 짝이 되는 '따뜻한 향'이 있을 거 아니냐고요!"

보옥은 그제야 알아들었다.

"하하, 조금 전엔 용서해달라고 빌더니 이젠 더 심한 말을 하는구나?"

그러면서 또 손을 내밀자 대옥이 웃으며 황급히 말했다.

"아이, 오빠, 무서워서 못한다니까요!"

"하하, 용서는 해주겠지만 대신 소매 냄새를 맡게 해줘."

보옥은 그녀의 소매를 당겨 얼굴에 덮고 한참 냄새를 맡았다. 그녀가 손을 빼며 말했다.

"이제 가세요."

"하하, 가라고? 안 돼! 우리 편안히 누워 얘기나 더 나누자."

그러면서 보옥은 다시 누웠다. 대옥도 누워서 손수건으로 얼굴을 가렸다. 보옥이 되는 대로 아무 이야기나 끄집어내 말도 안 되는 이야기를 늘어놓았지만, 대옥은 상대하지 않고 내버려두었다. 보옥이 그녀에게 몇 살 때 경사에 왔는지, 오는 길에 무슨 경치나 옛 유적을 보았는지, 양주에는 어떤 유적이 있는지, 그에 얽힌 이야기들이 있는지, 그 지방 풍속은 어떤지 따위를 물었지만 그녀는 대답하지 않았다.

보옥은 그녀가 너무 많이 자서 병이라도 생길까 걱정스러워 일부러 거짓말을 했다.

"아, 맞다! 너희 고향 양주 관아에 큰 사건이 있었다던데, 혹시 알아?"

보옥이 말투도 정중하고 심각한 표정으로 이야기하자 대옥은 정말인 줄 알고 물었다.

"무슨 일인데요?"

보옥은 웃음을 참으려 입에서 나오는 대로 말을 지어냈다.

"양주에 대산黛山이라는 산이 있는데, 거기에 임자동林子洞이라는 동굴이 있대……."[11]

"호호, 또 거짓말! 그런 산이 있다는 얘긴 들어본 적도 없어요."

"세상엔 별의별 산과 강이 많잖아. 그러니 네가 그런 걸 어떻게 알겠어? 내 얘기나 다 들어보고 나서 뭐라고 하던지 하라고!"

"얘기해봐요."

보옥은 계속 거짓말을 지어냈다.

임자동에는 원래 쥐 요정 무리가 있었대. 어느 해 섣달 초이레에 늙은 쥐 요정이 자리에 앉아 다른 쥐들과 의논했대.

"내일이 섣달 여드레니까 사람들이 모두 죽[12]을 쑬 게다. 지금 우리 동굴에 과일 등이 부족하니 이 틈에 좀 쓸어와야겠다."

그러면서 유능한 생쥐 요정을 하나 뽑아 영전令箭[13]을 주며 정탐해보게 했지. 잠시 후 생쥐 요정이 돌아와 보고했어.

"여러 곳을 다 돌아보았는데 산 아래 있는 사당 안에 과일과 쌀이 제일 많습니다."

늙은 쥐 요정이 물었어.

"쌀은 몇 종류가 있더냐? 과일은?"

"쌀하고 콩은 곳간에 가득해서 헤아릴 수 없습니다. 과일은 붉은 대추와

밤, 땅콩, 마름, 토란까지 다섯 종류가 있었습니다."

늙은 쥐 요정은 그 말을 듣고 무척 기뻐하며 즉시 쥐의 대열 앞으로 가더니 다시 영전을 하나 뽑아 들며 물었어.

"누가 가서 쌀을 훔쳐 오겠느냐?"

그러자 쥐 요정 하나가 영전을 받아들고 쌀을 훔치러 갔어. 늙은 쥐 요정은 다시 영전을 하나 뽑아 들고 물었어.

"누가 가서 콩을 훔쳐 오겠느냐?"

또 쥐 요정 하나가 영전을 받아들고 콩을 훔치러 갔어. 그런 뒤에 다른 쥐 요정들도 하나씩 임무를 맡고 떠났지. 마지막으로 토란이 남아서 늙은 쥐 요정이 또 영전을 뽑아 들고 물었지.

"누가 가서 토란을 훔쳐 오겠느냐?"

그런데 아주 조그맣고 나약해 보이는 생쥐 요정이 나서서 대답했어.

"제가 가겠습니다."

늙은 쥐 요정과 다른 여러 쥐 요정은 그 생쥐 요정이 수련이 덜 되었고 겁도 많고 힘도 없어 보여서 허락하지 않았지. 그러자 생쥐 요정이 이렇게 말했어.

"제가 비록 어리고 몸도 약하지만, 술법을 잘 부리고 말솜씨도 유창하고 계책도 잘 세웁니다. 이번에 가면 다른 이들보다 더 교묘하게 토란을 훔쳐올 수 있습니다."

그러자 쥐 요정들이 다급히 물었어.

"어떻게 더 교묘하게 훔치겠다는 거지?"

"저는 다른 이들처럼 직접 훔치지 않을 겁니다. 변신술을 써서 토란으로 변해 토란 무더기 속에 섞여 들어갈 겁니다. 그리고 몸을 여러 개로 나누는 분신술을 써서 사람들에게 들키지 않고 소리도 없이 토란을 나를 겁니다. 조금씩 날라서 다 가져오면 직접 훔쳐 오는 것보다 더 교묘하지 않겠습니까?"

그 말을 듣고 쥐 요정들은 모두 이렇게 말했어.

"교묘하긴 하지만 어떤 변신술인지 모르겠으니 먼저 한번 보여다오."

"하하, 그야 쉽지요. 자, 보세요!"

말을 마치자 생쥐 요정은 몸을 흔들며 "변해라!" 하고 소리치더니 순식간에 아주 아리따운 아가씨로 변했어. 그러자 다른 쥐 요정들이 웃으며 말했어.

"틀렸어, 잘못 변했잖아! 토란으로 변하겠다고 해놓고선 왜 아가씨로 변신한 거야?"

생쥐 요정이 본래 모습으로 돌아와서 웃으며 말했어.

"여러분은 세상 물정을 모르시는 것 같군요. 이 채소가 토란인 것만 알지 순염어사巡鹽御史* 임나리의 따님이 바로 진정한 향옥香玉[14]인 줄은 모르시는군요!"

거기까지 듣고 대옥이 몸을 돌려 일어나 손으로 보옥을 내리눌렀다.

"호호, 이놈의 주둥이를 찢어놓아야겠군! 거짓말할 줄 알았다니까!"

그러면서 보옥의 입을 쥐어 비틀었다.

"아이고, 누이, 용서해줘. 다신 안 그럴게! 네 향기를 맡으니까 갑자기 이 전고典故가 생각나지 뭐야."

"호호, 남의 욕을 실컷 해놓고 그게 전고라고요?"

그 말이 채 끝나기도 전에 보차寶釵가 들어오며 말했다.

"호호, 누가 무슨 전고를 얘기했나 보네? 저도 좀 들어볼까요?"

대옥이 얼른 자리를 권하며 말했다.

"호호, 누구긴 누구겠어요! 오빠가 실컷 제 욕을 해놓고선 전고라고 둘러대고 있어요."

"호호, 보옥 도련님이었구나? 하긴 도련님은 전고를 많이 알고 계시지. 하지만 애석하게도 막상 전고를 써야 할 때는 잊어버리신단 말씀이지. 오늘처럼 기억력이 좋다면 전에 귀비께서 오셨던 날 저녁에 파초 시도 기억해내셨어야지! 당장 생각해내지 못해서 다른 사람은 떨고 있는데 혼자 다

제19회 45

급해서 땀을 뻘뻘 흘리시더라고. 그런데 이번엔 갑자기 기억력이 생기셨나 보네?"

"아미타불! 역시 언니뿐이라니까! 오빠도 적수를 만났네요. 인과응보라는 말이 하나도 틀리지 않는다는 걸 알겠어요."

막 거기까지 말했는데 갑자기 보옥의 방에서 외마디 고함과 함께 말다툼하는 소리가 들려왔다. 그야말로……

제20회

왕희봉은 질투심 품은 이에게 바른말을 하고
임대옥은 아양 떠는 말투를 흉내 내어 조롱하다

王熙鳳正言彈妒意　林黛玉俏語謔嬌音

가보옥과 임대옥이 이야기를 나누는데 설보차가 찾아오다.

　보옥이 대옥의 방에서 '쥐 요정' 이야기를 하고 있는데, 갑자기 보차가 들어와 원소절에 보옥이 '녹랍綠臘'의 전고를 몰랐던 일을 풍자했다. 세 사람은 방 안에서 서로 비웃으며 놀려댔다. 보옥은 대옥이 식후에 잠을 잔 탓에 소화가 안 되어 혹시 밤에 잠을 이루지 못할까, 그 때문에 건강을 해칠까 염려했다. 다행히 보차가 와서 함께 웃고 떠드는 바람에 대옥의 잠이 달아나자 보옥도 비로소 마음을 놓았다. 그런데 갑자기 보옥의 방에서 말다툼하는 소리가 나자 모두 귀를 기울였다. 그러다가 대옥이 먼저 웃으며 말했다.

　"오빠 유모랑 습인이 싸우는 모양이네요. 습인이야 괜찮지만 유모가 또 정색을 하고 몰아세우는 걸 보니 늙으면 정신이 흐려진다는 게 맞는 모양이네요."

　보옥이 급히 건너가려 하자 보차가 붙들며 말했다.

　"유모랑 싸우지 마세요. 늙어서 정신이 흐려져서 그러는 거니까 한발 양보하세요."

　"알았어."

　보옥이 건너와보니 이할멈이 지팡이를 짚은 채 방바닥에 서서 습인에게 욕을 퍼붓고 있었다.

　"분수도 모르는 화냥년 같으니! 내가 널 여기까지 끌어올려주었거늘 지금 내가 왔는데도 거드름 피우고 구들에 누운 채로 나를 보고도 아는 체를 안 해? 그저 여우처럼 요사스럽게 꾸미고 보옥 도련님을 홀릴 생각만 하지. 그러니 보옥 도련님도 너희 말만 믿고 날 거들떠보지 않으시지. 넌 기껏 은돈 몇 푼으로 사온 계집종에 지나지 않는데 이 집에서 말썽만 일으키니 무슨 쓸모가 있어? 끌어내다 어느 종놈하고 짝을 맺어줘도 계속 요물처럼 보옥 도련님을 홀릴 수 있나 보자!"

처음에 습인은 자기가 누워 있어서 이할멈이 화를 내나 보다 생각해 변명을 할 수밖에 없었다.

"몸이 아파서 그랬어요. 조금 전에는 땀을 내느라 이불을 뒤집어쓰고 있어서 할멈이 오신 줄 몰랐어요."

그런데 이할멈이 계속 보옥 도련님을 홀린다느니, 여우처럼 요사스럽게 꾸민다느니, 심지어 종놈하고 짝을 맺어준다는 등의 말을 늘어놓자, 습인은 부끄럽기도 하고 억울하기도 해서 자기도 모르게 울음을 터뜨렸다.

보옥도 그런 말들을 듣고 어쩔 줄 몰라 하면서 습인이 아파 약을 먹었다는 등의 이야기로 습인을 변호했다.

"유모, 못 믿으시겠거든 다른 하녀들에게 물어보세요."

이할멈은 그 말을 듣고 더욱 화가 나서 말했다.

"도련님은 그저 저 여우만 두둔할 뿐 어디 저 같은 걸 알아주기나 하시겠어요? 저더러 누구한테 물어보라는 건가요? 모두 도련님 편이고 습인한테 설설 기는 애들밖에 없잖아요! 저도 그런 것쯤은 다 압니다. 저랑 같이 노마님이나 마님께 가서 말씀드려보자고요. 도련님을 젖 먹여 이렇게 키워놓았는데 이제 젖을 먹지 않는다고 저를 한쪽으로 팽개쳐두고 하녀들을 부추겨 저한테 대들게 하시는군요."

그러면서 할멈이 울기 시작하자 대옥과 보차도 건너와 위로했다.

"유모, 그래도 연세 많으신 분이 좀 양해해주세요."

이할멈은 두 사람을 보자 손을 붙들고 자신의 억울함을 호소했다. 전에 차를 마셨다고 천설이 쫓겨난 일이며, 어제 치즈를 먹은 일 등을 주절주절 이야기했다.

마침 희봉이 위채에서 노름한 돈을 계산하고 있다가 뒤쪽에서 말다툼하는 소리를 들었다. 그녀는 이할멈이 또 병이 도져서 보옥의 하녀들에게 잔소리를 해댄다는 것을 눈치챘다. 그렇지 않아도 희봉은 오늘 돈을 잃어서 누구한테 화풀이라도 해야 할 판이었다. 그래서 얼른 건너와 이할멈의 손을 붙들고 웃으면서 말했다.

"유모, 화내지 마세요. 명절 때라 할머님은 즐거운 하루를 보내고 계세요. 유모는 연세 많으신 분이니까 남들이 싸우지 않도록 말리셔야지 오히려 저 애들과 싸우시다니요! 설마 관례를 모르시진 않겠지요? 여기서 싸움이 일어나면 노마님께서 노여워하시지 않을까요? 누가 못되게 구는지 말씀만 하세요, 제가 대신 혼내줄게요. 제 방에 뜨끈뜨끈하게 구워진 꿩이 있으니까 얼른 저랑 같이 가셔서 술이나 마시도록 해요."

그러면서 이할멈을 끌고 나가면서 또 소리쳤다.

"풍아豐兒˙야, 유모 지팡이와 눈물 닦을 손수건 좀 가져오너라!"

발바닥에 먼지 묻을 틈도 없이 잰걸음으로 희봉을 따라가면서 이할멈은 또 이렇게 말했다.

"저도 이 늙은 목숨 더 부지하고 싶지 않구먼요. 게다가 지금 관례를 무시하고 소란을 일으켜 체면을 잃었지만 저 화냥년한테 모욕당하는 것보다야 낫지요!"

뒤쪽에서 보차와 대옥이 따라가면서 희봉이 할멈을 달래는 걸 보고 모두 박수 치며 웃었다.

"다행히 바람¹이 불어와 할망구를 쓸어 가버렸구나!"

보옥도 고개를 끄덕이며 탄식했다.

"이건 또 무슨 생트집인지 모르겠네. 괜히 약한 사람만 괴롭히고 말이야. 어제는 또 누가 저분한테 잘못을 저질러서 트집을 잡혔지?"

말이 끝나기도 전에 옆에서 청문이 웃으며 말했다.

"미치지 않고서야 누가 저 할멈한테 잘못을 저지르겠어요? 그랬다면 감당할 만한 재간이 있다는 얘기니까 다른 사람한테는 피해를 끼치지 말았어야지요!"

습인이 울면서 보옥을 붙들고 말했다.

"저 때문에 한낱 유모한테 미움을 받고, 이번에도 저 때문에 애들한테 미움을 받았네요. 이것만 해도 제가 감당하기 어려운데 이젠 다른 사람까지 끌어들이네요."

몸도 아픈데 이런 걱정까지 더해진 습인을 보자 보옥은 화를 꾹 참고, 다시 누워서 땀을 내라고 달래주었다. 습인의 몸에 열이 펄펄 끓자 몸소 간호해주려고 그녀 옆에 비스듬히 기대 누워 몸조리나 잘하고 별것 아닌 일에 화내지 말라고 위로했다. 그러자 습인이 냉소를 지으며 말했다.

"이런 일 때문에 화를 낸다면 이 집에서 한시도 버틸 수 없어요. 하지만 허구한 날 계속 이러니 어쩌면 좋을지 모르겠네요. 제가 늘 그랬잖아요, 저희 때문에 남들한테 미움 사지 말라고요. 도련님은 우리를 위해 잠깐 그런 거지만, 그 사람들은 죄다 기억하고 있다가 무슨 일이 생기면 듣기 안 좋은 얘기들을 해댈 테니 모두에게 무슨 좋은 일이 있겠어요?"

그렇게 말하면서 습인은 자기도 모르게 눈물이 나왔지만, 보옥이 걱정할까봐 억지로 참았다.

잠시 후 허드렛일을 하는 할멈이 이화탕二和湯[2]을 달여왔다. 보옥은 습인이 땀을 내기 시작하자 그대로 누워 있으라 하고는 몸소 약을 받쳐들고 침상으로 가져가 먹여주었다. 그리고 하녀들에게 구들에 이불을 펴라고 시켰다. 습인이 말했다.

"도련님, 밥을 잡수시건 그렇지 않건 간에 노마님, 마님과 잠시 앉아 계시다가 아가씨들과 좀 놀고 오세요. 저는 조용히 좀 누워 있으면 괜찮아질 거예요."

보옥은 습인의 비녀와 귀걸이를 벗겨주고, 그녀가 눕는 것을 지켜본 다음 위채로 갔다. 보옥이 태부인과 밥을 먹고 나자 태부인은 나이 많은 집사들의 아낙들과 심심풀이로 골패놀이를 하려고 했다. 보옥은 습인이 생각나서 방으로 돌아왔는데, 그녀는 세상모르게 잠들어 있었다. 보옥도 자려 했으나 시간이 아직 일렀다. 그때 청문과 기산綺霞˙, 추문, 벽흔碧痕˙ 등은 뭔가 떠들썩한 일을 찾아 원앙鴛鴦˙과 호박琥珀˙ 등에게 놀러갔고, 사월麝月˙이 혼자 바깥방 등불 아래에서 골패를 만지작거리고 있었다. 보옥이 웃으며 말했다.

"넌 왜 같이 놀러가지 않았어?"

"돈이 없거든요."

"침상 밑에 저만큼 쌓아놓고도 노름 밑천이 모자란다고?"

"모두 놀러가버리면 이 방은 누구한테 맡겨요? 게다가 언니는 몸도 아프잖아요. 온 방의 위에는 등불이 걸려 있고 아래에는 화덕불이 타고 있어요. 어멈들은 늙어 기운이 없는데 종일 시중을 들었으니 좀 쉬게 해줘야지요. 어린 계집종들도 하루 종일 시중을 들었는데, 여태 가서 놀라고 하지 못했어요. 그러니 걔들더러 모두 놀러가라 하고 제가 남아서 지키고 있는 거예요."

보옥은 그 말을 듣고 영락없는 또 하나의 습인이라는 생각이 들어 웃으며 말했다.

"내가 있을 테니 안심하고 너도 가서 놀아."

"도련님이 계시니까 더욱 갈 필요가 없네요. 우리 둘이 재미있는 얘기나 나누면 되잖아요?"

"하하, 우리 둘이 무슨 얘길 해? 재미없을 거야. 그래도 까짓것 해보지 뭐. 아침에 머리가 가렵다고 하던데 지금 별일 없으면 내가 빗겨줄까?"

"좋아요!"

사월은 화장품 상자와 거울을 가져와 비녀를 뽑고 머리를 풀었다. 보옥은 빗을 들고 꼼꼼히 빗겨주었다.

네다섯 번쯤 빗었을 때 청문이 돈을 가지러 허둥지둥 들어왔다가 두 사람을 보더니 피식 웃었다.

"이런! 합환주合歡酒*를 나누기도 전에 머리부터 얹어주네!"

"하하, 이리 와, 너도 빗겨줄게."

"전 그런 복이 없네요!"

그러면서 청문은 돈을 챙겨 가지고 문발을 젖히고 나가버렸다.

보옥은 사월의 뒤쪽에 서고, 사월은 거울을 마주보고 있었다. 두 사람이 거울 속에서 눈길이 마주치자 보옥이 거울을 향해 웃으며 말했다.

"방에서 시중드는 애들 중 쟤만 수다쟁이야."

사월이 황급히 거울을 향해 손을 내저었다. 보옥은 그게 무슨 뜻인지 알아차렸다. 갑자기 문발이 차르륵 열리더니 청문이 달려 들어와 물었다.

"제가 왜 수다쟁이라는 거예요? 어디 설명 좀 해보세요!"

사월이 웃으며 말했다.

"가서 네 할 일이나 하지, 왜 또 와서 따지는 거야?"

"호호, 또 도련님 편을 드는군! 두 사람이 몰래 무슨 짓을 하는지 난 다 알아. 본전 찾고 나서 다시 얘기하자고!"

그러고서 청문은 곧장 나갔다. 보옥은 머리를 다 빗기고 나서 사월에게 습인이 깨지 않게 조용히 잠자리 시중을 들라고 했다. 그날 밤은 별일 없이 지나갔다.

다음 날 아침 습인은 밤새 땀을 흘려서인지 몸이 좀 가벼워진 느낌이어서 미음을 조금 먹고 계속 몸조리를 하겠다고 했다. 보옥은 안심하고 밥을 먹은 후 설씨 댁 마님 거처로 놀러갔다. 그때는 정월이라 글방은 설 방학을 했고, 규방에서도 바느질을 금했기 때문에 모두 한가했다.

가환賈環*도 놀러왔다가 보차와 향릉, 앵아가 주사위놀이[3]를 하며 노는 걸 보고 자기도 끼고 싶어 했다. 보차는 평소에 가환을 보옥처럼 대하며 전혀 다른 생각을 품지 않았다. 이제 가환이 함께 놀고 싶다고 하자 구들에 올라와 앉게 했다. 한 판에 십여 전錢을 걸고 했는데, 첫 판에 이긴 가환은 무척 기뻐했다. 하지만 그 뒤로 계속해서 몇 판을 잃자 마음이 조금 조급해졌다. 그러다가 가환이 던질 차례가 되었다. 만약 칠 점이 나오면 그가 이기고, 육 점 이하가 나오면 앵아가 삼 점만 던져도 이기는 상황이었다. 가환은 주사위를 집어 들고 크게 소리치며 던졌다. 그러자 주사위 하나는 오 점이 나왔고, 다른 하나는 어지럽게 돌고 있었다. 앵아는 손바닥을 치며 "일 점!" 하고 외쳤고, 가환은 눈을 부릅뜬 채 "육 점! 칠 점! 팔 점!" 하고 정신없이 소리쳤다. 하지만 그 주사위는 하필 일 점이 나오고 말았다. 가환은 다급해져서 얼른 주사위를 움켜잡고 돈을 챙기면서 육 점이라고 우겼다. 그러자 앵아가 말했다.

"분명히 일 점이었잖아요!"

보차는 가환이 안달하는 걸 보고 앵아에게 눈짓을 하며 말했다.

"넌 나이를 먹을수록 규범을 무시하는구나. 설마 도련님이 널 속이시겠어? 어서 돈을 내놔!"

앵아는 무척 억울했지만 보차가 그렇게 말하자 찍소리도 못하고 돈을 내놓으며 작은 소리로 투덜거렸다.

"도련님이나 되는 분이 푼돈을 두고 속이시다니! 그까짓 건 나조차 눈에 차지 않는데 말이야. 예전에 보옥 도련님은 많이 잃고도 안달하지 않으시고 심지어 남은 돈까지 하녀들에게 몽땅 털리고도 웃어넘기시던데……"

보차는 그 말이 끝나기도 전에 호통을 쳐서 멈추게 했다. 그러자 가환이 말했다.

"내가 어떻게 보옥 형과 비교될 수 있겠어? 너희들은 모두 형을 무서워해서 잘 대해주잖아! 난 마님 소생이 아니라고 무시하고!"

그러면서 울음을 터뜨리자 보차가 얼른 위로했다.

"동생, 그런 얘기 하지 마. 남들이 비웃을 거야."

그리고 또 앵아를 나무랐다.

마침 보옥이 오다가 이런 모습을 보고 물었다.

"무슨 일이야?"

가환은 감히 찍소리도 못했다. 보차는 평소 가씨 집안은 아우들이 형을 어려워하는 가풍이 있다는 걸 알고 있었다. 하지만 남이 자기를 어려워하지 않기를 바라는 보옥의 마음은 몰랐다. 보옥의 생각은 이러했다.

'동생들도 모두 부모님께 가르치믈 받는데 굳이 내가 참견할 필요 있겠어? 괜히 사이만 서먹서먹해지지. 게다가 나는 적자이고 저 아인 서자라서 남들한테 뒷말을 많이 들으니 나라도 저 아이를 너무 속박하지 말아야지.'

게다가 이상한 생각까지 품고 있었다. 독자 여러분, 그게 무엇일까? 보옥은 어려서부터 누이들과 어울리며 자랐다. 친누이로는 원춘元春과 탐춘探春이 있고, 사촌으로는 영춘迎春과 석춘惜春이 있으며, 또 친척 가운데 사상운史湘雲*과 임대옥, 설보차 등이 있었다. 게다가 보옥은 원래 하늘이 사람을 만물의 영장으로 만들었는데, 산천과 해와 달의 빼어난 정기는 모두 여자에게 모였고, 잘난 남자라고 해봐야 기껏 그 찌꺼기나 더러운 거품을 얻은 것에 지나지 않는다고 생각했다. 이런 생각을 품고 있었기 때문에 보옥은 모든 남자가 무지하고 탁한 존재라서 있으나 마나 하다고 여겼다. 다만 아버지나 백부, 숙부, 형제들에 대해서는, 예로부터 최고의 인물이었던 공자님이 그들을 거스르거나 태만히 대해서는 안 된다고 말씀하셨으니, 그들을 따를 수밖에 없었다. 그러므로 형제 사이에서는 대충 정리情理만 다하면 그만이지, 자신이 대장부로서 집안 자제들의 모범이 되어야 한다는 생각은 전혀 하지 않았다. 그래서 가환 등은 전혀 그를 어려워하지는 않았으나 태부인이 무서워서 보옥에게 조금 양보할 따름이었다.

그런데 보차는 보옥이 가환을 꾸짖으면 좋지 않다고 염려하여 다급히 가환을 감쌌던 것이다. 그러자 보옥이 말했다.

"정초부터 울긴 왜 울어? 여기가 싫으면 다른 데 가서 놀아. 날마다 공부하는 척하더니 헛공부만 했구나! 이게 싫고 저게 좋으면, 이걸 버리고 저걸 가지면 되지. 설마 끝까지 이걸 붙들고 한동안 울기만 하면 되는 줄 알아? 재미있게 놀러왔는데 재미가 없다면 다른 데 가서 재미있는 놀이를 찾으면 되잖아? 좀 울면 그게 재미있게 노는 셈이라고 생각하는 거야? 괜히 너만 괴로워질 뿐이니까 차라리 얼른 가라!"

가환은 돌아갈 수밖에 없었다. 조씨〔趙姨娘〕*가 그걸 보고 물었다.

"또 어디서 남한테 화풀이를 당하고 온 모양이구나?"

대답이 없어서 다시 물으니 가환이 말했다.

"보차 누나랑 노는데 앵아가 절 무시하고 돈을 속여 챙겼어요. 그런데 보옥 형님이 절 내쫓았어요."

"누가 그런 조심스러운 자리에 가라더냐? 염치도 없는 못난 것! 어디 놀 데가 없어서 제 발로 체면 깎일 곳을 찾아갔어?"

그렇게 말하고 있는데 하필 희봉熙鳳이 창밖을 지나다가 그 소리를 듣고 창 너머로 말했다.

"정초부터 왜 그러는가? 환 도련님이 어려서 잘못을 좀 했더라도 잘 타일러드려야지 그런 쓸데없는 말은 왜 해! 도련님이 무슨 일을 저지르더라도 다스려주실 마님이나 나리께서 계시는데 왜 그렇게 큰 소리로 다그치냐는 말일세! 도련님은 지금 주인의 몸이니, 잘못이 있더라도 타이를 사람이 따로 있네. 그러니 조어멈하곤 상관없는 일이야! 도련님, 나오세요. 저랑 같이 놀러가요."

가환은 평소 왕부인보다 희봉을 더 어려워했기 때문에 그녀가 부르자 다급히 "예, 예!" 하고 밖으로 나왔다. 조씨도 감히 아무 소리 못했다. 희봉이 가환에게 말했다.

"도련님도 왜 그리 무게가 없어요! 내가 늘 그랬잖아요, 먹고 마시고 싶거나, 놀고 싶거든 누나들이나 형님, 형수님 가운데 아무나 찾아가 놀라고 말이에요. 내 말은 듣지 않고 천한 것들한테 여우 같은 짓이나 행패 부리는 법만 배우는군요! 자존심도 없이 천한 것들한테 가서 못된 마음에 물들어 그저 남들이 자기만 미워한다고 원망하지요. 얼마나 잃었기에 이러는 거지요?"

가환은 순순히 대답할 수밖에 없었다.

"이백 전쯤 잃었어요."

"그래도 도련님인데 그깟 이백 전을 잃었다고 이래요!"

희봉은 풍아를 돌아보며 말했다.

"천 전을 가져와라. 아가씨들이 뒤쪽에서 놀고 있으니 가져가서 노시라고 해. 그리고 도련님, 다음에도 이렇게 치사하게 여우 짓을 하면 제가 먼저 때리고, 글방에 일러바쳐서 껍질을 홀랑 벗겨놓으라고 할 거예요! 이렇게 자존심이 없으니까 형님도 단단히 벼르고 있지요. 제가 말리지 않았다면 도련님은 벌써 창자가 튀어나오도록 발로 채였을 거라고요! 자, 이제 가보세요!"

가환은 순순히 풍아를 따라가 돈을 받아서 영춘 등에게 놀러갔다. 이 이야기는 더 이상 하지 않겠다.

한편, 보옥이 한참 보차와 우스갯소리를 나누고 있는데 갑자기 누군가 찾아와 말했다.

"상운 아가씨가 오셨습니다."

보옥이 그 말을 듣자마자 몸을 일으켜 가려고 하는데 보차가 웃으면서 말했다.

"잠깐 기다려요. 저랑 같이 가요."

보차는 구들에서 내려와 보옥과 함께 태부인의 거처로 갔다. 호탕하고 목소리 큰 상운은 그들을 보자 얼른 인사했다. 마침 옆에 있던 대옥이 보옥에게 물었다.

"어디 계셨어요?"

"보차 누나 집에 갔었지."

"흥! 그럴 줄 알았지! 거기 붙들려 있지 않았더라면 벌써 날아왔을걸요?"

"하하, 너하고만 놀면서 심심풀이를 해줘야 한다는 말이야? 우연히 거기 한 번 갔는데 그런 소리를 하는군."

"쓸데없는 소리 마요! 가든 말든 제가 무슨 상관이겠어요? 그리고 오빠더러 심심풀이 해달라고 한 적 없거든요? 이제부턴 저한테 아는 체도 하지 마세요!"

그러면서 대옥은 토라져서 자기 방으로 돌아가버렸다. 보옥이 얼른 따라가서 말했다.

"괜한 일에 또 화를 내고 그래? 내가 말실수를 했다 하더라도 저기서 다른 사람들과 잠시 담소라도 나눌 일이지, 또 혼자 속을 썩이면 되나?"

"저한테 이래라저래라 하시는 거예요?"

"하하, 내가 어찌 감히! 그저 누이가 스스로 몸을 학대해도 돌봐주는 사람이 없으니까 이러는 거지."

"내가 몸을 학대하다 죽는다 해도 오빠랑 무슨 상관이에요!"

"무슨 그런 말을! 정초부터 죽느니 사느니 하다니."

"뭐 어때서요! 난 이제 죽을 거예요! 오빤 죽는 걸 무서워하니까 백 살까지 오래 살겠네요!"

"하하, 계속 이렇게 싸우려고만 하는데 내가 죽는 걸 무서워하겠어? 차라리 죽는 게 낫지."

"그러게요. 이렇게 싸울 거면 죽는 게 낫지요."

"내 말은 내가 죽는 게 낫다는 거야. 괜히 잘못 듣고 남한테 덤터기 씌우지 마."

그렇게 토닥거리고 있는데 보차가 왔다.

"상운이가 기다리고 있어요."

보차는 보옥을 떠밀고 갔다. 혼자 남은 대옥은 더욱 화가 나서 창가에 서서 눈물을 흘렸다. 차를 두어 잔 마실 정도의 시간도 채 되지 않아 보옥이 다시 왔다. 대옥은 그를 보고 더욱 꺼이꺼이 울어댔다. 그걸 보고 보옥은 어지간해선 대옥의 마음을 돌리기 어렵겠다 싶어 온갖 부드럽고 따스한 말로 달래주려 했다. 하지만 보옥이 입을 떼기도 전에 대옥이 먼저 말했다.

"뭐하러 또 왔어요? 어쨌든 지금은 놀아줄 사람도 있잖아요. 저보다 마음도 잘 맞고, 글도 잘 짓고, 농담도 잘하고, 오빠가 화날까봐 데려가는 사람도 있잖아요. 근데 또 뭐하러 왔어요? 저야 죽든 말든 내버려둬요!"

보옥이 얼른 다가가 나직이 말했다.

"이렇게 똑똑하면서 설마 '친한 사람은 소원한 이에게 이간질당하지 않고, 앞선 사람은 뒤에 있는 이에게 자리를 추월당하지 않는다〔親不間疏 先不僭後〕.'라는 말도 몰라? 내가 어리석긴 해도 그 말뜻은 알아. 첫째, 우리는 고종사촌이고, 보차 누나는 이종사촌이야. 친척 관계로 따지자면 너보다 누나가 더 멀지. 둘째, 네가 먼저 와서 우리 둘은 한 상에서 밥을 먹고 한 침대에서 자면서 이렇게 컸지. 누나는 온 지 얼마 안 됐어. 그런데 어떻게 누나 때문에 널 멀리하겠어?"

"설마 제가 오빠더러 언니를 멀리하라고 하겠어요? 제가 그 정도밖에 안 되는 사람인 줄 알아요! 제가 신경 쓰이는 건 제 마음이라고요."

"나도 그래. 넌 네 마음만 알고 내 마음은 몰라?"

대옥은 그 말을 듣고 한참 동안 고개를 숙이고 있더니 이렇게 말했다.

"오빠는 그저 남의 행동이 자기를 화나게 한다고 원망하지만, 오빠 자신도 남을 힘들게 한다는 건 모르고 있어요. 오늘 날씨를 놓고 보더라도 분명 이렇게 추운데 어째서 검정 여우〔青狐〕 겨드랑이털로 만든 외투를 벗었어요?"

"하하, 왜 안 입어? 네가 화를 내니까 나도 열이 치밀어 벗어버렸지."

그녀가 한숨을 내쉬며 말했다.

"나중에 감기라도 걸리면 또 배고픈 아이처럼 칭얼대겠군요."

둘이 이야기하고 있는데 상운이 와서 웃으며 말했다.

"둘째 오빠와 대옥 언니는 매일 같이 놀면서 오랜만에 제가 왔는데 아는 체도 안 하네요."

대옥이 웃으며 말했다.

"혀도 짧으면서 말은 잘하네. '둘째〔二〕' 오빠라는 발음도 제대로 못하고 '사랑하는〔愛〕' 오빠, '사랑하는' 오빠 하면서 말이야.[4] 나중에 주사위놀이를 하면 넌 분명히 '일 점! 사랑해! 삼 점! 사 점! 오 점!' 하고 소리칠 거야."

보옥이 웃으며 말했다.

"쟤 흉내 내다가 내일쯤이면 네 혀도 짧아지겠다."

상운이 말했다.

"언니는 전혀 봐주는 거 없이 남의 단점만 꼬집어낸다니까! 언니가 아무리 남들보다 잘났다 해도 만나는 사람마다 놀려댈 수는 없을걸요? 어디 제가 한 사람을 지목할 테니 흠잡아봐요. 그럼 제가 승복할게요."

대옥이 누구냐고 묻자 상운이 말했다.

"보차 언니의 흠을 꼬집어내면 언니를 인정할게요. 저야 언니보다 못하다 치더라도 보차 언니가 언니보다 못하기야 하겠어요?"

"흥! 난 또 누구라고! 내가 어떻게 감히 보차 언니를 흠잡을 수 있겠어?"

말이 채 끝나기도 전에 보옥이 끼어들어 뭐라고 말하려 하자 상운이 웃으며 말했다.

"저야 이생에선 언니한테 견줄 수 없겠지요. 하지만 언니가 혀 짧은 남편을 얻으면 시시때때로 제가 '사랑해〔愛〕', '재수 없어〔厄〕' 하는 말을 들려드릴게요. 아미타불! 그 모습이 눈에 선하네요!"

사람들이 그 말에 한바탕 웃음을 터뜨리자 상운은 얼른 몸을 돌려 도망쳐버렸다. 이후의 일은 어찌 되었을까? 이에 대해서는 다음 회를 보시라.

제21회

현명한 화습인은 가보옥을 꾸짖어 경계하고
어여쁜 평아는 부드러운 말로 가련을 구하다

賢襲人嬌嗔箴寶玉　俏平兒軟語救賈璉

영리한 평아가 온화한 말로 가련을 구해주다.

도망쳐 나오던 상운은 대옥이 쫓아올까봐 걱정했는데, 보옥이 뒤에서 다급히 소리쳤다.

"조심해, 넘어질라! 대옥이는 쫓아가지 못할 거야!"

그런데 대옥이 대문 앞까지 쫓아오자 보옥이 문턱에서 팔을 벌리고 막으며 말했다.

"하하, 이번만 용서해줘."

대옥이 그의 손을 치우며 말했다.

"죽어도 용서할 수 없어요!"

상운은 보옥이 문을 막고 있어서 대옥이 나올 수 없을 거라 생각하고는 멈춰 서서 웃으며 말했다.

"언니, 한 번만 용서해줘요."

마침 보차가 와서 상운의 뒤에 서서 웃으며 말했다.

"둘 다 보옥 도련님 얼굴을 봐서 그만해."

대옥이 말했다.

"그럴 수 없어요. 모두 한통속으로 나를 놀리려고 하잖아요!"

보옥이 말했다.

"감히 누가 그래! 네가 먼저 놀리지 않았다면 쟤가 감히 그랬겠어?"

네 사람이 이렇게 옥신각신하고 있는데 누가 와서 식사하라고 전하자 함께 앞채로 갔다. 시간은 벌써 등불을 밝힐 때가 되었고, 왕부인과 이환, 희봉, 영춘, 탐춘, 석춘 등도 모두 태부인의 거처로 와서 잠시 한담을 나누다가 각자 잠자리로 돌아갔다. 상운은 예전처럼 대옥의 방에서 자기로 했다.

보옥이 두 사람을 방으로 데려다주었을 때는 벌써 밤 열한 시가 넘은 시각이었다. 보옥은 습인이 몇 번이나 와서 재촉하고 나서야 겨우 자기 방으로 돌아가 잤다. 이튿날 날이 밝자 그는 옷을 대충 걸치고 신을 질질 끌며 대옥의 방으로 갔다. 그런데 하녀인 자견紫鵑과 취루翠縷*는 보이지 않고 대옥과 상운은 아직 이불 속에 누워 있었다. 대옥은 연분홍 능라 이불을 꼭꼭 싸매 덮고 편안히 자고 있었다. 상운은 머리맡에 검은 머리를 풀어헤치고 이불은 가슴께까지만 덮은 채 백옥 같은 두 팔을 이불 밖으로 드러내놓고 있었는데, 거기엔 금팔찌가 채워져 있었다. 보옥이 그걸 보고 탄식하며 말했다.

"자는 것도 엉성하군! 바람이나 불면 또 어깨가 결린다고 징징대려고."

그러면서 살며시 이불을 덮어주었다. 대옥은 벌써 깨어 누군가 있다는 걸 느꼈다. 틀림없이 보옥일 거라 생각하고 몸을 돌려 살펴보니 과연 짐작이 맞았다.

"뭐하러 이렇게 일찍 왔어요?"

"하하, 일찍이라니! 일어나서 한번 봐."

"먼저 나가주세요. 그래야 우리도 일어나지요."

보옥은 바깥방으로 나왔다.

대옥은 일어나 상운을 깨우고 함께 옷을 입었다. 보옥이 다시 들어와 경대 옆에 앉자, 자견과 설안이 들어와 대옥과 상운의 시중을 들어 세수를 시키고 머리를 빗겨주었다. 상운이 세수를 하고 나서 취루가 남은 물을 버리려 하자 보옥이 말했다.

"잠깐! 나도 이 틈에 세수나 해야겠다. 또 물 뜨러 갈 필요 없이 말야."

그러면서 다가가 허리를 숙이고 두 번 물을 떠서 얼굴을 씻었다. 자견이 비누를 건네주자 보옥이 말했다.

"필요 없어, 대야에 남은 것도 적지 않으니까."

보옥이 다시 두 번 더 씻고 수건을 달라고 하자 취루가 말했다.

"그 버릇은 여전하네요. 언제쯤 고치시려나?"

보옥은 그 말을 무시하고 청도青島*에서 난 소금을 달라고 해서 양치질을 했다. 그사이 상운이 머리를 다 빗었기에 보옥은 다가가 웃으며 말했다.

"누이, 내 머리 좀 빗겨줘."

"안 되겠는데요."

"하하, 누이, 예전엔 해주었잖아?"

"이젠 빗질하는 법을 잊어버렸어요."

"난 외출하지 않을 테니까 모자를 쓰거나 머리띠를 맬 일도 없어. 대충 몇 가닥만 땋아주면 돼."

보옥은 "누이, 누이!" 하면서 끈질기게 부탁했다. 상운은 하는 수 없이 그의 머리를 받쳐들고 빗겨줄 수밖에 없었다. 집에 있을 때는 모자를 쓰지 않고 상투를 틀 필요도 없기 때문에 상운은 주변의 짧은 머리를 작게 땋아 정수리 쪽으로 한데 모아서 굵직하게 땋은 머리로 만들고 붉은 댕기로 묶어주었다. 정수리부터 댕기로 묶은 곳 사이에는 네 개의 진주를 끼워 장식하고, 아래쪽에는 금으로 만든 타각墜脚[1]을 매달았다. 상운이 머리를 땋아주면서 말했다.

"같은 진주가 세 개뿐이네요? 이거 하나가 달라요. 제 기억에는 모두 똑같았는데 어쩌다가 하나가 없어졌어요?"

"잃어버렸어."

"밖에서 떨어뜨린 모양이로군요. 누가 주워갔을 텐데, 그 사람만 횡재했겠네요."

그러자 대옥이 옆에서 손을 씻으며 말했다.

"흥! 정말 떨어뜨린 건지, 누구한테 비녀나 목걸이에 박으라고 줘버린 건지 모르지!"

보옥은 대답하지 않고 경대 양쪽에 있는 화장품 등을 손에 잡히는 대로 들고 만지작거렸다. 자기도 모르게 연지를 집어 들고 입가로 가져가려다가 상운이 뭐라 할까봐 망설였다. 그러자 과연 상운이 뒤쪽에서 그걸 보고는 한 손으로 쥐고 있던 머리를 휙 잡아당기더니, 다른 한 손으로 '탁!' 내리쳐 보옥의 손에 들린 연지를 떨어뜨리며 말했다.

"이 모자란 버릇은 언제나 고칠까!"

말이 끝나기도 전에 습인이 들어왔다. 그녀는 이런 모습을 보고 보옥이 세수하고 머리를 다 빗었다는 걸 알고 자기도 돌아가 세수하고 머리를 빗었다. 그때 보차가 들어와 물었다.

"도련님은 어디 가셨어?"

"호호, 도련님이 어디 방에 계실 틈이 있나요?"

보차는 그 말을 듣고 상황을 짐작했다. 그런데 습인이 탄식하며 이렇게 말했다.

"자매 분들은 사이가 좋아도 예절을 지키고, 밤낮 없이 노는 분도 없지요! 아무리 일깨워드려도 모두 귓전으로 흘려버리시니 원……."

그걸 듣고 보차는 속으로 생각했다.

'애를 우습게 보면 안 되겠는걸? 말하는 게 그래도 제법 식견이 있어.'

보차는 구들에 앉아 느긋하게 한담을 나누면서 습인의 나이며 고향 등에 대해 상투적으로 물었다. 그러면서 유심히 살펴보니 말투며 속내가 진중하여 존중하고 아낄 만했다.

잠시 후 보옥이 오자 보차는 밖으로 나갔다. 보옥이 습인에게 물었다.

"둘이서 그렇게 열심히 얘기를 나누더니 내가 들어오니까 왜 달아나버리는 거지?"

대답이 없자 보옥은 다시 물었다. 습인이 말했다.

"저한테 물으셨어요? 도련님 남매들 사이의 일을 제가 어찌 알겠어요?"

보옥은 그녀의 얼굴에 여느 때와는 달리 화난 기색이 있는 것을 발견하고 웃으며 말했다.

"왜 또 화가 난 거야?"

"흥! 제가 어찌 감히 화를 내겠어요! 다만 이제부턴 이 방에 들어오지 마세요. 도련님 시중을 들어줄 사람이 있으니까 더 이상 저한테 시키지 마세요. 전 옛날처럼 다시 노마님을 모시러 가겠어요."

그러면서 습인은 구들에 누워 눈을 감아버렸다. 깜짝 놀란 보옥이 얼른 다가가서 위로했지만, 그녀는 여전히 눈을 감은 채 상대하지 않았다. 보옥이 어쩔 줄 몰라 하고 있는 차에 사월이 들어왔다.

"누나가 왜 저래?"

"전들 어찌 알겠어요? 도련님 자신에게 물어보면 아시겠지요."

보옥은 잠시 멍해 있다가 스스로 무안한 느낌이 들어서 몸을 일으키며 말했다.

"에휴! 날 상대하기 싫으면 관두라지! 나도 가서 좀 누워야겠다."

그러면서 구들에서 내려와 자기 침상에 가서 비스듬히 기대 누웠다.

습인은 보옥이 한참 동안 아무 기척도 없고 희미하게 코 고는 소리까지 들리자, 그가 잠들었나 싶어 일어나 외투를 들어 덮어주려고 했다. 막 외투를 덮는 순간 보옥이 외투를 휙 밀쳐버리고는 계속 눈을 감고 자는 척했다. 습인은 그 뜻을 알아채고 고개를 끄덕이며 말했다.

"흥! 도련님도 화낼 필요 없어요. 이제부터 전 벙어리처럼 아무 말도 안 할 테니까요. 그럼 되겠지요?"

보옥이 자기도 모르게 벌떡 일어나며 말했다.

"내가 어쨌다고 또 잔소리야! 그건 그렇다 치고, 조금 전엔 무슨 말을 하지도 않았으면서 내가 들어와도 상대하지도 않고 화내면서 누워버렸잖아! 난 무슨 영문인지도 모르는데 지금 또 날더러 화를 낸다고 하는군. 누나가 뭐라고 얘기했는지 나는 듣지도 못했어!"

"아직도 모르시겠어요? 꼭 제가 말씀을 드려야 아시겠냐고요!"

그렇게 다투고 있는데 태부인이 식사하러 오라고 사람을 보냈다. 보옥은 앞채로 가서 대충대충 반 그릇쯤 먹고 자기 방으로 돌아왔다. 습인은 바깥 방 구들에 누워 있고, 사월은 옆에서 골패를 만지작거리고 있었다. 보옥은 평소 습인과 사월이 친하다는 것을 알고 있었기 때문에 사월에게도 아는 척하지 않고 문발을 걷고 안쪽 방으로 들어갔다. 사월이 따라 들어오자 보옥이 그녀를 밖으로 밀쳐내며 말했다.

"감히 귀하신 분들을 번거롭게 해드릴 수 없지요!"

사월은 하는 수 없이 웃으며 나와서 하녀 두 명을 불러 들어가보게 했다. 보옥은 책을 한 권 들고 침상에 비스듬히 기대 누워 한참 동안 보다가, 차를 마시고 싶어서 고개를 들어보니 두 하녀가 아래쪽에 시립해 있었다. 그중에 나이가 조금 많아 보이는 하녀는 생김새가 무척 예뻤다.

"넌 이름이 뭐야?"

"혜향蕙香입니다."

"누가 지어준 거야?"

"원래는 운향이었는데 습인 언니가 다시 지어주었습니다."

"아예 '재수 없는 것〔晦氣〕'[2]이라고 하면 될 것을 '혜향'이 뭐야?"

보옥이 또 물었다.

"자매는 몇이야?"

"네 명입니다."

"넌 몇 째야?"

"넷째입니다."

"내일부턴 '사아四兒'라고 해라. 무슨 '혜초 향〔惠香〕'이니 '난초 냄새〔蘭氣〕'니 하는 따윈 필요 없다. 그런 꽃에 비길 만한 이가 어디 있어? 괜히 좋은 이름과 좋은 성 더럽히지 말고!"

그렇게 말하면서 보옥은 그녀에게 차를 따르게 해서 마셨다. 습인과 사월은 밖에서 보옥의 말을 듣고 입을 삐죽거리며 웃었다.

　이날 보옥은 방에서 나오지도 않고, 자매들이나 하녀들과 입씨름도 하지 않고 혼자 울적하게 지냈다. 기껏 책을 보며 갑갑함을 해소하거나 붓을 들어 글씨를 끼적거릴 뿐이었다. 그리고 다른 사람은 부르지 않고 오로지 '사아'에게만 심부름을 시켰다. '사아'도 총명하고 약삭빠른 하녀여서 보옥이 자기에게만 일을 시키자 온갖 방법으로 그를 농락하려 했다. 저녁을 먹은 후 술을 두어 잔 마신 보옥은 눈이 흐릿하고 귓불에 열이 났다. 예전 같으면 습인 등과 더불어 웃고 떠들며 즐겼겠지만, 이날은 쓸쓸히 혼자 등불을 마주 대하고 있으니 도무지 재미가 없었다. 그렇다고 그들을 찾아가자니 그들의 기만 세워주어서 이후로 더욱 잔소리를 많이 해댈 것 같았다. 또 그렇다고 법규를 들이대 호통을 치자니 너무 매정한 처사 같았다. 그저 마음을 단단히 먹고 그들을 죽은 사람으로 치자고 마음먹으면 자연히 견뎌낼 수 있을 것 같았다. 그래서 일단 그들을 죽은 사람으로 치고 마음에 두지 않자 보옥도 기분이 개운하고 즐거워졌다. 그래서 '사아'에게 등불을 켜고 차를 끓이게 한 후, 자신은 『장자莊子』를 한 번 읽었다. 읽다 보니 마침 「외편外篇」의 「거협胠篋」에 이르게 되었는데, 그 내용은 이러했다.

　그러므로 훌륭한 지혜를 끊어버리면[3] 큰 도둑이 없어질 것이요, 옥을 내던지고 구슬을 망가뜨려버리면 작은 도둑이 일어나지 않을 것이다. 부절符節[4]을 태워버리고 옥새를 부숴버리면 백성들이 순박해질 것이요, 되를 깨버리고 저울을 분질러버리면 백성들이 다투지 않을 것이다. 천하의 성스러운 법을 모두 없애버리면 비로소 백성들과 더불어 오묘한 도道에 대해 의논할 수 있을 것이다. 육률六律[5]을 뒤섞어버리고 피리와 거문고 같은 악기를 녹여 없애버리고 사광師曠[6] 같은 악사樂士의 귀를 막아버리면 비로소 온 세상 사람들이 자기 귀가 밝다는 사실을 숨길 것이다. 문장을 없애버리고 오색五色을 흩어버리고 이루離婁[7] 같은 이의 눈을 아교로 붙여버리면 비로소 온 세상 사람들이 자기 눈이 밝다는 사실을 숨길 것이다. 고리와 먹줄을 망가뜨리고 그림쇠와 곱자를 버리고 공수工倕[8]의 손가락을 부러뜨려버리면 비로소 온 세상 사람들이 자기 기교를 갖게[9] 될 것이다.

 故絶聖棄知 大盜乃止 擿玉毁珠 小盜不起 焚符破璽 而民樸鄙 掊斗折衡 而民不爭 殫殘天下之聖法 而民始可與論議. 擢亂六律 鑠絶竽瑟 塞瞽曠之耳 而天下始人含其聰矣. 滅文章 散五采 膠離朱之目 而天下始人含其明矣. 毁絶鉤繩而棄規矩 攦工倕之指 而天下始人有其巧矣.

여기까지 읽고 나자 감흥이 넘친 그는 주흥酒興에 겨워 붓을 들고 다음과 같이 이어 썼다.

 꽃을 불태우고 사향을 없애버리면 비로소 규방에서 사람들이 훈계를 입 밖에 내지 않을 것이다. 설보차의 선녀 같은 자태를 없애버리고 임대옥의 지혜로운 마음을 태워버리고 정의情意를 없애버리면 비로소 규방의 아름다움과 추함이 서로 비슷해질 것이다. 저들이 훈계를 입 밖에 내지 않으면 서로 대립해서 사이가 틀어질 걱정이 없어질 것이다. 선녀 같은 자태를 없애버리면 사랑하는 마음이 없어질 것이요, 지혜로운 마음을 태워버리면 재능과 생각을 아끼는 마음도 없어질 것이다. 설보차와 임대옥, 화습인, 사월 같은 이들은 그물을 치고 함정을 파서 온 세상 사람들을 미혹하고 함정에 빠뜨리는 이들이다.

 焚花散麝 而閨閤始人含其勸矣. 戕寶釵之仙姿 灰黛玉之靈竅 喪滅情意 而閨閤之美惡始相類矣. 彼含其勸 則無參商之虞矣. 戕其仙姿 無戀愛之心矣 灰其靈竅 無才思之情矣. 彼釵玉花麝者 皆張其羅而穴其隧 所以迷眩纏陷天下者也.

다 쓰고 나서 보옥은 붓을 던지고 잠자리에 들었다. 베개에 머리를 대자마자 잠들어 밤새 정신없이 자다가 이튿날 날이 밝아서야 깨어났다. 그가 몸을 돌려보니 습인이 옷을 입은 채 이불 위에서 자고 있었다. 보옥은 어제 일은 이미 까마득히 잊어버리고 그녀를 슬쩍 밀치며 말했다.

"일어나서 똑바로 자. 감기 걸리겠어."

원래 습인은 보옥이 밤낮을 가리지 않고 누이들과 시시덕거리는 걸 보고 직접 충고하는 것은 효과가 없을 거라 생각했다. 그보다 부드럽게 타이르면 한나절도 지나지 않아 금방 괜찮아지리라고 여겼다. 그런데 뜻밖에 보옥이 하루 종일 마음을 돌리지 않자 오히려 습인 자신이 대책이 없어져서 밤새 잠을 제대로 잘 수가 없었다. 그러다가 이제 보옥이 이러는 것을 보고서 그가 마음을 돌렸나 보다 생각하고 일부러 더욱 모르는 체했다. 보옥은 습인이 대답이 없자 손을 뻗어 그녀의 옷을 벗겨주려고 했다. 막 단추를 풀자 습인이 그의 손을 밀치며 다시 채웠다. 보옥은 어쩔 도리가 없어서 그저 그녀의 손을 잡고 웃으며 말했다.

"대체 왜 그래?"

몇 번이나 묻자 습인이 눈을 뜨며 말했다.

"제가 뭘 어쨌다고요? 일어나셨으면 저쪽 방에 가서서 세수나 하세요. 더 늦으면 그럴 시간도 없을 거예요."

"어디로 가라고?"

"흥! 그걸 제가 어떻게 알아요? 아무데나 가고 싶은 데로 가세요. 이제부터 우리 둘은 서로 모르는 사이니까 괜히 입씨름하지 마요. 남들이 비웃어요. 어쨌든 저쪽에서 싫증나시면 오세요. 이쪽엔 '넷째'인가 '다섯째'인가 하는 애가 시중을 들어줄 테니까요. 우리 같은 것들은 괜히 '좋은 이름과 좋은 성을 더럽힐 뿐'이니까요!"

"하하, 그걸 아직도 기억하고 있어?"

"평생 잊지 못할 거예요! 제 얘기 따윈 귓전으로 흘려버리고, 저녁에 말씀드리면 아침에 잊어버리시는 도련님과는 다르지요!"

보옥은 습인이 화가 잔뜩 나 있자 자기도 홧김에 베갯맡에 있던 옥비녀를 들어 뚝 두 동강을 내버렸다.

"이제 누나 말 듣지 않을 거야. 이것처럼 말이야!"

습인이 다급히 비녀를 주워 들며 말했다.

"이른 아침부터 왜 이러세요! 제 말씀을 듣느냐 마느냐 하는 게 이럴 정도로 중요한가요?"

"누나가 내 타는 속을 어찌 알겠어!"

"호호, 도련님도 속이 타실 때가 있나요! 그럼 제 마음은 어떻겠어요? 얼른 세수나 하세요."

그렇게 말하며 두 사람은 일어나 세수를 했다.

보옥이 위채로 가고 난 후 뜻밖에 대옥이 왔다. 대옥은 보옥이 방에 없는 걸 보고 책상에 놓인 책을 뒤적이다가 공교롭게도 어제 보옥이 읽었던 『장자莊子』를 펼쳤다. 그러다가 보옥이 이어 쓴 부분을 보고는 자기도 모르게 화도 나고 우습기도 해서 붓을 들어 그 뒤를 이어 다음과 같은 절구絶句를 한 수 썼다.

까닭 없이 붓장난한 이 누구인가?
『장자』의 문장 흉내 냈구나.
자기 무식함은 뉘우치지 못하고
오히려 추한 언어로 남만 탓하네!
無端弄筆是何人
作踐南華莊子因
不悔自己無見識
卻將醜語怪他人

그렇게 써놓고 대옥은 위채로 가서 태부인에게 문안 인사를 올린 다음 왕부인의 거처로 갔다.

그런데 뜻밖에 희봉의 딸 교저巧姐에게 병이 나서 희봉은 의원이 진맥하는 것을 지켜보느라 정신이 없었다. 의원이 말했다.

"마님과 아씨께 기쁜 소식을 전해주십시오. 따님이 열이 나는 것은 다른 병이 아니라 천연두天然痘일 따름입니다."

왕부인과 희봉이 그 말을 듣고 급히 사람을 보내 물었다.

"나을 수 있겠습니까?"

"병이 좀 고약하긴 하지만 그래도 제대로 치료만 하면 괜찮을 겁니다. 다만 누에와 돼지꼬리를 준비해두는 게 중요합니다."

희봉은 즉시 부산을 떨었다. 방을 청소해 '두진낭랑痘疹娘娘'[10]에게 치성을 올리도록 준비하게 하는 한편, 집안사람들에게 지지고 볶는 요리를 금하게 했다. 평아平兒˙에게는 이불과 옷가지를 챙기게 하여 가련에게 다른 방을 쓰도록 하고, 유모와 하녀, 가까운 이들에게는 붉은 천을 가져다가 옷을 만들게 했다. 바깥에는 깨끗한 방을 마련해 두 명의 의원을 머물게 하여 서로 번갈아 진맥을 하고 약을 처방하면서 십이 일 동안 집에 돌아가지 못하게 했다. 가련은 어쩔 수 없이 바깥 서재로 옮겨가 재계齋戒할 수밖에 없었다. 희봉과 평아는 날마다 왕부인과 함께 '두진낭랑'에게 치성을 드렸다.

가련은 희봉과 떨어져 있기만 하면 수작을 붙여볼 다른 사람을 찾곤 했는데, 이틀 밤을 혼자 자고 나자 너무나 견딜 수가 없었다. 그래서 하인들 가운데 말쑥하게 생긴 녀석을 골라 욕망을 해소했다. 그런데 영국부에 다관多官˙이라고 하는 아주 못돼먹은 주정뱅이 요리사가 있었다. 사람들은 그가 유약하고 무능하다고 해서 모두들 그를 '머저리〔多渾蟲〕'라고 불렀다. 다관에게는 어렸을 때 부모가 얻어준 아내가 있었는데, 올해 막 스무 살쯤 되었고 제법 미모가 있어서 보는 이들이 모두 그녀를 좋아했다. 천성적으로 경박한 그녀는 아무 남자하고나 들러붙기 좋아했지만 '머저리'는 그저 술과 고기, 돈만 생기면 다른 일은 전혀 상관하지 않았다. 그래서 영국부와 녕국부 사람들치고 그의 아내를 손대지 않은 이가 없을 지경이었다. 그녀는 미모도 대단하지만 비할 데 없이 경박한지라, 사람들은 모두 그녀를 '예비 아가씨〔多姑娘兒〕'[11]라고 불렀다.

바깥 서재에서 지내느라 욕망을 해소하지 못해 안달이 난 가련도 예전에 이 아낙을 보고 넋이 나간 적이 있었지만, 안으로는 아내 희봉이 두렵고 밖으로는 남색男色을 즐기는 상대가 무서워서 여태 손을 대지 못하고 있었다. 그 '예비 아가씨'도 가련에게 마음을 품은 적이 있었지만 그를 유혹할 틈이 없어 안타까워하던 참이었다. 그러다가 가련이 바깥 서재에 나와 있게 되자 '예비 아가씨'는 특별한 일도 없으면서 두어 번 서재로 가서 가련을 유혹했다. 굶주린 쥐새끼처럼 가련은 심복으로 부리는 하인들과 모의해서 남몰래 계책을 짜고, 그들에게 많은 돈과 비단을 뇌물로 주었다. 그러니 하인들이 말을 듣지 않을 리 있겠는가? 게다가 그들은 모두 이 여자와 친한 사이였기 때문에 가련이 말을 꺼내기 무섭게 일은 성사되었다. 그날 밤 여덟 시 무렵 인적이 드물어지자 '머저리'는 취해 구들에서 기절한 듯 잠들어 있었다. 그 틈에 가련은 몰래 그 집을 찾아가 그 아낙을 만났다. 문에 들어서서 그 여자의 모습을 본 순간 가련은 이미 혼이 날아가서 무슨 정담情談을 늘어놓을 틈도 없이 옷부터 벗어던지고 일을 시작했다.

그런데 그 아낙은 특이한 맛을 타고났다. 일단 남자와 살이 닿으면 온몸의 뼈마디가 녹신해져서 사내들에게 포근한 솜 위에 누운 것 같은 느낌을 주었다. 게다가 음란한 몸짓과 교성嬌聲은 기생을 무색하게 할 정도였으니, 이런 여자를 만난 남자가 어찌 목숨을 아끼겠는가? 가련은 자신의 몸이 그녀의 몸에 녹아들어 하나가 되지 못한 것을 안타까워할 정도였다. 그 아낙은 일부러 음탕한 말을 하며 가련의 밑에 깔린 채 말했다.

"따님이 천연두에 걸려 신령님께 치성을 드리고 있으니, 나리께서도 이틀 동안 재계를 하셔야 하는데 저 때문에 몸을 더럽혔군요! 어서 돌아가셔요."

가련은 힘껏 몸을 움직이면서 헐떡거리며 대답했다.

"네가 바로 신령님이야! 난 '두진낭랑' 따위에겐 신경 안 써!"

아낙이 음탕하게 굴수록 가련은 더욱 추태를 드러냈다. 잠시 후 일이 끝나자 둘은 갖은 맹서를 다지며 헤어지기 아쉬워했다. 이후로 둘은 단짝이 되었다.

어느 날 교저의 열이 내리고 반점이 사라지자 열이틀 만에 '두진낭랑'의 신위神位를 밖으로 전송하면서 온 집안사람이 하늘과 조상에게 제사와 기원을 올리며 향을 살랐다. 경사를 축하하며 하인들에게 두루 상을 내리는 일까지 끝내고 나서야 가련은 다시 침실로 들어왔다. 오랜만에 희봉을 만나니 '첫날밤도 멀리 헤어졌다 다시 만난 것만 못하다〔新婚不如遠別〕.'라는 속담처럼 둘 사이에 더욱 한없는 사랑이 무르녹았다. 이에 대해서는 당연히 번잡하게 이야기할 필요가 없겠다.

이튿날 아침 희봉이 위채로 간 뒤, 평아는 가련이 밖에서 쓰던 옷과 이불을 정리하다가 우연히 베갯잇 사이에서 머리카락을 한 움큼 발견했다. 평아는 사정을 짐작하고 얼른 그걸 소매 속에 감추고는 바로 이쪽 방으로 건너와 가련에게 꺼내 보였다.

"호호, 이게 뭐지요?"

가련이 다급하게 빼앗으려고 했다. 달아나려던 평아는 곧바로 가련에게 붙들려 구들에 눌러앉고 말았다. 가련은 그녀의 손을 벌려 머리카락을 빼앗으려고 하면서 낮은 소리로 말했다.

"하하, 요 망할 년, 빨리 내놓지 않으면 팔을 뽑아버릴 거야!"

"호호, 양심도 없군요! 전 호의로 아씨 몰래 와서 묻는 건데 이렇게 사납게 굴다니요! 계속 이러시면 아씨한테 일러바칠 거예요. 그럼 어찌 되나 볼까요?"

"헤헤, 귀염둥이, 선심 좀 써줘. 다시는 사납게 굴지 않을게."

말이 채 끝나기도 전에 희봉이 들어오는 소리가 들렸다. 가련은 얼른 손을 놓았다. 평아가 몸을 일으키려는데 희봉이 들어와 평아에게 "상자를 열어서 마님께 드릴 옷 만드는 본을 찾아봐."라고 말했다. 평아가 얼른 "예!" 하고 상자를 뒤질 때 가련을 본 희봉은 문득 생각난 게 있는 듯 평아에게 물었다.

"내갔던 물건들은 모두 챙겨 들였어?"

"잘 간수해놓았어요."

"없어진 건 없었어?"

"저도 한두 개라도 없어진 게 있을까봐 자세히 살펴봤는데 빠진 건 없었어요."

"그럼 다행이고. 혹시 더 나온 건 없었어?"

"호호, 없어진 게 없는 것만 해도 다행인데 누가 더 보태주었겠어요?"

"흥! 보름 동안이나 깨끗하게 지내셨을까? 혹시 가까이 지내던 이가 떨어뜨린 물건 같은 건 없었어? 반지나 허리띠, 향주머니, 아니면 머리카락이나 손톱 같은 거라도 말이야."

그 말을 들은 가련의 얼굴이 누렇게 변했다.

가련은 희봉의 뒤쪽에서 목이 비틀린 닭처럼 평아에게 다급한 눈짓을 보냈다. 평아는 못 본 체하고 웃으며 말했다.

"어쩜 아씨 마음도 저와 똑같을까요! 저도 뭔가 있을까봐 찬찬히 찾아봤는데 천 조각 하나 발견되지 않았어요. 못 믿으시겠거든 제가 그것들을 아직 창고에 넣지 않았으니까 아씨께서 직접 한번 살펴보세요."

"호호, 맹추 같으니! 그런 게 있다 해도 우리한테 들키게 놔뒀겠어?"

그러면서 희봉은 본을 들고 위채로 갔다. 평아가 손가락으로 자기 코를 가리키면서 머리를 살래살래 흔들며 말했다.

"호호, 이번 일에 대해 어떻게 사례하시겠어요?"

가련은 기뻐 어쩔 줄 몰라 달려와서 그녀를 와락 안고 "아이고, 이 예쁜 것!" 하면서 정신없이 고마워했다. 평아가 머리카락을 꺼내 들고 말했다.

"호호, 이건 평생 써먹을 무기네요. 저한테 잘해주시면 괜찮겠지만 그렇지 않으면 이걸 폭로해버릴 거예요."

"헤헤, 잘 간수하라고. 절대 아씨한테 들키면 안 돼!"

그렇게 말하다가 평아가 방심한 틈을 타 재빨리 머리카락을 빼앗아 들고 말했다.

"헤헤, 네가 갖고 있으면 결국 우환덩어리가 될 테니 아예 내가 태워버리는 게 낫지!"

가련은 머리카락을 장화에 쑤셔 넣었다. 평아가 이를 갈며 말했다.

"양심도 없는 인간! 강을 건너고 나니 다리를 없애버리는군요. 앞으로는 제가 감싸주겠거니 하는 건 꿈도 꾸지 마세요!"

가련은 평아가 교태를 부리자 욕정이 치밀어 곧 끌어안고 쾌락을 즐기려 했다. 그러나 평아가 손을 뿌리치고 도망쳐버리자 가련은 허리를 굽힌 채 원망을 퍼부었다.

"애만 태우는 못된 갈보 년! 불만 질러놓고 도망쳐버리는군!"

평아가 창밖에서 웃으며 말했다.

"저야 평소처럼 했을 뿐이에요. 누가 나리더러 욕정을 피워올리라고 했나요? 나리랑 재미 한 번 보려다가 아씨께서 아시면 절 싫어하실 거예요."

"그 사람 무서워할 필요 없어. 내가 성질나면 그 질투 많은 것을 아주 박살 내서 남편 무서운 줄 알게 해줄 테니까! 마치 도둑놈 단속하듯이 나를 단속하면서 제년은 남자들과 얘기해도 되고 나는 여자랑 얘기도 못하게 하지. 내가 여자한테 조금만 가까이 가면 바로 의심하면서 제년은 시동생이며 조카, 어른, 아이 할 것 없이 아무하고나 웃고 떠들면서 내가 눈꼴 시려 한다는 건 걱정조차 안 하지. 이제부턴 나도 그년이 외간 남자들과 못 만나게 하겠어!"

"아씨께서 나리를 시샘하는 거야 그럴 수 있지만, 나리께선 아씨를 시샘하실 수 없을걸요? 아씨야 원래 행실이 바르시지만 나리께선 걸핏하면 못된 마음을 품으시니까, 심지어 저조차도 안심할 수 없어요. 그러니 아씨는 말할 필요도 없지요!"

"마누라나 너나 둘 다 말버릇이 고약하구나! 너희들만 바르게 행동하고 난 무슨 짓을 해도 다 고약하다고? 조만간 둘 다 내 손에 죽을 줄 알아!"

그 말이 채 끝나기도 전에 희봉이 정원으로 들어오다가 평아가 창밖에 있는 것을 보고 물었다.

"할 말이 있으면 방 안에서 할 일이지 왜 밖에 나와 창을 사이에 두고 떠들어대? 무슨 일이야?"

가련이 창 안에서 말을 받았다.

"개한테 물어보라고. 아마 방 안에 저를 잡아먹을 호랑이가 있는 줄 아는 모양이야."

평아가 말했다.

"방 안에 다른 사람이 아무도 없는데 제가 나리 앞에서 뭘 하겠어요?"

희봉이 웃으며 말했다.

"아무도 없으니까 딱 좋지 않아?"

"그거 저한테 하신 말씀인가요?"

"호호, 그럼 누구한테 하는 말이겠어?"

"저한테 좋은 소리 듣길 바라지 마세요!"

평아는 희봉에게 문발을 들어주지도 않고, 자기가 먼저 문발을 확 밀치고 들어가 저쪽으로 가버렸다.

희봉은 스스로 문발을 걷고 들어와 말했다.

"쟤가 미쳤나 보네. 이 망할 년이 정말 날 누르려 들어? 가죽을 확 벗겨줄까?"

 가련이 그 말을 듣고 구들 위에서 배꼽을 잡고 있다가 손뼉을 치며 말했다.

 "하하, 평아가 이리 대단한 줄 여태 몰랐네? 이제부턴 쟤 앞에서 설설 기라고!"

 "이게 모두 당신이 버릇을 잘못 들여놓은 탓이니까 당신한테 따지면 되겠지요!"

 "둘 사이가 틀어지니까 또 나한테 화풀이를 하는군. 아무래도 내가 피하는 게 낫겠어."

 "어디로 피하시나 두고 보겠어요!"

 "이런, 얼른 가야겠군!"

 "당신과 상의할 일이 있어요."

 둘이 무슨 일을 상의할까? 이에 대해서는 다음 회를 보시라. 그야말로 이런 격이었다.

    정숙한 여자는 이제껏 원망을 많이 품었고
    예쁜 아내는 예로부터 마음고생 많았다네.
    淑女從來多抱怨
    嬌妻自古便含酸

제22회

노래 가사를 듣고 가보옥은 선기[1]를 깨닫고
수수께끼[2]를 만들며 가정은 불길한 예감에 슬퍼하다

聽曲文寶玉悟禪機　製燈謎賈政悲讖語

등롱 수수께끼를 풀며 가정은 슬픈 운명을 예감하다.

가련은 희봉이 상의할 일이 있다고 하자 걸음을 멈추고 무슨 일인지 물었다. 희봉이 말했다.

"이십일일이 보차의 생일인데 어떻게 하실 건가요?"

"내가 어찌 알아! 당신은 어른들 생신도 많이 치러봤으면서 이번엔 어찌할 지 모르겠다는 거야?"

"어른들 생신이야 일정한 형식과 절차가 있으니 그대로 하면 그만이지만, 보차의 경우는 어른 생신도 아니고 아이 생일도 아니니 당신한테 상의하는 거잖아요."

가련은 한참 머리를 숙이고 생각하더니 이렇게 말했다.

"당신 오늘은 좀 멍청하군. 대옥이 생일을 치러준 적이 있잖아? 작년에 어떻게 했어? 이번에 보차에게도 그대로 해주면 되잖아!"

"흥! 제가 그것도 모를 줄 알아요? 저도 원래 그럴 생각이었어요. 하지만 어제 할머님이 사람들의 나이와 생일에 대해 물으셨어요. 보차가 올해 열다섯 살이라는 얘기를 들으시고는 비록 큰 생일〔整生日〕³은 아니지만 성년이 되는 해니까, 생일잔치를 열어주고 싶다 하셨어요. 생각해보니 정말 그렇게 해주실 작정이시라면 당연히 작년 대옥이 생일 때 했던 것과는 달라야겠다 싶더라고요."

"그럼 대옥이 생일 때보다 좀 더 차리지 뭐."

"저도 그런 생각이 들어서 당신한테 의견을 들어보려는 거예요. 제 마음대로 뭘 더하면 당신이 또 알리지도 않았다고 뭐라 하실 테니까요."

"하하, 됐네요, 됐어! 이렇게 말로만 날 존중해주는 척하는 건 바라지 않아! 당신이 나한테 이것저것 따지고 들지만 않아도 감지덕지인데 내가 어찌 당신을 나무라겠어!"

말을 마치고 가련은 바로 나가버렸다. 그에 대해서는 더 이상 이야기하지 않겠다.

한편, 상운은 이틀이나 묵었기 때문에 집으로 돌아가려고 했다. 그러자 태부인이 말했다.

"보차 생일을 지내면서 연극도 보고 가렴."

그래서 그곳에 더 머물러 있을 수밖에 없었다. 그리고 사람을 보내 보차에게 생일선물로 주기 위해 자기가 옛날에 수놓은 두 가지 물건을 가져오게 했다.

태부인은 보차가 온 뒤로 그녀를 찬찬히 살펴보니 그녀의 차분하고 온화한 성품이 마음에 들었다. 마침 이곳에서 첫 번째 생일을 맞이하게 되자 태부인은 희봉에게 스무 냥을 주면서 술자리와 연극을 준비하는 데 보태라고 했다. 희봉이 맞장구를 치며 농담을 했다.

"집안의 큰어른께서 어린아이 생일을 챙겨주신다는데 어떻게 차리든 누가 감히 뭐라 하겠어요? 그리고 무슨 술자리와 연극이에요? 기분 좋게 좀 떠들썩한 분위기를 만들어보시려면 몇 냥쯤 더 쓰셔야 하지 않겠어요? 겨우 곰팡이 핀 은돈 스무 냥으로 상을 차리라고 하시니 나머진 저더러 메우라는 말씀이세요? 정말 내놓지 못하실 상황이라면 모르지만 금이나 은, 둥글거나 납작한 것들을 상자 바닥이 터지도록 쌓아놓으시고도 저희만 힘들게 윽박지르시네요. 한번 보세요, 누가 할머님 자손이 아닌가요? 설마 나중에 할머님이 오대산五臺山[4]에 오르실 때 보옥 도련님만 모셔다 드리겠어요? 그 재물은 보옥 도련님에게만 물려주실 셈인가 보네요. 저희야 비록 그걸 쓸 자격은 없다 하더라도 고생은 시키지 마셔야지요! 이걸로 술상이나 차리겠어요? 연극은 또 어떻게 준비해요?"

그 말에 방 안의 모든 사람이 웃음을 터뜨렸다. 태부인도 웃으며 말했다.

"요 주둥이 놀리는 것 좀 보게! 나도 제법 입심이 좋은 편이라 할 수 있는데 이 원숭이는 도저히 당해낼 수 없구나. 네 숙모도 함부로 말을 못 하는데 넌 내 앞에서 잘도 지껄여대는구나!"

"호호, 숙모님도 할머님과 똑같이 보옥 도련님만 아끼시니 전 어디 하소연할 데도 없네요. 그런데도 오히려 제 입심만 세다고 하시네요."

그 말에 태부인은 또 웃음을 터뜨리며 무척 즐거워했다.

저녁이 되자 사람들이 모두 태부인 앞에 모였다. 저녁 인사를 하고 나서 부인들과 아가씨들이 웃고 떠들 때 태부인은 보차에게 무슨 연극을 좋아하는지, 무슨 음식을 잘 먹는지 따위를 물었다. 보차는 태부인이 연세 많은 노인이라는 걸 생각하고는, 시끌벅적한 연극을 좋아하고 달고 부드러운 음식을 즐겨 먹는다며 평소 태부인이 좋아하는 것들을 들어 대답했다. 태부인은 더욱 기뻐했다. 이튿날 태부인은 우선 옷이며 상난삼 따위의 선물을 보차에게 보냈고, 왕부인과 희봉, 대옥 등도 자기 처지에 맞는 선물을 보냈다. 이걸 일일이 다 기록할 필요는 없겠다.

이십일일이 되자 태부인 거처의 안뜰에 작은 무대를 만들고 새로 나온 짤막한 연극을 공연하기로 했다. 거기에는 곤강崑腔과 익강弋腔[5]이 모두 포함되어 있었다. 태부인의 거처인 위채에 몇 개의 술상을 차리고 집안사람들이 모였다. 외부인은 설씨 댁 마님과 상운, 보차뿐이었다. 이날 아침 보옥이 대옥을 보러 그녀의 방을 찾아갔더니, 그녀는 구들에 비스듬히 누워 있었다.

"하하, 일어나서 밥 먹으러 가자. 곧 연극이 시작될 거야. 넌 어떤 걸 보고 싶어? 내가 골라줄게."

"흥! 그럼 특별히 극단을 하나 불러 제가 좋아하는 대목을 공연하게 해줘요. 그때는 남의 영광을 빌려 저한테 묻지 못할걸요?"

"하하, 그게 뭐 어려워? 내일이라도 당장 그렇게 하지. 그땐 저 사람들더러 우리의 영광을 빌리라고 하지 뭐."

보옥은 그녀를 일으켜 손을 잡고 나갔다.

밥을 먹고 연극을 고를 때 태부인은 굳이 보차에게 먼저 고르라고 했다. 보차는 한 차례 양보했다가 어쩔 수 없이 『서유기西遊記』의 한 대목을 골랐다. 태부인은 당연히 기뻐하며 다시 희봉에게도 하나 고르라고 했다. 희봉도 태부인이 떠들썩한 연극을 좋아할 뿐만 아니라 우스갯소리와 동작이 뒤섞인 것을 더욱 좋아한다는 것을 알고 『유이당의劉二當衣』[6] 한 대목을 골랐다. 과연 태부인은 더욱 기뻐하면서 다시 대옥에게 골라보라고 했다. 대옥이 설씨 댁 마님과 왕부인 등에게 양보하자 태부인이 말했다.

"오늘은 내가 너희들과 재미있게 놀아보려고 준비한 것이니 남들은 신경 쓰지 말고 우리끼리 즐기자꾸나. 내가 쟤들을 위해 특별히 연극을 준비하고 술자리를 마련했겠니? 쟤들은 공짜로 연극 구경하고 술을 마시는 것만으로도 이미 재미를 본 셈인데 연극까지 고르게 하라는 게냐?"

그 말에 모두 웃음을 터뜨렸다. 그제야 대옥이 하나를 고르자 뒤이어 보옥과 상운, 영춘, 탐춘, 석춘, 이환 등이 모두 하나씩 골랐다. 이어서 공연이 시작되었다.

술자리에 앉자 태부인은 또 보차에게 연극을 고르라고 했다. 보차가 『노지심취뇨오대산魯智深醉鬧五臺山』[7]을 고르자 보옥이 말했다.

"계속 그런 것만 고르네."

"요 몇 년 동안 연극 본 게 말짱 헛것이었군요! 이 연극의 좋은 점도 모르다니. 장면 구성도 훌륭하고 노래 가사는 더 좋아요."

"난 원래 이렇게 시끌벅적한 걸 싫어해요."

"호호, 이 연극을 시끌벅적하다고 생각한다니 아직 연극을 잘 모르는 모양이군요? 이리 와봐요. 제가 이 연극이 시끄러운지 아닌지 설명해줄게요. 그러니까 이건 북쪽 지방의 『점강순點絳脣』[8]을 바탕으로 한 건데 소리가 낭랑하고 꺾여 돌아가고 음률이 말할 수 없이 훌륭해요. 가사 가운데 「기생초寄生草」[9]만 하더라도 얼마나 좋은데요. 여태 그걸 모르셨군요!"

보차가 자세히 설명해주자 보옥은 가까이 다가가 간청했다.

"누나, 그 가사 좀 들려줘요."

보차는 다음과 같이 읊조렸다.

자기도 모르게 눈물 훔치는 영웅
처사의 집을 떠났네.[10]
고맙게도 자비를 얻어 연화대 아래에서 머리 깎았으나
불가와는 인연 없어 금방 헤어지게 되었구나.
홀홀단신으로 오가나니 근심걱정 없어라.
어디서 도롱이와 삿갓 얻어 절을 나설까?[11]
내 마음대로 해진 짚신 깨진 바리때 들고 동냥 다니리라.
漫搵英雄淚
相離處士家
謝慈悲剃度在蓮臺下
沒緣法轉眼分離乍
赤條條來去無牽掛
那裏討煙蓑雨笠卷單行
一任俺芒鞋破鉢隨緣化

보옥은 그걸 듣고 무릎을 치며 찬탄해 마지않았다. 보옥은 보차가 모르는 책이 없다며 칭찬했다. 그러자 대옥이 말했다.

"조용히 연극이나 보세요! 아직 『산문山門』을 시작하지도 않았는데 오빤 벌써 『장풍妝瘋』[12]으로 넘어갔잖아요."

그 말을 듣고 상운도 웃음을 터뜨렸다. 이어서 모두 연극을 구경했다.

저녁이 되어 잔치를 파할 때 태부인은 소단小旦[13]을 연기한 배우와 소축小丑*을 연기한 배우 가운데 하나가 무척 마음에 들어 사람들을 시켜서 데려오게 했는데, 자세히 보니 더욱 가엾고 애틋한 느낌이 들었다. 나이를 물어보니 소단은 겨우 열한 살이고 소축은 아홉 살이라 해서 모두들 한동안 탄식했다. 태부인은 그들에게 고기와 과일을 주게 하고 별도로 동전 두 꿰미를 상으로 내려주었다. 그러자 희봉이 웃으며 말했다.

"이 애가 분장했을 때 모습이 꼭 누구를 닮았던데, 모두들 다시 봐도 모를 거예요."

보차는 속으로 알고 있었지만 그저 피식 웃으며 말하지 않았다. 보옥도 짐작하고는 있었지만 역시 감히 말하지 못했다. 그러자 상운이 웃으며 말했다.

"어쩐지 대옥 언니 모습 같네요."

보옥이 얼른 상운에게 눈짓을 했다. 사람들은 그 말을 듣고 그들을 자세히 살펴보고 나서 과연 그렇다며 다들 웃음을 터뜨렸다. 잠시 후 모두 헤어졌다.

저녁에 상운이 옷을 갈아입을 때 취루에게 옷을 챙겨 짐을 싸라고 하자 취루가 말했다.

"뭘 그리 서두르세요? 가실 때 꾸려도 늦지 않잖아요?"

"내일 아침에 갈 거야. 여기 있어봐야 뭐 하겠어? 남들한테 눈총이나 받을 텐데!"

보옥이 그 말을 듣고 얼른 다가가 상운의 손을 붙들고 말했다.

"누이, 날 원망하지 마. 대옥이는 예민한 사람이잖아. 남들도 다 알면서 말하지 않은 건 대옥이가 화낼까봐 그런 거야. 그런데 네가 갑자기 말을 해버렸으니 대옥이가 너한테 화를 내지 않겠어? 난 네가 대옥이에게 미움을 살까봐 눈짓을 한 거라고! 그런데 이제 나한테 화를 내면 내 마음을 저버리는 것일 뿐만 아니라 괜히 나만 억울하게 만드는 처사가 아니겠어? 다른 사람이라면 열 명한테 미움을 산다 한들 나와 무슨 상관이겠어?"

상운이 보옥의 손을 뿌리쳤다.

"감언이설로 절 속이려고요? 저도 오빠의 '임누이'보다 못하지요. 다른 사람이 대옥 언니 얘길 하면서 놀리는 건 괜찮지만 저는 말만 했다 하면 문제가 생기는군요. 하긴 저는 대옥 언니한테 얘기할 자격이 없지요. 대옥 언니는 고관대작 가문의 아가씨이고 저는 비천한 하녀라서 대옥 언니한테 미움을 사서는 안 되나 보네요!"

"난 너를 위해 그런 건데 그걸 안 된다는 뜻으로 받아들이다니! 내가 다른 마음을 품었다면 당장 재로 변해서 수많은 사람들에게 짓밟히게 될 거야!"

"정초부터 말도 안 되는 소리 마세요! 그런 쓸데없는 맹서나 실없는 헛소리는 그 속 좁고 걸핏하면 화내고 오빠를 후려잡는 사람한테나 하세요. 괜히 저한테 핀잔이나 듣지 마시구요!"

상운은 그대로 태부인의 방으로 가서 화를 내며 드러누워버렸나.

보옥은 머쓱해져서 어쩔 수 없이 대옥을 찾아갔다. 보옥이 문턱에 이르자 대옥은 그를 밀어내고 문을 잠가버렸다. 보옥이 영문을 몰라 창밖에서 소리를 죽여 "누이!" 하고 불렀지만, 대옥은 끝내 모르는 체했다. 보옥은 우울하게 고개를 숙이고 생각했다. 습인은 이유를 알고 있었지만, 이번에는 도저히 뭐라 해줄 수가 없었다. 보옥은 그저 멍하니 그곳에 서 있을 뿐이었다. 얼마 후 대옥은 보옥이 자기 방으로 돌아간 줄 알고 일어나 문을 열었는데, 보옥이 아직 거기에 서 있는 것이 아닌가! 그러자 대옥이 오히려 미안해져서 문을 다시 잠그지 못하고 그냥 침대로 가서 누웠다. 보옥이 따라 들어가서 물었다.

"모든 일에는 까닭이 있기 마련인데 얘기를 해야 남도 억울하지 않을 거 아냐! 걸핏하면 화를 내는데 대체 무엇 때문이야?"

"흥! 저한테 묻는 건 좋지만 저도 이유를 모르겠네요! 저야 원래 남들 놀림거리이긴 하지만, 그렇다고 절 배우에 비유해서 놀려요?"

"난 절대 그런 적 없어, 절대! 그런데 왜 나한테 화를 내?"

"오빠도 그러고 싶어요? 절 놀리고 싶냐고요! 오빠가 놀리지 않은 건 남들이 절 놀린 것보다 더 지독해요!"

보옥이 뭐라 변명할 말이 없어서 아무 소리도 못하자 대옥이 또 말했다.

"그건 그래도 용서할 만해요. 그런데 왜 또 상운이에게 눈짓을 했어요? 그건 대체 무슨 속셈이었죠? 설마 걔가 저한테 장난치면 결국 자신을 천하게 만드는 일이라는 건가요? 걔는 원래 공후公侯 가문의 아가씨이고 전 가난한 백성 집안의 계집애니까 걔가 저한테 장난쳐서 제가 말대꾸라도 했다면 걔 체면이 깎인다는 게로군요, 그렇죠? 오빤 호의로 그랬다지만 걔도 받아들이지 않고 저처럼 화를 냈지요. 오빠는 또 저를 핑계로 대면서 제가 속 좁고 걸핏하면 화를 낸다고 했지요. 그리고 걔가 저한테 미움을 사면 제가 걔한테 화를 낼 거라고 걱정하신 모양인데, 제가 걔한테 화내는 게 오빠하고 무슨 상관이 있어요? 걔가 저한테 미움 받는 게 오빠와 무슨 상관이 있냐고요!"

보옥은 그제야 아까 자신이 상운과 나눈 이야기를 대옥도 들었다는 걸 알았다. 가만히 생각하니 자신은 두 사람 사이에 틈이 생길까봐 중간에서 중재하려 한 것인데, 뜻밖에 중재가 성공하기도 전에 양쪽에서 비방을 듣는 처지가 되고 말았다. 마치 전에 보았던 『장자』의 이런 말들 같았다.

영활하고 손재주 많은 이는 몸이 수고롭고 지혜로운 자는 근심하지만, 무능한 자는 바라는 바가 없어 배불리 먹고 마음대로 놀러 다니면서 마치 매이지 않은 배처럼 자유롭게 떠다닌다. (『장자莊子』「열어구列御寇」)

巧者勞而智者憂 無能者無所求 飽食而遨遊 泛若不繫之舟

산의 나무는 스스로 도적을 부른다. (『장자莊子』「인간세人間世」)
山木自寇

샘물은 스스로 훔쳐 마시는 이를 부른다.
源泉自盜[14]

이 때문에 보옥은 생각할수록 자기 행동이 멋쩍어졌다. 다시 곰곰이 생각해보니, 겨우 두 사람도 화목하게 지내게 하지 못하는데 장차 무슨 일을 바라겠는가 싶었다. 생각이 거기에 미치자 해명해봐야 소용없겠다 싶어서 자기 방으로 돌아가버렸다. 대옥은 그가 변명하기도 멋쩍어 홧김에 한마디 말도 없이 가버렸다고 생각해서 자기도 모르게 더욱 화가 치밀었다.

"이제 평생 오지 마세요! 그리고 저한테 말도 붙이지 마세요!"

보옥은 대꾸도 없이 방에 돌아가 침상에 누웠지만 두 눈은 멍하니 뜨고 있었다. 사정을 아주 잘 알고 있던 습인도 대놓고 말하지 못하고, 다른 일로 기분을 풀어줄 수밖에 없었다.

"오늘 연극을 구경했는데, 또 며칠 동안 계속 봐야 될 것 같네요. 보자 아가씨가 틀림없이 답례 자리를 마련할 테니까요."

"흥! 그러거나 말거나 누가 상관이나 한대?"

습인은 보옥의 말투가 여느 때와는 다르다는 것을 알고 웃으며 말했다.

"호호, 그게 무슨 말씀이세요? 이 좋은 정초에 아씨들과 아가씨들은 모두 즐거워하는데 도련님은 왜 또 이러세요?"

"흥! 그 사람들이 즐거워하거나 말거나 역시 나하고는 상관없어!"

"호호, 모두들 화기애애하니까 도련님도 그러셔야 서로 좋지 않겠어요?"

"뭐가 '서로'라는 거야! 그 사람들은 '서로'지만 난 '홀홀단신으로 오가나니 근심 걱정 없는' 신세라고!"

보옥은 그 구절을 말하면서 자기도 모르게 눈물을 흘렸다. 습인은 그 모습을 보고 더 이상 아무 말도 하지 않았다. 보옥은 이 구절의 의미를 가만히 생각하다가 자기도 모르게 통곡이 터져나와 벌떡 일어나서 책상으로 달려갔다. 그리고 붓을 들고는 다음과 같은 게송偈頌*을 썼다.

> 너도 깨달으려 하고 나도 깨달으려 하며
> 마음으로 깨닫고 뜻으로 깨달으려 하지만
> 깨달았다고 하는 게 없어야
> 비로소 깨달았다고 할 수 있지.
> 깨달았다고 할 수 있는 게 없다면
> 그곳이 바로 발 딛고 살 만한 곳이라![15]
> 你證我證
> 心證意證
> 是無有證
> 斯可云證
> 無可云證
> 是立足境

다 쓰고 나서 보옥은 자신은 뜻을 이해하지만 다른 사람은 봐도 이해할 수 없을 거라 생각해서, 그 게송 뒤에 「기생초寄生草」가락에 맞춰 가사를 한 편 써놓았다. 혼자서 한 번 읽어보고 나니 후련하고 편안한 느낌이 들어 침상으로 가서 잠이 들었다.

한편, 대옥은 보옥이 휑하니 가버리자 습인을 만난다는 핑계로 보옥의 방에 와서 동정을 살폈다. 그러자 습인이 웃으며 말했다.

"벌써 주무시고 계셔요."

이에 대옥이 돌아가려 하자 습인이 웃으며 말했다.

"아가씨, 잠시만요. 도련님이 써놓으신 게 있는데 무슨 얘긴지 한번 보세요."

그러면서 조금 전의 그 노래와 게송을 살그머니 가져와서 대옥에게 건네주었다. 대옥은 그게 보옥이 순간적으로 화가 나서 지은 거라는 걸 알고 우스우면서도 자신도 모르게 탄식이 나왔다. 그래서 습인에게 이렇게 말했다.

"장난으로 쓴 거네요. 별거 아니에요."

그러면서 그걸 들고 자기 방으로 돌아가 상운과 함께 읽었다. 다음 날은 또 보차와 함께 읽었다. 그 노래의 가사는 다음과 같았다.

> 내가 없으면 본래 너도 없으니[16]
> 다른 사람이라 해도 널 이해하지 못하지.
> 멋대로 거침없이 오가노라.
> 아득한 세상에서 슬퍼하고 근심하고 기뻐할 게 무엇이더냐?
> 가깝다느니 소원하다느니 어지럽게 말해 무엇하랴?
> 지난날 부질없이 고생했던 건 무엇 때문인가?
> 이제와 돌이켜 생각하니 정말 멋쩍기만 하구나!
> 無我原非你
> 從他不解伊
> 肆行無礙憑來去
> 茫茫著甚悲愁喜
> 紛紛說甚親疏密
> 從前碌碌卻因何
> 到如今回頭試想眞無趣

보차는 노래 가사와 그 게송을 다 읽고 나서 웃으며 말했다.

"도를 깨달았군! 모두 내 잘못이야. 어제 내가 들려준 노래 때문에 이런 생각을 하게 된 거야. 도가의 책이나 선종 불교의 설법 같은 것들은 사람의 심성을 변하게 할 수 있어. 나중에도 이런 미친 소리를 진지하게 하고 이런 생각을 품게 된다면 그건 모두 내가 들려준 그 노래 때문일 테니 내가 원흉이 돼버릴 게 아냐?"

그러면서 보차는 그 종이를 갈기갈기 찢어 하녀들에게 주며 "얼른 태워 버려!" 하고 말했다. 그러자 대옥이 웃으며 말했다.

"찢을 필요는 없었잖아요? 제가 오빠한테 물어볼 테니까 두 분도 함께 가서 오빠가 이런 멍청한 생각과 못된 말을 하지 못하도록 확실히 해두자고요!"

세 사람은 모두 보옥의 방으로 갔다. 방에 들어서자마자 대옥이 웃으며 말했다.

"묻노라, 가보옥! 제일 귀한 것이 '보배〔寶〕'요 제일 단단한 것이 '옥玉'인데, 그대는 어디가 귀하고 무엇이 단단한고?"

보옥이 대답하지 못하자 세 사람이 손뼉을 치고 웃으며 말했다.

"이렇게 우둔하면서 참선을 하시겠다고?"

대옥이 또 말했다.

"게송 말미에서 '깨달았다고 할 수 있는 게 없다면 그곳이 바로 발 딛고 살 만한 곳이라!'고 했는데, 훌륭하긴 하지만 제가 보기에는 그래도 아주 훌륭하진 않아요. 그래서 제가 그 뒤에 두 구절을 덧붙였어요."

그러더니 대옥이 이렇게 읊었다.

발 딛고 살 만한 곳 없으니
이제야 비로소 깨끗해졌구나!
無立足境
是方乾淨

그러자 보차가 말했다.

"그래야 비로소 철저한 깨달음이 되는 거지요. 옛날 남종南宗 육대 조사인 혜능惠能[17]이 처음 스승을 찾아 소주韶州[18]에 가셨다가 오조 홍인弘忍이 황매黃梅[19]에 계신다는 소문을 듣고 곧 그곳으로 가서 불목하니가 되셨다고 하지요. 홍인대사께서 법통法統을 이을 후계자를 정하기 위해 모든 제자들에게 각기 하나씩 게어偈語를 지어보라고 했더니 상좌上座 스님[20]인 신수神秀가 이렇게 읊었대요.

    몸은 보리수요
    마음은 명경대라
    수시로 털고 닦아
    먼지 끼지 못하게 하리라!
    身是菩提樹
    心如明鏡臺
    時時勤拂拭
    莫使有塵埃

당시 혜능은 주방에서 쌀을 찧고 있다가 그 소리를 듣고 '훌륭하긴 한데 완전히 깨달음을 이룬 건 아니로구먼.' 하고 생각하여 자신도 게어를 하나 읊었대요.

    보리는 본래 나무가 아니요
    명경 역시 대가 아니거늘
    본래 하나도 없는 물건에
    어디 먼지 낄 데가 있으랴?
    菩提本非樹

明鏡亦非臺
本來無一物
何處染塵埃

 그 소리를 듣고 홍인대사는 혜능에게 의발을 전수했다지요. 오빠의 게어도 그와 같은 뜻이에요. 하지만 조금 전에 대옥이가 깨우쳐준 몇 마디 법어法語만으로는 완전한 깨달음을 이루게 하기엔 부족하니 이쯤에서 그만 손을 떼는 게 어때요?"
 그러자 대옥이 웃으며 말했다.
 "아까 답을 하지 못했으니 이미 진 셈인데, 이제 답을 한다 한들 특별히 뛰어나다고 할 수 있겠어요? 이제부터는 선에 대한 이야기는 하면 안 돼요! 우리 두 사람조차 알고 있고 할 수 있는 걸 오빠는 모르고 있고 할 줄도 모르잖아요. 그런데도 참선을 하겠다고요?"
 보옥은 자신이 깨달았다고 생각했는데, 갑작스런 대옥의 질문에 대답하지 못한 데다 보차가 '어록語錄'을 거론한 것도 그들 두 사람이 평소 할 수 있다고 생각하지 못했던 것들이었는지라 속으로 이렇게 생각했다.
 '이들이 나보다 먼저 느끼고 있었지만 아직 깨달음에 이르진 못했구나. 그럼 지금 내가 굳이 골치 아파할 필요가 없지!'
 보옥은 곧 웃으며 말했다.
 "누가 참선한다고 그래? 그냥 잠깐 말장난을 해본 것뿐이야!"
 이렇게 대화를 나누는 사이에 네 사람은 예전처럼 다시 사이가 좋아졌다.

 그때, 귀비의 명이 내려왔다는 소식이 전해졌다. 귀비가 사람을 통해 수수께끼를 붙인 등롱을 하나 보내서 모두에게 풀어보라 하고, 또 각기 하나씩 수수께끼를 만들어 올리라고 했다는 것이다. 네 사람은 급히 태부인의 거처로 갔다. 그곳에는 태감 하나가 위가 평평한 사각형 틀에 하얀 비단을 두른 등롱을 하나 들고 있었다. 그것은 전적으로 수수께끼놀이〔燈謎〕를 위해 만든 것이었다. 거기에는 수수께끼가 하나 적혀 있었는데 사람들이 모두 다투어 수수께끼를 풀고 있었다. 태감이 귀비의 명을 전했다.

"아가씨들은 수수께끼를 풀면 답을 말하지 말고 각자 종이에 몰래 쓰라고 하셨습니다. 제가 한꺼번에 봉해 궁궐로 가져가면 귀비마마께서 직접 맞는지 틀린지를 검사하시겠답니다."

보차 등이 다가가 보니, 그 수수께끼는 별로 신기할 게 없는 칠언절구七言絶句였다. 그들은 입으로는 훌륭하다 칭찬하고 문제가 어렵다면서 일부러 생각에 잠기는 척했지만, 사실 보자마자 답을 알아맞힐 수 있었다. 보옥과 대옥, 상운, 탐춘도 답을 눈치채고 각자 한참 동안 답을 썼다. 가환과 가란賈蘭 등도 한꺼번에 불려와 지혜를 짜내 답을 궁리해 종이에 썼다. 그런 다음 각자 하나의 물건을 놓고 수수께끼를 하나씩 지어 깔끔한 해서楷書로 써서 등롱에 붙였다.

태감은 궁궐로 떠났다가 저녁에 나와서 귀비의 명을 전했다.

"마마께서 지은 수수께끼에 대한 답은 모두 맞히셨는데 둘째 아가씨와 셋째 도련님만 틀리셨습니다. 아가씨들이 지은 수수께끼에 대해서도 모두 답을 쓰셨는데 맞는지 모르겠다고 하셨습니다."

그러면서 귀비가 답을 쓴 종이를 꺼냈다. 답은 맞는 것도 있고 틀린 것도 있었지만 모두들 잘 맞히셨다고 둘러댔다. 태감은 수수께끼를 맞힌 이들에게 귀비가 하사한 물건들을 하나씩 나눠주었다. 그것은 궁중에서 만든 시통詩筒[21]과 차선茶筅[22]이었는데, 영춘과 가환은 받지 못했다. 영춘은 별것 아닌 장난이라 여기고 마음에 두지 않았으나 가환은 멋쩍은 기분을 느꼈다. 태감이 또 말했다.

"셋째 도련님께서 만드신 이 수수께끼는 뜻이 통하지 않아 마마께서도 맞히지 못하시고, 저더러 가져가서 무슨 뜻인지 여쭤보라고 하셨습니다."

사람들이 모두 모여들어 그가 지은 것을 보니 이렇게 적혀 있었다.

큰형은 뿔이 여덟 개
둘째 형은 뿔이 두 개.
큰형은 침상에만 앉아 있고
둘째 형은 지붕 위에 쪼그려 앉기 좋아하네.
大哥有角只八個
二哥有角只兩根
大哥只在床上坐
二哥愛在房上蹲

그걸 보고 모두들 한바탕 폭소를 터뜨렸다. 가환은 풀이 죽어 태감에게 말했다.

"하나는 베개〔枕頭〕이고, 다른 하나는 수두獸頭[23]입니다."

태감은 그것을 적어놓은 후 차를 대접 받고 돌아갔다.

태부인은 귀비가 이렇게 흥취를 즐기는 것을 보고 자신도 즐거워져 작고 정교한 병풍 모양의 등롱을 만들어 위채에 설치하게 해놓고, 자매들에게 몰래 수수께끼를 지어서 종이에 적어 등롱에 붙이라고 했다. 답을 맞힌 사람에게 줄 상품으로 향기로운 차와 과자, 각종 장난감 따위도 준비해놓으라고 했다. 가정賈政은 조회를 마치고 돌아와 태부인이 즐거워하는 모습을 보고, 또 명절이기도 해서 어머니를 더욱 즐겁게 해드리고 싶었다. 그는 술상과 장난감이 준비되자 위채에 채등彩燈을 걸고 태부인을 모셔 와 등롱을 감상하게 했다. 상석에는 태부인과 가정, 보옥이 함께 앉고, 아래쪽에는 왕부인과 보차, 대옥, 상운이 한자리를, 그리고 영춘과 탐춘, 석춘도 한자리를 차지했다. 방바닥에는 할멈들과 어멈들, 하녀들이 빼곡하게 서 있었다. 이환과 희봉은 안쪽 방에 별도로 마련된 자리에 앉았다. 가란이 보이지 않자 가정이 물었다.

"란이는 왜 보이지 않느냐?"

아래에 있던 할멈이 얼른 안쪽 방으로 들어가 이환李紈에게 묻자 이환이 일어나 웃으며 말했다.

"나리께서 자기는 부르지 않으셨으니 오지 않겠답니다."

할멈이 가정에게 그 말을 전하자 모두들 웃으며 말했다.

"정말 타고난 고집불통이야!"

가정은 얼른 가환과 할멈 두 명을 보내 가란을 불러오라고 했다. 태부인은 가환을 자기 옆에 앉히고 과일을 집어 먹여주었다. 이렇게 모두 웃고 떠들며 즐겼다.

평상시에는 보옥이 말을 많이 했지만, 이날은 가정이 있어서 그저 "예, 예!" 하고 대답만 할 뿐이었다. 그리고 비록 규중의 여린 여인이었지만 평소에 이야기하기를 좋아하던 상운도 이날은 입을 꾹 다물고 자제했다. 대옥은 천성적으로 사람들과 어울리는 것을 좋아하지 않아서 말을 많이 하지 않았다. 보차도 원래 함부로 말하거나 경거망동하지 않기 때문에 역시 태연자약하게 앉아 있었다. 그러니, 비록 집안 식구들이 모여 즐기는 자리였지만 오히려 제약이 많아서 그리 즐겁지는 않았다. 태부인도 가정 때문에 분위기가 그렇게 되었다는 것을 짐작하고서, 술잔이 세 순배쯤 돌자 가정에게 물러가 쉬라고 했다. 가정도 자신을 보내고 나서 형제자매들이 즐기도록 하려는 어머니의 뜻을 알았기 때문에 얼른 웃으며 말했다.

"어머님이 멋진 수수께끼놀이를 여신다기에 저도 예물과 술상을 마련해서 참가하려 했는데 어찌 손자손녀만 아끼시고 아들은 별로 생각해주시지 않습니까?"

"호호, 자네가 여기 있으니 모두들 어려워서 웃고 떠들지 못하니 괜히 나만 답답해지네. 헌데 수수께끼를 맞히고 싶다고 하니 내가 하나 내보겠네. 만약 못 맞히면 벌을 내릴 게야!"

"그야 당연하지요. 하지만 맞히면 상을 내려주셔야 합니다!"

"그야 물론이지."

그러면서 태부인이 다음과 같이 읊조렸다.

원숭이가 몸이 가벼워 나무 꼭대기에 서 있다.²⁴
猴子身輕站樹梢

"자, 이게 의미하는 과일 이름을 대보게."
가정은 이미 답이 '여지荔枝'라는 것을 알고 있었으나 일부러 틀린 답을 말해서 벌로 많은 물건을 내놓았다. 그런 뒤에야 제대로 답을 말하고 태부인에게서 상을 받았다. 가정도 태부인에게 문제를 하나 내면서 이렇게 읊조렸다.

몸은 단정한 사각형이고
체질은 단단한데
비록 말은 못해도
남의 말엔 반드시 응한다네.²⁵
身自端方
體自堅硬
雖不能言
有言必應

"이건 무슨 물건을 얘기한 것입니까?"
이렇게 말하고 나서 가정은 슬그머니 보옥에게 귀띔을 해주었다. 보옥은 그 뜻을 알아채고 살그머니 태부인에게 알렸다. 태부인이 생각해보니 과연 맞는지라 "벼루로구먼." 하고 대답했다. 가정이 말했다.
"과연 어머님이십니다! 단번에 맞히시는군요."
그리고 가정은 뒤를 돌아보며 말했다.

"어서 상품을 가져오너라!"

방바닥에 서 있는 어멈들이 "예!" 하고 나가더니 크고 작은 쟁반들을 일제히 받들어 올렸다. 태부인이 물건들을 하나씩 살펴보니 모두 원소절元宵節에 쓰거나 가지고 놀 수 있는 새롭고 정교한 물건들이었다. 태부인은 무척 기뻐하며 명을 내렸다.

"얘들아, 나리께 술을 올려라!"

보옥이 술을 따르자 영춘이 가정에게 술잔을 올렸다. 태부인이 말했다.

"저기 병풍 모양으로 만든 등롱에 붙여진 것들은 모두 이 아이들이 만든 수수께끼들이니 자네가 한번 맞혀보시게."

가정은 "예!" 하고 일어서서 등롱 앞으로 다가갔다. 첫 번째 수수께끼는 다음과 같이 적혀 있었다.

> 요사한 마귀들 간담을 서늘하게 할 수 있고
> 몸매는 비단을 감은 듯하고 기상은 우레 같다네.
> 한소리 울리면 사람들 두렵게 만드는데
> 고개 돌려 바라보니 벌써 재가 되었네.[26]
> 能使妖魔膽盡摧
> 身如束帛氣如雷
> 一聲震得人方恐
> 回首相看已化灰

가정이 말했다.

"이건 폭죽이로군."

보옥이 대답했다.

"맞습니다."

두 번째 수수께끼는 다음과 같았다.

하늘의 운세를 사람의 노력으로는 이루 다스릴 수 없나니
노력해도 운이 따르지 않으면 또한 효과를 만나기 어렵다네.
어이해 하루 종일 분주히 어지러운가?
다만 홀수와 짝수가 다르기 때문이지.27

天運人功理不窮
有功無運也難逢
因何鎭日紛紛亂
只爲陰陽數不同

"이건 주판珠板이고."
영춘이 웃으며 말했다.
"예, 맞아요."
그다음 수수께끼는 다음과 같았다.

섬돌 아래 아이가 우러러보니
청명한 하늘에 어울리게 장식되었네.
날리는 실 끊어지면 맥이 탁 풀리지만
봄바람에게 이별하게 만들었다고 원망 말아라.28

階下兒童仰面時
淸明妝點最堪宜
游絲一斷渾無力
莫向東風怨別離

"이건 연이로구나."
탐춘이 웃으며 말했다.
"예, 맞아요."

그다음 수수께끼가 이어졌다.

> 전생에 겪은 색상色相[29]에도 깨달음 이루지 못해
> 애증 얽힌 세상 노래[30] 듣지 않고 불경만 듣는다네.
> 금생에서 검은 바다[31]에 빠졌다고 말하지 마오,
> 본성 가운데 원래 부처가 들어 있다오.[32]
> 前身色相總無成
> 不聽菱歌聽佛經
> 莫道此生沉黑海
> 性中自有大光明

"이건 불상 앞에 놓는 등〔海燈〕이로구나."
석춘이 웃으며 대답했다.
"예, 맞아요."
가정은 잠시 말없이 생각에 잠겼다.
'귀비가 문제 낸 폭죽은 한 번 울렸다가 사라져버리는 물건이고, 영준이가 낸 주판은 어지럽게 움직이는 것이고, 탐춘이가 낸 연은 바람에 떠밀려 다니는 물건이고, 석춘이가 낸 불상 앞의 등불은 청정하고 고독한 의미가 담긴 물건이 아닌가? 이 좋은 대보름에 왜 모두들 이렇게 상서롭지 못한 물건들로 수수께끼놀이를 하는 걸까?'
그는 생각할수록 마음이 답답했지만 태부인 앞이라 감히 내색하지 못하고, 어쩔 수 없이 나머지 수수께끼들을 계속 읽어볼 수밖에 없었다. 병풍 뒤쪽에는 보차가 지은 다음과 같은 칠언율시가 한 수 적혀 있었다.

> 조회 끝나면 뉘라서 양 소매에 향 연기[33] 묻혀오랴?
> 거문고 옆의 향과 이불에 쬐는 향은 전혀 인연이 없다네.[34]

제22회 **105**

새벽 왔음을 아는 데에는 계인鷄人[35]의 외침이 필요 없고
날 밝을 무렵에도 번거롭게 시녀의 시중[36] 받을 필요 없다네.
아침마다 골치를 썩이고 또 저녁마다 계속하고
날마다 애태우고 다시 해마다 계속하네.
덧없이 흐르는 세월 아깝게 여기지만
비바람과 날씨 흐리고 개는 것은 바뀌는 대로 맡겨둬야지.

朝罷誰攜兩袖煙

琴邊衾裏總無緣

曉籌不用雞人報

五夜無煩侍女添

焦首朝朝還暮暮

煎心日日復年年

光陰荏苒須當惜

風雨陰晴任變遷

다 보고 나서 가정은 속으로 추측했다.

'이 물건도 한계가 있군. 젊은 아이가 이런 시를 지었으니 더욱 불길한 느낌이 들어. 모두들 오래도록 복과 수명을 누리지 못할 녀석들이야!'

이렇게 생각하니 그는 가슴이 더욱 답답하여 무척 슬픈 표정을 지었다. 조금 전의 즐거웠던 기분이 열에 아홉은 사라져 그저 고개를 숙인 채 생각에 잠겼다.

태부인이 가정의 그런 모습을 보고 혹시 몸이 피곤한가 싶기도 하고, 또 그 때문에 손자와 손녀들이 신나게 노는 데 제약을 받을까 걱정스러워서 이렇게 말했다.

"맞힐 필요 없네. 가서 좀 쉬게. 우리는 잠시 앉아 있다가 알아서 잘 마무리 짓겠네."

가정은 다급히 "예, 예!" 하면서, 겨우 마음을 추스려 태부인에게 술을 한잔 권하고 난 뒤에야 물러갔다. 방에 돌아와서도 생각에 잠겨 이리저리 뒤척거리며 잠을 이루지 못하다가, 자기도 모르게 슬픔에 잠겼다. 이 이야기는 그만하겠다.

한편, 태부인은 가정이 떠나자 이렇게 말했다.
"이제 마음껏들 놀려무나."
그 말이 채 끝나기도 전에 보옥이 병풍 모양의 등롱 앞으로 달려가 손짓 발짓을 해가며 주절주절 비평을 늘어놓았다. 이 구절은 좋지 않다느니 저 수수께끼의 답은 맞지 않다느니 하면서 마치 우리에서 풀려나온 원숭이처럼 제멋대로였다. 그러자 보차가 말했다.
"아까처럼 다시 앉아 모두 담소나 나누는 게 좀 더 점잖지 않을까요?"
희봉이 안쪽 방에서 얼른 나와 끼어들었다.
"도련님이라는 분은 나리께서 매일 한 걸음도 떨어져 계시지 않는 게 좋겠네요. 조금 전엔 제가 잊어버렸는데, 나리께 말씀드려서 도련님도 수수께끼를 하나 지어보게 하시라고 할 걸 그랬어요. 그랬다면 아마 지금까지 땀을 뻘뻘 흘리고 계실 텐데요!"
보옥은 깜짝 놀라 희봉에게 찰싹 매달려 온갖 아양을 떨었다. 태부인은 이환과 여러 손녀들과 한동안 담소를 나누고 나자 조금 피곤해지기 시작했다. 새벽 한 시를 알리는 북소리를 듣자 곧 음식을 물리고, 여러 사람들에게 상을 나눠준 후 자리에서 일어났다.
"이제 그만 쉬자꾸나. 내일도 명절이니 일찍 일어나야지. 내일 저녁에 또 놀면 되지 않겠니?"
이후의 이야기는 어떻게 될까? 이에 대해서는 다음 회를 보시라.

제23회

서상기의 오묘한 가사는 희롱하는 말과 통하고
모란정의 고운 곡조는 미녀의 마음을 경계하다

西廂記妙詞通戱語　牡丹亭艶曲警芳心

배우의 피리 소리를 듣고 임대옥은 감상에 젖다.

　원춘은 대관원에 행차했다가 궁궐로 돌아간 후 그날 지었던 제사題詞와 시들을 탐춘에게 순서대로 쓰게 했다. 그리고 직접 목차를 나누고 우열에 대한 평가를 쓰고, 그것을 대관원의 돌에 새겨서 후세에 길이 남을 고상한 풍류로 삼게 했다. 이에 가정은 각처에서 솜씨 좋은 장인들을 뽑아 대관원에서 바위를 갈아 글씨를 새기게 했다. 가진賈珍은 가용賈蓉과 가평賈萍 등을 이끌고 작업을 감독했다. 가장賈薔이 문관文官* 등 열두 명의 여배우와 분장 도구 등을 관리하느라 시간을 낼 수 없어서 가진은 가창賈昌과 가릉賈菱 등을 불러와 공사를 감독하게 했다. 어느 날 붉은 글씨를 써놓은 돌에 촛농을 녹여 발라 글자를 고정시키고 새기는 작업을 시작했는데, 이 또한 더 이상 이야기하지 않겠다.

　한편, 옥황묘玉皇廟*와 달마암達摩庵*에 있던 열두 명의 어린 중들과 열두 명의 어린 도사들이 대관원으로 옮겨와 있었는데, 가정은 그들을 각 사당에 나누어 지내게 하려고 생각하고 있었다. 마침 뒤쪽 거리에 사는 가근賈芹의 어머니 주씨는 자기 아들에게 적당한 일거리를 하나 얻어줘 용돈이라도 벌게 해주려고 가정에게 부탁할 생각이었다. 그러던 차에 이 소식을 듣자 곧 가마를 타고 희봉을 찾아왔다. 희봉은 주씨가 평소 그다지 거드름을 피우지 않는다는 걸 알고 있었기 때문에 그 청을 들어주기로 하고 몇 마디 말을 생각해내서 왕부인에게 말했다.

"어린 중들과 도사들을 다른 곳으로 보내선 안 될 것 같습니다. 언제라도 귀비께서 나오시면 바로 명을 받들어야 하는데 그들을 보냈다가 다시 불러오려면 번거롭지 않겠어요? 제 생각에는 차라리 그들을 우리 집안 사당에 있는 철함사로 보내는 게 나을 것 같습니다. 그저 매달 은돈 몇 냥을 보내서 땔감과 쌀을 사다주면 그만이잖아요? 그랬다가 귀비께서 쓰시겠다고 하면 사람을 보내 데려오는 게 조금이나마 덜 번거롭지 않겠어요?"

왕부인이 가정에게 상의하자 가정이 웃으며 말했다.

"그런 방법이 있는 걸 몰랐구려. 그렇게 합시다!"

그리고 즉시 가련을 불러들였다.

가련은 희봉과 함께 밥을 먹고 있다가 가정이 찾는다는 말을 듣고 무슨 영문인지도 모른 채 젓가락을 내려놓고 즉시 가려 했다. 그러자 희봉이 붙들며 말했다.

"잠깐 제 얘기 좀 듣고 가세요. 다른 일이라면 모르겠지만 어린 중들과 관련된 일이라면 제발 제 생각대로 해주세요."

그러면서 여차저차 하라고 일러주었다.

"하하, 난 모르겠으니 재주가 있다면 당신이 가서 말씀드리구려."

그러자 희봉이 머리를 바짝 치켜들고 젓가락을 탁 내려놓더니 웃는 듯 마는 듯한 얼굴로 가련을 흘겨보며 말했다.

"정말이세요? 농담이겠지요?"

"하하, 서쪽 행랑채 다섯째 아주머니의 아들 운이가 나한테 두어 번 찾아와 이 일을 맡게 해달라고 부탁하기에 내가 그렇게 해줄 테니 기다리고 있으라 했소. 간신히 일이 성사되려 하는데 당신이 또 가로채는군!"

"호호, 안심하세요. 귀비마마께서 대관원 동북쪽에 소나무와 잣나무를 많이 심고, 누각 아래쪽에도 화초를 심으라고 하셨어요. 그 일을 하게 되면 제가 틀림없이 운이가 맡도록 해줄게요."

"정말 그렇게 하면 되겠구려. 그런데 엊저녁에 말이야, 난 그저 방법을 좀 바꿔보자고 한 건데 왜 그리 손발을 내저으며 싫다고 했소?"

희봉은 "흥!" 하고 코웃음을 치더니 곧 고개를 숙이고 밥을 먹었다.

가련이 웃으며 방을 나서 앞채로 가 가정을 만나니, 과연 어린 중들에 관한 일이었다. 가련은 희봉이 시킨 대로 말했다.

"지금 보아하니 근이가 아주 많이 컸던데 이 일은 그 아이에게 맡기겠습니다. 어쨌든 집안 규정에 따라 매달 근이더러 경비를 수령해가라고 하면 될 테니까요."

가정은 원래 이런 일을 그다지 따지지 않는지라 가련의 말대로 하라고 했다. 가련이 돌아가서 희봉에게 알리자 그녀는 즉시 사람을 보내 주씨에게 알려주라고 했다. 그러자 곧 가근이 찾아와 가련 부부에게 연신 절하며 감사 인사를 했다. 희봉은 또 선심을 써서 가련에게 석 달치 경비를 미리 주라고 하면서 가근에게는 수령증을 쓰라고 했다. 가련이 영수증에 서명하자 희봉은 즉시 목패(對牌)*를 내주었다. 가근이 은고銀庫*에서 액수대로 석 달치 경비를 수령하니 새하얀 은덩어리가 이삼백 냥이나 되었다. 가근은 손에 잡히는 대로 한 덩어리를 집어 저울질하는 이에게 주며 찻값으로나 쓰라고 했다. 그리고 하인들을 거느리고 집으로 돌아가 어머니와 상의했다. 곧바로 큰 나귀를 빌려 자신이 직접 타고, 수레 두 대를 세내어 영국부의 작은 대문으로 가서 스물네 명의 어린 승려와 도사들을 불러내 태운 다음 곧장 성 밖 철함사로 갔다. 이에 대해서는 더 이상 할 이야기가 없다.

이제 잠시 가원춘에 대해 이야기해보자. 그녀는 궁중에서 지내면서 대관원에서 지어진 시와 제사들을 직접 편집하고 나니 문득 대관원의 풍경이 떠올랐다. 자신이 다녀간 뒤에 가정이 틀림없이 대문을 단단히 잠그고 사람들이 함부로 들어가 어지럽히지 못하게 했을 터라 정원이 너무 쓸쓸할 것 같았다. 게다가 집에는 시詩와 부賦*를 잘 짓는 자매들이 몇 명 있으니 그들더러 대관원에 들어가 지내게 하면 미녀들도 쓸쓸하지 않을 테고 꽃과 나무들도 윤기를 잃지 않을 거라는 생각이 들었다. 또한 보옥은 어려서부터 누이들 속에서 자랐으니, 그도 대관원에 들어가 지내게 하지 않으면 쓸쓸해져서 기분이 별로 좋지 않을 거라고 생각했다. 그렇게 되면 태부인과 왕부인이 걱정할 게 뻔했다. 그래서 원춘은 태감 하수충을 시켜서 영국부에 명을 전했다. 보차 등을 대관원 안에서 지내게 하고 대문을 걸어 잠그지 말 것이며, 보옥도 그들과 함께 들어가 공부하게 하라는 것이었다.

명을 받은 가정과 왕부인은 하수충이 돌아가자 곧 태부인에게 보고하고, 사람을 시켜 대관원 구석구석을 청소하고 휘장이며 침상 등을 갖춰놓게 했다. 다른 사람이라면 그러려니 하겠지만 그 소식을 들은 보옥은 말할 수 없이 기뻤다. 보옥이 태부인과 이것도 필요하고 저것도 마련해야 한다며 한창 따지고 있는데 갑자기 하녀가 와서 알렸다.

"도련님, 나리께서 부르십니다."

보옥은 마치 날벼락을 맞은 것처럼 즉각 흥이 싹 사라져버려서 안색이 바뀌더니 곧 태부인에게 찰싹 달라붙어 죽어도 가지 않겠다고 버텼다. 그러자 태부인이 그를 달랬다.

"아가, 가봐라. 내가 있잖니? 애비가 감히 함부로 혼내지 못할 게다. 게다가 네가 그리 좋은 글도 지었지 않니? 마마께서 널 대관원 안에 들어가 지내게 하라고 하시니까 몇 마디 분부할 일이 있는 모양이다. 기껏해야 안에 들어가서 장난치지 말라고 훈계하는 정도일 게야. 뭐라고 하든 간에 넌 그냥 '예, 그러겠습니다.' 하면 된다."

태부인은 할멈 두 명을 불러 지시했다.

"도련님을 잘 모시고 다녀오게. 애비가 혼내지 못하도록 하고!"

할멈들이 "예!" 하고 대답했다. 보옥은 마지못해 한 걸음에 세 치도 안 되게 비실비실 걸어 가정에게로 갔다. 공교롭게도 가정은 왕부인의 방에서 일을 의논하고 있었는데, 금천*과 채운*, 채하*, 수란*, 수봉* 등 하녀들이 모두 회랑의 처마 아래 시립해 있었다. 그들은 보옥이 오는 걸 보고 모두 입을 삐죽이며 웃었다. 금천이 얼른 그를 붙들고 웃으며 말했다.

"방금 제 입술에 향기 먹인 연지를 발랐는데 먹어보실래요?"

그러자 채운이 금천을 밀치며 말했다.

"호호, 기분도 좋지 않으신데 놀리면 되니? 도련님, 나리께서 지금 기분이 좋으시니 이 틈에 얼른 들어가보세요."

보옥은 미적미적 안으로 들어갔다. 가정은 왕부인과 함께 안쪽 방에 있었다. 조씨가 발을 걷어주자 보옥이 허리를 숙이고 들어갔다. 가정과 왕부인은 구들에 마주앉아 이야기를 나누고 있었고, 방바닥에 놓인 의자에는 영춘과 탐춘, 석춘, 가환이 앉아 있었다. 보옥이 들어가자 탐춘과 석춘, 가환만이 자리에서 일어났다. 가정이 눈을 들어 앞에 선 보옥을 보니, 풍채와 용모가 빼어나서 왜소하고 행동거지도 어수룩한 가환과는 아주 대조적이었다. 그러다 보니 갑자기 죽은 큰아들 가주賈珠가 생각났다. 다시 생각하니 왕부인에게 친아들은 이 보옥밖에 남아 있지 않아서 평소 애지중지하고 있고, 자신도 벌써 귀밑머리가 하얗게 세어 있었다. 그런 점들을 생각하니 평소 보옥을 못마땅하게 대하던 마음이 자기도 모르게 거의 사라졌다. 그렇게 한참 있다가 가정이 말했다.

"마마께서 네가 날마다 밖으로 놀러 다니면서 점차 공부를 게을리 하고 있으니, 이제 엄하게 단속하여 네 누이들과 함께 대관원 안에서 지내면서 책도 읽고 글씨도 쓰게 하라고 분부하셨다. 그러니 정신 차리고 공부해야 하느니라. 만약 또 본분을 지키지 않는다면 혼을 내줄 것이야!"

보옥은 연신 "예, 예!" 하고 대답했다. 왕부인은 그를 끌어다 자기 곁에 앉혔다. 누이들과 동생은 원래대로 의자에 앉았다.

왕부인이 보옥의 목을 쓰다듬으며 말했다.

"저번에 준 환약은 다 먹었니?"

"아직 한 알 남았어요."

"내일 또 열 알 가져가라. 매일 잠자기 전에 습인에게 약시중을 들게 해서 먹고 자야 한다."

"어머님이 분부하신 뒤로 습인이 매일 저녁 약을 먹여줍니다."

그러자 가정이 물었다.

"습인이가 누구냐?"

왕부인이 대답했다.

"하녀예요."

"하녀들이야 아무렇게나 부르면 되지, 누가 그렇게 괴상한 이름을 지어주었단 말이오?"

왕부인은 가정이 못마땅해하자 보옥을 감싸주었다.

"어머님이 지어주셨답니다."

"어머님이 어찌 그런 이름을 아신단 말이오? 틀림없이 저놈이 한 짓이겠지!"

보옥은 어쩔 수 없이 일어나 아뢰었다.

"평소에 시를 읽다가 옛사람의 시 구절 가운데 이런 내용을 보았습니다.

꽃향기 풍겨오니 낮이 따뜻한 줄 알겠네.
花氣襲人知晝暖

그런데 이 하녀의 성이 화花씨라서 입에서 나오는 대로 그런 이름을 지어주었습니다."

왕부인이 얼른 거들었다.

"애야, 돌아가거든 바꿔주도록 해라. 당신도 이런 자잘한 일에 화내실 필요는 없잖아요?"

"어쨌든 해로운 건 아니니까 고칠 필요는 없겠지. 하지만 저놈이 정작 해야 할 일에는 힘쓰지 않고 그저 이렇게 번지르르한 구절만 연구하고 있다는 건 알 만하구먼."

이렇게 말하고 가정은 버럭 호통을 내질렀다.

"못된 놈! 썩 물러가라!"

왕부인도 얼른 말했다.

"어서 가라. 할머님이 저녁 잡수시려고 기다리고 계시겠다."

보옥은 "예." 하고 천천히 물러나와 금천에게 웃으며 혀를 삐죽 내밀어 보이고는 두 할멈을 데리고 연기처럼 빠져나갔다.

보옥이 막 천당穿堂* 문 앞에 이르니 습인이 문에 기대 서 있다가 그가 무사히 돌아온 걸 보고 활짝 웃으며 물었다.

"왜 부르셨대요?"

"별거 아냐. 내가 대관원에 들어가 장난이나 칠까봐 훈계하신 거지."

보옥은 태부인에게 가서 자초지종을 이야기했다. 마침 그때 거기 있던 대옥에서 보옥이 물었다.

"넌 어디 있을 거야?"

대옥도 마침 그 문제를 궁리하고 있던 터라 웃으면서 말했다.

"전 소상관瀟湘館*이 좋겠다고 생각하고 있었어요. 거긴 난간 앞에 대숲이 있어서 다른 곳보다 그윽하고 조용하잖아요."

보옥이 손뼉을 치며 말했다.

"하하, 내 생각이랑 똑같군! 나도 너한테 거기 있으라고 말할 참이었거든. 나는 이홍원怡紅院*에 있을 거야. 그럼 우리 둘의 거처도 가깝고 또 한적하거든."

둘이 이렇게 궁리하고 있는데 가정이 사람을 보내 태부인에게 아뢰었다.

"이월 이십이일이 길일이니 도련님과 아가씨들이 거처를 옮기기에 좋겠습니다. 며칠 안으로 사람을 들여보내 각 처소를 정리하도록 하겠습니다."

이리하여 설보차는 형무원蘅蕪苑*, 임대옥은 소상관, 가영춘은 철금루綴錦樓*, 가탐춘은 추상재秋爽齋*, 가석춘은 요풍헌蓼風軒*, 이환은 도향촌稻

香村*, 가보옥은 이홍원을 거처로 정했다. 각 거처마다 할멈 두 명과 하녀 네 명, 각자 거느린 유모와 몸종 외에 청소와 잡일을 맡은 이들이 배정되었다. 이십이일이 되어 일제히 대관원으로 옮겨 들어가니 정원 안은 꽃들이 비단을 두르고 버들이 향긋한 바람에 살랑이며 예전의 적막하던 모습과는 전혀 달라졌다.

쓸데없는 이야기는 그만하자.

보옥은 대관원에 들어온 뒤로 마음이 아주 흐뭇해져서 달리 더 바랄 것이 없었다. 매일 누이들, 하녀들과 함께 있으면서 책을 읽거나 글씨를 쓰고, 거문고를 타거나 바둑을 두고, 그림을 그리거나 시를 읊었다. 심지어 본을 떠서 봉황을 수놓기도 하고, 풀싸움〔草鬪〕[1]을 하거나 머리에 꽃을 꽂고 나직이 시를 읊조리거나 노래를 흥얼거리는가 하면, 글자 맞추기〔拆字〕[2]나 시매猜枚[3]에 이르기까지 못하는 짓이 없었다. 어쨌든 무척 즐거웠다. 보옥은 몇 편의 즉흥시를 짓기도 했다. 그다지 훌륭하지는 않지만 그래도 진실한 정서와 풍경을 담고 있으니 간략히 몇 수를 기록하겠다.

봄밤에
노을인 듯 구름인 듯 이불과 휘장 마음대로 펼치나니
길 건너 두꺼비 울음소리[4] 환청처럼 들려오네.
베갯머리 조금 서늘한 건 창밖의 비 때문이고
눈앞의 봄 풍경은 꿈속의 임 떠올리게 하네.
넘실넘실 눈물 흘리는 촛불은 누구 때문에 우는가?
점점이 시름겨운 꽃들은 나 때문에 화를 내네.
어린 하녀는 예쁘게 게으름 피우는 데 익숙해서
이불 끌어안고 종종 우스갯소리 종알대네.

春夜卽事

霞綃雲幄任鋪陳
隔巷蟆更聽未眞
枕上輕寒窓外雨
眼前春色夢中人
盈盈燭淚因誰泣
點點花愁爲我嗔
自是小鬟嬌懶慣
擁衾不耐笑言頻

여름밤에

수놓다 지쳐 미녀의 그윽한 꿈 길어지는데
황금 새장의 앵무새는 차 끓이라 소리치네.
밝은 창에 향기로운 달빛 드니 궁중 거울 꺼내놓고
방 안 가득 향기로운 구름 속에서 궁중 향기 음미하네.
호박 술잔 기울이니 연꽃에 맺힌 이슬 같은 술방울 매끄럽고
유리 난간 사이로 들어오는 산들바람 서늘하구나.
물가 정자마다 비단 옷자락 펄럭이니
주렴 걷고 화려한 누각에서 저녁 치장 마친다네.

夏夜卽事
倦繡佳人幽夢長
金籠鸚鵡喚茶湯
窓明麝月開宮鏡
室靄檀雲品御香
琥珀杯傾荷露滑
玻璃檻納柳風涼
水亭處處齊紈動

簾卷朱樓罷晚妝

가을밤에

강운헌絳雲軒* 안에 시끄러운 소리 끊어지니

흐르는 달빛 붉은 휘장에 스며드네.

이끼에 덮여 무늬 고운 바위는 두루미 잠들기 좋고

낙엽 지는 우물가의 이슬 젖은 오동나무엔 까마귀 깃들었네.

이불 안고 나온 하녀[5] 봉황 무늬 수놓인 금침 펼치니

난간에 기대 있던 이 돌아간 뒤 비취 장식 비녀 떨어져 있구나.

고요한 밤 잠 못 이루는 건 술 깨며 목이 타기 때문이라

꺼진 불 다시 피우고 차를 찾아 끓이네.

秋夜卽事

絳芸軒裏絶喧嘩

桂魄流光浸茜紗

苔鎖石紋容睡鶴

井飄桐露濕棲鴉

抱衾婢至舒金鳳

倚檻人歸落翠花

靜夜不眠因酒渴

沉煙重撥索烹茶

겨울밤에

매화 영혼 대숲에서 꿈꿀 때 시간은 벌써 삼경인데

비단 담요와 수놓은 이불 속에서도 잠을 이루지 못하네.

소나무 그림자 가득한 뜰에는 학들만 보이고

배꽃[6] 가득 덮인 땅에 꾀꼬리 노랫소리 들리지 않네.

소녀의 푸른 소매에 시심詩心은 싸늘해지고
귀공자는 담비 털옷에도 술이 모자란다고 하네.[7]
그나마 기꺼운 건 시녀가 차를 잘 따를 줄 아는 것
갓 내린 눈 때맞춰 쓸어 모아 차를 끓여내네.

冬夜卽事
梅魂竹夢已三更
錦罽鸚衾睡未成
松影一庭惟見鶴
梨花滿地不聞鶯
女兒翠袖詩懷冷
公子金貂酒力輕
卻喜侍兒知試茗
掃將新雪及時烹

당시 권세와 잇속을 추구하던 이들은 이 시들이 영국부의 열두세 살 된 도련님이 지은 것임을 알고 베껴 나와서 곳곳을 다니며 칭송했다. 일무 경박한 귀족 자제들은 그 풍류 있고 아름다운 구절을 부채나 벽에 써놓고 수시로 읊조리며 감상하곤 했다. 이 때문에 시 구절을 지어달라거나 그림, 혹은 제사題詞를 얻으려고 보옥을 찾아오는 이들도 있었다. 보옥도 의기양양해서 종일 집안에서 이런 공부 외적인 일에 몰두했다.

그러나 고요 속에서 골치 아픈 일이 생길 줄 누가 알았으랴? 어느 날 보옥은 갑자기 기분이 좋지 않아 이도저도 싫어져서 밖에 나오거나 방에 들어가도 그저 울적하기만 했다. 대관원 안의 사람들은 대부분 소녀들이라 세상 물정 모르고 천진난만해서 평상시 함께할 때도 남녀 사이의 예법을 따지지 않고 무심히 희희낙락거렸기 때문에 보옥의 심사를 알 리 없었다. 보옥은 마음이 불편해 대관원 안에 있기가 싫어져서 그저 밖에 나가 놀고 싶은 생각뿐이었지만 별 방법이 없어 멍하니 있었다. 명연이 보옥의 기분을 풀어주려고 이리저리 궁리했건만, 모두 보옥이 실컷 해봤던 것들뿐이라 즐겁게 만들어줄 수 없었다.

다만 한 가지 보옥이 여태 보지 못했던 것이 있었다. 여기에 생각이 미치자 명연은 책방으로 가서 고금의 소설과 저 조비연趙飛燕과 조합덕趙合德[8], 무측천武則天*, 양귀비楊貴妃*의 '외전外傳'*들 및 각종 연극 대본들을 많이 사와서 그에게 읽어보라고 했다. 이런 책들을 읽어보았을 리 없는 보옥은 그것들을 보자마자 보물을 얻은 것처럼 좋아했다. 명연은 그것들을 대관원 안으로 들여가지 말라고 신신당부했다.

"다른 사람들에게 들키면 전 쫓겨나고 말 거예요."

하지만 보옥이 그것들을 두고 갈 리가 없었다. 그는 서너 차례 주저하다가 개중에 문장이 꼼꼼하고 좋은 것을 몇 권 골라 침대 머리맡에 두고, 아무도 없을 때 혼자서 몰래 보았다. 문장이 거칠고 지나치게 노골적인 것들은 모두 바깥 서재에 숨겨두었다.

삼월 중순의 어느 날이었다. 보옥은 아침을 먹은 후 『회진기會眞記』[9] 한 편을 들고 심방갑沁芳閘* 다리 옆 복사꽃 아래 바위에 앉아 처음부터 자세히 읽고 있었다. 마침 「붉은 꽃잎 떨어져 무리를 이루다〔落紅成陣〕」라는 장면을 읽고 있었는데, 한줄기 바람이 스쳐 지나면서 나무 위의 복사꽃에 불어 절반이 넘는 꽃잎들이 우수수 떨어져 보옥의 온몸과 책을 가득 덮었다. 보옥은 꽃잎을 떨어버리려다가 혹시 꽃잎이 짓밟힐까 싶어 그것들을 옷자락에 쓸어 담아 연못가로 가서 연못물에 털어 넣었다. 수면에 뜬 꽃잎들은 둥실둥실 떠서 일렁이다가 심방갑으로 흘러 나갔다. 보옥이 자리로 돌아와보니 땅바닥에는 아직도 많은 꽃잎이 남아 있었다.

보옥이 그것들을 어떻게 처리할까 고민하며 머뭇거리는 사이에 뒤에서 누군가가 말했다.

"여기서 뭐하세요?"

보옥이 돌아보니 대옥이었다. 그녀는 어깨에 꽃 호미를 메고 있었는데 꽃 호미 위에는 꽃 주머니가 걸려 있었고 손에는 빗자루를 들고 있었다.

"하하, 마침 잘 왔어. 이 꽃잎을 쓸어다 저기 물에 버리자. 금방 나도 많이 갖다 버렸어."

"물에다 버리는 건 좋지 않아요. 보세요. 여기 물은 깨끗하지만 일단 밖으로 흘러 나가면 인가에서 흘러나온 더럽고 냄새나는 물과 섞여 꽃을 더럽히지 않겠어요? 저기 모퉁이에 제가 꽃 무덤을 하나 만들어두었으니까 꽃잎들을 쓸어서 이 명주 주머니에 담아 흙으로 묻어주도록 해요. 시간이 오래 지나면 기껏해야 흙으로 변할 테니, 훨씬 깨끗하지 않겠어요?"

보옥은 그 말을 듣고 기뻐 어쩔 줄 몰랐다.

"하하, 나도 책을 놓고 도와줄게."

"무슨 책인가요?"

보옥은 너무 당황해서 미처 책을 감추지 못하고 얼버무렸다.

"그냥 『중용中庸』, 『대학大學』 같은 거야."

"호호, 또 제 앞에서 헛수작을 하시네요. 일찌감치 보여주지 않으면 상당히 귀찮아질걸요?"

"하하, 누이, 너만 본다면야 무서울 게 없지. 하지만 제발 보고 나서 다른 사람들한테 얘기하진 말아줘. 이건 정말 좋은 책이라고! 너도 보게 되면 밥 먹을 생각조차 들지 않을걸?"

보옥이 책을 건네주자 대옥은 꽃을 묻을 연장들을 내려놓고 책을 받아들었다. 그리고 처음부터 읽기 시작했는데, 볼수록 재미있어서 밥 한 그릇 먹을 시간도 채 되지 않아 열여섯 막을 모두 읽었다. 그녀는 그 책의 문장이 놀랍도록 아름답고 달콤한 여운이 맴도는 것을 느꼈다. 다 읽고도 넋을 놓은 채 마음속으로 그 구절들을 외우고 있었다.

보옥이 웃으며 말했다.

"동생, 어때? 좋지?"

"호호, 정말 재미있군요."

"하하, 나는 '근심 많고 병 많은 몸〔多愁多病身〕'이고, 넌 '나라를 기울게 할 미모〔傾國傾城貌〕'[10]가 아니겠어?"

그 말에 대옥은 자기도 모르게 볼이 빨갛게 달아올라 찌푸린 듯 아닌 듯 눈썹을 곤추세우고 부릅뜬 듯 아닌 듯 눈을 치뜨더니 약간 화가 난 듯한 표정으로 보옥에게 손가락질하며 말했다.

"그런 헛소릴! 죽고 싶어요? 이런 음탕한 연극 대본을 잘도 구해오고, 게다가 그런 말도 안 되는 소리로 날 놀리다니! 외숙부와 외숙모님께 가서 일러바쳐야겠군요!"

대옥은 '놀린다'라는 단어를 내뱉을 때부터 벌써 눈자위가 붉어진 채 돌아서서 가려고 했다. 다급해진 보옥이 얼른 붙들었다.

"누이, 제발 이번 한 번만 용서해줘. 내가 말을 잘못했어. 널 놀릴 생각을 품었다면 내일 내가 연못에 빠져서 저 대가리 울퉁불퉁한 자라한테 잡혀 먹혀 큰 거북이로 변했다가, 나중에 네가 '일품부인—品夫人'이 되었다가 늙고 병들어 서천으로 돌아갈 때 네 무덤에 가서 평생 비석을 짊어지고 있게 될 거야!"

대옥은 피식 웃더니 눈을 비비며 말했다.

"호호, 또 그렇게 놀라면서도 계속 헛소리를 해대는군요! 흥! 알고 보니 '심어도 이삭이 패지 않는〔苗而不秀〕, 희기만 하고 힘없는 땜납 창날〔銀樣鑞槍頭〕'[11]이었군요."

"하하, 너도 이 책에 들어 있는 말을 했겠다? 나도 가서 일러바쳐야지!"

"호호, 오빠는 슬쩍 보기만 해도 외운다는데 설마 나는 한눈에 열 줄씩 볼 수 없는 줄 알아요?"

보옥은 책을 챙기면서 말했다.

"하하, 얼른 꽃이나 묻어주자. 그 얘긴 그만하고."

둘이 꽃잎을 모아서 잘 묻어주고 나자 습인이 와서 말했다.

"아무리 찾아도 안 보여서 여기까지 왔어요. 녕국부 큰나리의 몸이 안 좋으셔서 아가씨들이 모두 문병하러 가셨어요. 노마님께서 도련님도 가보라고 하셨어요. 얼른 돌아가 옷을 갈아입고 가보셔요."

보옥은 급히 책을 들고 대옥과 작별한 후 습인과 함께 방으로 돌아가 옷을 갈아입었다. 이 이야기는 더 이상 하지 않겠다.

대옥은 보옥이 떠나고 다른 자매들도 방에 없다는 소리를 듣고는 마음이 울적해졌다. 그녀가 방으로 돌아가려고 이향원梨香院* 담 모퉁이에 이르렀을 때, 담 안에서 구성진 피리소리와 함께 부드럽고 아름다운 노랫소리가 들려왔다. 그녀는 그것이 열두 명의 여자 배우들이 연극 연습하는 소리라는 것을 알았다. 평소 그녀는 연극을 그다지 좋아하지 않았기 때문에 별로 마음에 두지 않고 가던 길을 계속 가려는데 우연히 두 구절이 귀에 또렷이 들어왔다. 그 내용은 이러했다.

아름다운 꽃 울긋불긋 만발했지만
이 모든 게 황폐한 우물 무너진 담에게 주어진 듯.
原來姹紫嫣紅開遍
似這般都付與斷井頹垣

대옥은 한없이 감동하여 걸음을 멈추고 자세히 들었다. 이번에는 이런 노래가 이어졌다.

좋은 시절 멋진 풍경이지만 어쩔 수 없는 나날
기쁘고 즐거운 일 어느 집 정원의 일인가?[12]
良辰美景奈何天
賞心樂事誰家院

대옥은 그 구절을 듣고 자기도 모르게 고개를 끄덕이고 탄식하면서 생각에 잠겼다.

'알고 보니 연극에도 좋은 구절이 있구나. 애석하게도 세상 사람들은 연극만 볼 줄 알 뿐 거기 담긴 맛을 다 이해하지는 못하지.'

그러다가 그녀는 쓸데없는 생각 때문에 노래를 듣지 못했다고 후회하며 다시 귀를 기울였다. 노랫소리가 다시 이어졌다.

> 너는 꽃처럼 아름다운데
> 세월은 물처럼 흘러가고……
> 則爲你如花美眷
> 似水流年……

그 구절을 듣자 대옥은 자신도 모르게 마음이 흔들렸다. 또 이런 노랫소리가 들려왔다.

> 너는 깊숙한 규방에서 자신을 연민하나니
> 你在幽閨自憐

이런 구절들을 듣자 그녀는 취한 듯 멍해져서 그 자리에 서 있을 수가 없었다. 그래서 가산假山*의 바위에 쪼그려 앉아 "꽃처럼 아름다운데 세월은 물처럼 흘러가고"라는 구절을 나직이 읊조리며 음미했다. 그러다가 갑자기 예전에 보았던 옛날 시인의 시 구절 가운데,

> 흐르는 물 지는 꽃 둘 다 무정하여라.[13]
> 水流花謝兩無情

라는 구절과,

꽃잎 떨어져 물줄기 붉게 흐르고
하릴없는 시름 수없이 일어나네.¹⁵
花落水流紅
閑愁萬種

라는 시詞 구절, 그리고 방금 보았던 『서상기西廂記』에 들어 있는,

흐르는 물에 꽃잎 떨어지니 봄이 가는구나,
하늘에도 인간 세상에도!¹⁴
流水落花春去也
天上人間

라는 구절들이 동시에 떠올랐다. 곰곰이 생각하니 자신도 모르게 가슴이 아프고 정신이 멍해져서 눈물이 저절로 흘렀다. 그렇게 심란해하고 있을 때 갑자기 누군가 등을 탁 쳤다. 고개를 돌려 쳐다보니 그건 바로……
이후의 이야기는 다음 회를 보시라. 그야말로 이런 격이었다.

화장하는 아침도 수놓는 밤도 무심하구나.
달 보며 바람 맞으니 한스럽기만 하네.
妝晨繡夜心無矣
對月臨風恨有之

제24회

취금강은 재물을 가벼이 여기며 의협을 숭상하고
사랑에 빠진 소녀는 손수건 남겨 그리움을 일으키다

醉金剛輕財尙義俠　癡女兒遺帕惹相思

임홍옥은 잃어버린 손수건 때문에 가장을 사모하게 되다.

대옥이 복잡한 감정에 뒤얽혀 답답해하고 있을 때, 갑자기 누군가 그녀의 등을 치며 말했다.

"혼자 여기서 뭐하세요?"

깜짝 놀라 돌아보니, 다름 아닌 향릉이었다.

"요 계집애, 깜짝 놀랐잖아! 지금 어디서 오는 거야?"

"호호, 우리 아씨 찾으러 왔어요. 근데 아무리 찾아도 보이지 않네요. 아가씨 방 자견이도 아가씨를 찾고 있던데요. 둘째 나리 댁 아씨께서 무슨 찻잎을 보내셨나봐요. 가요. 방에 가서 잠시 얘기나 나눠요."

향릉은 대옥의 손을 잡아끌고 소상관으로 돌아갔다. 과연 희봉이 두 개의 작은 병에 새로 나온 차를 보내왔다. 둘은 자리에 앉았다. 그들 사이에 주고받을 이야기라야 기껏 이 수가 잘 놓아졌다느니 저 수가 정교하다느니 하는 따위였다. 바둑을 한 판 두고 책을 조금 읽고 나자 향릉은 떠났다. 이에 대해서는 더 이상 이야기하지 않겠다.

이제 가보옥 이야기를 해보자. 보옥이 습인을 따라 방으로 돌아가니, 원앙이 침상에 비스듬히 누워 습인이 바느질한 것을 살펴보고 있었다. 보옥이 오자 원앙이 말했다.

"어디 다녀오셔요? 노마님께서 기다리고 계셔요. 도련님더러 녕국부 큰

나리께 병문안을 다녀오라고 하셨으니까 얼른 옷을 갈아입으세요."

습인은 곧 옷을 가지러 방으로 들어갔다. 보옥은 침대 가장자리에 앉아 신을 벗고 장화로 갈아 신으면서 고개를 돌려 원앙을 보았다. 그녀는 분홍색 능라 저고리에 푸른 주단으로 만든 마고자를 입고, 주름이 잡힌 하얀 주단으로 만든 허리띠를 매고는 머리를 저쪽으로 향한 채 고개를 숙이고 바느질감을 보고 있었다. 그녀는 목에 꽃무늬가 장식된 옷깃[領子][1]을 두르고 있었다. 보옥은 그녀의 목에 얼굴을 들이대고 향기를 맡으면서 손으로 슬슬 문질렀다. 희고 매끄러운 그 살결은 습인보다 못하지 않았다. 보옥은 원앙에게 찰싹 들러붙어 능글능글 웃으며 말했다.

"누나, 입술연지 맛 좀 보자."

보옥이 그녀의 몸에 엿타래처럼 감겨들자 원앙이 소리쳤다.

"습인아, 나와서 이것 좀 봐! 넌 평생 도련님을 모실 텐데 교육을 어떻게 시켰기에 아직도 이러시는 거니?"

습인이 옷을 안고 나와 말했다.

"아무리 타일러도 그 버릇을 고치지 못하시니 대체 어찌 된 거예요? 또 이러시면 저흰 여기 있지 못하겠어요."

습인은 보옥을 재촉해 옷을 입히고 원앙과 함께 태부인을 만나러 가게 했다.

보옥이 태부인을 만나고 나서 밖으로 나오니 하인과 말이 벌써 준비되어 있었다. 보옥이 말에 막 오르려는데 마침 가련이 문안 인사를 마치고 돌아와 말에서 내렸다. 둘이 마주보고 몇 마디 말을 나누는데 옆에서 누군가 돌아 나오더니 인사를 건넸다.

"숙부님, 안녕하셔요?"

보옥이 보니 그는 길쭉한 얼굴에 키도 훤칠하고, 나이는 딱 열여덟이나 열아홉 살쯤 되어 보였다. 단아하고 깔끔한 용모에 인상이 아주 좋았다. 보옥은 그가 어느 집 자제이고 이름이 무엇인지 생각나지 않았다. 그러자 가련이 웃으며 말했다.

"왜 그리 멍하게 있어? 설마 재도 못 알아봐? 뒤쪽 행랑채에 사는 다섯째 아주머니 아들 운이잖아?"

보옥이 웃으며 말했다.

"아, 그렇지! 내가 어떻게 잊어버렸을까?"

그러면서 가운賈芸에게 어머니의 안부를 묻고, 무슨 일로 왔는지 물었다. 가운이 가련을 가리키며 말했다.

"둘째 숙부께 여쭐 말씀이 있어서요."

"하하, 예전보다 훨씬 훤칠해졌군. 꼭 내 아들 같아."

그러자 가련이 웃음을 터뜨렸다.

"뻔뻔하기는! 너보다 네다섯 살은 많은데 아들 같다고?"

보옥이 웃으며 가운에게 물었다.

"올해 몇 살이야?"

"열여덟 살입니다."

원래 가운은 무척 영리하고 약아서 아들 같다는 보옥의 말에 웃으며 말했다.

"속담에도 '요람에 누운 할아버지, 지팡이 짚은 손자[搖車裏的爺爺 拄拐的孫孫]'라는 말이 있잖아요? 제가 나이는 몇 살 많지만, 산이 제아무리 높아도 해보다 높을 순 없지요. 제 아버님께서 돌아가신 뒤로 몇 년 동안 절 보살펴주신 분이 없었으니 숙부께서 못난 저를 마다하지 않으시고 아들로 삼아주신다면 저로서는 행운이지요."

가련이 말했다.

"하하, 들었지? 아들 삼기는 잘 안 되겠구나."

그러면서 가련이 안으로 들어가자 보옥이 웃으며 말했다.

"나중에 시간 나면 나한테 와. 다른 것들과 몰래 숨어서 요상한 짓거리나 하지 말고. 오늘은 시간이 없지만, 나중에 내 서재로 오면 하루 종일 얘기도 나누고 대관원으로 데리고 들어가 놀게 해줄게."

보옥은 안장을 잡고 말에 오른 후 하인들에게 둘러싸여 가사의 집으로 갔다.

가사를 만나보니 겨우 감기에 걸린 것뿐이었다. 보옥은 먼저 태부인의 안부 인사를 전한 후 자기도 문안 인사를 올렸다. 가사는 일어서서 먼저 태부인의 인사에 답례하고 하인을 불러 지시했다.

"도련님을 아씨 방으로 모셔라."

물러난 보옥은 뒤쪽으로 가서 윗방으로 들어갔다. 형부인이 먼저 일어서서 태부인의 안부를 묻자 보옥도 인사를 전했다. 형부인은 보옥을 구들에 앉히고 다른 사람들의 안부를 물은 후 하녀들에게 차를 내오게 했다. 차 한잔을 채 마시기도 전에 가종이 와서 보옥에게 인사했다. 형부인이 말했다.

"어딜 그리 천방지축으로 싸돌아다니느냐! 네 유모는 죽었더냐? 왜 이 꼴이 되도록 돌보지 않는 게냐? 눈썹이며 입술이 그리 새까만 꼴이어서야 어디 대갓집에서 글공부하는 아이라고 하겠느냐?"

그렇게 말하고 있는데 가환과 가란 두 숙질이 와서 문안 인사를 올렸다. 형부인은 두 사람에게 의자에 앉으라고 했다. 가환은 보옥이 형부인과 같은 깔개 위에 앉아 있고, 형부인이 계속 보옥을 쓰다듬어주는 걸 보고 마음이 불편했다. 그래서 잠깐 앉아 있다가 가란에게 가자고 눈짓을 했다. 가란은 어쩔 수 없이 함께 일어나 작별 인사를 했다. 보옥은 그들이 가려 하자 자기도 일어나 함께 돌아가려고 했다. 그러자 형부인이 웃으며 말했다.

"넌 좀 더 앉아 있어라. 할 얘기가 있다."

보옥이 어쩔 수 없이 다시 앉자 형부인이 두 사람에게 말했다.

"너희들은 돌아가서 각자 어머님께 내 인사를 전해주렴. 너희 고모와 누나 동생들이 모두 여기 있으니 내가 너무 골치가 아프다. 그러니 오늘은 너희들에게 밥을 먹여 보낼 수 없겠구나."

가환 등은 "예!" 하고 나가서 집으로 돌아갔다.

보옥이 웃으며 말했다.

"누나들이 다 왔다면서 왜 보이지 않지요?"

"걔들은 잠시 앉아 있다가 모두 뒤쪽으로 갔는데 어느 건물로 갔는지는 모르겠다."

"큰어머니, 조금 전에 하실 말씀이 있다고 하셨는데 무슨 말씀인가요?"

"호호, 얘기는 무슨 얘기. 그저 좀 있다가 누나들이랑 같이 밥이나 먹고 가라고 그런 거지. 좋은 장난감도 있으니 가져가 놀려무나."

둘이 이야기를 하다 보니 어느새 저녁 식사 시간이 되었다. 탁자를 놓고 음식을 차려서 자매들을 불러 함께 먹었다. 보옥은 가사에게 가서 작별 인사를 하고 누이들과 함께 돌아와 태부인과 왕부인 등에게 인사를 하고 방으로 돌아가 쉬었다. 이 이야기는 더 이상 하지 않겠다.

한편, 가운이 안으로 들어가 가련을 만나 무슨 일이 있는지 묻자 가련이 말했다.

"전에 네게 맡기려 했던 일이 있었는데, 네 숙모가 계속 부탁하는 바람에 근이한테 줘버렸다. 하지만 네 숙모 얘기가 장차 대관원 안에 꽃과 나무를 심을 곳이 몇 군데 있는데, 이 일이 시작되면 꼭 너한테 맡기라고 하더구나."

가운이 그 말을 듣고 한참 있다가 이렇게 말했다.

"그럼 기다리겠습니다. 숙부님도 오늘 제가 여쭤보러 왔다는 사실을 숙모님께 말씀드리지 마십시오. 나중에 제가 직접 말씀드려도 늦지 않으니까요."

"내가 그 사람한테 그런 얘길 해서 무엇하겠냐? 그런 한가한 얘기를 할 시간도 없다. 내일 새벽같이 흥읍興邑*에 다녀와야 하는데 당일 안으로 돌아와야 한다. 넌 먼저 가서 기다리고 있어라. 모레 초저녁 이후에나 오면

제24회 **135**

결과를 알려주마. 그 전에는 내가 짬이 없다."

그러면서 가련은 옷을 갈아입으러 뒤쪽으로 갔다.

가운은 영국부를 나와 집으로 돌아가면서 줄곧 생각한 끝에 한 가지 방안을 생각해냈다. 그는 곧장 자기 외삼촌인 복세인卜世仁*의 집으로 갔다. 복세인은 향료 가게를 열고 있었는데, 막 가게에서 돌아온 참에 갑자기 가운이 찾아왔다. 서로 인사를 나누고 나서 복세인이 무슨 일로 왔는지 묻자 가운이 대답했다.

"외삼촌, 도움 받을 일이 있습니다. 제가 일을 하나 맡게 되어서 용뇌향龍腦香과 사향麝香을 좀 써야겠으니 각기 네 냥씩만 외상으로 주십시오. 팔월 안으로 은돈으로 값을 치르겠습니다."

"흥! 외상 얘긴 꺼내지도 마라. 전에도 우리 가게의 어느 점원이 자기 친척한테 은돈 몇 냥어치의 물건을 외상으로 주었는데 아직까지도 값을 치르지 않고 있구나. 이 때문에 우리가 함께 값을 물어내고, 다시는 친척이나 친구한테 외상을 주지 말자고 합의했단다. 누구든 그걸 어기면 벌금으로 스무 냥어치 술을 사기로 했지. 게다가 지금은 그런 물건이 없구나. 현금을 가지고 오더라도 우리 같이 보잘것없는 가게에선 살 수 없으니 다른 가게로 가야 한다. 이게 첫 번째 이유란다. 두 번째는 너에게 어디 제대로 된 일이나 있겠느냐? 괜히 외상으로 가져갔다가 또 멋대로 얼토당토않은 짓이나 벌이겠지. 내가 볼 때마다 나무라기만 한다고 하겠지만 어린 네가 세상 물정을 너무 모르니까 이러는 게다. 어쨌든 정신 좀 차리고 돈이라도 몇 푼 벌어서 먹고 입을 거라도 네 힘으로 좀 챙겨라. 그래야 나도 기뻐할 게 아니냐?"

"하하, 외삼촌, 말씀 한번 시원하게 하십니다. 제 아버님 돌아가실 때 전 나이도 어리고 세상사도 잘 몰랐지요. 나중에 어머니 말씀이, 외삼촌께서 저희 집에 계시면서 장례를 주관해주셨다고 하시더군요. 그후 제가 가지고 있던 땅 한 마지기와 두 칸짜리 집을 날려버리신 걸 잊지 않으셨겠지요? 재간 좋은 며느리도 쌀 없이는 죽을 쑤지 못하는데 저더러 어쩌라는 말씀이세요? 그나마 저니까 다행이지 다른 사람이라면 뻔뻔하게 이삼일이 멀다 하고 찾아와 치근대며 쌀 석 되만, 콩 두 되만 하면서 졸라댔을 겁니다. 그러면 외삼촌께서도 어쩔 방법이 없으셨겠지요."

"얘야, 내가 있다 해도 주지는 못하겠구나. 내 항상 네 외숙모에게도 하는 말이다만 네가 생각이 없어서 걱정이다. 네가 계획이 있다면 종갓집을 찾아가봐라. 나리들이야 뵙지 못한다 할지라도 성질 죽이고 집사나 하인들과 친하게 지내면 무슨 일이든 맡겨주지 않겠느냐? 전에 내가 성 밖에 나갔다가 우연히 너희 셋째 집안의 넷째 도령을 만났는데 커다란 나귀를 타고 수레 다섯 대를 이끌고 사오십 명의 중들과 도사들을 태워 집안 사당으로 가더구나. 그 도령이 수완이 없다면 그런 일을 맡았겠느냐?"

가운은 그의 투덜거림을 더 들어줄 수 없어서 곧 일어나 작별 인사를 했다. 그러자 복세인이 말했다.

"뭐가 그리 바빠? 밥이나 먹고 가라."

말이 채 끝나기도 전에 그의 아내가 말했다.

"또 헛소리를 하시는구려. 쌀이 떨어져 당신 국수나 끓여주려고 밀가루를 반 근 사왔는데 배부른 소리나 하다니요! 외조카 붙들어놓고 배를 곯게 하려고 그러시우?"

"반 근 더 사다가 하면 되지 뭐."

그러자 그의 아내가 딸을 불렀다.

"은저銀姐*야, 대문 건너 왕아주머니한테 가서 내일 바로 갚을 테니까 이삼십 전만 빌려달라고 해라."

부부가 그렇게 말하는 사이 가운은 "그러실 필요 없습니다!" 하고 얼른 떠나버렸다.

복씨 부부 이야기는 그만하자.

가운은 홧김에 외삼촌댁을 나와서 곧장 아까 왔던 길로 돌아가는데 마음이 영 착잡했다. 그는 생각에 잠긴 채 고개를 숙이고 걷다가 뜻밖에 어느 취한 사람과 몸이 부딪쳐 깜짝 놀랐다. 그러자 그 취한 사람이 욕을 퍼부었다.

"이런 제밀할! 눈깔이 삐었어? 왜 나한테 부딪치는 거야!"

가운은 얼른 피하려고 했으나 단번에 그 취한 사람 손에 붙잡히고 말았다. 얼굴을 마주하고 보니 다름 아니라 바로 이웃집에 사는 예이倪二°였다. 원래 예이는 고리대금을 놓고 도박장에서 웃돈을 챙기면서 싸움질이나 하고 술만 마시는 무뢰배였다. 그는 마침 돈을 빌려준 집에 가서 이자를 뜯어내 술을 마시고 돌아오던 길이었는데 뜻밖에 가운과 부딪친 것이었다. 기분이 상한 그가 주먹을 휘둘러 때리려고 하는데, 상대가 이렇게 소리쳤다.

"이봐, 잠깐! 나라고, 나!"

귀에 익은 목소리에, 예이가 취한 눈을 크게 뜨고 보더니 가운이라는 걸 알고 얼른 손을 놓고는 몸을 비틀거리며 말했다.

"헤헤, 알고 보니 둘째 도련님이네유. 이거 제가 죽을죄를 졌구먼유. 지금 어디 가시는 길이세유?"

"그건 말할 수 없어. 괜히 헛걸음만 했지 뭐야."

"괜찮아유. 뭐 기분 나쁜 일 있으시면 지한테 말씀하셔유. 지가 대신 분을 풀어드릴게유. 이 동네에서 누구든지 이 취금강醉金剛° 예이의 이웃에게 잘못하는 놈이 있다면 지가 아주 그 집안을 박살내버릴 거여유!"

"이봐, 화부터 내지 말고 들어보게. 내가 전후 사정을 들려줄 테니."

가운이 복세인에게 다녀온 이야기를 들려주자 예이가 버럭 화를 냈다.

"도련님 외삼촌만 아니라면 지가 욕사발을 퍼부었겠지만, 아무리 생각해도 정말 화나는 일이네유! 됐어유. 도련님도 걱정 마셔유. 지금 지한테 은돈이 몇 냥 있으니 필요한 게 있으시면 가져가서 사셔유. 다만 한 가지!

우리는 오랜 이웃 아닌가유? 지가 밖에선 이자놀이를 해도 도련님은 여태 지한테 돈을 빌린 적이 없지유. 지가 건달이라 도련님 체통을 떨어뜨릴까 봐 그러시나유, 아니면 지가 성가시게 굴며 이자를 많이 물릴까봐 그러시나유? 이자가 많을까봐 걱정하시는 거라면 이 돈은 이자도 받지 않고 차용증도 쓰지 않고 드릴지유. 하지만 체통이 떨어질까 걱정하시는 거라면 지가 감히 빌려드리지 못할 테니 여기서 그냥 헤어져야지유."

그러면서 예이는 전대에서 은돈을 한 꾸러미 꺼냈다.

가운은 생각했다.

'예이가 평소에 건달 노릇을 하긴 해도 사람을 봐가며 대해서 상당히 의로운 협사라는 소리를 듣지. 오늘 나에게 이렇게 베풀어주는 호의를 받아들이지 않는다면 창피를 당했다고 생각해서 무슨 일을 벌일지도 몰라. 차라리 이 사람 돈을 빌려 쓰고 나중에 배로 갚아주는 게 낫겠어.'

이렇게 생각을 정한 가운이 웃으며 말했다.

"하하, 자넨 과연 멋진 대장부로군! 내 어찌 자네 생각을 못했는지 모르겠네. 부탁함세! 하지만 자네가 교유하는 사람들이 모두 대담하게 일을 처리하는 이들이라 우리처럼 이렇게 무능하고 하는 일 없는 사람들은 상대하지 않을 것 같아서 자네한테 부탁해도 빌려줄 리 없다고 생각했지. 그런데 오늘 이렇게 큰 호의를 베풀어준다 하니 내 어찌 거절할 수 있겠나? 집에 돌아가서 관례대로 차용증을 써오겠네."

"헤헤, 정말 말씀도 잘하시네유! 하지만 지는 그런 말씀 들을 주제가 아니네유. '교유하는' 사람이라고 하셨으니 지가 어떻게 그런 사람에게 돈을 빌려주고 이자를 받겠어유! 그런 짓을 하면 '교유하는' 게 아니지유. 쓸데없는 소리 할 것 없이, 기왕 마음에 들었으니 이 열다섯 냥 석 전 남짓한 은돈을 당장 가져다가 물건을 사셔유. 무슨 차용증 같은 걸 쓰시려거든 일찌감치 은돈을 돌려주셔유. 차라리 목 빼고 기다리는 다른 사람에게 빌려주고 말 테니께유."

가운은 돈을 받아들며 말했다.
"하하, 그럼 차용증은 쓰지 않겠네. 참 성질도 급하구먼!"
"헤헤, 그건 말할 필요도 없지유. 그나저나 날이 저물었으니 차나 술은 대접해드리지 못하겠고, 지는 또 저쪽에 할 일이 조금 있구먼유. 그러니 도련님은 댁으로 돌아가셔유. 그리고 죄송하지만 저희 집에 들르셔서 지 마누라한테 얘기 좀 전해주시면 좋겠구먼유. 오늘 지는 들어가지 않을 테니 일찍 문 닫고 자라고 전해주셔유. 혹시 중요한 일이 있으면 지 딸년더러 내일 아침에 말 장사 하는 저 오리다리 왕王가 집으로 와서 지를 찾으라고 해주시구유."
그렇게 말하면서 예이는 비틀비틀 떠났다. 이 이야기는 그만하겠다.

가운은 우연히 이런 일을 만나자 희한한 일이라고 여기며, 과연 예이는 상당히 재미있는 사람이라고 생각했다. 다만 그가 술김에 잠시 기분을 냈다가 내일 두 배로 물어달라고 하면 어쩌나 싶어서 내심 망설이다가 또 이렇게 생각했다.
'괜찮겠지. 그 일이 성사되면 배로 갚을 수 있을 거야.'
가운은 곧장 전당포로 갔다. 은돈을 꼼꼼히 달아보니 정확히 열다섯 냥 석 전 네 푼이었다. 그는 예이가 거짓말을 하지 않았음을 알고 더욱 기뻤다. 그는 은돈을 챙겨 돌아가 우선 예이댁에게 말을 전하고 집으로 돌아왔다. 가운의 어머니는 구들 위에서 바느질을 하고 있다가 그가 들어오자 하루 종일 어딜 돌아다녔냐고 물었다. 가운은 어머니가 역정 낼까 싶어서 복세인의 집에 다녀온 일은 이야기하지 않고, 영국부에서 가련을 만나고 온 일만 이야기한 후 저녁은 잡수셨냐고 물었다. 어머니는 벌써 먹었다면서 가운의 밥은 저기 남겨놓았다고 했다. 잠시 후 하녀가 밥을 차려왔다.
날이 어두워지자 가운은 밥을 먹은 후 쉬었고, 그날 밤은 아무 일도 일어나지 않았다.

이튿날 아침 가운은 일어나 세수한 다음, 곧장 남쪽 성문을 나가 큰 향 가게에서 용뇌향을 사들고 바로 영국부로 갔다. 가련이 외출했다는 말을 듣고는 곧 뒤쪽으로 갔다. 가련의 집으로 들어가는 대문 앞에 이르자 몇몇 하인이 커다란 빗자루를 들고 마당을 쓸고 있었다. 그때 주서댁이 대문에서 나와 하인들을 불렀다.

"잠시 청소를 멈춰라. 아씨께서 나오신다."

가운이 얼른 다가가 웃으며 말했다.

"숙모님은 어디 가신답니까?"

"노마님께서 부르셨어요. 아마 무슨 옷감 마를 일이 있나 보네요."

그렇게 말하고 있던 차에 한 무리 사람들이 희봉을 에워싸고 나왔다. 가운은 희봉이 치켜세워주는 걸 좋아한다는 것을 알기 때문에 얼른 손을 양쪽 허벅지 위에 바짝 붙인 채 공손하기 그지없는 태도로 나아가 문안 인사를 했다. 하지만 희봉은 눈길 한 번 제대로 주지 않은 채 계속 걸으며 그저 어머니는 안녕하시냐고만 물었다.

"우리 집에 놀러라도 오시지 않고?"

"몸이 안 좋으셔서요. 그래도 늘 숙모님 말씀을 하시면서 한 번 뵈러 오셔야겠다고는 하시는데 그러지 못하고 계십니다."

"호호, 잘도 둘러대는걸? 내가 얘기를 꺼내지 않았다면 그런 얘긴 하지 않았을 텐데?"

"하하, 이 조카가 벼락 맞는 게 두렵지 않다면 몰라도 어찌 감히 어른 앞에서 거짓말을 하겠습니까? 엊저녁에도 숙모님 말씀을 하시면서 숙모님께서 몸이 약하고 일이 많으셔도 정신력으로 모든 일을 잘 처리하신다고 하셨습니다. 하지만 조금이라도 과로하셔서 건강을 해치시면 어쩔까 걱정하셨습니다."

희봉은 활짝 웃으며 자신도 모르게 걸음을 멈추고 물었다.

"너희 모자가 뒤에서 날 놓고 잘도 씹어댔구나?"

"그건 아니고, 다른 이유가 있습니다. 제 친구가 집에 돈푼깨나 있어서 지금 향 가게를 하고 있습니다. 그런데 그 친구가 통판通判[2] 자리를 샀는데, 얼마 전에 운남雲南* 땅 어딘가로 발령이 나는 바람에 일가족이 모두 거기로 가게 되었답니다. 그래서 여기 향 가게를 접게 되어 물건들을 모아 사람들에게 선물할 건 선물하고 헐값에 처분할 것은 처분하게 되었습니다. 작지만 귀중한 물건은 모두 친구들에게 나눠주면서 제게도 용뇌향과 사향을 보내주었습니다. 제가 어머니와 상의해보았는데 이걸 팔자니 제값을 받을 수 없을 뿐만 아니라 이런 걸 돈 주고 살 집안도 없을 것 같았습니다. 있다면 돈 많은 대갓집이나 될 텐데 그런 집에서야 기껏 몇 푼 쓰는 정도에 지나지 않는다고 여기겠지요. 남에게 줘버리자니 이런 걸 쓸 주제가 되는 이가 어디 있어야지요. 그런 집에는 반값에도 팔지 못하겠지요. 그래서 제가 숙모님을 생각해냈습니다. 작년에 보니 숙모님이 거금을 들여 이런 물건을 사시더군요. 게다가 올해 귀비마마가 궁중에 들어가셨으니 당연히 이번 단오절에는 이런 향료들이 예전보다 열 배는 더 들겠지요. 이런저런 생각 끝에 숙모님께 드리는 게 격식에도 맞고 이 물건의 체면을 살리는 길이라고 생각했습니다."

그러면서 가운은 비단을 대서 만든 상자를 공손히 바쳤다.

희봉도 마침 단오절 행사를 위해 향료며 약재 따위를 사들이려 생각하고 있던 차였는데, 가운이 찾아와 이런 이야기를 하자 흐뭇한 마음이 들어 곧 풍아에게 이렇게 지시했다.

"운이를 집으로 안내해 평아에게 데려다주어라."

그리고 가운에게 말했다.

"네가 이렇게 사리를 잘 아는 걸 보니 네 숙부가 늘 네 얘기를 하면서 말도 잘하고 식견도 있다고 하신 게 당연하구나."

가운은 드디어 기다리던 말이 나왔다 싶어 한 걸음 다가서며 일부러 이렇게 말했다.

"숙부님께서 저에 관해 말씀하신 적이 있나 보군요?"

희봉은 그에게 일을 맡기려 한다는 이야기를 해주려다가 얼른 생각을 돌렸다.

'지금 그 얘길 한다면 내가 우습게 보일 거야. 이깟 향을 받았다고 함부로 자기에게 일을 맡겼다고 여길 테니까 말이야. 지금은 그 일을 거론하지 말자.'

희봉은 그에게 꽃과 나무를 심는 일을 맡기려 한다는 이야기는 전혀 하지 않고, 대충 몇 마디 나눈 후에 태부인의 거처로 갔다. 가운도 자기 입으로 그 얘기를 꺼내기 곤란해서 그냥 집으로 돌아갈 수밖에 없었다.

그런데 어제 보옥이 바깥 서재로 오라고 했기 때문에 가운은 밥을 먹고 다시 들어와 태부인의 거처로 들어가는 의문儀門* 바깥의 기산재綺霞齋* 서재로 갔다. 거기에선 배명3과 서약 두 하인이 장기를 두고 있었는데 '차車'를 따먹는 문제를 놓고 말싸움을 하고 있었다. 그리고 인천引泉*, 소화掃花*, 도운挑雲*, 반학伴鶴* 등 네다섯 명이 서재 처마에서 참새 둥지를 뒤지며 놀고 있었다. 가운이 뜰 안으로 들어가 발을 구르며 말했다.

"요 원숭이 놈들, 또 장난을 치고 있구나. 내가 왔다!"

하인들은 그를 보고 모두 흩어졌다. 가운은 서재로 들어가 의자에 앉으며 물었다.

"둘째 도련님은 오시지 않았느냐?"

배명이 말했다.

"오늘은 한 번도 오시지 않았어요. 드릴 말씀이 있으시면 제가 가서 알아보고 올게요."

그러면서 밖으로 나갔다.

가운은 글씨와 그림, 골동품 따위를 보며 밥 한 그릇 먹을 시간 동안 기다렸지만 배명은 돌아오지 않았다. 다른 하인들을 찾아보려 했지만 모두들 놀러가버린 상태였다. 그가 따분해하고 있는데 문 앞에서 누군가 아름다운 목소리로 사근사근하게 "오빠!" 하고 부르는 소리가 들렸다. 가운이 내다보니 열여섯이나 열일곱 살쯤 되어 보이는, 용모가 제법 오밀조밀하고 깔끔한 하녀였다. 그녀는 가운을 보더니 곧 몸을 숨기려 했다. 그때 마침 배명이 들어오다가 그녀를 발견하고 말했다.

"옳지, 잘됐다. 마침 소식을 전할 사람을 찾지 못하고 있었는데 말이야."

가운도 배명을 보고 얼른 나와서 어찌 되었는지 물었다.

"종일 기다렸는데 들르는 사람 하나 없더군요. 이 아이는 바로 도련님 방에서 시중드는 하녀예요. 아가씨, 들어가서 말씀 좀 여쭤줘. 위쪽 행랑채의 둘째 도련님이 오셨다고 말이야."

하녀는 그제야 가운이 이 집안 도련님인 걸 알고, 조금 전처럼 몸을 피하려 하지 않고 그를 두어 번 뚫어지게 쳐다보았다. 그때 가운이 말했다.

"무슨 위쪽 행랑채니 아래쪽 행랑채니 할 것 없이 그냥 운이가 왔다고만 해줘."

한참 후에 그 하녀가 피식 웃으며 말했다.

"제 생각에 둘째 도련님은 그냥 댁으로 돌아가시는 게 낫겠어요. 하실 말씀 있으시면 내일 오셔서 하세요. 오늘 저녁에 짬을 봐서 제가 도련님께 말씀드릴게요."

배명이 말했다.

"그게 무슨 소리야?"

"도련님께서 오늘도 낮잠을 주무시지 않으셨으니까 당연히 저녁도 일찍 잡수셨지요. 저녁에 다시 여기에 나오시지 않아요. 한참 놀고 계신 우리 도련님을 기다리시다가는 괜히 배만 곯게 되실 거예요. 차라리 댁에 돌아가셨다가 내일 오시는 게 나아요. 사람을 보내 말씀을 전해봐야 아무 소용없어요. 우리 도련님은 그저 말씀만 '그래!' 하실 건데, 그런 말은 들으나 마나잖아요?"

가운은 이 하녀의 말하는 품이 간명하고 귀여워서 이름을 물어보고 싶었으나, 보옥의 방에서 시중드는 아이인지라 묻기가 뭐해서 그저 이렇게 말할 수밖에 없었다.

"그 말도 일리가 있군. 내일 다시 오지."

가운이 밖으로 나가려 하자 배명이 말했다.

"제가 가서 차를 내올 테니까 마시고 가셔요."

하지만 가운은 걸음을 멈추지 않은 채 고개를 돌려 말했다.

"차는 됐다. 나는 또 할 일이 있어."

이렇게 말하면서도 눈으로는 아직 거기 서 있는 하녀를 살폈다.

가운은 곧장 집으로 돌아갔다가 이튿날 대문 앞으로 찾아왔다. 공교롭게도 희봉이 어딘가 문안 인사를 가려고 수레에 올랐다가, 가운이 온 걸 발견하고는 사람을 시켜 불러 세웠다. 희봉은 수레의 창 너머에서 웃으며 말했다.

"운아, 간도 크게 내 앞에서 수작을 부렸더구나! 웬일로 선물을 주나 싶더니 부탁할 일이 있었던 거였어. 어제 네 숙부께서 네가 일을 부탁하더라는 말씀을 하시더구나."

"하하, 숙부님께 부탁드린 일이라면 말씀하지 마십시오. 저도 어제 바로 후회했습니다. 이렇게 될 줄 알았더라면 처음부터 숙모님께 부탁드렸을 텐데요. 그랬다면 지금쯤 벌써 일이 다 되었겠지요. 설마 숙부님께서 해주시지 못할 줄 생각이나 했겠습니까?"

"호호, 거기서 잘 안 되니까 어제 날 찾아온 게로구나?"

"제 마음을 너무 몰라주시네요. 전혀 그런 뜻이 아니었습니다. 그럴 생각이었다면 어제 숙모님께 부탁을 드렸겠지요. 이제 숙모님이 알게 되셨으니 어쩔 수 없이 숙부님은 포기하고 숙모님께 선처를 바라야 되겠습니다. 제발 조금만 제게 신경을 써주십시오."

"흥! 그렇게 멀리 돌아오는 길을 택했으니 나도 말하기 어렵게 됐는걸? 진즉 나한테 얘기했으면 안 될 일이 없었을 텐데 쓸데없는 일을 해가지고 이렇게까지 질질 끌었잖아? 대관원에 꽃을 좀 심어야 되는데 마땅히 맡길 사람이 생각나지 않았거든. 네가 좀 빨리 왔으면 벌써 너한테 맡겼을 거 아냐?"

"하하, 그럼 내일이라도 당장 제게 맡겨주십시오."

희봉이 한참 생각하다가 말했다.

"내가 보기엔 그 일은 그다지 좋지 않아. 내년 정월에 불꽃놀이나 꽃등놀이 같은 큰 건수가 있을 때 너에게 맡기도록 하마."

"아이고, 숙모님, 우선 이 일부터 시켜주십시오. 이 일을 잘 처리하면 나중에 그 일도 맡겨주시면 되잖아요."

"그래도 제법 뒷일까지 생각할 줄 아는구나? 됐다! 네 숙부님이 말씀하시지만 않았더라도 내가 네 일에 상관하지 않았을 게다. 나도 밥만 먹고 돌아올 테니 점심 후에 와서 돈을 수령해가거라. 그리고 모레 정원에 들어가 꽃과 나무를 심도록 해라."

그렇게 말하고 나서 희봉은 수레를 출발시켜 바로 떠났다.

가운은 무척 기뻐하며 기산재 서재로 가서 보옥이 있는지 물었다. 뜻밖에도 보옥은 아침 일찍 북정왕부에 갔다고 했다. 가운은 한참 동안 멍하니 앉아 있다가 희봉이 돌아왔다는 소식을 듣고 곧 영수증을 써서 목패를 수령했다. 정원 밖에 가서 사람을 시켜 안에 알리라고 하니 채명이 달려 나와 영수증만 받아들고 들어가서 돈의 액수와 날짜를 적어 목패와 함께 건네주었다. 거기에는 은돈 이백 냥이라고 적혀 있었다. 가운은 무척 기뻐하며 은고銀庫로 달려가 목패와 영수증을 제시하고 돈을 수령했다. 그가 집에 돌아가 어머니에게 이야기하니 당연히 어머니도 기뻐했다. 이튿날 아침 일찍 가운은 먼저 예이를 찾아가 전에 빌린 돈을 갚았다. 예이가 돈을 빌려준 만큼 돌려받은 일은 더 이상 말할 필요 없겠다. 가운은 또 오십 냥을 꺼내 들고 서문西門 밖으로 나가 꽃을 키워 파는 방춘*의 집으로 가서 꽃과 나무를 샀다. 이 이야기는 그만하겠다.

이제 잠시 보옥의 이야기를 해보자. 그는 가운을 만난 날 함께 이야기나 나누자며 그에게 대관원에 들어오라고 이야기한 적이 있다. 이렇게 말해 놓고 보옥은 부귀한 집안의 아들들이 흔히 입버릇처럼 하는 말로 치부하고 그 일을 전혀 마음에 두지 않았기 때문에 금방 잊어버렸다.

이날 저녁 보옥은 북정왕부에서 돌아와 태부인과 왕부인 등에게 인사하고 대관원으로 돌아가 옷을 갈아입고 세수를 하려고 했다. 그때 습인은 보차의 부탁으로 단추를 만들어주러 갔고, 추문秋紋과 벽흔碧痕은 물을 길러 갔다. 그리고 단운檀雲*은 자기 어머니 생일잔치를 하러 갔고, 사월은 자기 집에서 병을 치료하고 있었다. 허드렛일하는 하녀들이 몇 명 있기는 했지만 자기들을 부르지는 않을 거라 생각하고 모두 친구를 찾아 놀러 나가버렸다. 이 순간 방 안에는 보옥만이 남아 있게 되었다. 그런데 하필 이때 보옥은 차가 마시고 싶어졌다. 그가 두세 번이나 사람을 부르자 그제야 두세 명의 할멈들이 달려 들어왔다. 보옥은 그들을 보고 다급히 손을 내저으며 말했다.

"됐네, 됐어! 할멈들은 필요 없어."

그들은 물러갈 수밖에 없었다.

하녀들이 없으니 보옥은 어쩔 수 없이 자기가 직접 찻잔을 들고 찻주전자로 가서 차를 따르려고 했다. 그때 뒤에서 누군가의 목소리가 들려왔다.

"도련님, 그러다 손 데이셔요. 저희가 따라드릴게요."

그러면서 달려와 찻잔을 받아들고 지나갔다. 보옥이 깜짝 놀라 물었다.

"어디 있었어? 갑자기 나오니까 깜짝 놀랐잖아."

그 하녀가 차를 가져다주며 대답했다.

"뒤뜰에 있다가 방금 안쪽의 뒷문으로 들어왔는데 발소리를 듣지 못하셨나 보네요?"

보옥은 차를 마시며 그 하녀를 꼼꼼히 살펴보았다. 그녀는 아주 새것은 아니지만 낡지도 않은 옷을 입고 있었는데, 새까만 머리카락은 뒤쪽으로 틀어 올렸고 갸름한 얼굴에 몸매도 날씬해서 무척 깔끔하고 예뻤다. 보옥이 웃으며 물었다.

"너도 내 방에서 일하니?"

"예."

"그런데 어떻게 내가 모르지?"

"피! 얼굴 모르는 사람이 어디 저 하나뿐이겠어요? 저는 지금껏 차나 물을 날라 드리거나 무슨 물건 심부름처럼 도련님 눈앞에서 하는 일은 전혀 하지 않았으니 어찌 알아보실 수 있겠어요?"

"넌 왜 그런 일을 하지 않았어?"

"그건 말씀드리기 곤란하네요. 하지만 한마디만 말씀드릴게요. 어제 운이라는 분이 도련님을 찾아왔어요. 저는 도련님이 짬이 없으실 거라 생각해서 배명이더러 그분을 돌려보내면서 오늘 아침에 다시 오라고 전하게 했는데, 뜻밖에 도련님께서 북정왕부로 가버리셨어요."

그녀가 막 여기까지 말하고 있는데 추문과 벽흔이 깔깔거리며 들어왔다. 둘은 물이 담긴 통 하나를 같이 들고, 다른 한 손으로는 치맛자락을 움켜쥔 채 비틀비틀 걸으며 철벅철벅 물을 쏟으면서 들어왔다. 그 하녀가 얼른 달려가 그들을 맞이했다. 추문과 벽흔은 서로에게 원망을 퍼붓고 있었다.

"네가 내 치마를 적셨어!"

"넌 내 신을 밟았잖아!"

그러던 차에 하녀가 나와 물을 받았는데, 다름 아니라 소홍小紅●이었다. 추문과 벽흔은 이상한 생각이 들어서 물을 내려놓고 얼른 방으로 들어가 여기저기를 둘러보았다. 다른 사람은 아무도 없고 보옥만 있는지라 둘은 마음 한편에 의혹이 일었다. 그들은 세숫물을 준비해놓고 보옥이 겉옷을 벗자 그걸 들고 방을 나와 다른 쪽 방으로 갔다. 그리고 소홍을 불러 조금 전에 방에서 무슨 이야기를 하고 있었는지 물었다.

"제가 언제 방 안에 있었다고 그래요? 손수건이 보이지 않아서 뒤쪽으로 찾으러 갔는데 갑자기 도련님께서 차를 달라고 언니들을 부르셨어요. 그런데 아무도 안 계셔서 제가 들어가 차를 따라드렸는데 바로 뒤에 언니들이 오신 거예요."

추문이 소홍에게 다가가 얼굴에 불쑥 침을 한 번 "퉤!" 뱉더니 욕을 퍼부었다.

"뻔뻔하구나, 천한 것! 물을 길어오라고 할 때는 일이 있다며 우리가 가게 만들더니, 이런 기회를 노리고 있었구나? 한발 한발 기어오르면 되긴 하겠지만, 설마 우리가 널 따라잡지 못할 줄 알아? 거울 들고 네 꼴을 비춰 봐라. 그 주제에 차나 물을 날라드릴 수 있을 것 같아?"

벽흔이 거들었다.

"내일 사람들한테 얘기해야겠어. 차나 물을 나르고 물건 심부름하는 일은 우리가 하지 말고 쟤한테만 시키자고 말이야!"

추문이 말했다.

"그럼 우린 다 물러가고 이 건물엔 쟤만 남겨두자!"

두 사람이 돌아가며 한마디씩 쏘아대며 다투고 있는데, 할멈 하나가 들어와 희봉의 말을 전했다.

"내일 어떤 사람이 꽃 가꾸는 사람〔花匠〕을 데려와 나무를 심을 테니까 자네들더러 조심하라고 하셨네. 옷이며 치마 따위를 함부로 널어놓지 말라는 말씀일세. 저 가산에는 전부 장막을 둘러칠 거니까 함부로 들어가면 안 되네."

추문이 물었다.

"내일 작업 감독은 누가 하나요?"

"어디 행랑채에 사는 운 도령이라고 하시던데?"

추문과 벽흔은 그가 누군지 몰랐기 때문에 이것저것 다른 것들을 캐물었다. 소홍은 그 말을 듣고 운 도령이 바로 어제 바깥 서재에서 본 그 사람이라는 걸 알았다.

소홍의 본래 성은 임林씨이고 어릴 적 이름은 홍옥紅玉이었는데, '옥玉' 자가 대옥과 보옥의 이름에도 들어 있기 때문에 그 글자를 숨기고 그냥 '소홍'이라고 불렀다. 그녀의 가족은 영국부에서 여러 세대에 걸쳐 하인으로 일했고, 그녀의 부모는 지금 각 지역의 전답과 가옥을 관리하고 있었다. 그녀는 이제 막 열여섯 살이 되었는데 대관원에 사람을 나누어 배치할 때 이홍원에 배치되었다. 그때 그곳은 그윽하고 한적했다. 그런데 뜻밖에도 나중에 사람이 들어가 지내라는 명이 내려지자 이곳을 보옥이 차지하게 되었던 것이다.

임홍옥林紅玉*은 세상 물정을 잘 모르는 어린 계집애였지만, 용모가 꽤 괜찮았기 때문에 높은 지위로 올라가보려는 어리석은 생각을 품고 늘 보옥 앞에 자신을 드러내 보이려고 했다. 하지만 보옥 주위에 있는 이들은 모두 영리하고 여간내기가 아니라서 도무지 손을 쓸 틈이 없었다. 그런데 생각지도 않게 이제 좀 낌새가 생겼다 싶었는데, 추문 등에게 한바탕 욕을 먹고 나니 속으로 상당히 실망하고 있었다. 그러던 차에 할멈이 가운 이야기를 하자 홍옥은 자신도 모르게 가슴이 뛰었다. 그녀는 풀이 죽은 채 방으로 돌아와 침대에 누워 이리저리 곰곰이 생각을 해봤지만 도무지 방법이 떠오르지 않았다. 그때 창밖에서 누군가 소리 죽여 그녀를 불렀다.

"홍옥아, 네 손수건을 내가 주웠어."

황급히 달려 나가보니 다름 아니라 가운이었다. 홍옥은 자기도 모르게 얼굴이 빨개진 채 물었다.

"어디서 주우셨어요?"

"하하, 이리 와봐, 얘기해줄게."

가운이 다가와 그녀의 옷자락을 잡으려고 했다. 홍옥은 급히 몸을 돌려 도망치려다가 문턱에 발이 걸려 넘어지고 말았다. 이 일은 어찌 되었을까? 이에 대해서는 다음 회를 보시라.

제25회

마법에 걸린 자제는 귀신을 만나고[1]
홍루의 꿈에 신령과 통하여 두 신선을 만나다
魘魔法姊弟逢五鬼　紅樓夢通靈遇雙眞

마법에 걸린 왕희봉이 난동을 부리다.

　홍옥은 마음이 황홀하고 그리움에 사무쳐 있다가 몽롱하게 잠이 들었는데, 자기를 잡으려 하는 가운을 피해 몸을 돌려 도망치다가 문턱에 발이 걸려 넘어지는 바람에 깜짝 놀라 잠에서 깨어났다. 그제야 그녀는 조금 전의 일이 꿈이었음을 깨달았다. 이 때문에 그녀는 밤새 뒤척이며 잠을 이루지 못했다. 이튿날 자리에서 일어나자마자 몇 명의 하녀들이 찾아와 청소하고 세숫물을 길어오자고 그녀를 재촉했다. 홍옥은 몸단장도 하지 못하고 거울을 보며 대충 머리를 틀어 올린 후, 세수를 하고 허리춤에 손수건을 하나 묶은 채 나와서 청소를 했다.
　보옥은 전날 홍옥을 보고 금방 마음이 쏠렸다. 하지만 직접 그녀를 지목해 불러서 일을 시키면 습인 등의 마음이 상할까 걱정스럽기도 하고, 홍옥의 행실이 어떤지도 몰라 망설였다. 그녀의 행실이 좋으면 괜찮겠지만 그렇지 않으면 다시 돌려보내기도 곤란할 것이기 때문이다. 보옥은 마음이 답답해서 몸단장도 하지 않고 넋이 빠진 채 앉아 있었다. 잠시 후 덧창문을 내리고 비단 창 너머로 바깥을 바라보니 하녀들이 마당을 청소하고 있었다. 다들 연지를 바르고 화려한 머리장식으로 치장하고 있었지만 유독 어제 본 아이만 보이지 않았다.
　보옥은 대충 신을 끌고 방을 나와 꽃구경하는 체하며 여기저기를 둘러보았다. 언뜻 고개를 들어보니 서남쪽 모퉁이의 회랑 아래쪽 난간에 누군가 기대 있는 것이 보였다. 하지만 안타깝게도 해당화에 얼굴이 가려져서 누군지 알 수 없었다. 옆으로 조금 돌아가 자세히 보니 어제 본 그 아이가 거기에 멍하니 서 있었다. 보옥은 가까이 다가가기도 머쓱해 어떻게 할까 생각하고 있던 차에 갑자기 벽흔이 와서 세수를 하라고 재촉하니 어쩔 수 없이 안으로 들어가야 했다. 이 이야기는 그만하자.

한편, 홍옥이 멍하니 서 있는데 갑자기 습인이 손짓하며 불렀다. 홍옥이 다가가자 습인이 말했다.

"우리 물뿌리개를 아직 고치지 않았으니 대옥 아가씨 거처에 가서 좀 빌려달라고 해."

홍옥은 "예!" 하고 나와서 소상관으로 갔다. 취연교翠煙橋*를 지나다가 고개를 들어 바라보니 산비탈 높은 곳에는 모두 장막이 둘러져 있었다. 그제야 홍옥은 오늘이 바로 거기에 나무를 심는 날이라는 것이 생각났다. 몸을 돌려 바라보니 멀리 한 무리 사람들이 땅을 파고 있었고, 가운은 그곳 바위에 앉아 감독하고 있었다. 홍옥은 그곳으로 가보고 싶었으나 감히 그럴 수 없어서 시무룩하게 소상관으로 가서 물뿌리개를 빌려 돌아온 뒤, 풀이 죽은 채 방으로 들어가 누워버렸다. 다른 이들은 그녀가 잠깐 몸이 안 좋은 모양이라 생각하고 그냥 내버려두었다.

어느새 하루가 지나갔다. 다음 날은 왕자등 부인의 생일이라 그 댁에서 사람을 보내 태부인과 왕부인을 초청했다. 그러나 왕부인은 태부인의 기분이 별로 좋지 않은 걸 보고 자신도 가지 않았다. 대신 설씨 댁 마님이 왕희봉과 가씨 집안의 자매들, 보차, 대옥 등과 함께 갔다가 날이 저물어서야 돌아왔다.

마침 왕부인은 서당에서 돌아오는 가환을 보고 그에게 낭송할 『금강주金剛呪』²를 베껴 쓰라고 했다. 가환은 왕부인의 구들 위에 앉아 하녀들에게 등불을 켜게 한 후 잔뜩 허세를 부리며 베껴 쓰기 시작하더니 곧 채운에게 차를 따르라 하고 조금 후에는 옥천玉釧더러 촛불 심지를 자르라 하는가 하면 금천金釧에게는 등불을 가린다고 나무라기도 했다. 하녀들은 평소 가환을 싫어했기 때문에 모두 들은 척도 하지 않았다. 하지만 채하는 아직 그와 사이가 괜찮아서 차를 한잔 따라 갖다주었다. 채하는 왕부인이 다른 사람과 이야기를 나누고 있는 것을 보고는 가환에게 소곤소곤 말했다.

"좀 점잖게 구세요. 왜 자꾸 이것저것 불평을 해대셔요?"

"나도 알고 있으니까 달래려고 들지 마! 지금 네가 보옥이와 사이가 좋다고 나를 상대하지도 않는 건 나도 진즉에 알아봤어!"

채하가 입술을 깨물며 가환의 머리를 손가락으로 콕 찌르면서 말했다.

"양심도 없긴! 개가 신선 여동빈을 물려고 덤비듯이 남의 마음도 못 알아주시는군요〔狗咬呂洞賓 不識好人心〕!"

두 사람이 그러고 있을 때 희봉이 왕부인에게 인사를 하러 왔다. 왕부인은 오늘 여자 손님은 몇이나 왔으며, 연극은 어땠으며, 술자리는 어떠했는지 등 이것저것에 대해 물었다. 몇 마디 채 하기도 전에 보옥도 와서 왕부인에게 인사했다. 보옥은 그저 격식대로 몇 마디 인사말을 하고는 곧 하녀에게 머리띠를 풀고 도포와 장화를 벗기게 한 다음 넙식 왕부인의 품으로 뛰어들었다. 왕부인은 그의 온몸과 얼굴을 쓰다듬어주었고, 보옥도 왕부인의 목에 매달려 이런저런 이야기를 늘어놓았다. 왕부인이 말했다.

"애야, 너 또 술을 많이 마셨구나, 얼굴이 뜨거운 걸 보니. 이렇게 들러붙어 있으면 금방 술이 오를 게다. 저쪽에 잠시 조용히 누워 있는 게 좋겠구나."

왕부인은 하녀에게 베개를 가져오라고 했다. 보옥은 곧 어머니의 품에서 내려와 뒤쪽에 누웠다. 왕부인은 채하에게 보옥을 다독여주라고 했다. 보옥은 채하에게 우스갯소리를 했지만, 그녀가 자신을 상대하지 않고 덤덤하게 앉은 채 가환만 쳐다보고 있다는 걸 눈치챘다. 보옥이 그녀의 손을 잡고 웃으며 말했다.

"누나, 나도 좀 봐줘."

그러면서 계속 채하의 손을 잡고 있었다. 채하는 손을 빼내려 해도 되지 않자 이렇게 말했다.

"또 이러시면 소리를 지를 거예요!"

둘이 토닥거리는 소리를 가환도 들었다. 그는 평소 보옥을 싫어했는데 지금 또 채하와 노닥거리는 걸 보자 더욱 미운 생각이 치밀었다. 비록 말로는 못했지만 가환은 늘 속으로 방법을 궁리하고 있었다. 하지만 여태 손을 쓸 도리가 없었는데 지금 보옥이 자신과 아주 가까이 있는 걸 보고는 뜨거운 기름으로 그의 눈을 다치게 하려고 했다. 가환은 실수한 것처럼 보옥의 얼굴을 향해 촛농이 넘실거리는 촛불을 슬쩍 밀었다. 순간 보옥이 "아야!" 소리를 내질렀고, 방 안의 모든 사람들이 깜짝 놀랐다. 황급히 방바닥에 놓여 있던 긴 받침대가 달린 촛대를 옮겨오고 안방과 바깥방의 등잔을 서너 개 가져와 비춰보니 보옥의 온 얼굴과 몸에 촛농이 흠뻑 묻어 있었다. 왕부인은 마음이 조급하기도 하고 화가 치밀어 사람들에게 보옥을 씻기라고 지시하는 한편 가환을 꾸짖었다. 희봉은 후다닥 구들로 올라가 보옥을 살펴보면서 말했다.

"호호, 셋째는 항상 이렇게 덤벙댄다니까? 아무래도 넌 점잖은 자리에는 가지 못하겠어. 조씨도 평소 좀 잘 가르쳐놓지 않고······"

그 말에 왕부인은 퍼뜩 떠오르는 게 있어서 가환은 젖혀두고 조씨를 불러다놓고 욕을 퍼부었다.

"심사도 못되고 도리도 모르는 이따위 망종으로 키워놓고 단속도 안 하다니! 내 몇 번이나 모른 체했더니 득의양양해서 갈수록 더하는구나!"

조씨는 평소 질투심을 품고 있기는 했지만 희봉과 보옥에게 화가 나 있지도 않았고, 설령 그런 일이 있다 해도 감히 밖으로 드러내지 않았다. 그러니 가환이 또 일을 저질러 이런 욕을 얻어먹게 되었어도 그녀는 말없이 받아들일 뿐만 아니라 자기도 나서서 보옥을 간호했다. 보옥은 왼쪽 뺨이 데어서 온통 물집이 잡혔지만 다행히 눈은 다치지 않았다. 왕부인은 그걸 보고 가슴이 아프기도 하고 다음 날 태부인에게 어떻게 말씀드려야 할지 몰라 다급한 마음에 또 조씨에게 한바탕 질책을 늘어놓았다. 그런 다음 다시 보옥을 달래주고 하녀들에게 소독하고 붓기를 가라앉히는 데 쓰는 패독소종약敗毒消腫藥*을 가져와 발라주라고 지시했다. 보옥이 말했다.

"좀 아프긴 해도 괜찮아요. 내일 할머님께서 물으시면 제가 잘못해서 데었다고 하지요 뭐."

희봉이 웃으며 말했다.

"그렇게 말씀드려도 주위 사람들이 조심해서 보살피지 못해 그런 일이 생겼다고 나무라실걸요? 어쨌든 한바탕 화를 내실 거예요, 내일 도련님이 어떻게 말씀드린다 해도 말이에요."

왕부인은 보옥을 방으로 잘 돌려보내게 했다. 그 뒤를 따르던 습인 등은 보옥의 뒷모습을 보며 모두들 당황하여 어쩔 줄 몰랐다.

대옥은 보옥이 하루 종일 외출해 있자 이야기 상대가 없어서 갑갑했다. 날이 저물자 두세 차례 사람을 보내 보옥이 아직 돌아오지 않았느냐고 물었다. 그러다가 보옥이 지금 막 돌아왔는데 하필 화상을 입었다는 소식을 듣고 얼른 달려왔다. 마침 보옥은 거울을 들고 얼굴을 비춰보고 있었는데 왼쪽 얼굴에는 온통 약이 발라져 있었다. 대옥은 보옥이 아주 심하게 데었나 보다 싶어서 다급히 다가와 어쩌다 데었냐고 물으면서 상처를 보려고 했다. 보옥은 그녀가 오자 얼른 얼굴을 가리며 손을 내저어 나가라고 하면서 보여주려고 하지 않았다. 결벽증이 있는 대옥이 이런 꼴을 보지 못한다는 걸 알기 때문이었다. 대옥도 보옥이 내심 지저분한 모습을 보여주려 하지 않는다는 걸 알기 때문에 웃으며 말했다.

"한번 봐요. 어딜 데었어요? 뭘 숨길 게 있다고 그래요?"

그러면서 보옥에게 다가가 억지로 목에 매달려 살펴보았다.

"많이 아파요?"

"그다지 아프진 않아. 한 이틀 치료하면 나아질 거야."

대옥은 잠시 앉아 있다가 걱정으로 무거운 마음을 안고 자기 방으로 돌아갔다. 그날 밤은 별일이 없었다.

이튿날 보옥은 태부인에게 인사를 하러 갔다. 보옥은 자기가 잘못해서 데인 거라면서 다른 사람을 끌어들이지 않았지만, 아니나 다를까 태부인은 시중드는 이들에게 한바탕 꾸지람을 퍼부었다.

하루가 지나자 보옥을 기명寄名 양자로 삼은3) 여도사 마씨馬氏•가 영국부에 들어와 문안 인사를 했다. 그녀는 보옥을 보고 깜짝 놀라 어찌 된 일이냐고 묻더니, 데었다는 이야기를 듣고 고개를 끄덕이며 잠시 탄식했다. 그리고 보옥의 얼굴에 손가락을 대고 무슨 부적 같은 것을 그리는 흉내를 내면서 중얼중얼 주문을 외운 후 이렇게 말했다.

"틀림없이 금방 나을 거예요. 이건 잠시 스치는 재앙에 불과해요."

또 태부인에게 말했다.

"보살님께선 모르시겠지만 불경엔 무시무시한 얘기가 들어 있습니다. 무릇 왕공이나 재상 집안의 자제들은 태어나는 순간부터 수많은 악귀가 알게 모르게 따라다닙니다. 그러다가 틈만 보이면 꼬집거나 할퀴고, 밥 먹을 때 그릇을 쳐서 떨어뜨리거나 걸어갈 때 밀쳐 넘어뜨리기 때문에 종종 대갓집 자제들 가운데 잘 자라지 못하는 이들이 많습니다."

태부인이 다급히 물었다.

"부처님의 법력으로 그걸 없앨 방법이 있는가?"

"이쯤이야 쉬운 일이지요. 그저 도련님을 위해 선업을 조금 쌓으시면 됩니다. 불경에는 또 이런 말씀도 있습니다. 서방의 대광명보조보살大光明普照菩薩께서는 어둠 속에 숨어 있는 악귀들을 비춰 물리치시는데, 선남선녀가 지성으로 공양하면 자손의 길이 번영토록 해주고 악귀에 들려 놀라거나 두려워하는 재난도 없도록 보우해주신다고 합니다."

"그 보살님께는 어떤 공양을 해드려야 하는가?"

"별것도 아닙니다. 그저 향촉을 공양하는 것 외에 날마다 향유香油를 몇 근 보태서 불상 앞에 큰 유리등[大海燈]을 밝혀두시는 정도입니다. 이 등은 보살님께서 현신하시는 법상法像이기 때문에 밤이나 낮이나 꺼뜨리면 안 됩니다."

"하루 밤낮에 기름이 얼마나 드는가? 알려주면 나도 그걸 시주해서 재앙을 없애야겠네."

"호호, 딱히 어떤 규정이 없으니 시주하시는 보살님 마음에 따라 공양하시면 됩니다. 저희 절에서는 여러 왕비님들과 대가의 마님들께서 공양을 올리고 계시는데, 남안군왕부南安郡王府*의 태비마마는 소원이 크셔서 하루에 기름 마흔여덟 근과 심지 한 근을 시주하시고, 등도 항아리보다 조금 작은 것을 밝히십니다. 금전후錦田侯* 댁의 마님께서는 그보다 한 등급 아래로, 하루에 기름 스무 근만 시주하십니다. 또 다섯 근을 시주하시는 분도 있고 세 근이나 한 근을 시주하시는 분들도 있으니 수량에는 규정이 없습니다. 그마저도 어려운 집에서는 반 근이나 네 냥 정도만 하시지만 그래도 저희가 모두 등을 밝혀주고 있습니다."

태부인은 그 말을 듣고 고개를 끄덕이며 생각에 잠겼다. 마도사가 또 말했다.

"한 가지 더 말씀드릴 게 있습니다. 부모나 집안 어른들을 위한 것이라면 많이 시주하셔도 괜찮습니다만, 지금 노마님처럼 도련님을 위해서라면 많이 시주하시는 게 오히려 더 좋지 않습니다. 도련님께서 감당하지 못하시고 오히려 복을 깎아먹게 될 테니 그 또한 마땅치 않습니다. 시주를 하시려거든 많게는 일곱 근, 적게는 다섯 근 정도만 하시는 게 좋습니다."

"그럼 매일 다섯 근씩으로 정하고 매달 쓸 양을 한꺼번에 받아가도록 하게."

마도사가 염불을 했다.

"아미타불, 자비대보살!"

태부인이 사람을 불러 지시했다.

"이후로 보옥이가 외출할 때에는 하인들에게 엽전을 몇 꿰미 들려 보내서 스님이나 도사, 가난한 이를 만날 때 보시하게 해라."

이야기가 끝나자 마도사는 잠시 앉아 있다가 또 각처로 문안 인사하면서 한 바퀴 들렀다. 잠시 후 조씨의 방에 이르러 인사를 나누고, 조씨가 하녀에게 차를 따르게 하여 함께 마셨다. 구들 위에 비단 조각들이 쌓여 있었는데, 조씨는 그것들로 신을 마름질하고 있었다.

"마침 제 신발 볼 만들 게 떨어졌는데 아무 색깔이나 상관없으니 신 한 켤레 만들 감만 주십시오."

조씨가 한숨을 내쉬며 말했다.

"여길 좀 보게, 어디 쓸 만한 조각이 있는가? 쓸 만한 것이 내 손에까지 들어올 리가 없지! 여기 있는 건 모두 있으나마나 한 것들이니 그거라도 괜찮다면 두 조각쯤 골라 가져가시게."

마도사는 두 조각을 골라 소매에 넣었다. 조씨가 물었다.

"전에 내가 약왕보살藥王菩薩[4]께 공양하라고 오백 전을 보냈는데 잘 받았는가?"

"벌써 공양을 올렸습니다."

조씨가 한숨을 내쉬며 말했다.

"아미타불! 내가 가진 게 없어서 늘 공양을 올리면서도 마음만 있을 뿐 힘이 모자라네."

"걱정 마십시오. 장차 환 도련님이 장성하셔서 작으나마 벼슬살이를 하실 때까지만 참아내시면 그때는 더 많은 시주를 하실 수 있지 않겠습니까?"

조씨가 코웃음을 치며 말했다.

"됐네, 됐어! 그 얘긴 꺼내지도 말게. 지금도 이 꼴인데 우리 모자가 이 집의 누구를 따라가겠는가! 보옥이가 있으니 살아 있는 용처럼 귀한 보물을 얻은 셈이 아닌가? 그 아이는 아직 어리긴 하지만 사람들 마음에 드는 짓을 잘하니 어른들의 사랑을 독차지하는 것이야 그렇다 치고, 내가 도저히 참을 수 없는 건 바로 이 상전일세!"

그러면서 조씨는 손가락 두 개를 펼쳐보였다. 마도사도 무슨 뜻인지 알아채고 물었다.

"가련 나리 댁의 둘째 아씨 말씀인가요?"

조씨가 깜짝 놀라 다급히 손을 내저으며 문 앞으로 다가갔다. 주렴을 걷고 밖에 사람이 있나 살펴본 후 다시 들어와 마도사에게 소곤소곤 말했다.

"아이고, 무서워라! 이 상전 얘기가 나왔으니 말인데, 이 집 재산은 전부 그 사람 친정으로 옮겨가고 말 걸세. 그렇게 되지 않는다면 내가 사람이 아닐세!"

마도사는 조씨의 속내를 떠보려고 이렇게 말했다.

"그렇게 말씀하지 않으셔도 설마 제가 사정을 모르겠습니까? 마님쯤 되니까 속으로도 따지지 않고 거기서 하는 대로 내버려두시는 게지요. 차라리 그게 나아요."

"맙소사! 내버려두지 않으면 누가 감히 그 사람을 어찌할 수 있겠는가?"

마도사가 코웃음을 치며 한참 뜸을 들이다가 말했다.

"제가 벌 받을 소리를 하는 건 아니지만, 마님은 수완이 없어요! 그 또한 남을 탓할 일이 아니지요. 감히 내놓고 어쩌지 못한다면 몰래 수를 쓰면 될 일이지 이 지경이 되도록 기다리고만 계시다니요!"

조씨는 그 말도 일리가 있다고 생각해서 속으로 기뻐하며 말했다.

"어떻게 몰래 수를 쓴다는 것인가? 나도 그런 생각을 해보긴 했지만 그럴 재간이 있는 사람이 없더구먼. 자네가 방법을 가르쳐준다면 내 크게 사례함세."

마도사는 자기 짐작이 들어맞았다 생각하고 일부러 이렇게 말했다.

"아미타불! 그런 건 아예 묻지도 마십시오. 제가 어떻게 그런 일을 알겠습니까? 죄로다, 죄로다!"

"또 이러는구먼! 자네는 곤란에 빠진 이들을 잘 구원해주면서 설마 남이 우리 모자를 죽을 지경으로 내몰아도 눈 훤히 뜨고 구경만 하겠단 말인가? 설마 내가 사례를 안 할 거라 생각하는가?"

"호호, 제가 차마 마님 모자가 남한테 구박당하도록 내버려두지 못하리라는 말씀은 맞지만, 사례를 바란다는 건 잘못 생각하신 겁니다. 만약 사례를 바란다면 마님께선 뭘 가지고 제 마음을 움직일 요량이십니까?"

조씨는 그 말에 타협의 여지가 있다고 생각하고는 이렇게 말했다.

"자네처럼 사리가 분명한 사람이 어찌 그리 생각을 못하는가? 자네 방법이 정말 효험이 있어서 그 둘을 없애버릴 수만 있다면, 훗날 이 집 재산은 모두 우리 환이한테 돌아오지 않겠는가? 그렇게 되면 자네한테 뭔들 주지 못하겠는가!"

마도사는 고개를 숙인 채 한참 생각하다가 이렇게 말했다.

"일이 제대로 되더라도 증거가 없다면 마님이 절 모르는 체하실 거 아닙니까?"

"그야 뭐가 어렵겠는가? 지금 나한테 별건 없지만 몇 냥 모아둔 은돈이랑 옷 몇 벌, 비녀가 있네. 우선 이걸 가져가게. 남은 건 내가 차용증을 써주겠네. 누굴 보증인으로 세워도 좋네. 그때가 되면 액수대로 갚아주겠네."

"정말 그래도 되겠습니까?"

"이런 일로 어찌 거짓말을 하겠는가?"

조씨는 곧 믿을 만한 할멈을 불러 귓속말로 소곤소곤 몇 마디 했다.

그 할멈은 나갔다가 잠시 후에 돌아왔는데, 과연 은돈 오백 냥어치의 차용증을 써왔다. 조씨는 차용증에 서명을 하고, 상자에서 모아둔 은돈을 꺼내와 마도사에게 주며 말했다.

"우선 이걸 공양 올릴 경비로 쓰게. 이제 되겠는가?"

마도사는 새하얗게 쌓인 은돈과 차용증을 보자 앞뒤 가릴 것 없이 "예, 예!" 하며 은돈을 쓸어넣고 차용증을 갈무리했다. 그리고 허리춤을 한참 뒤적이더니 종이를 오려 만든 십여 개의 푸른 얼굴에 흰머리의 귀신 상과 두 개의 종이로 만든 사람 모형을 꺼내 조씨에게 주며 낮은 소리로 일러주었다.

"이 두 개의 사람 모형에 두 사람의 사주팔자를 써넣고 다섯 개의 귀신과 함께 두 사람의 침대에 각기 넣어두면 됩니다. 제가 돌아가서 술법을 쓰면 저절로 효험이 생길 겁니다. 부디 조심하시고 겁내지 마세요!"

막 그렇게 말하고 있는데 왕부인의 하녀가 들어와 이렇게 말했다.

"마님, 여기 계시네요. 저희 마님께서 좀 와보라고 하시네요."

조씨와 마도사가 곧 헤어진 것은 더 이상 말할 필요 없겠다.

한편, 대옥은 보옥이 얼굴에 화상을 입어서 전혀 외출을 하지 않는 덕분에 늘 함께 담소를 나눌 수 있었다. 그날도 밥을 먹고 책을 두 권 읽고 나자 무료해져서 자견, 설안과 바느질을 했는데도 마음이 더욱 답답해졌다. 방문에 기대 잠시 멍하니 있다가 발걸음이 이끄는 대로 밖으로 나왔는데, 계단 아래 새로 돋은 죽을 보다가 자기도 모르게 정원으로 나섰다. 정원 안을 둘러보니 사방에 사람은 아무도 보이지 않고, 곱게 자태를 뽐내는 꽃들과 버드나무 속에서 새들이 지저귀는 소리와 개울물 흐르는 소리만 들려왔다.

대옥은 발길이 닿는 대로 이홍원으로 들어왔는데, 몇몇 하녀들이 물을 길어다 놓고 회랑에 둘러서서 화미조畵眉鳥*가 미역 감는 것을 구경하고 있었다. 그때 방 안에서 웃음소리가 들려 안으로 들어가보니 이환과 희봉, 보차가 있었다. 그들은 대옥이 들어오는 걸 보자 웃으며 말했다.

"또 한 사람이 오네."

대옥이 웃으며 말했다.

"오늘 누가 초청장을 돌렸나봐요, 이렇게 다 모인 걸 보니?"

희봉이 말했다.

"전에 내가 하녀 편에 찻잎 두 병을 보냈는데 넌 어디 갔었니?"

"어머, 그걸 잊고 있었네요. 정말 고마워요, 호호."

"차 맛이 어땠어?"

그 말이 채 끝나기도 전에 보옥이 말했다.

"따질 것도 없어요. 전 그다지 맛이 좋진 않았던 것 같은데 다른 사람들은 어떻게 생각하는지 모르겠네요."

보차가 말했다.

"맛은 그런대로 깔끔한데 색깔이 그다지 좋진 않더군요."

희봉이 말했다.

"그건 섬라暹羅[5] 땅에서 진상한 공물이야. 내 생각에도 맛은 별로더라고. 늘 마시던 것보다 못했어."

대옥이 말했다.

"전 맛있던데 여러분들 비위가 어떻게 된 거 아니에요?"

보옥이 말했다.

"정말 맛있다면 나한테 있는 것도 가져가 마셔."

희봉이 웃으며 말했다.

"마시고 싶으면 내 방에도 더 있어."

대옥이 말했다.

"정말이죠? 당장 하녀를 보내 가져오라고 해야겠어요."

"그럴 것 없어. 내가 사람 편에 보내면 되지 뭐. 내일 너한테 부탁할 일도 있으니 그 편에 함께 보낼게."

"호호, 모두들 들었지요? 찻잎 좀 주었다고 바로 부려먹으려 하네요."

"에그, 오히려 네가 차를 마신다느니 하며 쓸데없는 소리만 하는 것 같은데? 우리 집 차를 마셨으면서[6] 왜 우리 집 며느리 노릇은 안 하는 거야?"

그 말에 모두들 일제히 폭소를 터뜨렸다. 대옥은 얼굴이 빨개져서 한마디도 못하고 고개를 돌려버렸다. 이환이 웃으며 보차에게 말했다.

"정말 올케의 우스갯소리는 끝내준다니까!"

대옥이 말했다.

"쳇! 그게 무슨 우스갯소리예요. 남한테 미움이나 받을 경박한 말일 뿐이라고요!"

희봉이 웃으며 말했다.

"헛소리 마! 우리 집이 뭐가 모자라다고 그래?"

그러면서 그녀는 보옥을 가리키며 말했다.

"봐라, 인물이며 가문이 모자라니, 아니면 집안의 기반이나 살림이 모자라니? 어디 누구한테 욕될 데가 있어?"

대옥이 발딱 일어나 나가버리자 보차가 소리쳤다.

"애, 왜 그리 성질이 급해? 얼른 돌아와 앉아. 가버리면 재미없잖아!"

보차가 일어나 대옥을 붙잡으러 갔다. 그녀가 막 방문 앞에 이르렀을 때 조씨와 가사의 첩인 주씨가 보옥을 문병하러 왔다. 이환과 보차, 보옥은 두 사람에게 자리를 권했다. 하지만 희봉은 대옥과 농담을 주고받으며 누 사람에게 눈길조차 주지 않았다. 보차가 막 뭐라고 말을 하려던 차에 왕부인의 방에 있는 하녀가 와서 전갈했다.

"외숙모님이 오셨으니 마님들과 아가씨들 모두 나오시랍니다."

이환은 급히 희봉 등을 불러 함께 갔다. 조씨와 주씨도 서둘러 인사를 하고 나가자 보옥이 말했다.

"난 나갈 수도 없지만 외숙모님이 이리 오시지 못하게 해줘요."

또 대옥에게 말했다.

"누이, 잠깐 있어봐, 할 얘기가 있어."

희봉이 그 말을 듣고 대옥을 돌아보며 말했다.

"호호, 누가 너한테 할 말이 있다는데?"

그러면서 그녀는 대옥을 안쪽으로 툭 밀어넣고 이환과 함께 나갔다.

보옥은 대옥의 소매를 붙들고 그저 희죽거리기만 할 뿐 마음속에 담긴 말을 입 밖으로 꺼내지 못했다. 대옥은 자기도 모르게 얼굴이 빨개져서 그를 뿌리치고 나가려 했다. 그런데 갑자기 보옥이 "아이쿠!" 하면서 소리를 질렀다.

"머리가 무지 아파!"

"천벌일세, 아미타불!"

보옥은 "아이고, 죽겠다!" 하면서 바닥에서 서너 자나 높이 펄쩍펄쩍 뛰며 정신없이 헛소리를 늘어놓기 시작했다. 대옥과 하녀들은 깜짝 놀라 서둘러 왕부인과 태부인에게 알렸다. 이때 왕자등의 부인도 거기 있어서 함께 와보니 보옥은 폭력을 휘두르면서 죽을 둥 살 둥 날뛰며 천지를 뒤엎을 듯 난리를 피우고 있었다. 태부인과 왕부인은 그 모습을 보고 너무 놀라 부들부들 떨며 "아가!" "내 새끼!" 하고 소리치며 통곡했다. 이 소동에 놀란 가사와 형부인, 가진, 가정, 가련, 가용, 가운, 가평, 설씨 댁 마님, 설반, 주서댁을 비롯하여 온 집안의 위아래를 막론하고 하녀들과 계집종들이 뜰 안으로 달려오니, 순식간에 뜰 안은 아수라장이 되고 말았다. 사람들이 어쩔 줄 몰라 우왕좌왕하고 있는데 갑자기 희봉이 번쩍번쩍 날이 선 칼을 들고 뜰로 들어와 닭이며 개를 닥치는 대로 죽이고, 사람까지 죽이려 덤비니 모두 더욱 놀라 무서워했다. 주서댁이 급히 힘세고 간 큰 여자들 몇 명을 시켜 그녀를 붙들고 칼을 빼앗은 후 방으로 데려가게 했다. 평아와 풍아 등은 눈물을 펑펑 흘리며 통곡을 해댔다. 가정 등은 이쪽을 돌보자니 저쪽도 내버려둘 수가 없어 가슴이 답답했다.

다른 사람들이 허둥대는 것은 말할 필요도 없지만, 특히 설반은 남들보다 열 배나 더 바빴다. 그는 어머니가 사람들에게 떠밀려 쓰러지지나 않을까, 혹시 누가 보차를 눈여겨보고 있지나 않을까, 누가 향릉에게 집적대지나 않을까 안달했다. 그는 가진 등이 여자를 후리는 데 도가 텄다는 것을 알았기 때문에 더욱 정신없이 허둥댔던 것이다. 그러다가 문득 우아하고 아름다운 대옥이 저쪽에 쓰러져 있는 것을 보았다.

그 자리에 있던 사람들은 중구난방으로 말이 많았다. 무당을 불러 지전을 태우고 굿을 해야 한다느니, 옥황각玉皇閣*의 장張도사가 귀신 들린 사람을 잘 고친다느니 하면서 갖가지 이야기들을 떠들어댔다. 백방으로 의원을 불러오고 기도를 올리고 점을 쳐보았지만 전혀 효험이 없이 점점 날이 저물어가고 있었다. 왕자등의 부인은 작별 인사를 하고 돌아갔다가 이튿날 다시 문병을 왔다. 이어서 사후史侯의 동생 집안과 형부인의 형제, 여러 친척이 몸소 문병했다. 그들은 '부수符水'7를 보내오기도 하고 용한 스님이나 도사를 추천하기도 했지만 전혀 효험이 없었다. 보옥과 희봉은 증세가 더욱 심해져서 인사불성이 된 채 침상에 누워 있었는데, 온몸이 불덩이 같았고 온갖 헛소리를 중얼거렸다. 밤이 되면 어멈들과 할멈들, 하녀들은 모두 무서워서 그들 가까이 다가가지도 못했다. 그래서 두 사람을 왕부인이 있는 위채의 방으로 옮기고, 밤에는 가운에게 하인들을 데리고 번을 돌면서 지키게 했다. 태부인과 왕부인, 형부인, 설씨 댁 마님 등은 한시도 곁을 떠나지 않고 두 사람을 둘러싼 채 통곡했다.

가사와 가정은 태부인의 몸이 상할까봐 밤낮으로 걱정하며 주위 사람들까지 불안하게 달달 볶았지만 다들 어쩔 도리가 없었다. 또 가사가 각처에서 용한 승려나 도사를 불러왔으나 효험이 없었다. 가정은 너무나 짜증스러워 가사를 말렸다.

"애들 운명은 모두 하늘에 달렸으니 사람 힘으로 억지로 어찌할 수 있는 게 아닙니다. 저 아이들이 뜻밖에 이런 병을 얻었고 백방으로 치료해도 효험이 없는 걸 보면 아마 하늘의 뜻인가 봅니다. 그러니 그냥 운명에 맡겨두시지요."

가사는 그 말에도 아랑곳하지 않고 여전히 이런저런 방법을 찾느라 바빴지만 전혀 효험이 없었다.

그렇게 사흘이 지나도록 보옥과 희봉은 침상에 누워 있었다. 이젠 숨조차 끊어져가고 있었다. 온 집안사람은 두 사람이 살 가망이 없다고 생각하고 급히 수의 등 후사 치를 준비를 했다. 태부인과 왕부인, 가련, 평아, 습인은 다른 누구보다 슬피 통곡하며 침식도 잊고 자기 몸도 돌보지 않았다. 조씨와 가환은 소원이 이뤄지나 보다 생각했다.

나흘째 되는 날 이른 아침, 태부인 등이 보옥을 에워싸고 통곡하고 있을 때 갑자기 보옥이 눈을 치뜨며 말했다.

"이제 저는 이 집을 떠날 겁니다. 어서 채비를 해서 절 보내주세요."

태부인은 그 말을 듣고 심장과 간이 떨어져나가는 듯 아파했다. 그러자 조씨가 옆에서 말했다.

"노마님, 너무 슬퍼하지 마세요. 도련님은 이미 가망이 없는 것 같으니 수의를 잘 입혀 조금이라도 일찍 떠나게 해드리는 게 그나마 고통을 덜어드리는 길일 것 같네요. 그렇게 차마 떠나보내지 못하시면 도련님 숨이 끊어지지 않을 테니 저승에 가서도 벌을 받아 편안치 않으실 거예요."

말이 채 끝나기도 전에 태부인은 그녀의 얼굴에 침을 "퉤!" 뱉으며 욕을 퍼부었다.

"혓바닥이 썩어 문드러질 못된 여편네야, 어디서 감히 쓸데없는 소리를 지껄여! 저 아이가 저승에서 벌을 받을지 어쩔지 네가 어찌 알아? 가망이 없는 줄은 어찌 알아? 넌 저 아이가 죽길 바라는 모양인데, 그런다고 너한테 무슨 좋은 일이나 있어? 어림없다! 저 아이가 죽으면 네년들 목숨도 붙어 있지 못하게 해주마. 평소 네년들이 저 아이에게 글씨를 쓰고 책을 읽도록 다그치라고 쫑알거려서 기를 꺾어놓는 통에 저 아이가 제 아비만 보면 고양이 피하는 쥐처럼 되지 않았느냐! 그게 모두 너희 음란한 여편네들이 부추겨놓은 일이지! 이제 저 아이를 죽음으로 몰아가면 소원을 이루었다고 생각하겠지만 내가 너희들을 어느 하나라도 그냥 둘 것 같으냐!"

태부인은 욕을 퍼부으며 통곡했다.

가정은 옆에서 그런 말을 듣자 마음이 더욱 불편해져서 조씨에게 호통을 쳐 내보내고, 자신은 태부인에게 다가가 좋은 말로 위로하면서 기분을 풀어주려고 했다. 잠시 후 또 누군가가 들어와 보고했다.

"관 두 개를 다 만들었습니다. 나리, 가셔서 살펴보십시오."

그 말을 들은 태부인은 불길에 기름을 부은 듯 화가 치밀어 호통을 내질렀다.

"누가 관을 만들라 하더냐!"

그러면서 관을 만든 놈을 잡아와 쳐 죽이라고 소리쳤다. 그렇게 천지가 뒤집힐 듯 난리를 치는데 갑자기 은은한 목탁소리와 함께 읊조리는 소리가 들려왔다.

"나무해원얼보살南無解冤孽菩薩! 해를 입은 사람이 있거나 집안이 기울거나 흉험한 일을 당하거나 사악한 귀신에 들린 이가 있다면 우리가 잘 고친답니다."

태부인과 왕부인이 그 말을 듣고 가만있을 리 있겠는가? 당장 사람을 보내 그들을 데려오라고 했다. 가정은 내키지 않았으나 태부인의 말씀을 감히 거역하지 못했다. 다만 그 읊조리는 소리가 어떻게 이렇게 집안 깊숙한 곳까지 똑똑히 들릴 수 있었는지 희한한 일이라고 생각하며, 사람을 보내 그들을 데려오라고 했다. 그들은 다름 아닌 머리가 울퉁불퉁한 승려와 절름발이 도사였다. 그 승려의 생김새는 이랬다.

코는 걸어놓은 쓸개 같고 두 눈썹은 길며
눈동자는 밝은 별처럼 신령한 빛을 머금었다.
해진 승복에 짚신 신고 정처 없이 떠도는데
몰골은 더러운데다 머리엔 부스럼이 가득하다.
鼻如懸膽兩眉長
目似明星蓄寶光

제25회 169

破衲芒鞋無住跡
腌臢更有滿頭瘡

또 그 도사는 이렇게 생겼다.

한 발은 높고 한 발은 낮은데
온몸은 물에 젖고 진흙투성이.
만나서 집이 어디냐고 물어보면
봉래산 약수 서쪽이라 대답한다네.
一足高來一足低
渾身帶水又拖泥
相逢若問家何處
卻在蓬萊弱水西

이들에게 가정이 물었다.
"두 분께선 어느 사당에서 도를 닦으시오?"
승려가 웃으며 대답했다.
"나리, 여러 말씀 하실 필요 없습니다. 우리는 귀댁에 해를 입은 사람이 있다는 소문을 듣고 고쳐드리려고 일부러 왔소이다."
"두 사람이 액운을 당하긴 했는데 두 분은 어떤 부수를 갖고 계신지요?"
도사가 웃으며 말했다.
"귀댁에 지금 세상에 드문 기이한 보배가 있습니다. 그런데 어찌 오히려 저희에게 부수 같은 게 있냐고 물으시는 겁니까?"
가정은 그 말에 흥미가 생겨 이렇게 물었다.
"제 아이가 태어날 때 귀한 옥을 하나 지니고 있었는데, 그 위에 악귀를 물리친다고 쓰여 있긴 해도 신통한 효험은 없더이다."

승려가 말했다.

"나리께서 그 물건의 묘용을 아실 리 없겠지요. 지금 그것이 음악과 미색, 재물에 미혹되어 신령한 효험을 보이지 못하는 것입니다. 잠깐 가져와 보십시오. 저희가 손에 쥐고 주문을 외면 금방 괜찮아질 겁니다."

가정은 곧 보옥의 목에 걸린 그 옥을 가져다 두 사람에게 건네주었다. 승려는 그걸 받아 손바닥에 얹어놓고 길게 탄식하며 말했다.

"청경봉靑埂峰에서 헤어진 뒤로 어느새 십삼 년이 흘렀구나! 인간 세상의 시간은 이렇게 빠르나니 속세 인연의 기한도 손가락 퉁기는 것처럼 빨리 채워지리라! 옛날 너의 그 좋았던 시절이 그립겠구나!"

하늘도 구속 않고 땅도 굴레 씌우지 않아
마음엔 기쁨도 없고 슬픔도 없었지.
단련을 통해 신령함과 통한 뒤에
인간 세상에서 시빗거리를 찾으려 했구나.
天不拘兮地不羈
心頭無喜亦無悲
卻因鍛煉通靈後
便向人間覓是非

"애석하게도 네가 지금 이런 일을 겪는구나."

분 자국 연지 흔적이 신령한 빛을 더럽히고
고운 창살[8]은 밤낮으로 원앙새[9] 괴롭히네.
한바탕 단꿈에 취해도 결국 깨어야 하나니
애증의 빚 갚고 나면 모든 걸 마무리 지을 수 있겠지.
粉漬脂痕汚寶光

綺櫳晝夜困鴛鴦
沉酣一夢終須醒
冤孽償清好散場

그렇게 읊조리고 나서 승려는 옥을 쓰다듬으며 몇 마디 말도 안 되는 소리를 늘어놓더니 가정에게 옥을 건네주며 말했다.

"이 물건은 이미 영험해졌으니 더럽히지 말고 침실 문지방에 걸어놓으십시오. 그리고 두 사람을 한 방에 두시되 본인의 아내나 어머니 외에 여자가 건드리게 하면 안 됩니다.[10] 삼십삼 일 뒤에는 틀림없이 병이 나아서 예전처럼 돌아갈 것입니다."

그렇게 말하고 승려와 도사는 돌아서 나갔다. 가정이 급히 따라가 두 사람에게 차를 권하고 이야기도 좀 나누고 사례도 하려 했지만, 두 사람은 벌써 떠나버린 뒤였다. 태부인 등이 사람을 보내 쫓아가보라고 했는데, 어디에서도 그들의 종적을 찾을 수 없었다. 별수 없이 가정은 승려와 도사가 말한 대로 보옥과 희봉을 왕부인의 침실 안에 눕히고 문지방에 그 옥을 걸어두었다. 왕부인은 몸소 방 안을 지키며 다른 사람들은 들어오지 못하게 했다.

저녁이 되자 두 사람이 점점 정신을 차리더니 배가 고프다고 했다. 태부인과 왕부인은 보배라도 얻은 기분이 되어 급히 쌀죽을 끓여 두 사람에게 먹였다. 두 사람은 점차 정신이 또렷해지고 조금씩 악귀가 물러나 온 집안 사람이 마음을 놓았다. 이환과 가씨 집안의 세 아가씨, 보차, 대옥, 평아, 습인 등은 바깥방에서 소식을 기다리고 있다가 두 사람이 쌀죽을 먹고 사람을 알아보았다는 소식을 들었다. 다른 이들이 미처 입을 떼기도 전에 대옥이 먼저 "아미타불!" 하고 염불을 했다. 보차가 고개를 돌려 한참 동안 그녀를 쳐다보다가 피식 웃었다. 다들 그게 무슨 의미인지 몰랐는데 석춘이 보차에게 물었다.

"언니, 뭐가 그리 우스워요?"

"호호, 여래불이 사람보다 바쁘겠다는 생각이 드니 우습지 뭐야. 불경도 강설하고 설법도 해야지, 중생도 구제해야지. 그런데 지금 또 병이 난 보옥 도련님과 희봉 언니를 위해 기도하는 사람들 소원도 들어줘서 복을 내리고 재앙도 씻어줘야 하잖아. 이제 병이 좀 나아지니 대옥 아가씨 혼례도 챙겨주셔야 하고. 그러니 생각해봐, 정말 우습잖아!"

대옥은 자신도 모르게 얼굴이 빨개져서 한마디 쏘아붙였다.

"다들 못됐어, 곱게 죽지 못할 거야! 착한 사람한테서는 배우지 않고 희봉 언니의 못된 말버릇만 배우다니."

대옥은 주렴을 휙 걷고 나가버렸다. 뒤의 일은 어찌 되었을까? 이에 대해서는 다음 회를 보시라.

제26회

봉요교에서 말을 꾸며 마음을 전하고
소상관에서 봄날 졸음 속에 그윽한 정을 내비치다

蜂腰橋設言傳心事　瀟湘館春困發幽情

소상관에서 가보옥은 임대옥에게 속마음을 털어놓다.

　삼십삼 일 동안 요양한 보옥은 몸도 건강해졌을 뿐만 아니라 얼굴의 화상까지 말끔하게 나아서 다시 대관원 안으로 돌아갔다. 이에 대해서는 더 이상 이야기하지 않겠다.

　보옥이 앓고 있는 동안 가운은 집안의 하인들을 데리고 병상을 지키느라 밤낮으로 왕부인 방에서 지냈고, 홍옥과 다른 하녀들도 그곳에서 보옥의 병시중을 들고 있었기 때문에 서로 만나는 날이 많아져서 점차 친해졌다. 홍옥은 가운이 들고 있는 손수건이 아무래도 전에 자기가 잃어버린 것 같았지만, 물어보기가 어색했다. 그런데 그 승려와 도사가 찾아와 남자들은 일체 얼씬도 하지 말라고 하는 바람에 가운은 다시 나무를 심으러 갔다. 홍옥은 그 일을 떨쳐버리려 해도 마음속에서 떨쳐지지 않았고, 가운에게 물어보자니 남들이 둘 사이를 의심할까 무서워 이러지도 저러지도 못했다. 그때 갑자기 창밖에서 누군가 물었다.
　"언니, 방 안에 계셔요?"
　홍옥이 창문 구멍으로 내다보니 다름 아니라 이홍원에 있는 가혜佳蕙*라는 어린 하녀였다.
　"응, 들어와."
　가혜가 재빨리 들어와 바로 침상에 앉더니 이렇게 종알거렸다.

"난 정말 운이 좋아! 조금 전에 뜰 안에서 물건을 씻는데 보옥 도련님께서 대옥 아가씨에게 찻잎을 보내주라고 하시지 뭐예요. 그래서 습인 언니가 저를 보내셨지요. 그런데 마침 노마님께서 대옥 아가씨께 돈을 보내셔서 그곳 하녀들에게 나눠주고 계시지 뭐예요. 제가 가니까 대옥 아가씨가 저한테도 두 줌을 집어주셨는데 얼마인지는 모르겠어요. 이걸 언니가 좀 간수해줘요."

가혜는 손수건을 펼쳐서 동전을 쏟았다. 홍옥은 꼼꼼히 세어서 간수해두었다. 가혜가 말했다.

"요즘 기분이 어때요? 제가 보기엔 한 이틀 집에 가 쉬면서 의원을 불러 진찰해보고 약을 두어 제 먹으면 괜찮아질 것 같은데요."

"그게 무슨 소리야? 멀쩡한데 집에는 왜 가?"

"생각해보니 대옥 아가씨가 천성적으로 허약해서 항상 약을 잡수시니까 언니도 좀 달라고 해서 먹으면 되겠어요."

"말도 안 되는 소리 그만해라. 누가 약을 나눠 먹는다니?"

"그래도 오랫동안 이러고 있는 건 좋지 않아요. 잘 먹지도 않으면서 계속 이러면 어찌 되겠어요?"

"뭐 어때, 병들어 좀 일찍 죽어버리는 게 차라리 깨끗하지!"

"아이, 무슨 말씀을 그렇게 하세요?"

"네가 어찌 내 속을 알겠니!"

가혜가 머리를 까닥이며 잠시 생각하다가 이렇게 말했다.

"하긴 원망할 수도 없지요, 여긴 견디기 어려운 곳이니까요. 어제 일만 해도 그래요. 노마님께서 이르시길, 보옥 도련님이 앓고 계실 동안 시중드는 애들이 고생이 많았는데, 이제 몸이 좋아졌으니까 여기저기서 치성 올리는 일도 끝내고 시중드는 이들에게 모두 등급에 따라 상을 내리게 하셨지요. 우리야 나이가 어려서 거기 끼지 못하니까 원망은 하지 않아요. 하지만 언니는 왜 빠졌대요? 그건 저도 납득하지 못하겠어요. 습인 언니야 도련님 마음에 쏙 드는데다 도련님을 화나게 하는 일도 없으니 당연히 상을 받아야겠지요. 솔직히 말하자면 그 언니와 감히 견줄 사람이 어디 있겠어요? 평소에 성실하고 조심하는 것은 말할 것도 없고, 설사 그게 아니더라도 그 언니에 비할 사람이 없지요. 그런데 청문이와 기산˚ 같은 이들까지 모두 상등급에 넣은 건 왕마님 체면을 생각해서 그렇게 한 건데 모두들 걔네들만 떠받들어요. 그러니 화가 나지 않겠어요?"

"그래도 걔들 성질 건드릴 필요는 없지. '아무리 거창한 잔치라도 끝나는 날이 있기 마련〔千里搭長棚 沒有個不散的筵席〕'이라는 속담도 있잖아? 그러니 누굴 한평생 섬길 수 있겠어? 기껏 사오 년쯤 지나면 각자 제 갈 길로 갈 텐데, 그때가 되면 누가 누굴 상관하겠어?"

이 말에 자기도 모르게 감동한 가혜는 눈시울이 붉어졌지만, 그렇다고 대놓고 통곡할 수는 없어서 그저 억지로 웃으며 말했다.

"언니 말이 맞아요. 어제 보옥 도련님이 내일 방 정리하는 거랄지 옷 만드는 일에 대해 꼬치꼬치 말씀하시던데, 그 품새가 꼭 몇백 년은 들볶을 것 같더라니까요."

홍옥이 코웃음을 치며 막 무슨 말을 하려는데, 이제 처음 머리를 기르기 시작한 어린 하녀가 꽃 본과 종이 두 장을 들고 들어와 말했다.

"이 두 가지 모양대로 꽃모양을 만들라고 하시네요."

그러면서 그것을 홍옥에게 툭 던져주고는 몸을 돌려 달음질을 쳤다. 홍옥이 밖을 향해 물었다.

"대체 누가 시킨 거야? 말이 끝나기도 전에 줄행랑을 치는 걸 보니 누가 만두를 쪄놓고 기다리기라도 하는 모양이지? 왜, 빨리 안 가면 식을까봐?"

그러자 창밖에서 하녀의 목소리가 들려왔다.

"기산 언니예요."

그러고는 다시 토닥토닥 뛰어가버렸다. 홍옥은 화가 치밀어 그 꽃 본을 한쪽으로 내던지고는 서랍을 빼내고 붓을 찾았는데, 한참을 찾아도 모두

털이 닳은 것들뿐이었다.

"저번에 가져온 새 붓을 어디 두었더라? 왜 갑자기 생각이 안 나지?"

잠시 생각에 빠져 있더니 비로소 웃으며 말했다.

"그래, 전날 밤에 앵아가 가져갔지. 가혜야, 네가 가서 좀 가져와라."

"습인 언니가 저한테 상자를 갖다 달라고 해서 저 오기를 기다리고 있을 거예요. 붓은 언니가 가져오셔요."

"습인 언니가 기다리고 있는데도 앉아 주둥이만 놀리고 있었어? 내가 심부름을 시키지 않았으면 습인 언니도 널 기다리지 않겠구나? 못돼 처먹은 계집애 같으니!"

홍옥은 이홍원 밖으로 나가 곧장 보차가 있는 형무원 쪽으로 향했다. 그런데 그녀가 심방정沁芳亭* 근처에 이르렀을 때 보옥의 유모인 이할멈이 저쪽에서 걸어오는 게 보였다. 홍옥이 걸음을 멈추고서 웃으며 물었다.

"할머니, 어디 가세요? 여긴 웬일로 오셨어요?"

이할멈이 멈춰 서서 손뼉을 탁 치며 말했다.

"도련님이 그 나무 심는 운雲 도령인가 우雨 도령인가 하는 작자가 마음에 들었는지, 나더러 그 작자를 데려오라고 다그치시지 뭐냐. 내일 위채에서 그 얘길 들으시면 또 난리가 날 텐데, 안 그래?"

"호호, 그래서 정말 말씀대로 그 작자를 데리러 가시는 거예요?"

"그럼 어쩌겠어?"

"호호, 그 사람이 사리를 분별할 줄 안다면 안 오는 게 나을 텐데요?"

"그 작자도 바보가 아닐 텐데 왜 안 온다는 게냐?"

"그럼 할머니가 함께 오세요. 그 사람 혼자 왔다가 아무하고나 마주치게 되면 모양새가 좋지 않잖아요."

"내가 그리 한가하냐? 그냥 얘기만 전해주고 돌아와서 계집아이나 할멈을 하나 보내 데리고 들어오게 하면 되지."

그러면서 이할멈은 지팡이를 짚고 떠났다. 홍옥은 그 말을 듣고는 붓 가지러 가는 일은 까맣게 잊고 선 채로 한참 생각에 빠져 있었다. 잠시 후 어린 하녀 하나가 달려오다가 그녀를 보고 물었다.

"언니, 여기서 뭐해요?"

고개를 들어보니 추아墜兒*였다.

"어디 가?"

"가운 도련님을 모셔 오래요."

추아가 달려가자 홍옥도 걸음을 옮겼다. 홍옥이 막 봉요교蜂腰橋* 문 앞에 이르렀을 때 저쪽에서 추아가 가운을 데려오는 것이 보였다. 가운은 걸음을 옮기면서 홍옥을 슬쩍 훑어보았다. 홍옥도 추아와 이야기를 나누는 척하며 가운을 몰래 훑어보았다. 두 쌍의 눈동자가 딱 부딪치자 홍옥은 자기도 모르게 얼굴이 붉어져서 몸을 돌려 형무원으로 향했다. 이 이야기는 그만하자.

가운이 추아를 따라 구불구불 길을 걸어 이홍원에 이르자 추아가 먼저 들어가 알리고 나서 그를 데리고 들어갔다. 가운이 보니 정원 안에는 띄엄띄엄 몇 개의 가산이 있고 파초가 심어져 있었다. 저쪽에는 두 마리 학이 소나무 아래에서 부리로 깃을 다듬고 있었다. 회랑에는 갖가지 특이하고 멋진 새들이 들어 있는 새장들이 걸려 있었다. 위쪽에 있는 자그마한 다섯 칸짜리 포하청抱廈廳*에는 꽃무늬를 조각한 가림문이 놓여 있고, 그 위에는 '이홍쾌록怡紅快綠'이라는 글씨가 커다랗게 새겨진 편액이 걸려 있었다.

'이홍원이라는 이름이 알고 보니 저 편액에 적힌 글자 때문에 붙여진 게로구나.'

가운이 이렇게 생각하고 있을 때 안쪽 비단창 너머에서 웃음 띤 목소리가 들려왔다.

"어서 들어와. 내가 어쩌다 두세 달 동안 널 잊고 있었을까?"

가운은 그게 보옥의 목소리임을 알고 얼른 방 안으로 들어갔다. 고개를 들어보니 울긋불긋 휘황찬란한 문양들만 보일 뿐 보옥의 모습은 보이지 않았다. 고개를 돌려보니 왼쪽에 세워진 커다란 거울 뒤에서 열대여섯 살쯤 되고 키도 거의 비슷한 두 명의 하녀가 돌아나와 말했다.

"도련님, 안쪽으로 들어오세요."

가운은 감히 눈동자조차 마주치지 못하고 다급히 "예!" 하고 대답했다. 길쭉한 벽사주碧紗櫥* 안으로 들어가자 나무에 조각하고 옻칠로 장식된 침상이 보였다. 그 위에는 붉은 바탕에 금실로 꽃을 수놓은 휘장이 걸려 있었다. 보옥은 평상복을 입고 목이 짧은 신을 신은 채 침상에 기대어 책을 한 권 들고 있다가 가운이 들어오자 책을 내려놓고 함박웃음을 지으며 몸을 일으켰다. 가운은 얼른 앞으로 나아가 인사를 올렸다. 보옥이 자리를 권하자 가운은 아래쪽에 놓인 의자에 앉았다.

"하하, 지난번 만났을 때 서재로 찾아오라고 했는데 생각지도 않게 계속 일들이 생기는 바람에 그만 잊어버렸어."

"하하, 제가 복이 없는 팔자라서요. 게다가 숙부님 몸이 불편하셨잖습니까? 이젠 괜찮으십니까?"

"많이 좋아졌어. 듣자 하니 며칠 동안 고생이 많았다며?"

"마땅히 해야 할 고생인걸요. 숙부님 몸이 많이 좋아지셨으니 온 집안의 행운입니다."

이야기를 나누는 사이에 하녀가 차를 내왔다. 가운은 보옥과 이야기를 나누면서 그 하녀를 슬쩍 훑어보았다. 그녀는 날씬한 몸매에 얼굴이 갸름했고, 분홍 바탕에 하얀 수가 놓인 저고리에 푸른 비단으로 만든 마고자, 섬세하게 주름이 잡힌 하얀 능라로 만든 치마를 입고 있었다. 그녀는 다름 아니라 습인이었다. 보옥이 앓고 있는 동안 가운은 대관원 안에서 이틀을 보냈기 때문에 유명한 이들의 이름은 반쯤 기억하고 있었다. 가운도 습인이 보옥의 방에 있는 다른 하녀들과는 다르다는 것을 알고 있었다. 이제 습인이 차를 내오고 또 보옥이 옆에 앉아 있는지라 가운은 황급히 일어나며 말했다.

"하하, 저한텐 차를 따라주실 필요 없습니다, 누님. 저는 숙부님을 뵈러 왔고 손님도 아니니 그냥 제가 직접 따르겠습니다."

그러자 보옥이 말했다.

"그냥 앉아 있어. 하녀들 앞에서도 이러네."

"하하, 말씀은 그렇게 하셔도 숙부님 방의 누이들에게 제가 어찌 감히 버릇없이 굴 수 있겠습니까?"

그렇게 말하면서 가운은 자리에 앉아 차를 마셨다.

보옥은 그와 별 의미 없는 한담을 나누었다. 어느 집 연극이 좋다느니, 어느 집 정원이 훌륭하다느니, 어느 집 하녀가 예쁘다느니, 어느 집 술자리가 풍성하다느니, 또 어느 집에 진귀한 물건이 있고, 어느 집에 신기한 물건이 있다느니 하는 이야기들이었다. 가운은 그저 웅얼웅얼 맞장구를 치며 들을 수밖에 없었다. 한참 이야기하고 나서 보옥이 피곤한 기색을 보이자 가운은 일어나 작별 인사를 했다. 보옥도 굳이 붙들지 않았다.

"내일 짬이 있으면 또 와."

그리고 추아에게 그를 전송해주라고 했다. 가운은 이홍원을 나와 사방을 둘러봐도 보이는 사람이 없자 천천히 걸음을 늦추며 추아와 이런저런 이야기를 나누었다.

"몇 살이야? 이름은? 부모님께선 무슨 일을 하셔? 숙부님 방에는 몇 년이나 있었어? 한 달에 보수는 얼마나 받아? 숙부님 방에 하녀는 몇 명이나 있지?"

추아가 일일이 대답하자 가운이 또 물었다.

"조금 전에 너랑 얘기하던 애가 혹시 소홍이니?"

"호호, 맞긴 한데 그건 왜 물어요?"

"조금 전에 걔가 너한테 무슨 손수건에 대해 묻던데, 내가 손수건을 하나 주웠거든."

"호호, 걔가 저한테 자기 손수건을 못 봤냐고 몇 번이나 묻더군요. 그런데 제가 그런 데 신경 쓸 틈이 어디 있어요? 이번에도 또 묻더니 찾아주면 사례를 하겠다고 하더라고요. 아까 형무원 입구에서 한 얘기이니 도련님도 들으셨을 거예요. 제가 거짓말하는 게 아니라고요. 도련님, 그걸 주우셨으면 제발 저한테 주세요. 걔가 저한테 무슨 사례를 하는지 보게요."

지난달 가운은 대관원에 들어와 나무를 심을 때 비단 손수건을 하나 주웠다. 틀림없이 대관원 안에 있는 사람이 떨어뜨렸을 것이라 생각했지만 주인이 누구인지 몰라 경솔히 행동하지 않고 있었다. 그런데 홍옥이 추아에게 묻는 걸 듣고서 그게 바로 그녀의 손수건임을 알고 속으로 말할 수 없이 기뻐했다. 게다가 추아가 자기한테 달라고 조르자 제 나름대로 계책이 생겼다. 가운은 소매에서 자기 손수건을 하나 꺼내 추아에게 주며 말했다.

"하하, 주긴 주겠는데 만약 사례를 받으면 나한테도 보답을 해야 한다!"

추아는 연신 그러겠노라 하면서 손수건을 넘겨받았다. 추아가 가운을 전송하고 돌아와 홍옥을 찾아간 일은 말할 필요 없겠다.

이제 보옥의 이야기를 해보자. 보옥은 가운을 보낸 뒤 나른한 기분이 들어서 침상에 비스듬히 기대어 있었는데 약간 졸리는 듯한 모양새였다. 습인이 다가와 침상 언저리에 앉아 그를 흔들며 말했다.

"또 주무시려고요? 갑갑하면 밖에 나가 바람이라도 좀 쐬지 그래요?"

보옥이 그녀의 손을 잡아당기며 말했다.

"그러고 싶은데 누나 곁을 떠나기가 아쉽단 말이야."

"호호, 얼른 일어나세요!"

습인은 그를 부축해서 일으켜 세웠다.

"근데 어디로 가지? 정말 귀찮아 죽겠군!"

"일단 나가시면 괜찮아질 거예요. 계속 이렇게 맥 빠진 채로 계시면 짜증만 더 생겨요."

보옥은 풀이 죽어서 그 말대로 따랐다. 방문을 나서 회랑에서 참새들과 잠시 노닥거리다가 이홍원 밖으로 나가 심방계沁芳溪*를 따라 걸으며 금붕어들을 감상했다. 그때 저쪽 산비탈에서 두 마리 새끼 사슴이 쏜살같이 달려왔다. 보옥이 무슨 영문인지 몰라 어리둥절해하고 있는데 가란이 작은 활을 들고 사슴들 뒤에서 쫓아왔다. 그는 보옥을 발견하고 걸음을 멈추며 말했다.

"헤헤, 숙부님, 집 안에 계셨네요. 그럼 전 나가 놀아야겠어요."

"또 장난질이구나! 쟤들한테 활은 왜 쏴!"

"헤헤, 지금은 쉬는 시간인데 너무 심심하잖아요. 그래서 무예나 익혀볼까 했지요."

"이가 부러져봐야 그런 짓을 그만둘 모양이로구나!"

그렇게 말하는 사이에 발길이 어느 정원 입구에 이르렀다. 그곳에는 봉황 꼬리 같은 댓잎들이 빽빽이 우거지고 대숲을 스치는 바람 소리가 용 울음처럼 가늘게 울리고 있었다. 고개를 들어 대문을 바라보니, 그 위에 '소상관瀟湘館'이라고 적힌 편액이 걸려 있었다. 보옥은 발길 닿는 대로 안으로 들어갔다. 주렴처럼 드리운 대나무 가지들이 땅 위에 늘어져 있고, 인기척은 전혀 없어 고요하기만 했다. 창 앞에 이르자 한줄기 그윽한 향기가 푸른 비단이 발라진 창에서 은은히 풍겨나왔다. 보옥이 창에 얼굴을 대고 안쪽을 살펴보려는 찰나, 갑자기 깊은 탄식과 함께 목소리가 들려왔다.

"날마다 정 때문에 정신이 몽롱하네."[1]

보옥은 그 말을 듣자 자기도 모르게 마음이 간질거렸다. 다시 들여다보니 대옥이 침상에서 나른하게 기지개를 켜고 있었다. 보옥이 창밖에서 웃으며 말했다.

"왜 '날마다 정情 때문에 정신이 몽롱' 하지?"

그러면서 주렴을 걷고 안으로 들어갔다.

대옥은 자기감정을 너무 드러냈다는 것을 깨닫고, 자기도 모르게 얼굴이

제26회

빨개져서 소매로 얼굴을 가리며 안쪽으로 돌아누워 잠이 든 척했다. 보옥이 다가와 그녀를 돌아 눕히려는 순간 대옥의 유모가 두 명의 할멈과 함께 들어와 말했다.

"아가씨 주무시니까 일어나시거든 다시 오세요."

막 그렇게 말하는 차에 대옥이 일어나 앉더니 웃으며 말했다.

"자긴 누가 자요?"

세 할멈이 웃으며 말했다.

"저흰 주무시는 줄 알았어요."

유모는 곧 자견을 불렀다.

"아가씨 일어나셨으니까 들어와 시중들어라."

그렇게 말하면서 유모는 두 할멈과 함께 나갔다. 대옥은 침상에 앉아 귀밑머리를 다듬으면서 보옥에게 말했다.

"남이 자고 있는 방에 뭐하러 들어왔어요?"

보옥은 잠이 덜 깬 듯 게슴츠레한 그녀의 눈과 발그레한 볼을 보자 자기도 모르게 마음이 일렁여서 의자에 비스듬히 앉으며 말했다.

"하하, 방금 뭐라고 했어?"

"제가 무슨 소리를 했다고 그래요?"

"하하, 이거나 먹어라! 내가 다 들었다고."

보옥이 그녀를 놀리며 손가락을 튕겨 딱 소리를 냈다. 둘이 이야기하는 사이에 자견이 들어오자 보옥이 웃으며 말했다.

"자견, 좋은 차 좀 내와봐."

"좋은 차가 어디 있어요? 좋은 차를 드시려거든 습인이 올 때까지 기다리셔야 해요."

그러자 대옥이 끼어들었다.

"그 사람은 내버려두고 우선 물이나 좀 떠다줘."

"호호, 그래도 도련님은 손님이시니까 차를 먼저 따라드리고 물을 떠올게요."

자견은 차를 준비하러 갔다. 보옥이 웃으며 말했다.

"착한 하녀일세. '네 다정한 아가씨와 원앙 휘장 안에 함께한다면 내 어찌 침대 위의 겹이불을 버릴 수 있으랴?'[2]"

대옥이 즉시 정색하며 말했다.

"오빠, 뭐라고요?"

"하하, 내가 뭐라고 했나?"

그러자 대옥이 펑펑 울며 말했다.

"요즘 새로운 재미를 붙였군요. 밖에서 천박한 얘길 들으면 저한테 들려주고, 못된 책을 보면 절 놀림감으로 삼는군요. 전 이 댁 도련님들의 심심풀이 대상이 되어버렸어요."

대옥은 울면서 침상에서 내려와 밖으로 달려 나갔다. 보옥은 당황하여 다급히 따라갔다.

"누이, 내가 잠깐 죽어 마땅한 짓을 저질렀어. 제발 가서 일러바치지 마. 또 그런 짓을 하면 내 주둥이에 종기가 생기고 혀가 썩어 문드러질 거야."

그렇게 말하고 있는데 습인이 와서 말했다.

"빨리 돌아가 옷을 갈아입으세요. 나리께서 부르셔요."

보옥은 벼락이라도 맞은 듯 만사를 제쳐두고 황급히 돌아가 옷을 갈아입었다. 정원을 나오니 배명이 둘째 대문 앞에서 기다리고 있었다. 보옥이 물었다.

"아버님이 왜 날 부르시는지 알아?"

"얼른 나오세요. 어쨌든 가서 뵈면 알게 되겠지요."

그렇게 말하면서 배명이 보옥을 재촉했다.

대청을 돌아갈 쯤에도 보옥은 여전히 마음속 궁금증이 풀리지 않았다. 그런데 담 모퉁이에서 "하하!" 하는 커다란 웃음소리가 들렸다. 돌아보니 설반이 박수를 치면서 웃으며 나왔다.

"하하, 이모부님께서 부르셨다고 하지 않았다면 이렇게 빨리 나오지 않았겠지?"

배명도 웃으며 말했다.

"헤헤, 도련님, 제 잘못이 아니라고요."

그러면서 얼른 무릎을 꿇었다. 보옥은 한참 멍하니 있다가 비로소 설반이 속임수를 썼다는 걸 알아차렸다. 설반은 연신 두 손을 모아 정중히 절하며 사과했다.

"저 녀석을 나무라면 안 되네. 내가 그렇게 하라고 다그친 거니까 말일세."

보옥도 어쩔 수 없이 쓴웃음을 지었다.

"절 속인 것이야 그렇다 치고, 왜 하필 아버님을 끌어들였어요? 이모님께 이 문제를 좀 따져야겠네요. 괜찮겠지요?"

"아이고, 동생, 내 자네를 좀 빨리 나오게 하려고 그만 입에 올려서는 안 될 단어를 쓰고 말았네. 나중에 자네도 날 속이면서 우리 아버님 핑계를 대면 되지 않을까?"

"에휴, 쯧쯧! 갈수록 혼쭐날 소리만 하시는군요."

그리고 보옥은 배명을 노려보았다.

"이 반역자 놈! 무엇하러 여태 꿇어앉아 있는 게냐!"

배명이 연신 머리를 조아리며 일어서자 설반이 말했다.

"중요한 일이 아니라면 나도 감히 자네를 놀라게 하지 않았을 걸세. 내일이 오월 삼일이니 바로 내 생일이란 말일세. 뜻밖에도 골동품 가게의 정일홍이 어디서 구했는지 이렇게 굵고 통통하고 바삭바삭한 연뿌리와 이렇게 큰 수박에, 이렇게 크고 신선한 철갑상어〔鱘魚〕에, 이건 태국에서 진상품으로 올린 건데, 영백靈柏나무 숯으로 훈제해서 익힌 이렇게 큰 돼지를 보내왔단 말일세. 생각해보게. 이 네 가지 물건이 어디 구하기 쉬운 것들인가? 그 생선과 돼지고기는 비싸서 구하기 힘들 뿐이지만, 그 연뿌리와 수박은 어떻게 그리 크게 키웠는지 모르겠네. 그래서 내가 얼른 어머님께 드리고 곧바로 노마님과 이모부, 이모님께도 조금씩 보내드렸네. 이제 조금 남아서 혼자 먹을까 하다가 아무래도 복이 깎일까 걱정스러워서 이리저리 궁리해보니 유일하게 자네가 같이 먹을 만하더군. 그래서 특별히 자넬 모신 걸세. 마침 노래 잘하는 어린 하인도 막 왔으니까 함께 한나절 동안 즐겨보세. 어떤가?"

그렇게 말하면서 설반은 자신의 서재로 보옥을 안내했다. 그곳에는 첨광詹光과 정일흥程日興, 호사래胡斯來*, 선빙인單聘仁, 그리고 노래하는 어린 하인까지 와 있었다. 그들은 보옥이 들어오자 안부 인사를 올렸다. 인사를 끝내고 차를 마신 후, 설반은 즉시 술상을 차리라고 지시했다. 그 말이 채 끝나기도 전에 여러 하인들이 우르르 몰려와 한참 수선을 피우더니 금방 술상이 차려져 모두 자리에 앉았다. 보옥은 수박과 연뿌리가 과연 신기한지라 웃으며 말했다.

"저는 생일선물을 가져오지 못했는데 폐부터 먼저 끼치게 되었군요."

"그렇긴 하네. 그럼 내일 무슨 선물을 줄 텐가?"

"제가 뭐 선물할 만한 게 있나요? 논이라든가 먹을 것, 입을 것 따위는 제 것이 아니고, 제가 쓴 글씨나 그림 정도가 제 것이라 할 수 있겠지요."

"하하, 그림 얘기를 하니 생각나는 게 있네. 어제 누가 가지고 있는 춘화를 한 장 보았는데 정말 기가 막히게 잘 그렸더군. 위쪽에 뭔가 긴 글이 적혀 있었는데 그건 자세히 보지 못했고, 낙관을 보니 '경황庚黃'*이 그린 것이더군. 정말 무지무지 좋은 그림이었어!"

보옥은 그 말을 듣고 의아했다.

'나도 고금의 서예와 그림을 조금 보긴 했는데, 경황이라는 사람은 금시초문인걸?'

한참 생각하다가 보옥은 자기도 모르게 웃음이 터져 나왔다. 그는 하인에게 붓을 가져오라고 해서 손바닥에 두 글자를 쓰고는 설반에게 물었다.

"그게 정말 '경황'이었어요?"

"정말 내 눈으로 똑똑히 보았다니까!"

그러자 보옥이 손바닥을 펴서 설반에게 보여주며 말했다.

"혹시 이렇게 쓰여 있지 않던가요? 이게 '경황'과 상당히 비슷하긴 하지요."

사람들이 보니 거기에는 당인唐寅[3]이라고 적혀 있었다. 그러자 모두들 웃으며 말했다.

"아마 틀림없이 이게 맞을 겁니다. 나리께서 순간적으로 눈이 흐려져서 잘못 보셨는지도 모르지요."

멋쩍어진 설반이 웃으며 얼버무렸다.

"그게 '은 사탕〔糖銀〕'인지 '은 과일〔果銀〕'인지[4] 알 게 뭐야!"

그때 하인이 와서 아뢰었다.

"풍馮나리께서 오셨습니다."

보옥은 그 말을 듣고 곧바로 신무장군神武將軍 풍당馮唐●의 아들 풍자영馮紫英이 왔다는 것을 알아차렸다. 설반 등이 일제히 소리쳤다.

"어서 모셔라!"

말이 채 끝나기도 전에 자영이 싱글대며 들어왔다. 사람들이 얼른 일어나 자리를 권하고 함께 앉았다. 자영이 웃으며 말했다.

"얼씨구! 밖으로 나가지 않고 집 안에서 아주 신나게 즐기시는구먼!"

보옥과 설반이 모두 웃으며 말했다.

"오랜만일세. 춘부장께선 안녕하신가?"

"아버님께선 덕분에 건강하시네. 근래에 어머님이 감기에 걸리셔서 한 이틀 고생하셨지."

설반은 자영의 얼굴에 약간 멍이 든 자국이 있는 걸 발견하고 웃으며 말했다.

"또 누구에게 얻어맞았나? 얼굴에 티를 내고 있구먼."

"하하, 예전에 구仇도위都尉의 아들을 때려서 다치게 한 뒤로 다시는 화를 내지 않겠다고 다짐했는데 왜 또 주먹을 휘두른단 말인가? 얼굴의 상처는 그저께 사냥하러 갔다가 철망산鐵網山*에서 송골매 날개가 스치는 바람에 생긴 것일세."

보옥이 물었다.

"그게 언제 얘긴가요?"

"삼월 이십팔일에 갔다가 그저께야 돌아왔네."

"어쩐지 초사흘인지 초나흘 무렵에 심沈형 집에서 열린 연회에 갔을 때 자네가 보이지 않더라니. 안 그래도 물어보려 했는데 어쩌다 그만 잊고 말았네. 혼자 갔는가 아니면 춘부장과 함께 갔는가?"

"아버님이 가시는데 내가 별수 있는가, 그냥 따라가는 수밖에. 내가 미쳤다고 이렇게 우리끼리 모여 노래 듣고 술 마시며 즐기는 일을 두고 그런 고생길을 찾아갔겠는가? 그런데 이번엔 정말 불행 중 다행이었네."

자영이 차를 다 마시자 설반이 말했다.

"자자, 이야기는 저 술자리로 옮겨서 천천히 하세."

자영은 즉시 일어서며 말했다.

"도리를 따지자면 나도 함께 몇 잔 마셔야 마땅하겠지만, 지금은 아주 중요한 일이 있어서 집에 돌아가 아버님께 보고해야 하네. 그러니 술은 사양할 수밖에 없네."

설반과 보옥 등이 붙들고 놓아주려 하지 않자 자영이 웃으며 말했다.

"이거 참 이상하군. 자네들과 몇 년을 함께 했지만 이런 적은 없지 않은가? 오늘은 정말 안 되네. 꼭 나한테 술을 먹이려거든 큰 잔을 가져오게. 두 잔만 마시면 되겠지."

그렇게 말하자 다들 어쩔 수가 없었다. 설반이 주전자를 들고 보옥이 잔을 들어 두 잔에 가득 따랐다. 자영은 선 채로 단숨에 마셔버렸다. 보옥이 말했다.

"어쨌든 그 '불행 중 다행'이 뭔지나 얘기해주고 가세요."

"하하, 오늘 말해버리면 재미가 없지 않은가? 내 이걸 핑계로 따로 술자리를 마련해서 자네들한테 자세히 들려주겠네. 그리고 부탁할 것도 있네."

자영이 보옥의 손을 잡고 인사한 후 떠나려 하자 설반이 말했다.

"그렇게 말하니 더 궁금해지는군. 하루라도 빨리 자리를 마련해 그 얘기를 들려주게. 그래야 궁금해하지 않지."

"길면 열흘, 짧으면 여드레 안에 마련하겠네."

그렇게 말하고 자영은 대문 밖으로 나가 말을 타고 떠났다. 사람들은 돌아와서 자리에 앉아 또 한참을 마시다가 헤어졌다.

보옥이 이홍원으로 돌아오자 습인은 그가 가정을 만나러 간 줄 알고 그게 좋은 일인지 나쁜 일인지 몰라 걱정하고 있었다. 그러다가 보옥이 얼큰하게 취해 돌아오자 어찌 된 일인지 물었다. 보옥이 일일이 대답해주자 습인이 말했다.

"남은 속을 태우며 기다리고 있는데 도련님은 아주 신나게 놀고 계셨군요. 사람을 보내서 기별이라도 해주셨어야지요!"

"나도 그럴 생각이었는데, 풍형이 오는 바람에 그만 정신이 없어서 잊어버렸네."

그렇게 말하고 있는데 보차가 들어왔다.

"호호, 우리 집 신선한 음식을 혼자 맛보셨다면서요?"

"하하, 누나네 음식이니 당연히 우리보다 먼저 맛을 보았을 거 아냐?"

보차가 머리를 가로저었다.

"호호, 어제 오빠가 특별히 저더러 먹어보라고 불렀지만 저는 먹지 않고 사람들을 불러 대접하라고 했어요. 전 박복한 팔자라서 그런 걸 먹을 주제가 못 된다는 걸 알거든요."

말하는 사이에 하녀가 차를 따라주었다. 그들이 차를 마시며 한담을 나눈 것에 대해서는 더 이상 이야기하지 않겠다.

한편, 대옥은 보옥이 가정에게 불려가 하루 종일 돌아오지 않고 있다는 이야기를 듣고 속으로 걱정하고 있었다. 저녁을 먹고 나서 보옥이 돌아왔다는 소식을 듣고 무슨 일인지 물어보러 가보려고 생각했다. 대옥은 천천히 걸어오다가 보차가 이홍원으로 들어가는 걸 보고 자신도 뒤따라 들어갔다. 심방교沁芳橋*에 이르렀을 때 갖가지 물새가 연못 안에서 놀고 있는 것이 보였다. 새들의 이름을 알 수는 없었지만 모두 현란한 무늬가 무척 아름다워 대옥은 그 자리에 서서 한참 동안 구경했다. 다시 이홍원으로 오니 대문이 잠겨 있었다. 대옥은 손으로 문을 두드렸다.

하필 그때 청문과 벽흔이 한참 말다툼을 하고 나서 아직 기분이 풀리지 않은 상태였는데, 보차가 오자 청문은 보차에게 화풀이를 하며 뜰 안에서 원망을 퍼붓고 있었다.

"일이 있건 없건 걸핏하면 달려와서 퍼질러 앉아 있으면서 한밤중까지 잠도 못 자게 한단 말이야!"

그런데 또 누가 문을 두드리자 청문은 더욱 화가 치밀어 누구냐고 물어보지도 않고 말했다.

"모두 자고 있으니 내일 다시 와요!"

대옥은 평소 하녀들의 성격을 알고 있었다. 자기들끼리 장난치는 게 습관이 되어서 아마 이홍원 안의 하녀가 자기의 목소리를 알아듣지 못하고 다른 하녀가 온 걸로 여겨 문을 열어주지 않나 보다 생각했다. 그래서 다시 큰 소리로 말했다.

"나야 나. 그래도 안 열어줄 거야?"

그래도 청문은 목소리의 주인을 알아채지 못하고 신경질을 부리며 말했다.

"댁이 누구든 간에 도련님께서 아무도 들여보내지 말라고 분부하셨네요."

대옥은 그 말을 듣고 기가 막혀서 대문 밖에 잠시 멍하니 서 있었다. 다시 큰 소리로 물어볼까 하다가 화가 치밀기도 해서 멈칫했다.

'외숙모 댁이 우리 집과 같다고는 하지만 그래도 결국 난 손님이지. 지금은 부모님도 모두 돌아가시고 의지할 데 없이 이 댁에 얹혀살고 있잖아? 이런 형편에 화를 내는 것도 염치없는 짓이야.'

그렇게 생각하자니 또 눈물이 흘러내렸다. 정말 돌아가기도 그렇고 계속 서 있을 수도 없는 상황이었다. 대옥이 어찌할 바를 몰라 하는데 안쪽에서 웃음소리가 들렸다. 자세히 들어보니 보옥과 보차의 목소리였다. 그녀는 더욱 화가 치밀어 이리저리 생각하다가 아침의 일이 떠올랐다.

'틀림없이 내가 일러바치겠다고 해서 오빠가 화가 났나 보군. 하지만 내가 언제 일러바친 적이 있다고! 자기도 알아보면 될 것을 이렇게까지 나한테 화를 내다니. 오늘 들여보내지 않은 건 설마 내일도 보지 않겠다는 뜻인가?'

대옥은 생각할수록 마음이 상했다. 그녀는 찬 이슬에 젖은 이끼와 꽃밭 사이로 부는 찬바람에도 아랑곳하지 않고 혼자 담 모퉁이 꽃그늘 아래 서서 구슬프게 흐느끼기 시작했다.

절세의 아름다운 자태와 세상에 드문 빼어남을 갖춘 대옥이 구슬프게 울자 근처 버들가지와 꽃송이 위에서 잠들었던 새들도 놀라 깼다. 새들은 차마 그 소리를 다시 듣고 싶지 않아서 푸드득 날아 멀리 피해버렸다. 그야말로 이런 상황이었다.

    말 없는 꽃들의 혼은 감정이 없지만
    몽롱하게 꿈에 잠겼던 새들 어디에서 놀라 깨나?
    花魂默默無情緒
    鳥夢癡癡何處驚

이에 다음과 같은 시를 한 수 읊는다.

빈아[5]의 재주와 용모는 세상에 드문데

그윽한 마음 홀로 품고 규방을 나섰네.

흐느끼는 소리 아직 끝나지 않아

꽃들은 땅에 가득 떨어지고 새들은 놀라 날아가네.

顰兒才貌世應希

獨抱幽芳出繡閨

嗚咽一聲猶未了

落花滿地鳥驚飛

　대옥이 혼자 흐느끼고 있을 때 갑자기 '삐걱' 하며 이홍원의 대문이 열렸다. 거기서 누가 나왔을까? 이에 대해서는 다음 회를 보시라.

제27회

적취정에서 양귀비는 호랑나비 희롱하고
매향총*에서 조비연은 지는 꽃 보며 눈물 흘리다[1]
滴翠亭楊妃戲彩蝶　埋香塚飛燕泣殘紅

임대옥은 꽃 무덤을 만들어주고 상심에 잠기다.

　대옥이 혼자 슬피 흐느끼고 있을 때 갑자기 대문 열리는 소리가 들렸다. 알고 보니 보차가 나온 것이었다. 보옥과 습인 등 사람들 한 무리도 전송하러 나왔다. 대옥은 보옥에게 물어볼까 했지만 사람들 앞에서 물어보기도 쑥스럽고 해서 얼른 한쪽으로 몸을 피했다. 보차가 가고 나자 보옥 등은 안으로 들어가 대문을 잠갔다. 대옥은 그제야 돌아와서 대문을 바라보며 눈물을 훔쳤다. 그러다 스스로 멋쩍은 기분이 들어 집으로 돌아와 풀죽은 모습으로 치장을 풀었다.

　자견과 설안은 평소 대옥의 성격을 잘 알았다. 일없이 울적하게 앉아 눈살을 찌푸리거나 긴 한숨을 내쉬고, 또 무슨 이유인지는 모르겠지만 늘 혼자 눈물이 마를 날이 없었다. 전에는 그녀가 부모를 그리거나 고향을 생각해서, 아니면 억울한 일을 당했나 보다 생각해서 위로의 말로 달래보려는 이도 있었다. 하지만 일 년 내내 항상 그러고 있자 그 모습을 보는 게 습관이 되어서 아무도 신경을 쓰지 않았다. 그녀가 울적하게 앉아 있으면 그저 자고 있는 것쯤으로 치부해버렸다. 대옥은 침대 난간에 기대어 두 손으로 무릎을 끌어안고 눈물이 그렁그렁한 채 마치 조각처럼 앉아 있다가 한밤중이 지나서야 겨우 잠이 들었다. 그날 밤은 별다른 일이 없었다.

　이튿날은 사월 스무엿새로, 이날 미시未時(오후 1~3시)에 망종절芒種節*을 지내기로 했다. 옛날 풍속에 망종절을 지낼 때는 항상 갖가지 예물을 차려놓고 꽃의 신에게 제사를 지냈다. 망종절이 지나면 여름이 되어 모든 꽃들이 지고 꽃의 신도 물러가기 때문에 그를 전송하는 제사를 지내야 한다는 뜻이었다. 특히 규중에서 이 풍속을 더 따랐기 때문에 대관원 안의 사람들도 모두 일찍 일어났다. 여자아이들은 꽃잎과 버들가지로 가마와 말을 엮어 만들거나 겹겹의 비단으로 깃대의 술이나 장식〔干旄旌幢〕² 을 만들었다. 그것들을 모두 오색 실로 묶어 나무마다 가지마다 매달았다. 온 정원 가득 비단 띠가 바람에 나부끼고 꽃나무 가지들이 하늘거렸다. 또한 여자아이들은 복사꽃도 쑥스러워하고 살구꽃도 자리를 양보할 정도로, 제비도 질투하고 꾀꼬리도 부끄러워할 정도로 단장하여 그 정경은 말로 다 표현할 수 없을 정도였다.

한편, 보차와 영춘, 탐춘, 석춘, 이환, 희봉, 교저, 향릉과 여러 하녀들이 대관원 안에서 놀고 있었는데 유독 대옥만 보이지 않았다. 그러자 영춘이 말했다.

"대옥이가 안 보이네? 게으름뱅이 같으니! 아직도 자고 있단 말이야?"

보차가 말했다.

"기다려보세요. 제가 가서 깨울게요."

보차는 사람들 곁을 떠나 곧장 소상관으로 갔다. 한참 걷고 있는데 문관 등 열두 명의 여자애들이 와서 인사를 하기에 잠깐 그들과 한담을 나누었다. 보차가 몸을 돌려 손가락으로 가리키며 말했다.

"모두들 저기 있으니 너희들도 그리 가봐. 난 대옥 아가씨를 데려올 테니까."

보차는 구불구불 길을 따라 곧 소상관에 이르렀다. 문득 보옥이 들어가는 게 보여 보차는 걸음을 멈추고 서서 고개를 숙인 채 생각에 빠졌다.

'보옥 도련님과 대옥이는 어려서부터 함께 자라 남매지간에 남들 눈총도 꺼리지 않는 일이 많고, 늘 서로 놀리며 즐거워하고 화내곤 하지. 게다가 대옥이는 평소 질투심이 많고 자잘한 일에도 화를 잘 내니까 지금 내가

따라 들어가면 보옥 도련님도 불편할 테고 대옥이도 의심할 거야. 에라! 그냥 돌아가는 게 낫겠다.'

그렇게 생각하고 보차는 몸을 돌려 돌아갔다.

보차가 다른 자매들을 찾아가는데 갑자기 앞쪽에서 옥색 나비 한 쌍이 보였다. 부채처럼 커다란 날개를 가진 그 나비들이 바람을 따라 위아래로 팔랑거리는 게 무척 아름다웠다. 그녀는 나비들을 잡아서 놀려고 소매에서 부채를 꺼내 풀밭을 향해 내리쳤다. 그러자 나비들이 갑자기 위로 날아올랐다가 아래로 떨어지고, 이리저리 왔다 갔다 하더니 꽃과 버들가지 사이를 뚫고 지나 개울 건너로 넘어가려 했다. 나비에 정신이 팔려 살금살금 쫓아가던 보차는 어느새 연못 안의 적취정滴翠亭*에까지 이르렀다. 보차는 땀이 흥건한 채 숨이 가빠 할딱거렸다. 이렇게 되자 나비를 잡으려는 마음이 없어져서 돌아가려는데 적취정 안에서 도란도란 말소리가 들렸다. 이 정자는 사방이 회랑과 굽은 다리로 둘러진 채 연못물 위에 지어졌고, 조각된 나무창살에 종이를 붙인 창이 사방으로 나 있었다.

보차는 정자 안에서 말소리가 들리자 걸음을 멈추고 귀를 기울였다. 누군가의 소리가 들렸다.

"이 손수건 좀 봐. 정말 네가 잃어버린 거라면 가져가고, 아니면 가운 도련님께 돌려드려."

또 다른 사람이 말했다.

"정말 내 거야! 얼른 줘."

"그럼 나한테 뭘로 사례할 건데? 맨입으로는 안 돼."

"사례하겠다고 약속했으니 당연히 지켜야지."

"내가 찾아주었으니 당연히 나한테 사례해야지. 근데 이걸 주운 사람한테는 아무것도 사례하지 않을 거니?"

"헛소리하지 마! 그분은 이 댁 도련님이시니까 내 물건을 주우셨다면 당연히 돌려주셔야지. 내가 무슨 사례를 해?"

"그럼 내가 그분께 뭐라고 말씀드리지? 게다가 그분이 신신당부하시길, 만약 네가 사례하지 않으면 이걸 너한테 주지 말라고 하셨단 말이야."

한참 뒤에 다른 목소리가 대답했다.

"좋아. 그럼 이걸 줄 테니 그분에게 사례하는 걸로 치지 뭐. 너 이 얘기 다른 사람한테 하면 안 된다, 맹세해!"

"내가 다른 사람한테 얘기하면 종기가 생겨서 나중에 꼴사납게 죽을 거야!"

"이런! 얘기에 정신이 팔려 있었네. 누가 밖에서 엿들을 수 있으니까 이 창문들을 모두 열어놓자. 우리가 여기 있는 걸 누가 본다 해도 그저 잡담이나 나누는 걸로 여기겠지. 누가 가까이 다가오면 우리도 발견할 테니까, 그땐 다른 얘길 하면 되잖아."

밖에서 듣고 있던 보차는 속이 뜨끔했다.

'과연 예나 지금이나 간음하고 도적질하는 것들은 속셈이 대단하다니까! 창문을 열었다가 나를 발견하면 쟤들이 낭패겠지? 게다가 조금 전 말한 애의 목소리는 보옥 도련님 방의 소홍이 같았어. 걔는 평소에 거들먹거리면서 남을 깔보고 아주 교활한 년이지. 이제 내가 자기 단점을 들었으니 순간적으로 '급한 놈이 사고치고 다급한 개가 담장을 넘는〔人急造反 狗急跳牆〕' 꼴이 생길지 몰라. 그러면 나도 곤란해질 거야. 얼른 숨어야지. 미처 숨기 전에 발각되면 금선탈각金蟬脫殼[3]의 계책을 쓰는 수밖에.'

하면서 생각을 마치기도 전에 '삐걱' 하는 소리가 들렸다. 보차는 일부러 발소리를 크게 내며 소리쳤다.

"호호, 빈아, 너 거기 숨은 줄 다 알아!"

그러면서 일부러 앞으로 다가갔다. 정자 안의 홍옥과 추아는 창문을 열자마자 보차가 이렇게 말하며 다가오는 소리를 듣고 흠칫 놀랐다. 보차가 웃으며 둘에게 말했다.

"너희들 대옥 아가씨 어디 숨겼어?"

추아가 말했다.

"대옥 아가씨는 못 봤는데요?"

"좀 전에 개울가에서 보니까 대옥 아가씨가 여기 쪼그려 앉아 물장난을 하고 있던데? 살그머니 다가가 놀래주려 했더니만 다가가기도 전에 나를 발견하고는 동쪽으로 돌아가더니 사라져버렸어. 설마 이 안에 숨은 건 아니겠지?"

그러면서 보차는 일부러 안으로 들어가 찾아보는 체하다가 밖으로 나가면서 중얼거렸다.

"또 가산의 동굴에 숨은 모양이군. 뱀이나 만나서 콱 물려버려라!"

그러면서 속으로는 너무 우스웠다.

'대충 속여 넘긴 것 같은데 쟤들이 잘 속았는지 모르겠네.'

홍옥은 보차의 말을 듣고 정말인가 보다 믿고 있다가 보차가 멀리 가자 추아를 붙들고 말했다.

"맙소사! 대옥 아가씨가 여기 쪼그려 앉아 계셨다면 우리 얘기를 들었을 거 아냐!"

추아가 그 말을 듣고도 한참 아무 말이 없자 홍옥이 또 말했다.

"이걸 어쩌지?"

"들었으면 뭐 어때? 남의 일엔 상관 않는 법이니까 각자 자기 일만 하면 돼."

"보차 아가씨가 들었다면 그래도 다행이지만, 대옥 아가씨는 입심도 센데다가 속도 좁잖아. 그 아가씨가 들었다면 소문을 내버릴지도 모르는데 어떡해?"

둘이 그렇게 이야기하고 있는데 문관과 향릉, 사기, 대서待書* 등이 적취정으로 올라왔다. 홍옥과 추아는 하는 수 없이 이야기를 멈추고 그들과 우스갯소리를 주고받았다.

그때 희봉이 산비탈에서 손짓하며 불렀다. 홍옥은 얼른 사람들 곁을 떠나 희봉에게 달려가 웃으며 말했다.

"마님, 무슨 일이에요?"

희봉이 그녀를 슬쩍 훑어보니 생김새도 말쑥하고 예쁜데다 말하는 품새도 또박또박 듣기 좋았다. 희봉이 웃으며 말했다.

"마침 한 가지 일이 생각나 누구에게 심부름을 보내야겠는데 지금 내 하녀가 따라오지 않아서 말이야. 네가 재간이 있는지 모르겠구나. 얘기는 조리 있게 할 수 있느냐?"

"호호, 무슨 일이든 분부만 내리셔요. 제가 얘기를 제대로 못해서 일을 그르치면 마음대로 벌을 내리시고요."

"호호, 넌 어느 아가씨 방에 있느냐? 내가 너를 심부름 보냈는데 네 아가씨가 와서 찾으면 얘기를 해주어야 하지 않겠느냐?"

"전 보옥 도련님 방에 있어요."

"어머! 그 방에 있구나? 어쩐지! 어쨌든 됐다. 보옥 도련님이 찾으면 내가 얘기해주마. 넌 우리 집에 가서 평아에게 이렇게 전해라. '바깥채 탁자 위에 놓인, 여요汝窯[4]에서 만든 쟁반 받침대 아래에 은돈 백육십 냥이 있는데 그건 수놓는 일꾼들 품삯이다. 장재댁이 오거든 보는 앞에서 저울에 달아 보이고 줘서 보내라.'고 말이다. 그리고 안쪽 침대 머리맡에 조그마한 염낭[荷包]이 있으니 가져오너라."

홍옥이 심부름을 다녀오니 희봉은 그 산비탈에 없었다. 마침 사기가 가산 동굴에서 나와 치마끈을 매고 있었다. 홍옥이 얼른 달려가 물었다.

"언니, 둘째 아씨 어디 가셨는지 아세요?"

"알 게 뭐야."

홍옥이 아래쪽으로 내려가 사방을 둘러보니 저편에서 탐춘과 보차가 못가에서 물고기를 구경하고 있었다. 홍옥이 다가가 웃음을 지으며 물었다.

"아씨들, 둘째 마님 어디 가셨는지 아세요?"

탐춘이 말했다.

"너희 큰마님 계시는 도향촌에 가보렴."

홍옥이 막 도향촌에 도착하니 맞은편에서 청문과 기산, 벽흔, 자초*, 사월, 대서, 입서, 앵아 등 하녀들 무리가 다가왔다.

청문이 홍옥을 보자마자 말했다.

"너 미쳤구나? 정원의 꽃에 물도 주지 않고, 참새들 모이도 주지 않고, 차 끓일 화로에 불도 지펴놓지 않고 밖을 싸돌아다녀?"

"어제 보옥 도련님께서 오늘은 물을 주지 말고 이틀에 한 번씩만 주라고 하셨어요. 제가 참새 모이를 줄 때 언니는 아직 자고 있었잖아요."

그러자 벽흔이 말했다.

"그럼 차 화로는?"

"오늘은 제 당번이 아니니까 차가 있든 말든 제 책임이 아니라고요."

이번엔 기산이 말했다.

"저 주둥이 놀리는 것 좀 보라지! 다들 아무 소리 말고 그냥 싸돌아다니게 내버려두자고."

그러자 홍옥이 말했다.

"또 제가 싸돌아다닌다고 하시네요. 둘째 마님께서 저더러 뭘 좀 가져오라고 심부름을 시키셨단 말이에요."

그렇게 말하며 염낭을 들어 보이자 다들 더 이상 아무 말하지 못하고 각자 갈 길을 갈 수밖에 없었다. 청문이 콧방귀를 뀌며 말했다.

"어쩐지! 높은 나무에 올라가니 우리 같은 건 안중에도 없었던 게로구나. 겨우 한두 마디 나눴을 테고, 마님께서 제 이름이나 아실는지 모르는데도 이렇게 신이 났다 이거지! 이까짓 일이야 별것도 아닌데 나중에도 아씨 분부를 들을 수 있을까? 재간 있으면 당장 이 대관원을 나가 무지무지 높은 양반한테 빌붙어보라지."

그렇게 말하며 가버리자 홍옥은 따지기도 뭐해서 그저 화를 꾹 참고 희봉을 찾으러 갈 수밖에 없었다. 이환의 방에 이르니 과연 희봉이 그곳에서 이환과 이야기를 나누고 있었다. 홍옥이 나아가 말했다.

"언니 말이, 마님께서 나가시자 곧 은돈을 챙겨두었는데 금방 장재댁이 와서 품삯을 달라고 하기에 보는 앞에서 저울에 달아 건네주었답니다."

또 염낭을 바치며 말했다.

"언니가 이렇게 여쭈라 했어요. 조금 전에 왕아가 들어와 마님께 분부받을 일이 있다면서 어디로 가셨는지 묻더래요. 그래서 언니가 마님 생각을 짐작하여 얘기해서 보냈답니다."

"호호, 내 생각을 어떻게 짐작했다 하더냐?"

"언니가 말하길 '우리 마님은 이곳 마님께 문안하러 가셨어. 나리께선 집에 계시지 않은데 이틀쯤 늦어지고 있지만 마님께선 안심하시라고 말씀드려. 다섯째 아씨 몸이 좀 나아지면 우리 마님께서 다섯째 아씨와 함께 마님을 뵈러 가실 거야. 전에 다섯째 아씨가 사람을 보내 전하시길, 외숙모님께서 편지를 보내 마님의 안부를 묻고 또 이곳 마님께 연년신험만전단延年神驗萬全丹* 두 알을 구해달라고 하셨어. 약이 있다면 마님께서 사람을 보내 우리 마님께 보내달라 하셨지. 내일 그 댁에 가는 사람이 있으니 그 편에 외숙모님께 갖다드리겠……'"

홍옥의 말이 채 끝나기도 전에 이환이 말했다.

"어이구! 대체 무슨 소리인지 모르겠네. 무슨 '마님'이니 '나리'가 그렇게 많아?"

희봉이 웃으며 말했다.

"못 알아들으실 수도 있지요. 이건 네다섯 집안의 이야기거든요."

그러면서 홍옥을 보고 웃으며 말했다.

"얘야, 말하는 게 아주 자세하고 조리가 있구나. 모기처럼 앵앵거리기만 하는 다른 애들과는 달라. 형님, 지금 부리는 몇몇 하녀와 할멈들 외에 제가 다른 이들하곤 말도 섞기 무서워요. 그것들은 늘 한마디를 길게 늘여서 어려운 문자를 섞어가며 장단까지 넣어 주절주절 떠들어대는 바람에 아주

울화통이 터져요. 그런데도 그것들은 전혀 신경을 쓰지 않지요! 예전에 우리 평아도 그러기에 제가 그랬죠. '꼭 모기처럼 앵앵거리며 말해야 미인인 줄 알아?' 몇 번 그랬더니 겨우 좀 나아졌어요."

"호호, 모두 자네처럼 날건달이 되면 좋겠지?"

"애처럼만 해도 돼요. 방금 한 말은 많지 않지만 정말 똑 부러지지 않던가요?"

그러면서 또 홍옥에게 말했다.

"호호, 너 앞으로 내 시중을 들어라. 내가 딸처럼 보살펴주면 장래가 훤해지지 않겠니?"

홍옥이 키득 웃자 희봉이 말했다.

"왜 웃어? 내가 너보다 겨우 몇 살 많은데 네 엄마 노릇을 하겠다고 해서 그러는 거야? 아직 정신 못 차렸구나! 들어봐. 너보다 나이 많은 이들도 나를 엄마라고 부르며 따라다니지만 난 상대도 하지 않았어. 내가 네 신분을 높여주는 셈이라니까!"

"호호, 그래서 웃은 게 아니라 어머님이 촌수를 잘못 아셔서 웃은 거예요. 제 어머니가 마님의 딸인데, 또 저를 딸로 삼으려 하시네요."

"네 어미가 누구지?"

이환이 웃으며 말했다.

"몰랐나 보네? 쟨 임지효의 딸이야."

희봉은 그 말을 듣고 무척 신기해했다.

"어? 원래 그 집 딸이었구먼! 호호, 임지효 내외는 송곳으로 찔러도 신음 한 번 내지 않을 사람들이지. 내가 늘 그러잖아요. 그 둘은 천생연분이라니까요. 하나는 귀머거리 같고 하나는 벙어리처럼 둘 다 어수룩하잖아요. 그 사람들한테 이렇게 영리한 딸이 있을 줄이야! 너 몇 살이니?"

"열일곱 살이에요."

또 이름을 묻자 홍옥이 대답했다.

"원래는 홍옥紅玉인데, 보옥 도련님과 겹치는 글자가 있어서 지금은 홍아紅兒°라고 불려요."

희봉은 미간을 슬쩍 찌푸리고 고개를 한 번 내저었다.

"어이구, 지겨워! '옥玉' 자를 붙이면 뭐 좋은 거나 있는 것처럼 너도 나도 다 이름에 '옥' 자를 붙이는구먼. 그나저나 기왕 이럴 거면 쟤 어미랑 얘기해봐야겠네요. 내가 '뇌대댁은 일도 많고 영국부 안의 사람들이 누가 누군지도 모르니까 내가 부릴 하녀 두어 명만 골라주게.' 하니까 그러겠노라고 건성으로 대답하더니, 사람을 골라주기는커녕 요 계집애를 다른 데로 보내버렸네요. 나하고 붙어 있으면 안 좋다고 생각한 건 아니겠지요?"

"호호, 또 너무 심하게 억측하는구먼. 쟤는 자네가 그 말을 하기 전에 벌써 대관원 안에 들어와 있었는데 쟤 어미를 탓하면 어쩌겠다는 겐가?"

"그럼 내일 보옥 도련님에게 얘기해봐야겠군요. 쟤 어미더러 다른 사람을 보내라 할 테니 이 아이는 내가 데려가겠다고 하지요. 그나저나 본인 생각은 어떤지 모르겠네?"

홍옥이 웃으며 말했다.

"호호, 그런 건 저희가 감히 얘기할 수 없지요. 마님 곁에 있으면 저도 상황에 따라 표정 관리하는 것도 배우고, 위아래 집안을 드나들다 보면 크고 작은 일들도 보고 배울 수 있겠지요."

그렇게 이야기하고 있는데 왕부인의 시녀가 부르러 와서 희봉은 이환과 작별 인사를 하고 떠났다. 홍옥이 이홍원으로 돌아간 것은 말할 필요 없겠다.

이제 잠시 대옥의 이야기를 해보자. 대옥은 밤새 잠을 제대로 이루지 못해서 이튿날 느지막이 일어났다. 여러 자매들이 대관원 안에서 전화회餞花會5를 연다는 소식을 듣고 게으르다는 놀림을 들을까봐 서둘러 씻고 단장하고 나왔다. 그녀가 막 뜰 가운데 이르렀을 때 보옥이 대문 안으로 들어오며 말했다.

"하하, 누이, 어제 내 장난을 정말 일러바쳤어? 밤새 걱정했단 말이야."

대옥은 곧 고개를 돌려 자견을 불렀다.

"방 청소 좀 하고 창문은 하나 열어둬. 제비가 돌아오면 주렴을 내려서 사자獅子[6]로 눌러둬. 향을 피우고 나면 향로 덮개를 덮어두고!"

그렇게 말하면서 대옥은 밖으로 걸어나갔다. 보옥은 그녀가 어제 낮에 있었던 일 때문에 그러는 줄로만 알았다. 보옥은 저녁에 있었던 일에 대해서는 전혀 모른 채 그저 공손히 허리를 숙여 절까지 하며 빌었다. 하지만 대옥은 눈길조차 주지 않고 대문을 나서서 곧장 다른 자매들을 찾아가버렸다. 속이 답답해진 보옥은 혼자 고민에 빠졌다.

'보아하니 어제 일 때문은 아닌 것 같은데? 하지만 어젠 늦게 돌아와서 누이를 보지도 못했고, 더 이상 누이의 신경을 건드린 일도 없잖아?'

그렇게 생각하면서도 보옥은 어쩔 수 없이 그녀를 뒤따라 갈 수밖에 없었다.

보차와 탐춘은 학의 춤사위를 구경하고 있다가 대옥이 오자 셋이 서서 함께 이야기를 나누었다. 그러다가 보옥이 오자 탐춘이 말했다.

"오빠, 안녕하세요? 무려 사흘 동안이나 못 뵈었네요."

"하하, 누이도 안녕? 그저께 큰형수님께 갔을 때 인사했잖아."

"오빠, 이리 좀 오세요. 할 얘기가 있어요."

보옥은 탐춘을 따라 보차와 대옥에게서 떨어진 곳에 있는 석류나무 아래로 갔다.

"요 며칠 사이 아버님께서 오빠를 부르신 적 없어요?"

"아니."

"어제 얼핏 아버님께서 오빠를 불러내시는 소리를 들은 것 같아서요."

"하하, 네가 잘못 들었겠지. 정말 그런 일 없었거든."

"호호, 요 몇 달 동안 제가 또 돈을 십여 꿰미나 모았어요. 가져가서 나중에 밖에 놀러가면 좋은 글씨나 그림이나 가볍고 편한 노리개 같은 것 좀 사다 주세요."

"성 안팎으로 크고 작은 사원이나 도관을 두루 다녀봤지만 신기하고 정교한 물건은 보지 못했어. 기껏 금이나 옥, 구리, 자기로 된, 어디 갖다 버릴 데도 없는 골동품 아니면 비단이나 음식, 옷 따위밖에 없던걸?"

"그딴 건 필요 없어요. 저번에 사온 버들가지로 엮은 바구니나 대 뿌리로 만든 향합香盒*, 찰흙으로 빚은 풍로風爐* 같은 거면 돼요. 제가 좋아하는 건 다른 사람도 마음에 드는지 무슨 보물이라도 본 것처럼 빼앗아 가버린다니까요."

"하하, 그런 것쯤이야 별거 아니지. 애들한테 오백 전쯤 주면 수레 가득 실어올 거야."

"하인들이 뭘 알겠어요? 오빠가 소박하면서 속되지 않고 단순하면서 조잡하지 않은 것들로 골라 많이 사다 주세요. 저번처럼 신을 한 켤레 만들어드릴게요. 저번보다 더 공을 들여서요. 어때요?"

"하하, 신 얘기를 하니까 생각나는 이야기가 있다. 전에 그 신을 신고 있을 때 하필 아버님을 만났지 뭐냐. 아버님께선 마음에 안 드셨는지 누가 만든 거냐고 물으시더구나. 내가 어찌 너라고 말씀드릴 수 있었겠느냐? 그냥 저번 생일에 외숙모님께서 주신 거라고 했지. 그러자 아버님께서는 뭐라 하실 말씀이 없으셨는지 한참 후에 이러시더구나. '괜한 짓이야! 쓸데없이 힘을 들여 능라를 망치고 이 따위 물건이나 만들다니.' 내가 돌아와서 습인한테 그 얘길 했더니 습인이 이러더라. '그런 그렇다 치고, 조씨 어멈이 무지무지 화가 나서 원망을 퍼붓더래요. 친동생은 신이며 양말이 엉망인데도 누구 하나 관심 있게 봐주지 않는 마당에 그런 걸 만들다니 하면서요.'라고."

탐춘은 금방 침울한 표정이 되었다.

"그런 말도 안 되는 소리가 어디 있어요! 그 신을 왜 제가 만들어야 한대요? 환이는 매달 용돈도 안 받고 돌봐주는 사람도 없대요? 남들처럼 옷이며 신, 양말도 받고, 하녀들과 할멈들까지 다 있는데 어떻게 그런 원망을 한단 말이에요! 누가 그러던가요? 내가 그저 좀 한가해서 신을 만들었는데 누구한테 주건 내 마음이지, 누가 감히 이래라저래라 한다는 건가요! 그건 쓸데없는 원망이에요."

보옥이 웃으며 고개를 끄덕였다.

"너는 모르겠지만 조씨 어멈도 무슨 생각이 있었겠지."

탐춘은 그 말을 듣고 더욱 화가 나서 머리를 홱 비틀며 말했다.

"오빠도 어수룩하군요! 그 사람도 당연히 무슨 생각이 있겠지만, 그건 삐뚤어지고 천박한 식견에 지나지 않아요. 그렇게 생각할 테면 그러라지요. 전 아버님과 할머님만 신경 쓰지 다른 사람들은 전혀 상관하지 않아요. 형제자매 사이에서도 저한테 잘해주는 사람과는 잘 지내겠지만 첩의 딸이니 어쩌니 하는 이들한테는 아는 척도 하지 않아요. 따지고 보면 제가 그 사람에 대해 이러쿵저러쿵 얘기하면 안 되지요. 하지만 너무 사리를 몰라요! 게다가 웃기는 얘기가 있어요. 저번에 제가 오빠한테 돈을 주고 노리갯감 좀 사다 달라고 했잖아요? 그런데 이틀 후에 그 사람이 절 보더니 돈이 없어서 힘들다고 푸념을 늘어놓더군요. 전 상대하지 않았어요. 그런데 나중에 하녀들이 나가니까 왜 제가 모은 돈을 환이한테 주지 않고 오빠한테 주었냐고 원망을 퍼붓지 뭐예요. 그 소릴 들으니 우습기도 하고 화도 나서 바로 나와 할머님 방으로 가버렸어요."

그렇게 이야기하고 있는데 저쪽에서 보차가 웃으며 말했다.

"얘기 끝났으면 이쪽으로 와요. 남매지간 티를 내면서 다른 사람은 떼어놓고 자기들끼리만 얘기하는군요. 우리는 한마디도 들으면 안 되는 모양이지요?"

보옥과 탐춘도 웃으며 그들에게로 갔다.

보옥은 대옥이 보이지 않자 그녀가 다른 곳으로 피했다는 걸 알았다.

'차라리 한 이틀 후에 화가 좀 가라앉으면 다시 가보자.'

그러다가 고개를 숙여보니 봉선화며 석류꽃을 비롯한 각종 꽃들이 겹겹의 비단처럼 땅바닥에 떨어져 있었다. 보옥이 탄식하며 중얼거렸다.

'화가 나서 이 꽃잎들도 치우지 않은 모양이군. 내가 치우고 나서 나중에 다시 물어보기로 하자.'

그때 보차가 함께 밖으로 가보자고 했다. 보옥은 "금방 갈게요." 해놓고 두 사람이 떠나자 꽃잎들을 모아 가산을 넘고 물을 건너 숲과 꽃밭을 지나 저번에 대옥과 함께 복사꽃을 묻었던 곳으로 곧장 달려갔다. 꽃 무덤에 거의 다 와서 산비탈을 채 돌아가기 전에 갑자기 산비탈 뒤쪽에서 흐느끼는 소리가 들려왔다. 계속해서 "흑흑" 이어지는 울음소리가 무척 슬퍼 보였다.

'어느 방 하녀인지 억울한 일을 당해 여기로 달려와 우는 모양이구나.'

그렇게 생각하며 보옥은 얼른 발걸음을 멈추고 귀를 기울였다.

꽃 지면서 온 하늘에 꽃잎 날리는구나.
붉은색 사라지고 향기 끊어지는데 누가 슬퍼해줄까?
봄날 정자에는 아지랑이 부드럽게 걸려 있고
수놓은 주렴에는 떨어진 버들 솜 가볍게 들러붙네.
花謝花飛花滿天
紅消香斷有誰憐
游絲軟繫飄春榭
落絮輕沾撲繡簾

규방의 소녀 지는 봄 아쉬워
가슴 가득한 시름 풀 길 없네.
꽃 묻을 호미 들고 규방 나섰지만
꽃잎 차마 밟을 수 없어 왔다가 도로 가네.

閨中女兒惜春暮

愁緒滿懷無釋處

手把花鋤出繡閨

忍踏落花來復去

버들가지 느릅 싹 저절로 무성해지며

날리는 복사꽃 살구꽃 아랑곳 않네.

복사꽃 살구꽃이야 내년이면 다시 피겠지만

내년 규방 안에는 누가 남아 있을까?

柳絲榆莢自芳菲

不管桃飄與李飛

桃李明年能再發

明年閨中知有誰

삼월인데 향긋한 둥지 이미 지어져 있으니

들보 사이 제비는 너무 무정하구나.

내년에 꽃 피면 쪼아 먹을 수 있겠지만

아서라, 주인 떠나 집 비면 둥지도 기울 테지.

三月香巢已壘成

梁間燕子太無情

明年花發雖可啄

卻不道人去樑空巢也傾

일 년 삼백육십오 일

바람서리 칼날 혹독하게 다그치네.

환하고 예쁜 얼굴 얼마나 갈까?

제27회　213

하루아침에 시들어 찾아보기 어렵네.
一年三百六十日
風刀霜劍嚴相逼
明媚鮮姸能幾時
一朝飄泊難尋覓

꽃 피면 잘 보여도 떨어지면 찾기 어려우니
계단 앞에서 꽃 묻는 이 마음 너무 울적하네.
꽃 묻는 호미 들고 남몰래 눈물 흘리나니
빈 가지에 떨어진 눈물 핏자국 같구나.
花開易見落難尋
階前悶殺葬花人
獨倚花鋤淚暗洒
洒上空枝見血痕

두견새 소리 그쳐 바야흐로 황혼이니
호미 메고 돌아가 겹대문 닫네.
파리한 등불 벽에 비칠 때 막 자리에 누우니
차가운 비 창을 두드리고 이부자리도 데워지지 않았네.
杜鵑無語正黃昏
荷鋤歸去掩重門
靑燈照壁人初睡
冷雨敲窓被未溫

어이해 이 몸은 더욱 슬퍼하는가?
봄이 사랑스럽기도 하고 밉기도 하기 때문.

문득 찾아오니 사랑스럽지만 홀연 가버리니 미운데
올 때도 말이 없고 갈 때도 소문 없구나.
怪奴底事倍傷神
半爲憐春半惱春
憐春忽至惱忽去
至又無言去不聞

어젯밤 뜰 밖에서 슬픈 노래 울렸는데
알아준 건 꽃과 새의 혼백뿐이었다네.
꽃과 새의 혼백은 붙들어 두기 어렵나니
새는 말이 없고 꽃은 부끄러워하지.
바라건대 내 겨드랑이에 두 날개 생겨
꽃잎 따라 하늘 끝까지 날아갔으면!
昨宵庭外悲歌發
知是花魂與鳥魂
花魂鳥魂總難留
鳥自無言花自羞
願奴脅下生雙翼
隨花飛到天盡頭

하늘 끝 어디에 꽃동산 있으랴?
차라리 비단 주머니에 고운 유골 담아
한 움큼 정결한 흙으로 고운 자태 덮으리.
바탕이 본디 깨끗하게 왔으니 깨끗하게 떠나는 것이
더러운 때 묻어 도랑에 빠지는 것보다 나으리라.
天盡頭 何處有香丘

未若錦囊收艷骨

一抔淨土掩風流

質本潔來還潔去

強於汚淖陷渠溝

이제 네가 죽어 내가 거둬 묻어줘야 하는데
이 몸이 죽을 날은 언제인지 모르겠구나.
내 이제 꽃을 묻는다고 남들은 비웃지만
훗날 나를 묻어줄 이 누구일까?

爾今死去儂收葬

未卜儂身何日喪

儂今葬花人笑癡

他年葬儂知是誰

보게나, 봄 저물어 꽃도 점점 떨어지니
다름 아니라 고운 얼굴 늙어 죽는 때로구나.
하루아침에 봄이 가고 고운 얼굴 늙으니
꽃 지고 사람 죽으면 서로 알지 못하리!

試看春殘花漸落

便是紅顏老死時

一朝春盡紅顏老

花落人亡兩不知

보옥은 그 소리를 듣고 자기도 모르게 정신이 멍해져서 쓰러져버렸다. 자세한 내용을 알고 싶거든 다음 회를 보시라.

제28회

장옥함은 정을 담아 비단 허리띠를 선물하고
설보차는 부끄러워 붉은 사향 염주를 벗어주다

蔣玉菡情贈茜香羅　薛寶釵羞籠紅麝串

장옥함과 가보옥이 만남을 기념하여 허리띠를 바꿔 매다.

　대옥은 전날 밤 청문이 문을 열어주지 않은 일이 보옥 때문이라고 의심했고, 이튿날은 공교롭게도 꽃의 신을 보내는 날이라 가슴 가득한 어리석은 분노를 미처 다 토로하지 못했다. 게다가 저물어가는 봄 때문에 근심마저 일어났다. 그래서 떨어진 꽃잎들을 묻어주다가 꽃에 대한 애처로움이 지나쳐 자기 마음까지 상하여 통곡하면서 입에서 나오는 대로 몇 구절을 읊조렸다.
　그런데 뜻밖에 보옥이 산비탈에서 그걸 듣고 말았다. 처음에 보옥은 그저 고개를 끄덕이며 감탄하는 정도였지만 나중에는 "내 이제 꽃을 묻는다고 남들은 비웃지만, 훗날 나를 묻어줄 이 누구일까?"라든가 "하루아침에 봄이 가고 고운 얼굴 늙으니, 꽃 지고 사람 죽으면 서로 알지 못하리!"라는 등의 구절을 듣자 자기도 모르게 산비탈에 쓰러져서 가슴에 모아 품고 있던 꽃잎들이 땅바닥에 흩어져버렸다.
　생각해보라! 꽃처럼 달덩이처럼 아름다운 대옥의 용모도 나중에는 찾아볼 수 없게 되는 때가 온다니, 어찌 마음이 찢어지지 않겠는가! 대옥이 죽어 볼 수 없게 된다면 보차나 향릉, 습인 등 다른 사람들도 볼 수 없을 때가 올 것이다. 보차 등이 죽어 볼 수 없게 되면 자신은 또 어디 있을까? 자신조차 어디 있고 어디로 가야 하는지도 모르는데 이 대관원, 이 꽃, 이 버드나무는 또 누구의 소유가 될지 어찌 알겠는가! 이렇게 생각을 계속 이어나

가노라니 정말 알 수 없게 되어버렸다. 지금 이 순간 너무도 까마득하여 아무도 알 수 없는 어떤 보잘것없는 존재가 되어 우주에서 뛰쳐나가 속세의 그물을 벗어남으로써 이 슬픔을 해소할 수 있을까? 그야말로 이런 격이었다.

꽃 그림자는 몸 근처를 벗어나지 않고
귓전을 울리는 새소리 동서에서 들려오네.
花影不離身左右
鳥聲只在耳東西

대옥은 혼자 감상에 젖어 있다가 갑자기 산비탈에서 슬픈 목소리가 들리자 속으로 생각했다.

'모두들 내가 좀 멍청하다고 비웃는데, 설마 나 같은 바보가 또 있단 말인가?'

그러면서 고개를 드니 보옥이 보였다.

"치! 누군가 했더니 심보 고약하고 제 명에 못 살……"

'제 명에 못 살'이라는 말을 내뱉고 나서 대옥은 얼른 입을 다물며 긴 한숨을 내쉬고는 그 자리를 떠나버렸다.

보옥이 한참 슬퍼하다가 문득 고개를 들어보니 대옥이 보이지 않았다. 그녀가 자기를 보고 피해버렸음을 알아챘다. 자기도 쑥스러워져서 흙을 털고 일어나 산을 내려와서 이홍원으로 돌아가려고 길을 걸었다. 마침 앞쪽에 대옥이 걸어가는 모습을 발견하고 얼른 달려가 말했다.

"잠깐! 나와 아는 체하고 싶지 않다는 건 알지만, 한마디만 하고 이후로는 서로 왕래하지 말던가 하자고."

대옥이 고개를 돌려보니 보옥인지라 상대하지 않으려고 했는데, '한마디만 하고 이후로는 서로 왕래하지 말던가 하자.'는 말을 듣자 뭔가 뜻이 있다고 생각해서 어쩔 수 없이 걸음을 멈추었다.

"무슨 한마디인지 해보세요."

"하하, 두 마디인데 들어줄 거야?"

대옥은 바로 고개를 돌리고 걸어가버렸다. 보옥이 뒤에서 탄식했다.

"오늘 같은 날이 올 줄 알았더라면 애당초 그러지 말 것을!"

그 말을 듣자 대옥은 자기도 모르게 걸음을 멈추고 돌아보며 말했다.

"애당초 뭘 어쨌고, 오늘 같은 날은 또 어떻다는 건가요?"

"휴! 애초에 누이가 왔을 때 내가 함께 놀아주지 않았어? 내가 좋아하는 것도 누이가 원하면 다 주었고, 좋아하는 음식도 누이가 좋아한다는 얘길 들으면 모조리 간수해두었다가 누이한테 주었어. 밥도 한 식탁에서 함께 먹고, 잠도 한 침상에서 함께 잤지. 하녀들이 미처 생각하지 못한 것도 누이가 화를 낼까봐 내가 미리 생각해두곤 했어. 어려서부터 함께 컸으니 친숙하기도 하고 화목하게 지내야 남보다 나은 사이라고 생각했지. 그런데 지금 누이가 눈이 너무 높아서 나는 안중에도 두지 않고, 관계가 먼 '보차 언니'나 '희봉 언니' 같은 사람만 마음에 둔 채 난 며칠째 거들떠보지도 않을 줄 어찌 알았겠어? 나도 친형제나 친남매가 없어. 둘이 있긴 하지만 누이도 알잖아. 배다른 형제자매라는 걸 말이야. 무남독녀인 누이처럼 나도 외아들이니까 누이 마음도 나와 같을 줄 알았지. 그런데 나 혼자만 그런 생각을 했던 거였어! 억울해도 하소연할 데가 없어진 거지!"

그렇게 말하며 보옥은 자기도 모르게 눈물을 흘렸다.

그런 말을 듣고 보옥이 우는 모습을 보자 대옥은 저절로 마음이 많이 풀렸다. 자기도 몰래 눈물을 흘리며 고개를 숙인 채 말이 없었다. 그 모습을 보고 보옥이 또 말했다.

"나도 지금 못됐다는 건 알지만, 아무리 못됐다 해도 감히 누이한테 잘못을 저지를 순 없어. 조금이라도 잘못이 있다면 누이가 일깨워주거나 다음엔 그러지 말라고 주의를 줘. 아니면 욕을 하거나 때려. 원망하지 않을

게. 그렇게 자꾸 날 상대도 해주지 않으니까 난 뭐 때문인지 골머리를 싸매느라 넋이 다 날아가서 어떻게 할지 모르겠어. 이러다 죽으면 원귀가 되어 아무리 법력 높은 고승이나 도사가 경을 읽어도 참회시켜서 다시 사람으로 태어나게 할 수 없을 것 같아. 어쨌든 누이가 이유를 밝혀야 다시 사람으로 태어나게 되겠지!"

그 말을 들은 대옥은 저도 모르게 간밤의 일을 까맣게 잊어버리고 이렇게 말했다.

"말은 그렇게 하면서 어제 제가 갔을 때 왜 하녀더러 문을 열어주지 말라고 했어요?"

"그게 무슨 소리야? 내가 그런 짓을 했다면 당장 천벌 받아 죽을 거야!"

"흥! 아침부터 말조심하지 않고 죽느니 사느니 하시네요. 그런 적이 있으면 그렇다 하고 없으면 없다고 하면 되지 무슨 맹세까지 하고 그래요?"

"정말 누이가 온 줄 몰랐다고. 보차 누나가 잠깐 왔다 가긴 했지만."

대옥이 잠시 생각해보더니 웃으며 말했다.

"그렇군요. 틀림없이 오빠네 하녀들이 시중들기 귀찮아서 버릇없이 아무렇게나 얘기했을 수도 있겠네요."

"틀림없이 그럴 거야. 돌아가서 누구 짓인지 알아보고 단단히 혼을 내줘야겠어."

"오빠네 하녀들도 훈계를 좀 해주어야 마땅하지만, 따지고 보면 제가 그런 말을 하면 안 되겠지요. 저한테 잘못한 건 자잘한 일이라 쳐도, 보차 아가씨인지 보배 아가씨인지가 갔을 때도 그런 잘못을 저지른다면 큰일 나지 않겠어요?"

그러면서 대옥은 입을 오므리고 웃었다. 보옥은 그 말을 듣자 이를 갈며 벼르면서도 같이 웃었다.

두 사람이 이야기하고 있을 때 하녀들이 아침 먹으라고 데리러 오자 함께 앞채로 갔다. 왕부인이 대옥을 보고 물었다.

"애야, 포鮑의원이 처방해준 약을 먹으니 좀 나아졌니?"

"그저 그래요. 할머님께선 또 왕王의원이 처방한 약을 먹어보라고 하셨어요."

보옥이 말했다.

"어머니는 누이의 병이 속병이라는 걸 모르셔서 그래요. 선천적으로 약하니까 걸핏하면 감기에 걸리지만 탕약을 두어 첩 먹으면 감기는 바로 나아요. 그래도 환약을 먹는 게 나을 것 같아요."

왕부인이 말했다.

"전에 의원이 무슨 환약 이름을 얘기한 적이 있는데 잊어버렸구나."

"그건 제가 알아요. 무슨 인삼양영환人參養榮丸*을 쓰라는 말이었어요."

"그건 아니다."

"그럼 팔진익모환八珍益母丸이었던가? 좌귀환左歸丸? 우귀환右歸丸? 그것도 아니라면 맥미지황환麥味地黃丸이겠군요."[1]

"다 아니야. 내 기억으로는 '금강金剛' 어쩌고 하는 약인 것 같은데."

보옥이 버릇없이 손을 내밀며 말했다.

"하하, '금강환'이라는 이름은 들어본 적이 없네요. 그런 게 있다면 '보살산菩薩散'이라는 약도 있겠네요."

그 말에 방 안에 있던 모든 사람들이 웃음을 터뜨렸다. 보차가 입을 오므리고 웃으며 말했다.

"아마 천왕보심단天王補心丹[2]이 아닐까 싶네요."

왕부인이 웃으며 말했다.

"그래, 바로 그거였어! 이제 나도 기억력이 다 된 모양이구나."

그러자 보옥이 말했다.

"어머니 기억력이 흐려지신 게 아니라 '금강'이니 '보살'이니 하는 것들이 그렇게 만든 거예요."

"어미 망신스럽게 그 무슨 헛소리냐! 아무래도 네 아버님께 매를 덜 맞은 모양이구나."

"헤헤, 아버님은 이제 이런 일 때문에 매를 드시지 않아요."

"어쨌든 약 이름을 알았으니 내일 당장 사람을 시켜 사다 먹여야겠구나."

"하하, 그런 건 모두 아무 소용없어요. 어머니, 저한테 은돈 삼백육십 냥만 주시면 제가 누이 약을 지어줄게요. 틀림없이 한 제를 다 먹기도 전에 나을걸요?"

"헛소리! 무슨 약이 그리 비싸단 말이냐?"

"정말이에요. 저의 이 처방은 다른 것들과는 달라요. 약 이름도 요상해서, 잠시 생각이 안 나네요. 하지만 첫 아이를 낳은 태반〔頭胎紫河車〕[3]이랄지 사람 모양으로 생기고 잎이 달린 삼〔人形帶葉參〕[4]만 하더라도 삼백육십 냥으론 부족해요. 거기다가 거북이만큼 큰 하수오何首烏[5]와 천 년을 산 소나무 뿌리에서 자란 복령[6]의 속〔千年松根茯苓膽〕도 들어가지요. 이런 약재들은 그 자체로는 귀하다고 하기 어렵지만 여러 다른 약들에 비해서는 귀한 셈이지요. 그런데 주성분으로 쓰이는 약은 말만 들어도 깜짝 놀라실걸요? 예전에 설반 형님이 저한테 그 처방 좀 알려달라고 한두 해 동안이나 졸라서 알려준 적도 있어요. 형님은 처방전을 들고 두세 해 동안 천 냥도 넘는 은돈을 쓰고서야 겨우 약재를 구해 약을 만들었어요. 어머니, 못 믿으시겠거든 보차 누나한테 물어보세요."

보차가 그 말을 듣고 손을 내저으며 말했다.

"호호, 전 몰라요. 들어본 적도 없어요. 저한테 물어보라고 하지 마세요."

왕부인도 웃으며 말했다.

"그래도 보차가 착한 애지. 이 녀석 보옥아, 거짓말 좀 하지 마라."

아래쪽에 서 있던 보옥이 그 말을 듣고 몸을 확 돌리더니 손뼉을 탁 치며 중얼거렸다.

"사실을 말씀드렸는데 거짓말이라고 하시네!"

다시 몸을 돌렸더니 대옥이 보차 뒤에서 입을 오므리고 웃으면서 손가락을 얼굴에 대고 슬쩍 그으며 놀렸다.

그때 안방에서 하녀들이 상 차리는 것을 보고 있던 희봉이 이런 이야기들을 듣고 걸어나오면서 말했다.

"호호, 보옥 도련님이 거짓말하시는 게 아니에요. 정말 그런 일이 있었지요. 예전에 설반 도련님이 저를 찾아와 진주를 찾기에 어디 쓸 거냐고 물었더니 약을 만드는 데 쓴다고 하더군요. 그러고는 차라리 약을 안 짓고 말지 이렇게 힘들 줄은 몰랐다며 투덜거리더라고요. 무슨 약이냐고 했더니 보옥 도련님이 준 처방이라면서 이런저런 약재를 얘기하던데요. 제가 시간이 없어서 미처 다 듣지 못했어요. 설반 도련님 얘기가 다른 진주라면 자기도 몇 알 살 수 있는데 반드시 머리에 달았던 것이라야 한다기에 저를 찾아왔다면서, 안 쓰는 게 없으면 지금 머리장식에 달린 것이라도 떼어달라고요. 나중에 좋은 걸로 다시 사다 준다면서요. 그러니 별수 있나요? 그 자리에서 진주가 달린 머리장식 두 개를 떼서 주었지요. 그리고 석자 길이의 상등품 붉은 비단도 한 조각 필요하다면서 막자사발(乳鉢)*에 진수를 잘 갈아 붉은 비단에 가루를 걸러야 한다고 하더군요."

희봉이 한마디 할 때마다 보옥은 속으로 염불을 외며 이렇게 중얼거렸다.

"방구석에 햇볕이 드는구나!"

희봉이 말을 마치자 보옥이 또 말했다.

"어머니, 이건 아쉬운 대로 하는 방법에 지나지 않아요. 그 처방대로 제대로 하자면 진주나 보석은 옛 무덤에 있던, 그러니까 옛날 부잣집에서 시신을 염할 때 쓴 머리장식을 갖다 써야 된다고요. 하지만 그것 때문에 무덤을 파낼 순 없는 노릇이니까 살아 있는 사람이 쓰던 것이나마 대신 쓰는 거지요."

"아미타불! 못된 짓이로다! 무덤 안에 그런 게 있다 하더라도 이제 죽은

지 몇백 년 되는 이의 해골을 뒤지다니. 그런 걸로 약을 만든들 무슨 영험이 있을까!"

보옥이 대옥에게 말했다.

"들었지? 설마 형수님도 나랑 같이 거짓말한다고 생각하는 건 아니겠지?"

보옥은 얼굴을 대옥 쪽으로 향하면서도 눈은 보차를 쳐다보았다. 그러자 대옥이 왕부인의 팔을 잡고 말했다.

"숙모님, 보세요. 보차 언니가 거짓말을 거들어주지 않으니까 저한테 얼버무리잖아요."

"쟤는 널 놀려 먹는 데 아주 이골이 났어."

"하하, 어머니, 그건 모르시는 말씀이네요. 보차 누나는 전에 자기 집에 있을 때도 설반 형님의 일을 몰랐는데 지금 이 안에 살고 있으니 당연히 더 모르겠지요. 그런데 대옥 누이는 제가 거짓말한다고 여기고 뒤에서 절 놀렸거든요."

그렇게 말하고 있는데 태부인 방에 있는 하녀가 식사 시간이라며 보옥과 대옥을 데리러 왔다. 대옥은 보옥을 부르지도 않고 일어나서 그 하녀의 손을 잡고 가려 했다. 하녀가 보옥과 함께 가자고 하자 그녀가 말했다.

"오빠는 밥 안 먹는다니까 우리끼리 가자. 나 먼저 갈게."

그러면서 나가버리자 보옥이 말했다.

"오늘은 어머니하고 먹지요 뭐."

"아서라, 아서. 난 오늘 소식素食*을 하니까 넌 평소 먹던 대로 먹으러 가렴."

"저도 같이 소식을 먹으면 되잖아요."

보옥은 데리러 온 하녀에게 "가봐라!" 하고 말하더니 자기가 먼저 식탁에 앉았다. 왕부인이 보차에게 말했다.

"호호, 너희도 평소 먹던 걸 먹어야지. 쟤는 마음대로 하게 둬라."

"호호, 도련님, 얼른 가요. 밥이야 먹든 말든 대옥이랑 같이 갔다 오세요. 진짜 기분이 안 좋은 모양이던데……"

"내버려둬요. 조금 있으면 괜찮아질걸?"

밥을 먹고 나자 보옥은 태부인이 걱정할 것 같기도 하고 대옥이 마음에 걸리기도 해서 서둘러 차를 달라고 해서는 입안을 헹궜다. 탐춘과 석춘이 웃으며 말했다.

"오빠, 뭐가 그렇게 늘 바빠요? 밥 먹고 차 마시는 것도 이리 부리나케 하시다니."

그러자 보차가 말했다.

"호호, 얼른 먹고 대옥이 보러 가게 해줘요. 여기 붙들어둬서 뭐하게?"

보옥은 차를 마시고 바로 나와서 곧장 서쪽 정원으로 갔다. 가는 도중에 마침 희봉이 사는 정원 문 앞에 이르렀다. 희봉은 문턱을 밟고 서서 귀이개로 이를 쑤시면서 십여 명의 하인들이 화분 옮기는 것을 지켜보고 있다가 보옥을 보고 말했다.

"호호, 마침 잘 왔어요. 들어와서 글씨 몇 자만 써줘요."

보옥은 어쩔 수 없이 함께 들어갔다. 희봉은 하녀들에게 지필묵을 가져오게 하고 보옥에게 말했다.

"큰 붉은 비단 마흔 필, 구렁이 무늬 비단 마흔 필, 각종 상등품 비단 백 필, 금 목걸이 네 개."

"그걸 어디 쓸 건가요? 장부도 아니고, 그렇다고 선물도 아니니 대체 어떻게 쓰라는 말씀이세요?"

"부르는 대로 쓰기나 하세요. 어쨌든 제가 쓸 데를 알고 있으니까요."

보옥이 글씨를 써주자 희봉이 챙겨 넣으면서 말했다.

"호호, 또 한 가지 부탁할 게 있는데 들어주실래요? 도련님 방에 홍옥이라는 하녀가 있지요? 제가 그 아이를 좀 불러다 쓸까 해요. 대신 내일 몇 명을 골라 보내드릴게요. 괜찮겠어요?"

"제 방에 하녀야 많으니까 누구라도 형수님 마음에 들면 데려다 쓰세요. 굳이 저한테 물어보실 필요 있나요?"

"호호, 그럼 당장 사람을 보내 걔를 부를게요."

"그러셔요."

보옥이 그렇게 말하며 나가려 하자 희봉이 다시 불렀다.

"잠깐만요. 한 가지 더 있어요."

"할머님이 부르셔서 가봐야 해요. 하실 말씀 있으시면 나중에 들을게요."

보옥이 태부인 방에 가니 모두들 식사를 마친 뒤였다. 태부인이 물었다.

"네 어미랑 뭐 맛있는 걸 먹었어?"

"하하, 별건 없었지만 평소보단 밥을 한 공기 더 먹었어요. 그런데 대옥 누이는 어디 있어요?"

"안방에 있다."

보옥이 안방으로 들어가니 시녀 하나가 방바닥에서 다리미에 불을 붙이고 있었고, 구들 위에서는 두 명의 하녀가 천에다 금을 긋고 있었다. 대옥은 허리를 숙인 채 가위를 들고 무언가를 마름질하고 있었다.

"아니, 뭘 만들고 있어? 금방 밥 먹었는데 이렇게 머리를 숙이고 있군. 그러다 좀 있으면 두통이 생길걸?"

대옥은 그를 거들떠보지도 않고 가위질에만 열중했다. 한 하녀가 말했다.

"저 명주는 모서리가 펴지지 않았잖아. 다시 다려야겠어."

그러자 대옥이 가위를 내려놓고 말했다.

"내버려둬. 좀 있으면 괜찮아질 거야."

대옥이 상대해주지 않아 보옥이 머쓱해하고 있는데 보차와 탐춘도 찾아와서 태부인과 이야기를 나누었다. 잠시 후 보차가 들어와 말했다.

"동생, 뭘 만드는 거야?"

그러다가 대옥이 가위질하는 걸 보고 말했다.

"호호, 동생, 갈수록 솜씨가 좋아지네? 가위질까지 할 줄 알고 말이야."

"호호, 또 절 놀리려고 거짓말하는 거지요?"

"호호, 우스운 얘기 하나 해줄까? 조금 전에 그 약 말이야. 아까 내가 모른다고 하니까 보옥 도련님이 속으로 기분 나빴을 거야."

"내버려둬요. 좀 있으면 괜찮아질 거예요."

보옥이 보차에게 말했다.

"할머님께서 골패놀이를 하시려는 모양인데 사람이 없잖아요. 어서 가서 같이 해드려요."

"호호, 제가 뭐 골패놀이 하러 왔나요?"

그러면서 보차가 밖으로 나가자 대옥이 말했다.

"오빠도 가보셔요. 여긴 호랑이가 있어서 눈에 띄면 잡혀 먹힐 거예요."

그러면서 다시 가위질을 하자 보옥이 웃으면서 말했다.

"누이도 잠깐 나갔다 오지. 가위질은 나중에 해도 되잖아?"

그녀가 계속 상대해주지 않자 보옥이 하녀들에게 물었다.

"이거 누가 시킨 일이야?"

그러자 대옥이 말했다.

"누가 시켰던 간에 도련님하곤 상관없는 일이에요!"

보옥이 막 무슨 말을 하려는데 하인이 들어와 알렸다.

"밖에 누가 찾아왔습니다."

보옥이 얼른 나가자 대옥이 말했다.

"아미타불! 오빠가 돌아오면 난 죽어버릴 거야."

밖에는 배명이 기다리고 있었다.

"풍나리께서 모셔 오랍니다."

보옥은 어제 일 때문에 오라는 줄 알고 말했다.

"옷을 갈아입고 가야지."

보옥은 서재로 갔다. 배명은 곧장 중문 앞에 가서 기다렸다. 그때 할멈 하나가 나오자 배명이 다가가서 말했다.

"보옥 도련님께서 외출복을 가져오라 하시고 서재에서 기다리고 계셔요. 할머니, 안쪽에 좀 전해주셔요."

"무슨 헛소리야! 잘한다! 도련님은 지금 대관원 안에서 지내시니까 모시는 애들도 다 거기 있는데 여기 와서 그런 소릴 하면 어쩌자는 게야?"

"헤헤, 제가 욕먹어도 싸네요. 이런, 정신이 나갔네!"

배명은 얼른 동쪽 중문으로 갔다. 마침 대문 지키는 아이들이 지붕을 얹은 복도 아래에서 축구를 하고 있길래 배명은 찾아온 이유를 이야기했다. 아이 하나가 안으로 들어가더니 한참 만에 옷 보따리를 하나 안고 나와 건네주었다. 배명이 서재로 가자 보옥은 옷을 갈아입고 말을 준비하게 한 다음 배명과 서약, 쌍서˙, 쌍수˙ 네 명의 하인들만 데리고 나갔다.

일행이 자영의 집 대문에 이르자 하인이 안에 알렸다. 잠시 후 자영이 나와 맞이했다. 안으로 들어가니 설반이 한참 전에 와 있었고, 여러 명의 노래하는 아이들과 소단小旦˙ 연기를 하는 장옥함蔣玉綃˙과 금향원錦香院˙의 기생 운아雲兒˙도 와 있었다. 모두 인사를 나누고 나서 차를 마셨다. 보옥이 찻잔을 들고 웃으며 말했다.

"전날 말씀하신 '다행스러운 일과 불행한 일'에 대해 밤낮으로 잊지 않고 있었지요. 그래서 오늘 부르는 소리를 듣자마자 바로 달려왔답니다."

자영이 말했다.

"하하, 자네들 이종형제는 모두 너무 고지식하구먼. 그땐 그저 자네들을 청해 한잔 할까 하는데 혹시 거절할까 싶어서 그런 말로 둘러댄 걸세. 어쩐지 오늘 부르자마자 바로 오더라니. 설마 두 사람 다 그걸 정말로 믿고 있었을 줄이야!"

그 말에 모두 한바탕 웃었다. 술상이 차려지자 차례대로 자리에 앉았다. 자영은 노래하는 아이들을 불러 술을 권하게 한 다음 다시 운아더러 모두에게 술을 권하게 했다.

설반은 술이 좀 들어가자 자기도 모르게 감정을 절제하지 못하고 운아의 손을 잡고 웃으며 말했다.

"날 위해 준비한 신곡 하나 불러다오. 그럼 내가 술 한 단지를 마시지."

운아는 어쩔 수 없이 비파를 들고 노래를 시작했다.

    사랑하는 두 사람

    모두 버리기 어려워

    그대 생각하며 또 그 사람 걱정하네.

    두 사람의 잘생긴 얼굴

    모두 그리기 어려워라.

    어젯밤 겨우살이 시렁 아래서 몰래 만나기로 약속했지.

    이 사람과 바람피우자

    저 사람이 잡으러 오네.

    붙잡혀 삼자대면을 하니

    나도 뭐라 할 말 없네.

兩個冤家

都難丟下

想著你來又記掛著他

兩個人形容俊俏

都難描畫

想昨宵幽期私訂在荼蘼架

一個偸情

一個尋拿

拿住了三曹對案

我也無回話

노래를 마치고 운아가 웃으며 말했다.

"이제 한 단지 드세요."

"그걸로는 한 단지 값이 못 돼. 한 곡 더 불러야겠어."

그러자 보옥이 말했다.

"하하, 제가 한마디 할게요. 그렇게 마시면 금방 취해 아무 재미가 없어요. 제가 먼저 큰 잔으로 한잔 마시고 주령酒令을 하나 제시할 테니 제대로 하지 못한 사람은 벌주로 열 잔을 마시고 자리에서 일어나 다른 사람들에게 술을 따르게 하는 겁니다. 어때요?"

자영과 옥함 등이 일제히 말했다.

"좋은 생각입니다. 그렇게 하지요!"

보옥은 잔을 들고 단숨에 비운 다음 이렇게 말했다.

"슬플 비悲, 근심 수愁, 기쁠 희喜, 즐거울 낙樂, 이 네 글자를 여자와 관련시켜 얘기하되, 그 이유를 밝혀야 합니다. 얘기가 끝나면 자기 앞에 있는 잔[門杯]을 마시고, 그 잔을 채우고 주령을 말하기[酒面] 전에 새로운 유행곡을 하나 불러야 합니다. 그리고 주령을 말하고 다음 사람에게 차례를 넘기면서 술을 마실 때[酒底]는 상에 놓인 음식이나 장식물과 관련된 옛 시나 대구對句, '사서四書'나 '오경五經'에 들어 있는 성어成語를 외워야 합니다."

말이 채 끝나기도 전에 설반이 벌떡 일어나 반대했다.

"난 안 하겠네. 난 빼줘! 이건 날 놀려먹으려는 수작이 아닌가!"

운아가 일어서서 그를 앉히며 말했다.

"호호, 뭘 그리 겁내세요? 그러면서도 매일 술을 마셔요? 설마 저보다 못하시겠어요? 저도 제 차례가 되면 주령을 할게요. 맞으면 그만이지만 까짓 거 틀리더라도 벌주 몇 잔 마시면 되지요. 설마 그것 좀 마셨다고 취해 죽을까요? 이렇게 주령을 피하실 생각이라면 벌주 열 잔을 마시고 모두에게 술을 따라야 할걸요?"

사람들이 박수를 치며 말 한번 잘했다고 칭찬하니 설반도 어쩔 수 없이 자리에 앉았다. 보옥이 먼저 주령을 읊었다.

여자는 슬프지, 청춘은 저무는데 독수공방할 때면.
여자는 시름겹지, 높은 벼슬 얻어오라 남편 내보낸 일 후회할 때면.
여자는 기쁘지, 이른 아침 거울 보며 화장할 때 얼굴 예뻐 보이면.
여자는 즐겁지, 얇은 봄옷 펄럭이며 그네 탈 때면.
女兒悲　靑春已大守空閨
女兒愁　悔敎夫婿覓封侯
女兒喜　對鏡晨妝顔色美
女兒樂　鞦韆架上春衫薄

모두 "괜찮군!" 하고 감탄하는데 설반만은 얼굴을 쳐들고 고개를 내저으며 소리쳤다.

"별로야. 벌주를 마셔야 돼!"

"왜 그래야 하는데?"

사람들이 묻자 설반이 말했다.

"도통 무슨 소리인지 알아들을 수가 없으니 당연히 벌주를 마셔야지."

그러자 운아가 설반을 꼬집으며 말했다.

"호호, 조용히 나리 차례에 하실 주령이나 궁리해보세요. 제대로 못하시면 또 벌주를 마셔야 할 테니까요."

이어서 보옥이 비파를 들고 노래를 불렀다.

끝없이 흐르는 그리움의 피눈물 붉은 콩[7] 같고
못다 핀 봄버들과 봄꽃 고운 누각에 가득하네.
잠 못 이루는 비단 창가엔 해 저문 후 비바람 불어

쌓인 근심 새로운 근심 잊을 수 없네.
좋은 쌀밥도 귀한 반찬도 넘어가지 않아 목이 메이고
수척한 내 모습 차마 능화경菱花鏡[8]에 비춰볼 수 없네.
시름겨운 눈썹 펴지지 않고
물시계에 듣는 물방을 닦아낼 수 없네.
아! 시름은 가릴 수 없이 은은하게 비치는 청산인 듯
끊을 수 없이 유유히 흐르는 푸른 강물인 듯.
滴不盡相思血淚拋紅豆
開不完春柳春花滿畫樓
睡不穩紗窗風雨黃昏後
忘不了新愁與舊愁
咽不下玉粒金蓴噎滿喉
照不見菱花鏡裏形容瘦
展不開的眉頭
捱不明的更漏
呀! 恰便似遮不住的靑山隱隱
流不斷的綠水悠悠

노래를 마치자 다들 한소리로 훌륭하다고 칭찬했지만, 설반만 혼자 별로라고 했다. 보옥은 앞에 놓인 잔을 비우고 배 한 조각을 집으며 주령을 말했다.

배꽃에 빗방울 떨어지니 문을 굳게 닫네.[9]
雨打梨花深閉門

다음은 자영 차례였다.

여자는 슬프지, 자식과 남편 병들어 위태로이 누워 있을 때.
여자는 시름겹지, 거센 바람에 소장루[10] 넘어질 때.
여자는 기쁘지, 초산에 쌍둥이 낳았을 때.
여자는 즐겁지, 혼자 꽃밭에서 귀뚜라미 잡을 때.
女兒悲　兒夫染病在垂危
女兒愁　大風吹倒梳妝樓
女兒喜　頭胎養了雙生子
女兒樂　私向花園　蟋　蟀

이렇게 읊고 나서 술잔을 들고 노래했다.

你是個可人
你是個多情
你是個刁鑽古怪鬼靈精
你是個神仙也不靈
我說的話兒你全不信
只叫你去背地裏細打聽
才知道我疼你不疼

그대는 사랑스러운 사람
그대는 다정한 사람
그대는 괴팍하면서도 영리한 사람
그대는 신선보다 영험한 사람
내 말은 전혀 믿지 않는데
그저 몰래 알아보기만 해도 알 거예요
내가 당신을 사랑하는지 아닌지!

你是個可人
你是個多情
你是個刁鑽古怪鬼靈精
你是個神仙也不靈
我說的話兒你全不信
只叫你去背地裏細打聽
才知道我疼你不疼

노래를 마치자 그는 앞에 놓인 잔을 비우고 주령을 말했다.

닭 울음소리 울리는 초가지붕 여관에 비치는 달빛[11]
雞聲茅店月

다음 차례는 운아였다.

여자는 슬프지, 장차 평생을 맡길 이 누구일까?
女兒悲　將來終身指靠誰

그러자 설반이 탄식하며 말했다.
"귀여운 것, 내가 있는데 무슨 걱정이야!"
주위 사람들이 모두 말했다.
"방해 좀 하지 마세요!"
운아가 계속했다.

여자는 시름겹지, 엄마[12]의 구박 그칠 날 있을까?
女兒愁　媽媽打罵何時休

또 설반이 말했다.
"귀여운 것, 내가 네 어미더러 구박하지 말라고 해줄게."
주위 사람들이 모두 나무랐다.
"또 끼어들면 벌주 열 잔을 마셔야 해요."
설반은 다급히 제 뺨을 찰싹 때리며 말했다.
"이렇게 기억력이 없어서야! 이젠 입 닥치고 있을게."
운아가 계속했다.

여자는 기쁘지, 사랑하는 이 날 버리지 않고 집에 돌아올 때.
여자는 즐겁지, 퉁소 멈추고 거문고 뜯을 때.
女兒喜　情郎不捨還家裏
女兒樂　住了簫管弄弦索

이어서 노래를 불렀다.

두구꽃 피는 삼월 삼짇날
벌레 한 마리 파고드는데
한나절 파고들어도 들어가지 못하고
꽃에 기어올라 그네를 타네.
소심한 자기
내가 열어주지 않으면 들어올 수 없을걸?[13]
荳簆開花三月三
一個蟲兒往裏鑽
鑽了半日不得進去
爬到花兒上打鞦韆
肉兒小心肝
我不開了你怎麽鑽

노래를 마치자 운아는 앞에 놓인 잔을 마시고 주령을 말했다.

복사꽃 아름답게 활짝 피었네.[14]
桃之夭夭

설반 차례가 되자 그가 입을 열었다.

제28회　237

"나도 해야겠지? 여자는 슬프지……"
그러나 그는 한참 후에도 다음 말을 잇지 못했다. 자영이 웃으며 말했다.
"하하, 왜 슬프다는 거야? 빨리 얘기해봐."
다급해진 설반은 한참 동안 퉁방울처럼 눈을 굴리며 생각하다가 겨우 "여자는 슬프지……"라고 입을 열었다가 또 두어 차례 헛기침을 하더니 이렇게 말했다.

여자는 슬프지, 남편이 오입쟁이라서.
女兒悲　嫁了個男人是烏龜

그 말에 모두들 폭소를 터뜨리자 설반이 말했다.
"왜 웃어? 내 말이 틀렸어? 시집을 갔는데 남편이 오입쟁이라면 슬프지 않겠어?"
사람들이 배꼽을 잡고 웃으면서 말했다.
"맞긴 맞네요. 어서 계속해봐요."
설반은 또 퉁방울처럼 눈을 굴리다가 "여자는 시름겹지……"라고 해놓고 또 말을 잇지 못했다.
"왜 시름겹다는 거지요?"
설반이 말했다.

규방에 큰 원숭이가 기어 들어서.
繡房竄出個大馬猴

사람들이 깔깔 웃으며 말했다.
"벌주를 마셔야 돼! 이건 더 말이 안 돼. 앞의 것은 그래도 봐줄 만했는데 말이야."

잔에 술을 따르려 하자 보옥이 웃으면서 말했다.
"그래도 운韻이 맞으니까 괜찮아요."
설반이 말했다.
"문제를 낸 사람이 맞다는데 왜들 야단이야?"
사람들은 그제야 넘어가자고 했다. 그러자 운아가 말했다.
"호호, 다음 두 구절은 더 어려워질 텐데 제가 대신 해드릴게요."
"무슨 소리! 정말 내가 못할 줄 알아? 들어보라고."

  여자는 기쁘지, 화촉동방에서 늦잠 잤거든.
  女兒喜　洞房花燭朝慵起

모두들 신기해했다.
"이건 정말 너무 훌륭한데?"
설반이 말을 이었다.

  여자는 즐겁지, 털 달린 몽둥이가 안으로 찔러 들어와서.
  女兒樂　一根毧毧往裏戳

그러자 주위 사람들이 모두 외면하며 소리쳤다.
"정말 못됐구먼! 어서 노래나 불러봐요."
설반이 노래를 시작했다.

  모기 한 마리 웽웽웽
  一個蚊子哼哼哼

사람들이 멍하니 놀라 물었다.

"이게 무슨 노래지요?"

설반은 아랑곳하지 않고 노래를 계속했다.

파리 두 마리 윙윙윙
兩個蒼蠅嗡嗡嗡

"에이, 그만둬요!"

"듣거나 말거나! 이건 신곡이라고. '웽웽'을 운으로 삼아 만든 거지. 듣기 싫다면 나머지 주령도 면제해줘. 그럼 안 부를게."

"됐어요, 그러셔요. 제발 남들 하는 거나 방해하지 마세요."

이제 옥함의 차례가 되었다.

여자는 슬프지, 집 떠난 남편 돌아오지 않아.
여자는 시름겹지, 계화유[15] 살 돈도 없어.
여자는 기쁘지, 등잔 심지 나란히 굽어 부부 상봉 조짐 보이니.[16]
여자는 즐겁지, 부창부수하며 너무나 화목하다네.
女兒悲 丈夫一去不回歸
女兒愁 無錢去打桂花油
女兒喜 燈花並頭結雙蕊
女兒樂 夫唱婦隨眞和合

이어서 노래를 불렀다.

사랑스러워라, 완벽한 미모 타고난 그대
흡사 신선이 하늘에서 내려온 듯.
이팔청춘 한창 시절에

봉황 같은 좋은 짝 정말 만났다네.
아! 은하수는 높이 걸려 있고
시간을 알리는 북소리 울리는데
등잔 끄고 원앙금침 깔린 침상에 함께 들어가네.
可喜蕊天生成百媚嬌
恰便似活神仙離碧霄
度靑春 年正小
配鸞鳳 眞也著
呀! 看天河正高
聽譙樓鼓敲
剔銀燈同入鴛幃悄

노래를 마치자 옥함은 앞에 놓인 잔을 비운 후 웃으며 말했다.
"아무래도 전 시사詩詞에는 재주가 모자라요. 다행히 어제 본 대구 하나가 기억나는데 마침 상 위에도 그게 있군요."
그러더니 술잔을 비우고 금계화金桂花* 한 송이를 집어 들면서 주령을 말했다.

꽃향기 풍겨오니 날이 따뜻함을 알겠네.
花氣襲人知晝暖

모두들 괜찮다고 하는데 갑자기 설반이 벌떡 일어나 소리쳤다.
"심하다, 심해! 벌주를 마셔야 해! 술상 위에 무슨 보배가 있다고 보배를 들먹여?"
옥함이 놀라 물었다.
"제가 언제 그런 얘길 했어요?"

"그래도 우기는군! 다시 읊어봐."

옥함이 어쩔 수 없이 다시 한 번 읊자 설반이 말했다.

"거 봐, '습인'이 보배가 아니고 뭐란 말이야! 못 믿겠거든 저쪽에 물어보라고."

설반은 손가락으로 보옥을 가리켰다. 보옥은 기분이 나빠져서 말했다.

"형님, 벌주를 얼마나 마시려고 그래요?"

"아아, 마셔야지, 그럼!"

설반은 술잔을 들고 단숨에 마셔버렸다. 영문을 모르는 자영 등에게 운아가 사연을 이야기해주었다. 옥함이 다급히 일어나 사죄하자 모두들 "모르고 그런 거니 죄를 따지지 말아야지." 하고 말했다.

잠시 후 보옥이 자리에서 일어나 화장실에 가려 하자 옥함이 따라 나왔다. 두 사람이 복도 처마 아래 서 있는데 옥함이 또 사죄했다. 보옥은 그의 아름답고 온유한 모습에 연정이 치밀어 그의 손을 붙잡고 말했다.

"시간 나면 우리 집에 오시구려. 그리고 하나 물어볼 게 있소. 당신네 극단에 기관琪官*이라는 사람이 있다던데 지금 어디 있소? 요즘 아주 유명하던데 난 인연이 없어서 아직 만나보지 못했소."

"하하, 그건 제 어릴 적 이름입니다."

보옥은 자기도 모르게 기뻐 발을 구르며 말했다.

"하하, 이거 정말 운이 좋군요! 과연 명불허전이라더니! 이제야 처음 만났는데 어쩐다?"

보옥은 잠시 생각하더니 소매 안에서 부채를 꺼내 손잡이에 달린 고리 모양의 옥을 떼내어 그에게 주었다.

"별것 아니지만 아쉬운 대로 첫 만남의 예물로 드리리다."

옥함은 그걸 받고 웃는 얼굴로 말했다.

"한 일도 없이 봉록부터 받았으니 정말 감당하기 어렵습니다! 어쨌든 받겠습니다. 제가 괜찮은 걸 하나 얻었는데 오늘 아침 처음 맸습니다. 그래도 새것입니다. 이것으로나마 작은 성의를 표하고자 합니다."

옥함은 옷을 들추고 웃옷에 매고 있던 붉은색의 허리띠를 풀어서 보옥에게 주었다.

"이건 천향국茜香國* 여왕이 조공으로 바친 건데 여름에 차고 있으면 피부에 향기가 나서 땀이 차지 않습니다. 어제 북정왕께서 주셨는데 오늘 처음 찼습니다. 다른 사람이라면 절대 드리지 않았을 겁니다. 도련님께서 차고 계신 건 풀어서 제게 주십시오."

보옥은 무척 기뻐하며 얼른 받고는, 자신이 차고 있던 노란 송화松花 빛깔의 허리띠를 풀어 기관에게 건네주었다.

두 사람이 각자 허리띠를 매고 나자 갑자기 큰 소리가 들려왔다.

"잡았다!"

잠시 후 설반이 뛰어 나오더니 두 사람을 붙잡고 말했다.

"술은 안 마시고 둘이 몰래 빠져나와 뭐하는 거야? 뭔데? 나도 좀 보여줘."

둘이 함께 말했다.

"별거 아니에요."

설반이 어디 그냥 넘어가려 했겠는가? 하지만 자영이 나오자 설반도 단념했다. 그들은 다시 술자리로 돌아가서 날이 저물 때까지 마시다가 헤어졌다.

보옥은 대관원으로 돌아와 옷을 갈아입고 차를 마셨다. 습인은 부채에 달린 옥이 보이지 않자 보옥에게 물었다.

"옥이 어디 갔지요?"

"말 타고 오다 떨어뜨렸어."

하지만 자리에 누울 때 허리에 피처럼 붉은 허리띠가 매여 있는 걸 발견하자, 습인은 대충 사정을 짐작하고 말했다.

"좋은 게 생겼네요. 그럼 제가 드렸던 건 돌려주세요."

제28회 243

보옥은 그제야 그 허리띠가 원래 습인의 것이었음을 떠올리며 남한테 주지 말았어야 했다고 후회했다. 하지만 입으로는 털어놓지 못하고 둘러댈 수밖에 없었다.

"하하, 다른 걸로 대신 줄게."

습인이 고개를 끄덕이며 한숨을 쉬었다.

"또 이런 짓을 하실 줄 알았어요! 제 물건을 그런 허접한 사람한테 줘버리면 안 되지요. 역시 도련님이시라니까? 도대체 생각이 없어요!"

습인은 몇 마디 더하고 싶었지만 그의 술기운이 더 오를까 걱정스러워 어쩔 수 없이 잠을 청했다. 그날 밤은 별다른 일이 없었다.

다음 날 날이 밝아 눈을 뜨자 보옥이 웃으며 말했다.

"밤에 도둑이 들어온 줄도 모르고 자더군. 허리띠 좀 보라고."

습인이 고개를 숙여 살펴보니 어제 보옥이 매고 있던 허리띠가 자기 허리에 매여 있었다. 보옥이 밤중에 매어준 것이었다. 습인은 얼른 풀어내며 말했다.

"전 이 따위 물건은 좋아하지 않으니까 얼른 가져가세요!"

보옥은 어쩔 수 없이 애교를 부리며 습인의 기분을 풀어주어야 했다. 습인도 어쩔 수 없이 그 허리띠를 차고 있었다. 하지만 잠시 후 보옥이 나가자 바로 풀어서 상자 안에 던져버리고 다른 걸로 바꿔 맸다.

그래도 보옥은 뭐라 따지지 않고 어제 무슨 일이 있었는지 물었다.

"희봉 아씨께서 사람을 보내 홍옥이를 데려갔어요. 걔는 원래 도련님이 돌아오신 후에 가려고 했지만, 별일도 아닌데 그럴 필요 있나 싶어서 그냥 보냈어요."

"잘했네. 나도 이미 알고 있는 일이니 기다릴 필요 없지."

"어제 귀비마마께서 하夏태감 편에 은돈 백이십 냥을 보내시며 초하루부터 초사흘까지 사흘 동안 청허관淸虛觀*에서 평안초平安醮[17]를 지낼 때 극단을 부르고, 가진 나리께서 여러 나리들과 함께 절에서 불공을 올리는 데 쓰라고 하셨어요. 그리고 단오절 선물도 보내오셨어요."

습인은 하녀에게 어제 하사받은 물건들을 꺼내오게 했다. 궁중에서 쓰는 상등품 부채 두 자루와 사향을 넣어 만든 붉은 염주 두 개, 봉황 꼬리 문양이 들어 있는 비단 두 단端, 부용화가 장식된 돗자리 하나였다. 보옥이 무척 기뻐하며 물었다.

"다른 사람들도 이거랑 똑같이 받았어?"

"노마님께서는 여기에다 향여의香如意*와 마노로 만든 베개를 하나씩 더 받으셨고, 마님과 나리, 설씨 댁 마님께서는 여의를 하나씩 더 받으셨어요. 보차 아가씨는 도련님과 똑같이 받으셨어요. 대옥 아가씨와 둘째, 셋째, 넷째 아가씨는 부채와 구슬 몇 개만 받았고, 다른 사람에겐 아무것도 하사하지 않으셨어요. 큰아씨와 둘째 아씨에겐 명주 두 필과 능라 비단 두 필, 향주머니 두 개, 정자약錠子藥[18] 두 알을 하사하셨어요."

"하하, 왜 그렇게 됐지? 어떻게 대옥이에게 하사하신 게 내게 하사하신 거랑 달라? 왜 보차 누나에게 나랑 똑같이 하사하신 거야! 설마 잘못 전해진 건 아니겠지?"

"어제 꺼낼 때 보니까 모든 물건에 다 받을 사람 이름이 적혀 있던데 잘못 전해질 리 있나요? 도련님 물건은 노마님 방에 있어서 제가 가져왔어요. 노마님 말씀이 내일 아침 일찍 궁에 들어가 사은하라고 하시더군요."

"당연히 한 번 다녀와야지."

그러고는 자초를 불러 지시했다.

"이걸 대옥 아가씨에게 가져가서 내가 하사받은 것들인데 마음에 드는 건 무엇이든 가지라고 해라."

자초는 "예!" 하고 물건들을 가져가더니 잠시 후 돌아와서 보고했다.

"대옥 아가씨 말씀이 어제 자기도 받았으니까 그냥 도련님께서 갖고 계시라고 하셨어요."

보옥은 물건들을 챙겨두게 했다. 그가 막 세수하고 나와 태부인에게 문

안 인사를 하러 가는데 저쪽에서 대옥이 왔다. 보옥이 얼른 달려가 말했다.

"하하, 내가 하사받은 것들 가운데 마음에 드는 걸 골라 가지라고 했더니 왜 그냥 돌려보냈어?"

대옥은 어제 보옥에게 화냈던 일은 어느새 까맣게 잊고, 오늘 보여준 호의를 생각해서 이렇게 말했다.

"제가 궁중에서 하사하신 물건을 받을 복이 있나요? 보차 언니한테도 비할 수 없지요. 무슨 '금'도 아니고 '옥'도 아니니 우리 같은 사람은 그저 초목에 지나지 않지요!"

보옥은 그녀가 '금'과 '옥'을 이야기하자 자기도 모르게 의혹이 생겨 물었다.

"남들이야 '금'이니 '옥'이니 하지만 난 그런 생각을 전혀 하지 않아. 그랬다간 아마 천벌을 받아 영원히 사람으로 환생하지 못할 거야!"

대옥은 그가 오해하는 것 같아서 얼른 웃으며 말했다.

"재미없어요. 쓸데없이 무슨 맹세를 하고 그래요? 오빠가 '금'이든 '옥'이든 무슨 상관이래요?"

"내 마음조차 누이한테 말하기 어렵군. 나중에 자연히 알게 되겠지. 할머님이나 아버님, 어머님 이렇게 세 분 다음 네 번째가 바로 누이란 말이야. 다섯 번째 사람은 없다는 걸 맹세할 수 있어."

"맹세할 필요는 없네요. 저도 오빠가 '누이'를 마음에 두고 있다는 건 알지만, '누나'를 만나면 바로 '누이'는 잊어버리겠지요."

"그건 너무 넘겨짚은 거야. 절대 그럴 일 없어."

"어제 보차 언니가 오빠 거짓말을 두둔해주지 않았을 때 왜 저한테 따졌어요? 두둔해주지 않은 게 나였다면 또 저한테 무슨 짓을 했을지 모르지요."

한참 그렇게 이야기하다가 저쪽에서 보차가 오자 두 사람도 각자 길을 갔다. 보차는 둘을 보고도 못 본 척하며 고개를 숙이고 지나갔다. 그녀는 왕부인 방에 가서 잠시 앉아 있다가 태부인 방으로 갔는데, 보옥도 거기에 있었다. 보차는 예전에 자기 어머니가 왕부인 등에게 "금 목걸이는 어느 스님이 준 것인데 나중에 옥으로 만든 목걸이를 가진 이가 있으면 둘을 결혼시키라고 하더군요."라는 등의 말을 한 적이 있기 때문에 항상 보옥을 멀리했다. 그런데 어제 원춘이 하사한 물건들 중 유독 자신과 보옥의 것만 똑같아서 더욱 마음이 불편했다. 다행히 보옥은 대옥에게 매달려 그녀만 생각하면서 이 일을 염두에 두지 않았다. 그런데 갑자기 보옥이 말했다.

"하하, 누나, 그 붉은 사향 염주 좀 보여줄래요?"

그때 보차는 왼쪽 팔목에 그 염주를 하나 차고 있었는데, 보옥이 보여달라고 하자 어쩔 수 없이 벗어주었다. 보차는 원래 살이 포동포동해서 염주를 쉽게 뺄 수 없었다. 보옥은 눈처럼 하얀 그녀의 살결을 보고 자기도 모르게 아쉬운 마음이 들었다.

'이 팔이 대옥 누이 것이라면 만져볼 수도 있을 텐데 하필 누나 것이라니.'

보옥은 그 팔을 만져볼 복이 없다고 안타까워하다가 갑자기 '금'과 '옥' 이야기가 떠올랐다. 보차의 얼굴을 다시 보니 은쟁반 같은 얼굴에 물앵두 같은 눈동자, 화장하지 않아도 빨간 입술, 그리지 않아도 짙푸른 눈썹이 대옥과는 다른 아름다움을 지니고 있어서 그만 멍해져버렸다. 그래서 보차가 염주를 빼서 건네주어도 받을 생각을 하지 못했다. 보차는 보옥이 얼빠진 표정을 짓고 있자 자기도 쑥스러워진 나머지 염주를 놓고 돌아 나가려고 했다. 그런데 대옥이 문턱에 서서 손수건을 입에 문 채 웃고 있는 것이 아닌가!

"찬바람을 쐬면 안 된다는 걸 또 잊었네? 왜 그 바람받이에 서 있어?"

"호호, 언제 방 안에 없었던 적이 있나요? 갑자기 하늘에서 부르는 소리가 들려서 나와봤더니 멍청한 기러기이지 뭐예요."

"멍청한 기러기가 어디 있어? 나도 좀 보자."

"제가 나오니까 '푸드덕' 날아가버렸어요."

대옥은 우물우물 말하면서 손에 들고 있던 손수건을 보옥에게 홱 던졌다. 보옥은 미처 방비하지 못하고 있다가 그만 눈에 정통으로 맞아 "아야!" 비명을 질렀다. 뒷일이 어찌 되었는지는 다음 회를 보시라.

제29회

복 많은 이는 복이 많은데도 복을 기원하고
사랑에 빠진 여인은 사랑이 깊어도 더욱 정을 바라다

享福人福深還禱福　痴情女情重愈斟情

임대옥과 다툰 가보옥이 홧김에 통령보옥을 깨버리려 하다.

　멍하니 얼이 빠졌던 보옥은 예기치 않게 대옥이 던진 손수건에 눈을 정통으로 맞고 깜짝 놀라 소리쳤다.
　"누구야!"
　그러자 대옥이 고개를 흔들며 말했다.
　"호호, 죄송! 제가 실수했네요. 보차 언니가 멍청한 기러기를 보고 싶다고 해서 보여주려다가 뜻밖에 실수를……"
　보옥은 눈을 문지르며 뭐라 말하려다가, 말하기 뭐해서 그만두었다.

　잠시 후 희봉이 와서 초하루에 청허관에서 초제 지내는 일에 대한 이야기를 꺼냈다. 그리고 보차와 보옥, 대옥 등에게 연극을 보러 가자고 하자 보차가 웃으며 말했다.
　"저는 됐네요. 날씨가 너무 덥거든요. 본 적 없는 연극을 한다고 해도 전 안 갈래요."
　"거긴 아주 시원하고 양쪽에 누각도 있어. 너희가 간다고만 하면 내가 미리 사람을 보내 도사들을 모두 내보내고 누각도 깨끗이 청소해서 주렴을 걸어놓으라고 할게. 외인들이 사당 안에 얼씬도 못하게 하고 말야. 어때? 난 벌써 마님께 말씀드려 놓았으니 너희들이 안 가겠다면 혼자라도 갈 거야. 요즘 너무 갑갑했어. 집 안에서 노래를 부르고 연극을 공연하면 난 편히 볼 수 없거든."

그 말을 듣고 태부인이 말했다.

"호호, 그럼 나랑 가자꾸나."

"할머님도 가신다면 불감청不敢請이나 고소원固所願이지요! 하지만 전 또 마음대로 놀지 못하겠군요."

"나는 정면 누각에, 너는 옆쪽 누각에 자리를 잡으면 되지. 너도 내 옆에서 시중을 들지 않아도 될 테니, 좋지 않겠냐?"

"호호, 이렇게 절 생각해주시다니!"

태부인이 또 보차에게 말했다.

"너도 가자꾸나. 네 어미도 같이 가지 뭐. 긴긴 날 집에 있어 봐야 잠이나 자지 않겠어?"

그러니 보차도 가겠다고 하는 수밖에 없었다.

태부인은 사람을 보내 설씨 댁 마님을 초청하고, 그 김에 왕부인에게도 탐춘 자매들을 데리고 가자고 전하게 했다. 왕부인은 몸도 좋지 않고 원춘이 사람을 보내올 것 같아서 따라갈 수 없다고 진즉 말해둔 상태였다. 그런데 태부인이 또 말을 전하자 이렇게 말했다.

"호호, 이렇게나 좋아하시다니!"

그래서 대관원으로 사람을 보내 알렸다.

"가고 싶은 사람은 초하루에 할머님을 따라갔다 오너라."

이 말이 전해지자 다른 사람들은 그만두고 날마다 문밖에 나가지 못하고 있던 하녀들은 너나없이 가고 싶어 했다. 주인이 가기 싫다 하면 온갖 방법으로 설득했기 때문에 이환 등도 모두 가겠다고 했다. 태부인이 더욱 기뻐하며 일찌감치 사람을 보내 청소하고 준비하게 한 것은 굳이 자세히 설명할 필요 없겠다.

초하루가 되자 영국부 대문 앞에는 수레들이 가득했고 사람과 말들로 붐볐다. 그곳에서 일하는 집사들은 귀비가 초제의 경비로 쓸 은돈 백이십 냥을 하사했고, 태부인이 초제에 몸소 분향하러 간다는 소식을 들었다. 초하루는 한 달의 첫날이요, 더구나 단오절이기 때문에 써야 할 물건들 일체가 갖추어져 있어서 여느 때와는 달랐다. 잠시 후 태부인 등이 나왔다. 태부인은 여덟 사람이 메는 커다란 가마에 탔고, 이환과 희봉, 설씨 댁 마님은 네 사람이 메는 가마를, 보차와 대옥은 덮개와 구슬주렴이 드리워진 팔보거八寶車*를, 영춘과 탐춘, 석춘은 붉은 바퀴에 화려한 덮개가 달린 수레를 탔다. 그 뒤에는 태부인의 하녀 원앙과 앵무, 호박, 진주, 대옥의 하녀 자견과 설안, 춘섬春纖*, 보차의 하녀 앵아와 문행文杏*, 영춘의 하녀 사기와 수귤繡橘*, 탐춘의 하녀 대서와 취묵翠墨*, 석춘의 하녀 입화와 채병彩屛*, 설씨 댁 마님의 하녀 동희同喜와 동귀同貴*가 따랐다. 그 외에 향릉과 향릉의 하녀 진아臻兒*, 이환의 하녀 소운素雲*과 벽월碧月*, 희봉의 하녀 평아와 풍아, 홍옥, 왕부인의 하녀 금천과 채운도 따라갔다. 교저와 그녀를 안은 유모들도 두 명의 하녀와 함께 따로 한 대의 수레에 탔다. 거기다가 각 방의 할멈들과 어멈들, 수행하는 하인들의 아낙들까지 몰려나오다 보니, 온 거리가 까마귀 떼처럼 많은 수레로 미어질 지경이었다.

태부인 등이 가마를 타고 한참 멀리까지 갔지만, 이곳 대문 앞에는 아직 수레에 타지도 못한 이들이 있었다.

"너랑은 같이 안 탈 거야!"

이쪽에서 누군가 이야기하면 저쪽에선 또 누군가 이렇게 소리쳤다.

"얘, 너 우리 마님 옷 보따리를 깔고 앉았잖아!"

또 저쪽 수레 위에서 누군가 소리쳤다.

"내 꽃을 밟았잖아!"

이쪽에서 또 누군가의 목소리가 울렸다.

"내 부채 손잡이가 부러졌어!"

이렇게 시끌벅적 웃고 떠드는 소리가 끊이지 않는 와중에 주서댁은 이리저리 왔다 갔다 하면서 주의를 주었다.

"아가씨들, 여긴 길거리이니 조심해요! 사람들이 비웃을지도 몰라요!"

그렇게 두어 번 주의를 주자 비로소 좀 조용해졌다. 앞쪽의 집사는 길을 열고 나가서 벌써 청허관에 도착했다. 보옥은 말을 타고 태부인의 수레 앞쪽에서 나갔다. 길가 양쪽에는 사람들이 빽빽 들어서 구경하고 있었다.

청허관 앞에 도착할 무렵 종소리와 북소리가 울리는 가운데 법복을 차려 입은 장張법사*가 도사들을 거느리고 길가에서 맞이했다. 태부인의 가마가 산문 안에 이르자 태부인은 수문대수守門大帥*와 천리안千里眼*, 순풍이順風耳, 이 지역 토지신과 성황신 등의 조상彫像을 보고 즉시 가마를 멈추라고 명했다. 가진이 자제들을 이끌고 다가와 맞이했다. 희봉은 원앙을 비롯한 하녀들이 뒤쪽에 있어서 태부인을 부축할 사람이 없다는 걸 알고 얼른 다가가서 부축하려고 했다. 그런데 하필 열두세 살쯤 되어 보이는 어린 도사가 전통剪筒[1]을 들고 여기저기 등불의 불똥을 관리하고 있다가, 이 틈에 잠깐 숨어 쉬려고 몸을 돌리다 그만 희봉의 가슴팍에 부딪히고 말았다. 희봉이 손을 들어 도사의 따귀를 갈기자 그 꼬마가 데구루루 나가떨어졌다. 희봉이 욕을 퍼부었다.

"들소하고나 들러붙어먹을 놈[野牛肉][2], 어딜 함부로 뛰어들어!"

어린 도사는 전통을 주울 생각도 못하고 엉거주춤 일어나 밖으로 도망치려고 했다. 하지만 그때 마침 보차 등이 수레에서 내려 할멈들과 어멈들이 에워싸고 따라오고 있었기 때문에 물 샐 틈조차 없었다. 그들은 어린 도사가 빠져 나오자 모두 "잡아라, 잡아! 패라, 패!" 하고 소리쳤다.

태부인이 급히 물었다.

"무슨 일이냐?"

희봉이 다가가 태부인을 부축하며 말했다.

"불똥을 관리하는 어린 도사 하나가 미처 몸을 피하지 못하고 있다가 소란을 피웠지 뭐예요."

"어서 그 애를 데려오너라, 혼내지 말고. 미천한 집 아이라 응석받이로 자랐을 텐데 이런 성대한 장면을 어디 구경이나 했겠느냐? 혹시 넋이 나가기라도 한다면 불쌍하지 않느냐? 걔 어미 아비가 얼마나 가슴 아프겠어?"

그러면서 가진에게 잘 데려오라고 이르자 그가 가서 데려왔다. 아이는 한 손에 심지 자르는 가위를 든 채 땅바닥에 꿇어앉아 부들부들 떨었다. 태부인은 가진에게 아이를 일으켜 세우게 하고는 무서워하지 말라고 말했다. 계속 한마디도 하지 못하는 아이에게 태부인이 또 말했다.

"불쌍한 것."

그리고 가진에게 말했다.

"얘야, 데려가 과일이라도 사먹게 몇 푼 주도록 해라. 그리고 사람들한테 그 아이를 못살게 굴지 말라고 주의를 주고!"

가진은 "예!" 하고 아이를 데려갔다.

태부인은 사람들을 이끌고 각 건물에 들러 참배하고 구경했다. 바깥의 하인들은 태부인 등이 두 번째 산문을 들어가고 얼마 후 갑자기 가진이 어린 도사를 데리고 나오자 의아해했다. 가진은 어린 도사를 데려가라고 하면서 도사에게 몇백 전을 쥐어주고, 하인들에게 그를 괴롭히지 말라고 주의를 주었다. 하인들은 얼른 와 어린 도사를 데리고 갔다.

가진이 계단에 서서 물었다.

"집사는 어디 있느냐?"

아래쪽에 서 있던 하인들이 일제히 소리쳤다.

"집사를 데려와라!"

잠시 후 임지효가 한 손으로 모자를 가다듬으며 달려왔다.

"여기가 넓긴 하지만 오늘 뜻하지 않게 이렇게 많은 사람들이 왔네. 그러니 자네가 부리는 이들은 자네가 있는 곳으로 데려가고, 다른 하인들은 저쪽 정원으로 보내게. 하인들 가운데 몇 명 골라 이곳 중문과 양쪽 쪽문에 대령시켜서 필요한 물건이나 전할 말이 있으면 전달하도록 하게. 오늘 아가씨들과 마님들이 모두 나온 걸 알고 있겠지? 잡인은 한 사람도 여기

들어오게 해서는 안 되네."

임지효는 연신 "알겠습니다." 하고 몇 번이나 "예, 예!" 하고 대답했다. 가진은 "가보게." 하고 말했다가 다시 물었다.

"용이는 왜 안 보이는가?"

말이 채 끝나기도 전에 가용이 종루에서 달려 나왔다. 가진이 말했다.

"저놈 좀 보게. 나도 감히 덥다는 소리를 못하고 있는데, 저놈은 더위를 피하러 갔었구먼!"

가진은 하인을 시켜서 가용의 얼굴에 침을 뱉으라고 했다. 하인들은 가진의 평소 성격을 알고 있기 때문에 감히 그 분부를 어기지 못했다. 그래서 하인 하나가 가용의 얼굴에 침을 뱉자, 가진이 또 말했다.

"그놈한테 물어봐라!"

그 하인이 가용에게 물었다.

"나리께서도 더위를 피하지 않으시는데 어쩌자고 도련님 먼저 땀을 식히러 가셨습니까?"

가용은 팔을 늘어뜨린 채 감히 아무 말도 못했다. 가운과 가평, 가근 등뿐만 아니라 가황, 가빈, 가경 등도 모두 그걸 보고 당황해서 담 발치에서 슬그머니 위로 올라왔다. 가진이 또 가용에게 말했다.

"계속 그리 서서 어쩔 작정이냐? 당장 말을 타고 집에 돌아가 네 어미에게 알려라. 할머님과 아가씨들이 모두 왔으니 며느리들도 얼른 와서 시중을 들라고 말이다!"

가용은 황급히 달려 나가 얼른 말을 준비하라고 다그치면서 원망을 퍼부었다.

"아까는 뭘해야 할지 몰라 하시더니 갑자기 날 찾으시는 건 또 뭐람!"

그러면서 또 하인을 욕했다.

"손발이 묶였어? 말도 끌어오지 않고 뭐했어?"

가용은 하인을 보내려다가 나중에 이 이야기가 퍼지면 자기가 직접 다녀오지 않았다고 꾸중 들을까 무서워 말을 타고 집으로 갔다. 이 이야기는 그만하겠다.

한편, 가진이 막 안으로 들어가려는데 장도사가 옆에서 웃으며 말했다.

"따지고 보면 남들보다 못한 제가 안에서 시중을 들어야 마땅하지만, 날씨도 덥고 자녀분들도 모두 나오셨으니 감히 함부로 들어가지 못하겠습니다. 나리께서 분부를 내려주십시오. 노마님께서 무얼 물으시거나 어딜 둘러보시겠다고 하실지 몰라 전 그냥 여기서 대기하고 있을까 합니다."

장도사가 옛날 영국공榮國公 대신 출가한 사람이라고 하나, 예전에 돌아가신 황제로부터 '대환선인大幻仙人'*이라고 불렸고, 지금은 도록사道錄司*의 업무를 관장하고 있으며, 지금 황제께서도 그를 '종료진인終了眞人'에 봉해주어서 왕공王公이나 번진藩鎭*들도 그를 '신선'이라고 부르고 있기 때문에 가진은 감히 함부로 대하지 못했다. 또한 장도사는 늘 영국부와 녕국부에 드나들어 마님들이나 아가씨들과도 잘 알고 지내는 사람이었다.

"하하, 우리 사이에 무슨 그런 말씀을 하십니까? 또 그런 말씀을 하시면 수염을 뽑아버리겠습니다! 어서 저랑 함께 들어가시지요."

장도사는 껄껄 웃으며 가진과 함께 들어갔다. 가진은 태부인 앞에 이르러 허리를 약간 숙인 채 웃으며 말했다.

"장도사께서 인사드리러 오셨습니다."

"어서 모셔라."

가진이 얼른 가서 장도사의 팔을 가볍게 부축하고 들어왔다. 장도사는 허허 웃으며 말했다.

"무량수불! 노마님 내내 평안하셨습니까? 마님들과 아가씨들도 복 많이 받으셨겠지요? 그동안 찾아뵙고 문안 인사를 올리지 못했습니다. 노마님께선 기색이 더 좋아지셨군요."

"호호, 신선께서도 안녕하시지요?"

"허허, 노마님께서 누리시는 만수무강 덕분에 빈도 역시 아직 건강하답니다. 다른 건 그렇다 치고 도련님이 마음에 걸립니다. 그동안 몸은 괜찮았겠지요? 전에 사월 이십육일에 여기서 차천대왕遮天大王[3] 탄신일 행사를 치렀는데 찾아온 사람도 적고 물건들도 깨끗하더군요. 그래서 도련님더러 한 번 다녀가시라고 청했지만, 하필 외출 중이라고 하더군요."

"예, 집에 없었지요."

태부인은 고개를 돌려 보옥을 불렀다. 보옥은 막 화장실에 다녀온 참이었는데 급히 와서 장도사에게 인사했다.

"장도사님, 안녕하세요?"

장도사는 얼른 그를 끌어안고 인사한 후 태부인을 향해 웃으며 말했다.

"도련님은 갈수록 살이 통통해지십니다."

"겉은 멀쩡해 보여도 속은 약하답니다. 게다가 개 아범이 어찌나 공부하라고 다그치는지 멀쩡한 애가 병이 날 지경이지요."

"예전에 여러 곳에서 도련님이 쓰신 글씨와 시들을 보았는데 아주 훌륭했습니다. 그런데 어째서 나리께선 도련님이 공부를 좋아하지 않는다고 나무라시는지요? 빈도가 보기에는 그냥 두셔도 될 것 같습니다."

장도사는 또 탄식하며 말했다.

"도련님의 얼굴과 몸, 언사와 행동을 보니 예전 영국공 나리와 어찌나 판박이인지 모르겠습니다!"

그렇게 말하는 장도사의 두 눈에서 눈물이 흘러내렸다. 태부인도 온 얼굴에 눈물이 뒤범벅되어 말했다.

"그러게 말입니다. 제가 여러 손자를 길렀지만 걔들 할아버지 닮은 애가 하나도 없었는데, 보옥이는 그분을 닮았습니다."

장도사는 또 가진에게 말했다.

"나리 세대는 옛날 국공 나리의 모습을 뵙지 못했겠고, 아마 큰나리나 둘째 나리께서도 뚜렷이 기억하지 못하실 겁니다."

그는 껄껄 웃으면서 말을 이었다.

"예전 어느 마을에서 한 처녀를 보았는데, 올해 열다섯 살이랍니다. 얼굴이 아주 잘생겼더이다. 제 생각엔 도련님께서도 이제 결혼하실 때가 된 것 같습니다. 이 처녀는 용모며 총명한 지혜, 집안까지 도련님과 잘 어울리다 못해 넘칠 지경입니다. 하지만 노마님께서 어찌 생각하실지 몰라 빈도도 감히 경솔하게 말을 꺼내지 못했습니다. 노마님께서 분부하시면 찾아보도록 하겠습니다."

"지난번에 어느 스님 말씀이 이 아이는 일찍 결혼해서는 안 될 운명이라고 했으니 좀 더 클 때까지 기다려봅시다. 도사님도 이제 좀 알아봐주십시오. 집안 형편이야 어떻든 자색만 어울리면 되니까, 그런 처자가 있으면 바로 제게 알려주십시오. 집안이 궁하다 해도 은돈 몇 냥 도와주면 되지 않겠습니까? 생김새와 성격이 좋은 처자를 구하기 어려울 따름이지요."

태부인이 그렇게 말하자 희봉이 웃으며 말했다.

"장도사님, 저희 집 딸애의 기명부寄名符*도 바꿔주지 않으시고는 예전에 낯 두꺼운 일을 하셨더군요. 사람을 보내 제게 연노랑 비단을 달라고 하셨잖아요! 안 내주면 노인네 체면 깎일 것 같아 내주었지요."

"허허, 이런! 제가 눈이 어두워져서 아씨가 여기 계신 걸 못 보고 감사 인사도 못했습니다그려. 기명부는 벌써 다 돼서 그제 보내드리려고 했는데 뜻밖에 귀비마마께서 좋은 일을 하신다는 바람에 그만 잊어버렸습니다. 불상 앞에 보관해놓고 있으니 갖다드리겠습니다. 잠시만 기다리십시오."

장도사는 대웅전으로 달려가더니, 잠시 후 구렁이 무늬가 있는 커다란 붉은 경전 보자기 위에 기명부를 얹은 차 쟁반을 들고 왔다. 교저의 유모가 기명부를 받았고 장도사가 교저를 받아 안으려 하자 희봉이 말했다.

"호호, 그냥 손에 들고 오시면 되지 쟁반에 얹어 오실 필요까지 있나요?"

"손이 깨끗하지 못한데 어떻게 들고 옵니까? 쟁반을 쓰는 게 좀 더 깨끗하지요."

"호호, 도사님이 쟁반을 들고 나오셔서 깜짝 놀랐지 뭐예요. 기명부를 가져오시는 줄도 모르고 전 저희한테 보시를 청하시려나 보다 생각했거든요."

그러자 사람들이 모두 폭소를 터뜨렸다. 심지어 가진마저도 손뼉을 치며 웃었다. 태부인이 고개를 내저으며 말했다.

"저런 잔나비 같으니라고! 넌 혀가 잘리는 지옥에 떨어질까 무섭지도 않니?"

"호호, 저희 할아버지들은 뭐라 하시지 않는데, 도사님은 어째서 늘 저더러 음덕을 쌓아야지 늦으면 명이 짧아진다고 하시는지 모르겠네요."

장도사가 웃으며 말했다.

"제가 쟁반을 가져온 데는 또 다른 이유도 있습니다. 보시를 청하려는 건 아닙니다. 도련님께 옥을 잠시 벗어주십사 청해서 이 쟁반에 받아가 멀리서 온 도우道友들과 제자, 사손師孫들에게 보여주고 싶었기 때문입니다."

태부인이 말했다.

"그럼 연세 많으신 도사님이 힘들게 뛰어다니실 게 아니라 저 아이를 데려가 보인 다음 저 아이를 들여보내면 편하지 않겠습니까?"

"그럴 수는 없지요. 빈도는 여든 살이나 되었지만 노마님의 복에 기대 아직 건강합니다. 그리고 바깥에는 사람이 많아 냄새가 고약합니다. 하물며 이리 더운 날씨에 도련님이 익숙하지 않은 곳에서 고약한 냄새를 맡으면 곤란하지요. 그럴 필요 없습니다."

태부인은 보옥에게 통령보옥을 풀어서 쟁반 위에 놓으라고 했다. 장도사는 붉은 보자기로 옥을 싸서 조심조심 받쳐들고 나갔다.

태부인은 사람들과 함께 여기저기를 돌며 구경하다 누각으로 올라갔다. 그때 가진이 말했다.

"장도사님이 옥을 보내왔습니다."

말을 끝마치기도 전에 장도사가 쟁반을 받쳐들고 걸어와서 웃으며 말했다.

"모두들 빈도 덕분에 도련님의 옥을 구경했다며 정말 진귀한 물건이라고 칭찬해 마지않았습니다. 하지만 마땅히 감사할 예물이 없어서 이걸 보냈습니다. 이건 그들이 도를 전파할 때 쓰던 법기法器*입니다. 도련님이야 그다지 귀한 것으로 여기지 않으시겠지만, 방 안에 두고 장난감으로 쓰시든가 남들에게 구경이나 시키십시오."

태부인이 쟁반을 들여다보니, 옥돌[璜]⁴ 모양의 금장식이며 고리 모양의 옥, '사사여의事事如意'나 '세세평안歲歲平安'을 뜻하는 글자나 무늬가 새겨진 법기 따위였다. 모두 보석을 꿰고 옥을 조각하고 금으로 장식된 것들로서 사오십 가지나 되었다.

"괜한 짓을 하셨군요! 출가한 분들이 이런 걸 어디서 구했단 말씀이십니까? 이러실 필요 없습니다. 받을 수 없어요."

"허허, 이건 그들의 약소한 성의라 빈도도 막을 수 없었습니다. 노마님께서 받지 않으신다면 그들이 빈도를 국공부國公府 같은 큰 집안과 인연이 없는, 별것 아닌 존재라고 여기지 않겠습니까?"

태부인이 그 말을 듣고 그걸 받아두라고 지시하려 할 때, 보옥이 웃으며 말했다.

"할머니, 장도사님께서 이렇게 말씀하시니 물릴 수도 없고 저한테도 별 쓸모가 없으니 하인들더러 들고 따라오라고 해서 제가 밖에 나가 가난한 사람들에게 나눠주겠습니다."

"호호, 그것도 괜찮겠구나."

그러자 장도사가 급히 말리며 말했다.

"도련님, 선행을 하시는 것은 좋지만 이 물건들이 그다지 귀하지는 않아도 의식에서 쓰는 물건을 담는 그릇입니다. 만약 거지에게 줘버리면 그들에게도 무익할 뿐만 아니라 이 물건들을 욕보이는 일입니다. 가난한 사람들에게 적선하실 거라면 차라리 돈을 좀 나눠주시지요."

보옥은 하인들에게 그 물건들을 간수하게 하고, 저녁에 돈을 좀 적선하겠노라고 했다. 이야기가 끝나자 장도사가 물러갔다.

태부인은 사람들과 함께 누각에 올라 정면 누각에 자리 잡고, 희봉 등은 동쪽 누각에 마련된 자리에 앉았다. 하녀들은 서쪽 누각에 있으면서 번갈아 시중을 들게 했다. 잠시 후 가진이 와서 아뢰었다.

"신상 앞에서 연극을 뽑았는데 첫 작품은 『백사기白蛇記』[5]입니다."

"그건 무슨 이야기냐?"

"한나라 고조高祖 황제께서 뱀을 베고 나라를 세운 이야기입니다. 그리고 두 번째 작품은 『만상홀滿床笏』[6]입니다."

"호호, 그걸 두 번째로 공연한다고? 그것도 괜찮지. 신과 부처님께서 바라신다니 그렇게 할 수밖에."

세 번째 작품을 묻자 가진이 말했다.

"세 번째 작품은 『남가몽南柯夢』[7]입니다."

그러자 태부인은 아무 말도 하지 않았다. 가진이 물러나 밖에서 신에게 바치는 글〔申表〕과 분전량焚錢糧[8]을 미리 준비했는데, 연극 공연을 준비한 이야기는 하지 않겠다.

한편, 보옥은 태부인 옆에 앉아 하녀를 시켜 조금 전에 받은, 예물을 담은 쟁반을 받쳐들게 하고, 자신의 옥을 다시 목에 건 다음 물건들을 손으로 뒤적이며 하나씩 골라 태부인에게 보여주었다. 태부인은 비취새 깃털을 박아 장식한 기린麒麟* 모양의 순금 허리 장식을 보더니 손에 집어 들고 말했다.

"호호, 이거랑 비슷한 걸 차고 있는 아이를 본 것 같은데?"

보차가 웃으며 말했다.

"상운 동생한테 하나 있는데 이것보다는 좀 작아요."

"그래, 그 아이한테 이런 게 있었지."

보옥이 말했다.

"걔가 우리 집에 그렇게 자주 드나들었는데도 전 보지 못했어요."

탐춘이 웃으며 말했다.

"보차 언니는 세심해서 뭐든 다 기억하고 있다니까요."

그러자 대옥이 코웃음을 치며 말했다.

"보차 언니는 다른 데는 관심이 덜한데, 남들 차고 다니는 것에는 관심이 많지."

보차는 고개를 돌리고 못 들은 척했다. 보옥은 상운에게 이런 게 있다는 이야기를 듣자 얼른 그 기린 장식을 집어 품에 넣었다. 그러면서 속으로는 남들이 보면 상운에게 있다니까 자기도 가지려 한다고 여길까 싶어서 기린을 손에 쥔 채 주위 사람들의 눈치를 살폈다. 아무도 굳이 따지지 않았는데 대옥이 그를 쳐다보며 잘했다는 듯이 고개를 끄덕였다. 보옥은 자기도 모르게 멋쩍어져서 다시 꺼내며 그녀에게 말했다.

"하하, 이거 그런대로 괜찮은데? 내가 갖고 있다가 집에 가면 채워줄게."

대옥이 고개를 돌리며 말했다.

"난 갖고 싶지 않네요."

"하하, 정말 갖고 싶지 않다면 어쩔 수 없이 내가 가져야지."

그러면서 보옥은 그것을 다시 챙겨 넣었다. 보옥이 막 무슨 말을 하려는데 가진과 가용의 아내˙가 왔다. 인사를 나눈 후 태부인이 말했다.

"너희들은 또 왜 왔어? 난 그저 심심해서 나들이 나왔을 뿐인데."

그 말이 채 끝나기도 전에 하인이 와서 알렸다.

"풍馮장군 댁에서 사람이 와 있습니다."

알고 보니 풍자영이 가씨 집안에서 초제를 올린다는 소식을 듣고 급히 돼지고기와 양고기, 향, 초, 차, 은 따위를 마련해서 예물로 보낸 것이었다. 희봉이 그 말을 듣자 얼른 정면의 누각으로 건너와 손뼉을 치며 말했다.

제29회 **263**

"어머나! 이런 일이 생길 줄은 미처 몰랐네요. 그냥 우리 여자들끼리 한가하게 나들이를 간다고 했을 뿐인데 무슨 거창한 제사라도 올리는 줄 알고 예물을 보내왔군요. 이게 다 할머님 때문이에요. 어쩔 수 없이 사례금을 준비해야겠네요."

희봉의 말이 끝나자마자 풍씨 댁에서 온 두 집사의 아낙들이 누각으로 올라왔다. 그들이 떠나기도 전에 趙조시랑侍郎*도 예물을 보내왔다. 그뿐만 아니라 가씨 집안에서 초제를 올리려고 집안 여자들이 사당에 있다는 소식을 들은 친우들과 대대로 교분 있는 집안들에서도 연이어 예물을 보내왔다. 태부인은 그제야 후회하며 말했다.

"정식으로 재를 올리는 것도 아니고 그저 심심해서 나들이를 나왔을 뿐인데 괜히 폐를 끼쳐 이런 예물들을 보내게 했구나."

이 때문에 태부인은 반나절 동안만 연극을 보고 오후에 돌아가버렸고, 이튿날은 가기 싫다고 했다. 그러자 희봉이 말했다.

"담을 쌓는데도 토지신에게 제사를 올려야 하는 법이지요. 기왕 사람들에게 알려져버렸으니 오늘도 가셔서 좀 즐기고 오세요."

그런데 전날 장도사가 보옥의 혼사 문제를 꺼낸 걸 두고 보옥은 종일 기분이 나빴다. 집에 돌아오자 화를 내며 말끝마다 이후로는 장도사를 다시 보지 않겠다고 했다. 태부인을 제외한 다른 사람들은 도무지 무슨 영문인지 몰랐다. 게다가 대옥도 집에 돌아온 후 더위를 먹어 고생했다. 이런 일들 때문에 태부인은 한사코 다시 가지 않겠다고 고집을 부렸다. 결국 희봉이 사람들을 데리고 갔는데, 그 이야기는 더 이상 하지 않겠다.

한편, 보옥은 대옥이 또 아프자 걱정이 되어 밥조차 먹으러 가지 않고 수시로 와서 문병했다. 대옥은 그의 몸이 상할까 염려하여 이렇게 말했다.

"가서 연극이나 보지 집에서 뭐해요?"

그렇지 않아도 보옥은 어제 장도사가 결혼 이야기를 꺼낸 것 때문에 기분이 무척 상해 있었는데 그녀가 또 이런 말을 하자 이런 생각이 들었다.

'남들이야 내 속을 몰라줘도 이해할 수 있지만, 누이마저 나를 버리려 하다니!'

이 때문에 보옥의 마음속에는 묵은 번뇌가 백배나 늘어났다. 남들 앞이라면 절대 화를 내지 않았겠지만 다른 사람도 아닌 대옥이 그런 말을 하자 보옥은 즉각 얼굴이 굳어졌다.

"내가 누이를 잘못 봤군. 됐어, 됐다고!"

"홍! 그건 나도 알아요. 내가 어디 누구처럼 오빠하고 어울릴 만한 데가 있나요?"

보옥이 얼굴을 똑바로 들이대며 물었다.

"그렇게 말하는 건 나더러 천벌을 받으라고 일부러 저주하는 거지?"

대옥은 순간적으로 그게 무슨 뜻인지 알아듣지 못했다. 그러자 보옥이 말했다.

"어제도 이것 때문에 몇 번 맹세를 했는데 오늘 또 누이가 한마디 보태는군. 내가 천벌을 받으면 누이한테 무슨 이익이 되지?"

대옥은 그제야 어제 일이 생각났다. 오늘은 자기가 말을 잘못한 것이라 조바심도 나고 부끄러워서 떨리는 목소리로 말했다.

"일부러 저주했다면 저도 천벌을 받을 거예요. 왜 꼭 그렇게 생각해요? 어제 장도사가 결혼 얘기를 한 건 저도 알아요. 오빠는 좋은 인연을 방해받아 화가 나서 저한테 화풀이를 하는 모양이군요."

보옥은 어려서부터 속된 치정에 빠지는 버릇이 있는데다 대옥과 친하게 지내면서 마음이 잘 맞았다. 이제 세상사를 좀 알게 되고, 음란하고 괴상한 이야기들을 읽고 나서는 친척 규수들 가운데 대옥만 한 사람이 없다고 생각했다. 그래서 진즉 그녀에게 마음이 있었지만 말로는 못하고, 매번 기뻐하거나 화를 내며 갖은 방법을 다 써서 은근히 그녀의 마음을 알아보려고 했다. 치정에 빠지는 성격을 타고난 대옥 역시 늘 진심을 숨기고 보옥

제29회 **265**

을 떠보았다. '네가 정말 진심을 숨기고 거짓으로 대한다면 나도 똑같이 해주마.' 하는 식이었다. 이렇게 양쪽의 거짓이 서로 만났으나 결국 진실은 하나였다. 그러다 보니 그들 사이의 자잘한 일들도 말싸움으로 변하기 일쑤였다. 지금도 보옥은 이런 생각을 하고 있었다.

'남들이야 내 속을 몰라줘도 이해할 수 있지만, 내겐 오직 너뿐이라는 걸 너마저 몰라줄 줄이야! 나를 걱정해주기는커녕 이런 모진 말로 내 말문을 막아버리다니. 내가 한시도 빼놓지 않고 널 생각한 건 헛일이었어. 넌 결국 나를 마음에 두지 않았어.'

하지만 그는 이런 마음을 말로 드러내지 않았다.

또 대옥은 이렇게 생각했다.

'오빠는 날 마음에 두고 있겠지. 금과 옥이 짝이 된다는 말이 있지만, 왜 그런 허튼소리만 중시하고 난 생각하지 않는 거야? 내가 늘 금과 옥 이야기를 꺼낼 때마다 못 들은 척하는 걸 보면 날 생각해준다는 건 알겠는데, 그런 얘기에 신경 쓰지 않는다는 말은 전혀 없어. 어째서 내가 금과 옥 이야기만 하면 조바심을 내는 거야? 그것만 봐도 오빠가 늘 금과 옥 이야기를 마음에 품고 있다는 뜻이야. 내가 그 이야기를 하면 딴생각을 할까 싶어 일부러 안달하며 날 속이려 들지.'

두 사람의 마음은 본래 하나이지만 이렇듯 잡생각이 너무 많아 오히려 둘로 나뉘고 말았던 것이다. 보옥은 또 생각했다.

'난 아무래도 좋으니 그저 네 뜻대로 따라주지. 당장 너 때문에 죽는다 해도 상관없어. 네가 알아주든 말든 내 마음 먹은 대로 하면 너도 결국 나와 소원한 관계가 아니라 가까운 사이라는 걸 알게 되겠지.'

대옥은 또 이렇게 생각했다.

'자기 몸이나 잘 챙기지. 오빠가 괜찮으면 나도 괜찮은데 왜 나 때문에 자기를 돌보지 않는 거야? 자기 가까이 오지 말고 멀어지라고 일부러 이러나 보군.'

이렇게 보면 둘 다 가까워지려는 마음이 있지만 오히려 멀어지려는 마음으로 변해버렸음을 알 수 있다. 이런 생각은 두 사람이 평소 지니고 있던 개인적인 마음이기 때문에 자세히 설명하기는 어렵다.

그러니 이제 밖으로 드러난 그들의 모습만 이야기해보자. 보옥은 대옥이 '좋은 인연'이라는 말을 하며 더욱 자기 뜻에 어긋나게 대하자 더욱 그 말이 귀에 거슬렸다. 하지만 말로는 표현하지 못하고 홧김에 목에 걸고 있던 통령보옥을 잡아 뜯더니 이를 악물고 운명을 원망하며 땅바닥에 내던졌다.

"어디서 온 개뼈다귀 같은 건지 몰라도 박살을 내버리고 말겠어!"

하지만 옥은 매우 단단해서 한 번 내던진 것만으로는 흠집조차 나지 않았다. 보옥은 옥이 깨지지 않자 몸을 돌려 부술 물건을 찾았다. 그 모습을 본 대옥은 울음을 터뜨리며 말했다.

"왜 굳이 그걸 깨려고 해요? 말도 못하는 그걸 내던져서 깨려거든 차라리 저를 때려죽여요!"

둘이 다투자 자견과 설안 등이 달려와 화해하라고 다독였다. 나중에는 보옥이 죽을힘을 다해 옥을 내리치자 자견과 설안이 황급히 빼앗으려고 했다. 하지만 옥을 빼앗지도 못하고 둘의 싸움이 더 심해지자 어쩔 수 없이 습인을 부르러 갔다. 습인이 급히 달려와서 보옥에게서 겨우 옥을 빼앗았다. 보옥이 코웃음을 치며 말했다.

"내가 내 걸 부수겠다는데 너희들이 무슨 상관이야!"

보옥은 너무 화가 나서 안색이 새파랗게 질린 채 눈까지 치떴다. 그런 보옥을 이제껏 본 적이 없는 습인은 얼른 그의 손을 잡고 달랬다.

"호호, 누이와 입씨름했다고 그걸 깨지는 마세요. 혹시 깨지기라도 하면 아가씨가 얼마나 난감해하시겠어요?"

대옥은 울면서도 이렇게 자기 마음을 헤아려주는 말을 듣자 보옥이 습인보다 못하다는 생각이 들어 더욱 상심하여 통곡했다. 마음이 더욱 답답해진 대옥은 더위 먹은 것을 치료하기 위해 방금 먹은 향유음香薷飮[9]을 받아들이지 못하고 "웩!" 하고 토하기 시작했다.

자견이 황급히 다가가 손수건으로 받았지만, 울컥울컥 토하는 바람에 손수건이 순식간에 토사물로 흥건하게 젖어버렸다. 설안이 급히 다가와 대옥의 등을 다독거리자 자견이 말했다.

"아무리 화가 나시더라도 몸을 좀 조심하셔야지요. 방금 약을 드시고 좀 나아지셨는데 보옥 도련님과 다투느라 또 토해버리셨네요. 병이 도지기라도 하면 도련님이 얼마나 난감하시겠어요?"

보옥은 자기 마음을 헤아려주는 그 이야기를 듣자 대옥이 자견보다 못하다고 생각했다. 게다가 대옥이 온통 벌게진 얼굴로 울다가 목이 꺽꺽 메고 눈물과 땀을 줄줄 흘리며 허약한 몸을 가누지 못하는 모습을 보자 다투지 말았어야 했다고 후회했다.

'저렇게 괴로워하는데 난 대신해주지도 못하는구나.'

그런 생각을 하자 자기도 모르게 눈물이 떨어졌다. 습인은 두 사람이 우는 모습을 보고 보옥처럼 마음이 아파왔다. 차가워진 그의 손을 주물러주며 울지 말라고 달래주고 싶었지만 그럴 수도 없었다. 보옥의 마음에 무슨 고민이 있는지도 모르고, 대옥에게 신경 써주지 않는다는 말을 들을 것 같았기 때문이다. 차라리 둘 다 울게 내버려두자 생각하고 보옥의 손을 놓았지만, 습인 역시 눈물을 흘렸다. 자견은 대옥이 토한 약을 치우면서 그녀에게 부채질을 해주다가 세 사람 모두 소리 없이 울고 있는 모습을 보고, 자기도 모르게 마음이 아파 손수건으로 눈물을 훔쳤다. 그렇게 네 사람은 말없이 마주서서 울었다.

잠시 후 습인이 억지로 미소를 지으며 보옥에게 말했다.

"다른 건 몰라도 이 옥에 달린 술을 생각해서라도 대옥 아가씨와 다투지 말았어야지요."

그 말을 듣자 대옥은 아픈 몸도 아랑곳 않고 달려들어 목걸이를 낚아채더니, 가위를 집어 들고 손에 잡히는 대로 술을 자르려고 했다. 습인과 자견이 달려들어 빼앗으려 했지만 이미 술은 몇 조각으로 잘려진 뒤였다. 대옥이 울며 말했다.

"나도 괜한 고생을 했지. 오빠도 좋아하지 않고, 이보다 더 좋은 걸 꿰어 줄 사람도 있을 텐데 말이야."

습인이 얼른 말을 받았다.

"이럴 필요까지 있나요? 제가 쓸데없는 말을 해서 이리 되었군요."

그러자 보옥이 대옥에게 말했다.

"그래 잘라라, 잘라. 어쨌든 그걸 걸지 않을 테니 상관없어."

그들은 방 안에서 다투느라 바깥 상황에는 신경을 쓰지 않았다. 그런데 몇몇 할멈이 대옥이 대성통곡하다 약을 토하고 보옥이 옥을 때려 부수려 하는 모습을 보고 말았다. 그들은 이 싸움이 어디까지 이르게 될지 모르고, 또 자신들에게도 화가 미칠 것 같아 일제히 태부인과 왕부인에게 달려가 사정을 알렸다. 태부인과 왕부인은 할멈들이 다급히 달려와 대단한 일인 것처럼 말하자 무슨 큰 재앙이 일어났나 싶어 일제히 대관원으로 달려왔다. 다급해진 습인은 왜 노마님과 왕부인을 놀라게 해드렸느냐며 자견에게 원망을 퍼부었고, 자견은 또 습인이 일러바친 것으로 여기고 원망을 퍼부었다. 태부인과 왕부인이 들어오자 보옥도 대옥도 모두 말이 없었다. 무슨 일이냐고 물어보니 별일 아닌지라 태부인과 왕부인은 이 일의 책임을 습인과 자견에게 돌렸다.

"너희들은 왜 조심해서 모시지 않고, 이런 소란이 일어나도 모르는 체했느냐!"

그리고 습인과 자견에게 욕을 섞어가며 한바탕 훈계를 늘어놓았다. 두 사람은 아무 말도 못하고 듣고만 있을 수밖에 없었다. 어쨌든 태부인이 보옥을 데리고 나가자 조용해졌.

하루가 지나 초사흘이 되니 바로 설반의 생일이었다. 설씨 집에서는 집

안에 술상을 차리고 극단을 불러놓고 가씨 집안의 모든 사람을 초청했다. 대옥에게 잘못을 저지른 후 속으로 후회하고 있던 보옥은 대옥을 줄곧 만나지 못하고 있었기 때문에 기분이 좋지 않아 연극을 구경하러 갈 마음이 생길 리 없었다. 그래서 몸이 안 좋다는 핑계로 가지 않았다. 대옥은 그제 더위를 좀 먹은 것뿐 무슨 큰 병이 난 것은 아니었다. 그녀는 보옥이 가지 않는다는 이야기를 듣고 생각했다.

'술 마시고 연극 구경 좋아하는 사람이 가지 않겠다니 분명 어제 일로 화가 나 있나 보구나. 그게 아니라면 내가 안 가니까 가고 싶은 생각이 나지 않았겠지. 그나저나 어제 옥에 달린 술을 잘라서는 절대 안 되는 거였는데. 틀림없이 목걸이를 하고 다니지 않을 테니 내가 다시 술을 꿰어줘야 걸고 다니겠지.'

대옥은 무척 후회했다.

태부인은 그들 둘이 모두 화가 나 있는 걸 보고, 이번에 설씨 댁에 가서 연극을 구경하는 김에 만나게 되면 바로 사이가 좋아질 거라고만 생각했다. 그런데 뜻밖에 둘 다 가지 않겠다고 하는 것이 아닌가? 태부인은 조바심을 내며 투덜거렸다.

"이 늙은이가 전생에 무슨 죄를 지었기에 하필 철없는 저 꼬맹이를 만났는지 원. 하루도 속을 썩이지 않는 날이 없구먼. 정말 '원수가 아니면 만나지 않는다[不是冤家不聚頭].'라는 속담이 맞나 보구먼. 눈을 감고 숨이 끊어지면 저 두 원수들이 하늘나라까지 떠들썩하게 해도 보이지 않을 테니 걱정도 안 하겠지. 그런데 이놈의 숨은 끊어지지도 않으니 원!"

그렇게 혼자 원망을 늘어놓으며 울었다. 이 말은 보옥과 대옥에게도 전해졌다. 두 사람은 '원수가 아니면 만나지 않는다.'라는 속담을 들어본 적이 없지만, 그 말을 들은 지금 마치 참선이라도 하는 것처럼 고개를 숙이고 그 말의 뜻을 곱씹다가 둘 다 주르륵 눈물을 흘렸다. 서로 만나지는 않았지만 하나는 소상관에서 바람을 맞으며 눈물을 훔치고, 다른 하나는 이홍원의 달빛 아래에서 긴 한숨을 내쉬었으니 그야말로 몸은 떨어져 있어도 마음은 하나인 격이 아닌가!

그걸 보고 습인이 보옥을 설득했다.

"순전히 도련님 잘못이에요. 예전에 집안에서 하인들이 자기네 누이들과 말다툼하거나 부부싸움 하는 소리를 들으면 도련님께서는 하인들을 나무라셨잖아요. 여자들 마음도 헤아릴 줄 모른다고 말이에요. 그런데 지금 도련님도 그러고 계시네요. 모레는 초닷새라 단오절인데 두 분이 이렇게 원수처럼 지내시면 노마님도 더욱 화를 내실 거고 온 집안이 불편해지지 않겠어요? 그러니 제 말대로 도련님이 기분 푸시고 잘못했다고 비셔요. 그러면 예전처럼 이래도 좋고 저래도 좋은 사이가 되지 않겠어요?"

보옥이 과연 그 말대로 할까? 이에 대해서는 다음 회를 보시라.

제30회

설보차는 부채 일을 핑계로 양쪽을 치고
영관*은 '장' 자를 써 바깥 사람과 사랑에 빠지다
寶釵借扇機帶雙敲　齡官劃薔癡及局外

영관이 장미 시렁 아래에서 가장을 그리워하며 '장薔' 자를 쓰다.

 대옥은 보옥과 다투고 나서 후회하면서도 그를 상대하려 하지 않았다. 그러나 보옥을 만나지 않으니 정신이 나간 것처럼 허전해서 밤낮으로 울적했다. 자견은 그 마음을 헤아리고 대옥을 달랬다.
 "지난번 일은 어쨌든 아가씨가 너무 경솔했던 점이 좀 있어요. 다른 사람이야 보옥 도련님의 성미를 모른다 해도 우리는 잘 알잖아요? 그 통령보옥 때문에 한두 번 다툰 게 아니잖아요."
 "치, 너까지 내가 잘못했다고 해? 왜 내가 경솔했다는 거야?"
 "호호, 그럼 그 술은 왜 잘라버리셨어요? 그러니 보옥 도련님 잘못이 삼 할 정도라면 아가씨 잘못은 칠 할은 되지 않겠어요? 제가 보기엔 도련님이 평소 아가씨께 잘 대해주시던데, 아가씨가 마음이 좁아서 늘 도련님께 트집을 잡아 뭐라고 하시니까 이런 일이 생긴 것 같네요."
 대옥이 뭐라 대꾸하려는데 대문 쪽에서 누가 부르는 소리가 들렸다. 자견이 그 소리를 듣고 말했다.
 "호호, 보옥 도련님 목소리네요. 틀림없이 잘못했다고 사과하러 오셨을 거예요."
 "문 열어주지 마!"
 "또 이러시네요. 이런 무더운 날씨에 도련님을 햇볕 아래 세워놓으면 어쩌자는 거예요!"

자견이 나가 문을 열어보니 과연 보옥이 와 있었다. 자견은 그를 들어오게 하면서 말했다.

"호호, 도련님, 다시는 여기 오시지 않을 줄 알았는데 또 오셨군요?"

"하하, 너희들은 별것 아닌 일을 아주 큰일이나 되는 것처럼 부풀리는구나. 내가 못 올 이유라도 있어? 내가 죽으면 혼이라도 하루에 백 번은 올 거야. 누이는 많이 나아졌어?"

"몸이야 좋아졌지만 마음은 그다지 풀어지지 않았어요."

"하하, 왜 그러는지 알 만해."

그러면서 안으로 들어오니 대옥은 또 침상에서 울고 있었다. 그녀는 본래 울고 있지 않았지만 보옥이 오자 자기도 모르게 마음이 상해 눈물이 저절로 흘러내렸던 것이다. 보옥이 미소를 지으며 다가와 말했다.

"누이, 몸은 많이 나아졌어?"

대옥이 눈물만 훔칠 뿐 아무 대답도 하지 않자 보옥은 침대 가장자리에 앉아 웃으면서 말했다.

"누이, 나한테 화가 난 게 아니라는 걸 알아. 하지만 내가 오지 않으면 주위 사람들이 우리가 또 싸운 줄로 여길 거 아냐? 그러면 사람들이 우리를 화해시키려 할 테고, 그땐 우리도 서먹서먹할 거잖아? 차라리 지금 오는 게 낫지. 나를 욕하든 때리든 마음대로 하라고. 하지만 제발 못 본 척하진 말아줘."

보옥은 또 수없이 "누이! 누이!" 하면서 살갑게 굴었다.

대옥은 그를 상대하지 않을 생각이었지만 남들 눈에 자기들이 다퉈서 서먹서먹해진 것처럼 보여서는 안 된다는 말에 그가 자신을 남들보다 가까운 사이로 여긴다는 것을 깨닫고 자기도 모르게 또 울음을 터뜨렸다.

"거짓말 마세요. 이후로는 저도 감히 도련님께 친근하게 대하지 않을 테니까 도련님도 제가 여기 없는 셈 치세요."

"하하, 어디 가나?"

"집에 돌아갈래요."

"하하, 그럼 나도 같이 가지 뭐."

"죽어버리겠어요."

"누이가 죽으면 난 중이 되고 말 거야!"

그 말을 듣자 대옥은 얼굴을 푹 숙이고 물었다.

"곧 죽을 사람처럼 그게 무슨 헛소리예요! 집에 있는 친누이들이 내일이라도 모두 죽으면 그 수대로 중이 될 건가요? 몸이 몇 개라도 되나요? 내일 다른 사람들한테 이 얘기를 들려주고 뭐라고들 하는지 봐야겠군요."

보옥은 자기 말이 경솔했음을 깨달았지만 후회해도 늦었는지라 금방 얼굴이 벌겋게 달아올라서는 고개를 숙인 채 감히 한마디도 하지 못했다. 다행히 방 안에는 다른 사람이 없었다. 한참 동안 그를 노려보던 대옥은 화가 나서 아무 말도 나오지 않았다. 그러다가 보옥의 얼굴이 빨개지자 이를 악물고 손가락으로 그의 이마를 쿡 찌르며 "흥!" 콧방귀를 뀌었다.

"이런……"

거기까지 말하더니 대옥은 또 한숨을 내쉬며 손수건으로 눈물을 닦았다.

보옥은 심사가 복잡했던 데다가 말까지 잘못한 바람에 후회하고 있었다. 그런데 또 대옥이 손가락으로 이마를 찌르며 무슨 말을 하려다가 하지 못하고 한숨 쉬며 눈물을 흘리자 보옥도 감정이 흔들려 어느새 눈물을 흘리고 있었다. 손수건으로 닦으려 했으나 그것마저 잊고 가져오지 않아서 소매로 눈물을 닦아야 했다. 대옥은 울고 있었지만, 보옥이 새로 지은 연보라색 비단 적삼의 소매로 눈물을 닦는 모습을 흘끗 보고서, 자신도 눈물을 닦으면서 베갯맡에 얹어두었던 명주 수건을 들어 보옥의 품에 던졌다. 그러면서도 내내 한마디 말도 없이 여전히 얼굴을 가리고 울었다. 보옥은 얼른 수건으로 눈물을 닦고는 다시 다가가 그녀의 한 손을 잡고 말했다.

"내 오장五臟이 모두 부서졌는데도 누이는 여전히 울고 있네? 가자, 할머님께 함께 가자."

대옥이 손을 뿌리치며 말했다.

"누구 손을 잡고 이래요! 나날이 커가는데 창피한 줄도 모르고 낯 두껍게 왜 이리 들러붙어요? 이런 도리조차 모르다니!"

말이 채 끝나기도 전에 환호성이 들려왔다.

"잘됐네!"

두 사람이 깜짝 놀라 돌아보니 희봉이 달려 들어왔다.

"호호, 할머님께서 온갖 원망을 다 늘어놓으시면서 나더러 한 번 살펴보고 오라시길래, 내가 가볼 필요 없이 사흘도 지나기 전에 자기들끼리 화해할 거라 말씀드렸더니 할머님께선 내가 게을러 터졌다고 꾸짖으시지 뭐야. 와보니 정말 내 말대로 됐잖아. 둘이 무슨 일 때문에 싸웠는지는 몰라도 사흘 잘 지내다가 이틀 싸우니 어째 갈수록 애가 되는 거야! 이렇게 손잡고 울 거면서 어제는 왜 또 싸움닭으로 변했어? 어쨌든 나랑 같이 할머님께 가자. 그래야 노인네도 안심하실 거 아냐?"

희봉은 대옥의 손을 이끌고 가려 했다. 대옥이 고개를 돌려 하녀들을 불렀지만 아무도 없었다. 그러자 희봉이 말했다.

"걔들은 뭐하러 불러? 내가 시중을 들어줄게."

희봉이 대옥의 손을 잡아끌며 나가자 보옥도 뒤따라 대관원을 나섰다.

태부인 앞에 이르자 희봉이 말했다.

"호호, 자기들끼리 곧 화해할 테니까 신경 쓰실 필요 없다고 했잖아요. 그런데도 할머님께선 믿지 않으시고 제가 가서 화해시켜야 한다고 하셨지요. 제가 가서 화해시키려 했는데, 벌써 둘이 만나 서로 잘못했다고 사과하고 있더군요. 마주보고 웃고 얘기하는 게 꼭 '새매가 매의 발에 매달린〔黃鷹抓住了鷂子的脚〕' 것 같더라고요. 둘이 고리처럼 딱 붙어 있어서 다른 사람이 끼어들어 화해시키고 어쩌고 할 틈이 없던데요?"

그 말에 온 방 안의 사람들이 모두 웃었다.

이때 보차도 함께 있었다. 대옥은 한마디 말도 없이 태부인 곁에 다가가 앉았다. 보옥도 딱히 할 말이 없어서 보차에게 웃으며 말했다.

"형님 생일인데 하필 내가 몸이 안 좋네요. 선물도 못 보냈고 인사조차 하러 가지 못했어요. 혹시 나중에 뭐라 하시거든 누나가 잘 얘기해줘요."

"호호, 그럴 필요 없어요. 폐가 될 것 같아 오라고 부르기도 미안한데, 하물며 몸도 안 좋잖아요? 형제끼리 날마다 보는 사이인데 그런 생각을 하면 오히려 서먹서먹해지지요."

"하하, 이해해주니 고마워요. 그런데 누난 왜 연극 보러 가지 않았어요?"

"더워서요. 두 대목을 봤는데 너무 덥더라고요. 자리를 뜨려 해도 손님들이 헤어지지 않아서 어쩔 수 없이 몸이 안 좋다는 핑계로 돌아왔어요."

보옥은 멋쩍게 웃으면서 둘러댔다.

"그래서 사람들이 누나를 양귀비 같다고 하는군요? 누나도 몸이 통통해서 더위를 무서워하니까요."

보차는 그 말에 화가 벌컥 치밀었지만 딱히 뭐라 할 말이 없었다. 그녀는 잠시 생각하다 얼굴이 붉어진 채 코웃음을 치며 말했다.

"흥! 나야 양귀비 같다 치지만, 아쉽게도 양국충楊國忠* 같이 좋은 오빠나 동생이 없네요!"

그때 정아˚라는 어린 하녀가 부채를 찾으려고 보차에게 말했다.

"호호, 아가씨가 제 부채 숨겼죠? 얼른 주세요, 네?"

"어딜 함부로 나서! 내가 언제 그런 장난을 쳤다고 나한테 그래? 평소 너랑 시시덕거리던 아가씨들한테나 가서 물어봐."

그 말에 정아는 쪼르르 내빼버렸다. 보옥은 자기가 또 말을 잘못했다는 걸 깨달았다. 여러 사람 앞이라 대옥에게 실수했을 때보다 더 쑥스러워서 얼른 몸을 돌려 다른 사람에게 말을 걸었다.

대옥은 보옥이 보차를 놀리는 걸 보자 속으로 고소해서 그 틈에 한마디 덧붙여 놀려주려고 했다. 그런데 부채를 찾으러 온 정아를 보차가 화를 내

제30회 279

며 꾸짖자 슬쩍 다른 말을 꺼냈다.

"호호, 언니, 아까 본 연극이 뭐였어요?"

보차는 대옥의 고소해하는 표정을 보자 속내를 눈치채고 이렇게 대답했다.

"호호, 이규李逵가 송강宋江에게 욕했다가 나중에 사과하는 장면이었어."

보옥이 말했다.

"하하, 누나는 워낙 박식해서 고금의 역사를 훤히 알면서 연극 제목은 모르고 그렇게 장면만 얘기해요? 그건 『가시나무를 짊어지고 잘못을 빌다〔負荊請罪〕』[1]라는 거잖아요."

"호호, 그 연극 제목이 그거였군요! 다들 박식해서 그런 말도 알지만 전 무식해서 『가시나무를 짊어지고 잘못을 빈다』라는 게 뭔지 몰라요!"

보옥과 대옥은 마음에 찔리는 게 있어서 얼굴이 빨개졌다. 희봉은 연극에 대해서는 잘 몰랐지만 세 사람의 모습을 보자 내막을 짐작하고 얼른 사람들에게 물었다.

"호호, 이렇게 더운 날 누가 생강을 먹었지?"

사람들은 그게 무슨 뜻인지 모르고 대답했다.

"생강 먹은 사람 없는데요?"

희봉은 일부러 자기 볼을 만지며 이상하다는 듯이 말했다.

"그럼 왜 이리 볼이 알싸하지?"

그러자 보옥과 대옥은 더욱 난감해했다. 보차는 다시 뭐라고 하려다가 보옥이 무척 부끄러워하며 표정과 거동이 변한 걸 보자 계속 말하기도 뭐해서 그냥 웃고 넘기는 수밖에 없었다. 다른 사람들은 그들 네 사람의 말뜻을 이해하지 못해서 그냥 흘려버렸다. 잠시 후 보차와 희봉이 떠나자 대옥이 보옥에게 말했다.

"호호, 저보다 센 사람한테 당해보니 어때요? 저야 속도 좁고 말솜씨도 없어서 어쩌지 못하지만 그네들은 남들이 무슨 말을 하든 내버려두질 않지요?"

보옥은 보차가 자기 말에 신경질적으로 반응하여 멋쩍은 기분이었는데 대옥이 또 이렇게 묻자 더욱 쓸쓸했다. 그렇다고 대꾸를 하자니 대옥이 기분 나빠할 것 같아서 어쩔 수 없이 꾹 참고, 풀이 죽은 채 밖으로 나갔다.

때는 한여름이었다. 아침밥도 먹은 뒤여서 각 방의 상전이나 하인들도 대부분 나른하게 늘어져 있었다. 보옥이 뒷짐을 지고 여기저기 찾아가봐도 쥐 죽은 듯이 고요하기만 했다. 그는 태부인의 방에서 나와 천당穿堂을 지나 서쪽으로 가서 희봉의 정원에 이르렀다. 그곳은 대문이 닫혀 있었다. 보옥은 희봉이 더운 날이면 한낮에 두 시간 정도 낮잠을 잔다는 걸 알기 때문에 들어가기 불편해서, 쪽문을 통해 왕부인의 방으로 갔다. 거기에는 몇몇 하녀들이 손에 바느질감을 든 채 꾸벅꾸벅 졸고 있었.

왕부인은 안쪽의 시원한 침대에서 자고 있었고, 그 옆에서 다리를 주무르고 있던 금천도 눈이 게슴츠레해져서 졸고 있었다. 보옥이 살그머니 다가가 금천의 귀걸이를 슬쩍 잡아당기자 그녀가 눈을 떴다. 보옥이 소리 없이 웃으며 물었다.

"그렇게 피곤해?"

금천은 입을 오므리고 웃으며 그에게 나가라고 손짓하더니 다시 눈을 감았다. 보옥은 그 모습을 보자 사랑스러운 마음이 일었다. 살그머니 곁눈질로 왕부인이 자고 있는지 확인하고는 자기가 차고 있던 염낭에서 향설윤진단香雪潤津丹*을 꺼내 금천의 입에 쏙 넣어주었다. 그녀는 여전히 눈을 감은 채 받아먹었다. 보옥이 다가가서 그녀의 손을 잡고 싱긋 웃으며 말했다.

"내일 어머니께 널 내게 달라고 말씀드릴 테니 나랑 같이 지내자. 어때?"

그녀가 대답하지 않자 보옥이 또 말했다.

"아니면 어머니 깨시는 대로 바로 말씀드릴게."

그러자 금천이 눈을 번쩍 뜨고 그를 홱 밀치며 말했다.

"호호, 뭘 그리 서두르세요? '우물에 빠진 금비녀도 주인은 변함없다〔金簪子掉在井裏頭 有你的只是有你的〕.'라는 말도 모르세요? 제가 좋은 방법을 알려드릴게요. 저 동쪽 정원에 가서 환 도련님과 함께 채운이한테 가셔요."

"환이야 자기 마음대로 하라 하고, 난 너만 있으면 돼."

그때 왕부인이 벌떡 일어나 금천의 따귀를 갈기며 꾸짖었다.

"천한 갈보 짓이나 하다니! 멀쩡한 도련님들이 모두 너 같은 것들 때문에 망가지는 거야!"

그러는 사이에 보옥은 재빨리 뺑소니를 쳐버렸다.

금천은 한쪽 뺨이 벌겋게 부은 채 한마디도 못했다. 왕부인이 깨어난 소리에 여러 하녀가 서둘러 들어왔다. 왕부인이 옥천에게 말했다.

"네 어미더러 네 언니를 데려가라고 해라."

금천이 황급히 무릎을 꿇고 울며 말했다.

"다시는 안 그러겠습니다. 마님, 혼내시거나 매를 때리시거나 마음대로 하세요. 하지만 제발 내쫓지는 말아주세요. 십 년 동안 마님을 모셨는데 이제 쫓겨나면 남들 볼 면목이 없습니다."

왕부인은 관대하고 인자한 사람인지라 여태 하녀들을 때려본 적이 없었다. 하지만 조금 전에 금천이 저지른 후안무치한 일은 자신이 가장 싫어하는 짓이었기 때문에 분노를 참지 못하고 따귀를 때렸던 것이다. 그래서 금천이 사정하며 용서를 빌었지만 받아들이지 않고 결국 그녀의 어미인 백白할멈을 불러 그녀를 데려가게 했다. 금천이 수치스럽게 모욕을 참고 나간 것에 대해서는 더 이상 이야기하지 않겠다.

한편, 왕부인이 깨어나자 쑥스러워진 보옥은 얼른 대관원으로 들어갔다. 하늘에는 뜨거운 햇볕이 내리쬐고 땅에는 나무 그늘이 드리워져 있었다. 매미 소리만 요란할 뿐 사람들 말소리는 전혀 들리지 않았다. 보옥이 장미 시령에 이르렀을 때 누군가 흐느끼는 소리가 들렸다. 이상한 생각이 들어 걸음을 멈추고 자세히 살펴보니 과연 장미 시렁 아래 누군가가 있었다. 지금은 오월이라 장미꽃이 무성할 때인지라 보옥은 살그머니 울타리 구멍으로 안쪽을 살펴보았다. 그곳에는 한 여자아이가 꽃그늘 아래 쪼그리고 앉아서 손에 금비녀를 들고 땅바닥을 긁으면서 말없이 눈물만 흘리고 있었다.

'쟤도 정에 약해서 대옥 누이처럼 꽃을 묻어주려는 건가?'

보옥은 한숨을 내쉬었다.

'정말 꽃을 묻어주는 거라면 그야말로 동시東施가 서시西施를 흉내 내서 눈썹을 찡그리는 꼴〔東施效顰〕²이로군. 새롭지도 않고 혐오스러운 짓이지.'

보옥은 그 여자아이에게 '너 대옥 아가씨 흉내 내지 마라!' 소리치려고 했다.

하지만 그 말이 입 밖으로 나오기 전에 다시 보니 여자아이의 얼굴이 낯설었다. 그녀는 하녀가 아니라 연극을 배우는 열두 명의 여자아이들 중 하나인 듯했지만 생生*, 단旦, 정淨, 축丑* 중 어떤 배역을 맡은 아이인지는 알 수 없었다. 보옥은 얼른 혀를 낼름 하며 입을 다물고 생각했다.

'다행히 말실수를 하지 않았군. 전에도 두 차례나 실수해서 대옥 누이도 화를 내고 보차 누나도 기분이 상했는데 또 쟤들한테까지 실수하면 더욱 재미없어지겠지.'

그러면서도 그 여자아이가 누구인지 알 수 없어 안타까워했다. 다시 자세히 보니 그 여자아이는 찌푸린 눈썹이 봄날 산 같고 눈동자는 가을 호수 같았다. 작고 하얀 얼굴에 허리도 가늘어 날씬하고 아리따운 모습이 대옥과 무척 닮아 있었다. 보옥은 그녀를 두고 떠나지 못한 채 계속 멍하니 바라보았다. 그녀는 금비녀로 땅을 긁적이고 있었지만 땅을 파 꽃을 묻으려는 것이 아니라 무슨 글자를 쓰고 있었다. 보옥이 비녀의 움직임을 눈여겨보니 이리저리 움직이는 게 모두 열여덟 획劃이었다. 보옥은 비녀의 움직임대로 자기 손바닥에다 글자를 써보며 무슨 글자인지 알아맞혀보려고 했다. 다 써놓고 생각해보니 바로 장미꽃의 '장薔'이라는 글자였다.

'시나 사를 지으려는 건가 보군. 활짝 핀 장미꽃을 보니 무슨 느낌이 들어서 우연히 한두 구절을 지었는데, 갑자기 일어난 감흥을 잊어버릴까봐 땅바닥에 쓰면서 글귀를 다듬고 있는 건지도 몰라. 다음에 뭐라고 쓰는지 보자.'

다시 보니, 그 여자아이가 다시 글자를 쓰는 게 아닌가? 그런데 비녀가 움직이는 모습이 또 '장' 자였다. 그다음에 쓰는 것을 지켜봐도 역시 같은 글자였다. 여자아이는 제 감정에 푹 젖어 한 글자를 쓰고 나면 또 한 글자를 쓰면서 같은 글자를 반복해서 쓰고 있었다. 보옥은 자기도 모르게 두 눈을 비녀의 움직임에 딱 맞춘 채 멍하니 바라보며 생각에 잠겼다.

'저 아이한테 분명 말 못할 큰 고민이 있나 보군. 겉으로 보기에도 저런 모습이니 마음은 얼마나 타고 있을까? 저렇게 가녀린 몸으로 어떻게 마음속이 타는 듯한 아픔을 견뎌낼 수 있겠어? 그 아픔을 내가 덜어주지 못하는 게 안타깝구나!'

삼복은 날씨가 변덕스러워 조각구름 하나도 금방 비로 변하기 십상이었다. 갑자기 서늘한 바람이 한바탕 쓸고 지나가더니 후드득후드득 비가 내리기 시작했다. 그 여자아이 머리에 빗방울이 떨어지면서 얇은 비단옷이 금방 젖었다.

'비까지 오네. 저런 허약한 몸으로는 소낙비를 견딜 수 없을 거야.'

보옥은 자기도 모르게 소리쳤다.

"그만해. 비가 많이 내려서 온몸이 다 젖었잖아!"

그 소리에 여자아이가 깜짝 놀라 고개를 들어보니, 누군가 저쪽에서 비가 많이 오니까 그만 쓰라고 하는 것이었다. 보옥의 얼굴이 잘생기기도 했고 무성한 꽃잎에 위아래가 가려져서 얼굴 반쪽만 간신히 드러나 있었기 때문에 그 여자아이는 그게 보옥일 거라고는 생각지도 못하고 그저 어느 하녀 가운데 하나려니 생각했다.

"호호, 알려줘서 고마워요, 언니! 혹시 거긴 비를 가릴 만한 게 있나요?"

그 말에 보옥도 정신이 번쩍 들어서 "어이쿠!" 하고 보니 자신도 온몸이 으스스했다. 고개를 숙여보니 자기 몸도 흠뻑 젖어 있었다. 그는 "안 되겠군!" 하고는 단숨에 이홍원으로 달려 돌아갔다. 그러면서도 '그 여자아이는 비를 피할 곳이 없을 텐데.' 하고 걱정했다.

이튿날이 단오절이라 공부를 쉬게 된 문관 등 열두 명의 여자아이들은 대관원 여기저기에서 놀고 있었다. 공교롭게도 소생小生* 역을 맡은 보관寶官*과 정단正旦* 역을 맡은 옥관玉官*은 이홍원에서 습인과 한담을 나누다가 비 때문에 돌아가지 못하고 있었다. 그들은 도랑을 막아 뜰에 물을 채워놓고 머리가 초록색인 오리와 알록달록한 비오리, 오색 원앙 등을 잡거나 쫓기도 하고, 날개를 묶어 뜰에 풀어놓고 놀면서 정원 대문을 닫았다. 습인 등은 모두 회랑에서 웃고 떠들었다.

문이 잠겨 있는 걸 보고 보옥이 손으로 두드렸지만, 안쪽에 있는 이들은 웃고 떠드는 데 정신이 팔려서 그 소리를 듣지 못했다. 한참 소리치며 두드리니 그제야 안쪽에서도 그 소리를 들었지만 다들 보옥이 벌써 돌아올 리 없다고 생각했다. 습인이 말했다.

"호호, 이 시간에 누가 문을 두드리는 거예요? 문 열어줄 사람 없어요."

"나야, 나!"

사월이 말했다.

"보차 아가씨 목소리네요."

청문이 말했다.

"말도 안 되는 소리! 보차 아가씨가 이 시간에 뭐하러 오셔?"

습인이 말했다.

"문틈으로 슬쩍 보고 열어줄 만한 사람이면 열어주고, 그렇지 않으면 흠뻑 젖어보라고 하지."

습인이 회랑을 따라 대문 앞에 가서 밖을 살펴보니 보옥이 비 맞은 닭처럼 흠뻑 젖어 있었다. 습인은 그 모습을 보고 다급하기도 하고 우습기도 해서 얼른 문을 열어주고는 배꼽을 쥐고 웃었다.

"이렇게 비가 억수같이 내리는데 어딜 돌아다니세요? 도련님이 돌아오실 줄은 꿈에도 몰랐네요."

기분이 상한 보옥은 문을 열어준 사람에게 발길질을 하려고 단단히 벼르고 있었다. 문이 열리자 누군지 제대로 보지도 않고 그저 하녀들 가운데 하나려니 생각하고는 발을 들어 곧장 옆구리를 걷어찼다. 습인이 "아야!" 비명을 질렀지만 보옥은 여전히 그녀인 줄 모르고 욕을 퍼부었다.

"천한 것들! 평소 기분을 맞춰주었더니 도무지 무서워하는 게 없이 날 우습게 보는구나!"

그러면서 내려다보니 습인이 울고 있었다. 그제야 보옥은 사람을 잘못 보고 발길질했다는 것을 알고 얼른 웃으며 말했다.

"이런! 습인 누나였네? 어딜 차였어?"

습인은 여태 큰소리 한 번 들어본 적이 없는데, 갑자기 보옥이 홧김에 내지른 발길질에 맞고 말았다. 여러 사람 앞이라 창피하기도 하고 화도 나고 아프기도 해서 순간적으로 몸 둘 바를 몰랐다. 뭐라 하려 해도 보옥이 일부러 자신을 차려고 한 것이 아닐 테니 그저 참는 수밖에 없었다.

"괜찮아요. 들어가서 옷이나 갈아입으세요."

보옥은 방에 들어가 옷을 벗으며 말했다.

"하하, 내가 이 나이 되도록 누굴 때린 적이 없는데, 처음 화를 내며 때린 사람이 하필 습인 누나일 줄이야!"

습인은 아픔을 참고 옷을 갈아입혀주며 말했다.

"호호, 저야 시작을 알리는 몸이지요. 큰일이든 작은 일이든, 좋은 일이든 나쁜 일이든 당연히 모두 저부터 시작해야지요. 하지만 절 때린 건 그렇다 치고 내친김에 내일 또 다른 사람을 때리시겠군요."

"조금 전엔 고의가 아니었어."

"누가 고의라고 했나요? 평소 문을 열고 닫는 건 모두 어린 하녀들 몫이지요. 걔들은 게을러터져서 벌써부터 이를 가는 사람들이 많아요. 그렇다고 걔들은 겁을 내지도 않아요. 걔들인 줄 알고 한 번 발길질을 하셔서 혼을 내려 하신 건 괜찮아요. 하지만 조금 전엔 제가 장난을 치려고 문을 열어주지 말라고 한 거예요."

그사이에 비가 그쳐서 보관과 옥관도 돌아갔다. 습인은 옆구리가 욱신거리면서 기분도 어수선해서 저녁을 먹고 싶지 않았다. 저녁에 씻으려고 옷을 벗어보니 옆구리에 사발만 한 멍이 퍼렇게 들어 있었다. 습인은 깜짝 놀랐지만 남한테 들키지 않으려고 더 조심했다. 잠시 후 잠자리에 들었는데 꿈속에서도 옆구리가 아파 자기도 모르게 "아야!" 하고 잠꼬대를 하고 말았다. 보옥은 비록 고의는 아니었지만 습인이 힘들어하는 것을 보자 잠을 편히 이루지 못했다. 그러다가 "아야!" 하는 그녀의 비명이 들리자 자기 발길질이 심했음을 깨닫고, 살그머니 침상에서 내려와 등불을 들고 비춰 보았다. 보옥이 침상 앞에 이르렀을 때 습인이 두어 차례 기침을 하더니 가래를 탁 뱉으며 "아야!" 하고 눈을 번쩍 떴다. 그러다가 보옥을 발견하고는 깜짝 놀라 물었다.

"뭐하시는 거예요?"

"잠꼬대를 '아야!' 하기에 심하게 차였나 보다 싶어서 살펴보려고."

"머리가 어지럽고 목구멍이 비릿하기도 하고 달짝지근하기도 하네요. 방바닥을 좀 비춰보세요."

보옥이 방바닥에 등불을 비추자 선지피가 한 모금 떨어져 있었다. 그가 당황해서 소리쳤다.

"이거 큰일 났구나!"

습인도 그걸 보고 가슴이 싸늘하게 식었다. 그다음에 어찌 되었는지는 다음 회를 보시라.

제31회

부채를 찢어 미녀의 귀한 웃음 짓게 하고
기린 장식을 빌려 백년해로의 복선을 깔아두다[1]
撕扇子作千金一笑　因麒麟伏白首雙星

사상운이 이홍원으로 가는 도중에 가보옥이 잃어버린 금 기린을 줍다.

　습인은 방바닥에 떨어진 자기 피를 보고 가슴이 싸늘하게 식으면서 예전에 누군가에게 들었던 말이 떠올랐다.
　"젊어서 피를 토하면 제 명에 살지 못해. 명이 길어진다 한들 결국 폐인으로 살 수밖에 없어."
　습인은 부귀영화를 누리며 살고 싶다던 평소 생각이 모두 사라지고 자기도 모르게 눈물이 흘러내렸다. 그녀가 우는 모습을 보자 보옥도 마음이 시큰해져서 물었다.
　"가슴은 좀 어때?"
　습인이 억지로 웃음을 지었다.
　"괜찮아요. 어쩌긴 뭘 어째요!"
　보옥은 당장 사람을 불러 황주黃酒*를 데우고 산양혈려동환山羊血黎洞丸² 을 가져오게 하려고 했다. 그러자 그녀가 그의 손을 붙들었다.
　"그렇게 요란 떨 필요 없어요. 사람들이 몰려오면 괜히 제가 경솔하게 엄살 부렸다고 원망할 거예요. 모르고 지나갈 수 있는 일을 괜히 요란 떨어서 알리는 꼴이 되면 도련님이나 저나 모두 안 좋아요. 내일 왕의원께 하인을 보내 약방문이나 좀 받아오게 해서 지어 먹으면 괜찮아질 거예요. 그럼 귀신도 모르게 해결되지 않겠어요?"
　보옥은 그 말도 일리가 있다고 생각해서 그러자고 했다. 그리고 탁자에서 차를 따라와서는 습인에게 입을 헹구라고 했다. 습인은 그가 불안해하는 걸 알고 시중들 필요 없다고 하려 했지만, 보옥이 말을 듣지 않고 다른 사람을 깨우려 들 것 같아 차라리 마음대로 하도록 내버려두자 생각하고 걸상에 앉아 보옥의 시중을 받았다. 날이 새자마자 보옥은 세수도 하지 않은 채 급히 옷을 걸치고 왕제인王濟仁˚을 불러오게 해서 몸소 습인의 병세를 꼼꼼히 캐물었다. 왕제인은 사정을 듣더니 그냥 다친 상처일 뿐이라고 하면서 환약의 이름과 복용 방법, 바르는 방법을 일러주었다. 보옥은 잘 기억해두었다가 대관원으로 돌아가 처방대로 치료했다. 이에 대해서는 더 이상 이야기하지 않겠다.

　이날은 단오절이라 창포와 쑥을 잘라 대문에 꽂고 팔에는 호랑이 부적을 찼다. 점심 무렵 왕부인은 술상을 차려서 설씨 댁 모녀 등을 청해 단오절을 쇠자고 했다. 보옥은 보차가 냉랭한 표정으로 그와 이야기조차 하지 않자 어제 일 때문이라고 생각했다. 왕부인은 보차가 기분이 좋지 않은 걸 보고, 어제 금천의 일 때문에 그러는 줄 알고는 기분이 상해서 모르는 체했다. 대옥은 보옥이 시무룩해 있자 보차에게 잘못한 일 때문에 그러는 줄 알고 마음이 불편해서 역시 시무룩한 표정이었다. 엊저녁에 왕부인에게서 보옥과 금천의 일에 대해 들은 희봉은 왕부인의 기분이 별로라는 걸 알았기 때문에 자신도 감히 웃지 못하고 왕부인의 눈치만 살폈다. 사람들이 다 그러고 있자 영춘 자매들도 재미가 없어졌다. 이 때문에 모두들 잠깐 앉아 있다가 곧 자리를 파했다.
　대옥은 천성적으로 사람들과 모여 있는 것보다는 혼자 있는 것을 좋아했다. 그녀가 그렇게 생각하는 데는 나름대로 이유가 있었다.
　'모이면 헤어지기 마련인데 모여 있을 때는 즐겁지만 헤어질 때가 되면 쓸쓸해지지. 쓸쓸해지면 기분이 상하게 되니 차라리 아예 안 모이는 게 낫지. 꽃도 피어 있을 때는 사람들의 사랑을 받지만 질 때는 슬픔만 더하니

까 차라리 안 피는 게 나아.'

그래서 남들이 즐거워할 때 대옥은 반대로 슬퍼했다. 보옥은 늘 사람들과 모여 있고 싶어 했고 잠시라도 헤어져 있으면 슬퍼했다. 꽃도 항상 피어 있기를 바랐고 어느 순간 저버리면 기분이 우울해졌다. 연회가 끝나고 꽃이 질 때면 온갖 슬픔이 치솟지만 어쩔 도리가 없었다.

이날 사람들이 연회를 싱겁게 끝내버리자, 대옥은 느끼지 못했지만 보옥은 가슴이 답답해서 자기 방에 돌아가 계속 한숨만 내쉬었다. 그때 청문이 들어와 옷을 갈아입혀주다가 실수로 부채를 바닥에 떨어뜨려 살이 부러져 버렸다. 보옥이 한숨을 쉬며 말했다.

"바보! 멍청이! 나중에 뭐가 되려고 그래? 얼마 후면 시집을 갈 텐데 설마 그때도 이렇게 앞뒤 못 가리고 행동할 거야?"

"흥! 요즘 도련님께선 화를 너무 잘 내세요. 행동도 표정 따라 달라지고요. 어젠 습인 언니까지 때리셨으니 오늘은 저희들한테 트집을 잡으시는군요. 발로 차시든지 때리시든지 마음대로 하세요! 부채 떨어뜨리는 일쯤이야 으레 있는 일 아닌가요? 예전엔 유리 항아리나 마노 사발을 수없이 깨뜨려도 아무 말 않으시더니 이젠 이까짓 부채 하나를 갖고 이러시는군요. 너무하셔요! 저희가 싫으시면 내쫓고 부리기 좋은 다른 이들을 뽑아 쓰셔요. 헤어질 때라도 좋게 헤어지는 게 좋지 않겠어요?"

그 말에 보옥은 화가 나서 몸을 부들부들 떨며 말했다.

"서두를 거 없어. 언젠가는 헤어질 날이 있을 테니까!"

저편에 있던 습인이 그 소리를 듣고 급히 건너왔다.

"아이 참, 또 무슨 일이에요? 이러니 '제가 잠시라도 없으면 바로 사고가 일어난다.'고 하는 거잖아요."

청문이 코웃음을 쳤다.

"언니, 말씀도 잘하시네! 진즉 왔으면 도련님께서 화를 내실 일도 없었겠네요. 옛날부터 언니만 도련님을 시중들고 우리는 해본 적이 없지요. 언니는 시중을 잘 들어서 어제 발길질을 당했는데 우리야 시중도 들 줄 모르니 나중에 무슨 벌을 받을지 모르겠네요!"

습인은 화도 나고 부끄럽기도 해서 몇 마디 하려다가 보옥의 화난 얼굴에 핏기가 없어진 걸 보고는 어쩔 수 없이 참고 청문을 떠밀며 말했다.

"동생, 나가서 좀 놀다 와. 우리가 잘못했어."

청문은 '우리'라는 게 당연히 습인과 보옥을 말하는 것이라 생각하고 자기도 모르게 샘이 나서 코웃음을 쳤다.

"흥! 전 댁들이 누군지 모르겠네요. 그러니 댁들한테 실례를 저지르면 안 되겠지요. 댁들이 남몰래 그 짓을 해도 날 속이진 못할걸요? 언감생심 '우리'라고 하는 거예요? 까놓고 말해서 언니는 아가씨 자리에도 못 올라갔으니 저랑 신세가 비슷한데 언감생심 '우리'라고 하는 거예요!"

습인은 수치심에 얼굴이 벌겋게 달아올랐지만 곧 자기가 말실수를 했음을 깨달았다. 그러자 보옥이 옆에서 말했다.

"너희들이 불만이 많다면 내일 습인의 신분을 올려주마!"

습인이 황급히 그의 손을 붙들며 말했다.

"바보 같은 애하고 다툴 필요 있나요? 평소에는 아량이 많아서 이보다 큰일도 잘 받아넘기시더니 오늘은 왜 이러세요?"

그러자 청문이 다시 코웃음을 쳤다.

"흥! 그래요, 저는 바보니까 어디 함께 얘기할 주제가 되겠어요?"

습인이 말했다.

"나랑 싸우자는 거니, 아니면 도련님과 싸우자는 거니? 나한테 화가 났다면 도련님 끌어들이지 말고 나한테만 얘기해. 도련님한테 화가 났다면 이렇게 모든 사람이 다 알도록 소란을 피우진 말아야지! 난 일을 수습하려고 들어서 다들 잘되자고 말린 건데 오히려 나한테 화풀이를 하는구나. 게다가 나한테 화를 내는 건지 도련님한테 화를 내는 건지도 모르게 닥치는 대로 들쑤셔대니 대체 무슨 생각이야? 난 더 이상 할 말이 없으니까 어디

네 마음대로 말해봐!"

그러면서 습인은 밖으로 나가버렸다. 보옥이 청문에게 말했다.

"너도 화낼 필요 없어. 나도 네 속을 짐작하고 있으니까. 내 어머님께 말씀드리지. 너도 이제 다 컸으니까 내보내는 게 어떠냐고 말이야."

그 말에 청문은 또 마음이 상해 눈물을 머금고 말했다.

"제가 왜 나가요? 제가 싫어져서 꾀를 써 내쫓으시려는 모양이지만 마음대로 안 될 거예요!"

"내 여태 이따위 말다툼은 해본 적이 없어. 분명 네가 나가고 싶은 모양이니까 어머님께 말씀드려서 널 내보내게 해주마!"

보옥은 벌떡 일어나 나가려고 했다. 그러자 습인이 다급히 몸을 돌려 막으면서 말했다.

"호호, 어디 가시려고요?"

"어머님께 말씀드리러 가야겠어."

"호호, 큰일 날 말씀! 그러시면 도련님께도 창피한 일 아니겠어요? 쟤가 정말 나가고 싶어 한다 해도 화가 좀 가라앉은 뒤에 조용할 때 마님께 말씀드려도 늦지 않아요. 이렇게 서둘러서 무슨 큰일이나 되는 것처럼 말씀드리면 마님께서도 무슨 일이 있나 의심하실 게 아니에요?"

"어머님께서 뭘 의심하시겠어? 쟤가 나가고 싶다며 난리를 피웠다고 분명히 말씀드리면 되지."

그러자 청문이 울면서 말했다.

"제가 언제 나가겠다고 난리를 피웠어요? 화가 나니까 그런 말로 절 위협하시는군요. 그래요, 가서 말씀드려요. 전 차라리 머리를 박고 죽고 말지 절대 이 집에서 나가지 않을 테니까요!"

"그건 또 무슨 소리야? 안 나가겠다면서 왜 또 난리야? 난 이런 말싸움 따윈 하기 싫으니까 차라리 가서 시원하게 말씀드리고 말겠어!"

보옥은 기어이 나가려고 했다. 습인은 도저히 그를 막을 수 없겠다 싶어서 그의 앞에 무릎을 꿇었다. 벽흔과 추문, 사월 등 하녀들은 다투는 소리를 듣고 모두 숨을 죽인 채 밖에서 안쪽의 동정을 살폈다. 습인이 무릎을 꿇고 사정하는 소리를 듣자 그들도 일제히 들어와 무릎을 꿇었다. 보옥은 급히 습인을 부축해 일으키고 한숨을 쉬며 침상에 앉았다. 모두에게 일어나라고 한 뒤 습인에게 말했다.

"나더러 어쩌라는 거야? 이렇게 가슴이 찢어지는데도 아무도 알아주지 않는군."

그러면서 자기도 모르게 눈물을 흘렸다. 습인도 그 모습을 보고 울었다.

옆에서 울고 있던 청문이 막 무슨 이야기를 하려다가 대옥이 들어오자 곧 밖으로 나가버렸다. 대옥이 웃으며 말했다.

"호호, 명절에 왜 이리 울고 난리야? 설마 쫑쯔〔粽子〕*를 서로 먹으려고 다툰 건 아니겠지요?"

보옥과 습인이 피식 웃음을 터뜨렸다. 대옥이 다시 말했다.

"오빠가 얘기해주지 않으니까 언니한테 물어봐야겠네."

대옥은 습인의 어깨를 툭툭 치며 말했다.

"호호, 언니, 얘기해봐요. 틀림없이 언니랑 오빠랑 다퉜지요? 저한테 얘기를 해줘야 화해를 시켜줄 수 있지요."

습인이 그녀를 슬쩍 밀치며 말했다.

"아가씨, 무슨 뜬금없는 말씀이셔요? 저는 그저 하녀일 뿐이에요. 당치도 않은 말씀을 하시는군요."

"호호, 언니는 스스로 하녀라고 하지만 전 언니를 올케로 대할 거예요."

그러자 보옥이 말했다.

"누나 욕먹게 할 소리 좀 그만해. 이렇게 된 것만으로도 쓸데없는 얘길 하는 사람이 있는데 누이까지 그런 얘길 하면 어떡해?"

습인이 말했다.

"아가씨, 제 속도 모르시는 말씀 마세요. 당장 숨이 끊어져 죽는 게 나을 지경이라고요."

"호호, 언니가 죽으면 다른 사람이야 어떨지 모르지만 당장 나부터 통곡하다 죽을걸요?"

보옥이 말했다.

"하하, 누이가 죽으면 난 중이 돼버릴 거야."

습인이 말했다.

"좀 점잖게 구세요. 그런 얘긴 왜 해요?"

대옥이 두 손가락을 펴며 입을 오므리고 웃었다.

"중이 두 번 돼야겠네요. 이제부터 오빠가 몇 번이나 중이 되겠다고 하는지 기억해둘 거예요."

보옥은 전에도 자기가 그런 말을 한 적이 있다는 것을 떠올리고 피식 웃고 말았다.

잠시 후 대옥이 떠나자 하인이 와서 알렸다.

"설나리께서 모셔 오라 하셨습니다."

보옥이 무슨 영문인지 모른 채 하인을 따라가보니 술이나 마시자는 것이었다. 보옥은 거절하기도 곤란해서 자리가 끝날 때까지 앉아 있을 수밖에 없었다. 저녁 무렵 돌아올 때는 술이 얼큰해져서 비틀비틀 걸어 이홍원으로 갔다. 뜰 안에는 더위를 식힐 서늘한 침상이 마련되어 있었는데, 그 위에 누군가 누워 있었다. 보옥은 습인이려니 생각하고 침상 가장자리에 앉아 그를 흔들며 물었다.

"아픈 건 좀 나아졌어?"

그 사람이 벌떡 일어나며 말했다.

"아이 참, 왜 또 절 건드려요!"

그녀는 습인이 아니라 청문이었다. 보옥은 그녀를 끌어당겨 옆에 앉히고 웃으며 말했다.

"갈수록 버릇없이 구는군! 아까 부채를 떨어뜨렸을 때도 그저 내가 몇 마디 한 걸 두고 그런 말까지 했잖아? 나한테 그런 거야 그렇다 치고, 습인 누나가 화해시키러 왔는데 누나까지 끌어들였지. 누나도 생각해봐, 그래서 되겠어?"

"더워 죽겠는데 왜 잡아끌고 난리예요! 누가 보면 어찌 생각하겠어요? 저는 이 자리에 앉아 있을 만한 자격이 없는 몸이에요."

"하하, 그걸 알면서 왜 여기 누워 있었어?"

청문은 할 말이 없어서 "쳇!" 하며 웃었다.

"도련님 안 계실 때는 괜찮았는데, 도련님이 오셨으니까 그렇게 돼버린 거예요. 좀 비켜주세요. 전 가서 목욕이나 해야겠어요. 습인 언니랑 사월이는 목욕을 했으니까 그치들을 불러드릴게요."

"하하, 나도 술을 좀 마셔서 씻어야 해. 누나도 목욕을 안 했다니까 가서 물 좀 가져와. 같이 씻게 말이야."

청문이 손을 내저으며 말했다.

"호호, 아서요, 됐네요! 제가 어찌 감히 도련님을! 생각해보니 벽흔이 도련님 목욕시켜드릴 때 한나절은 족히 걸리던데, 무슨 짓을 했는지 모르겠네요? 저희도 들어가보기 곤란했지요. 나중에 목욕이 끝나고 보니, 방바닥에 물이 차서 침대 다리가 잠겼고 방석에도 물이 흥건하더군요. 대체 목욕을 어떻게 하신 거지요? 그것 때문에 며칠 동안 웃었네요. 전 그걸 청소할 틈도 없으니까 함께 목욕하지 않겠어요. 오늘은 날도 서늘하고 전 아까 씻었으니 또 씻지 않아도 돼요. 물을 한 대야 떠다드릴 테니 얼굴이랑 머리까지 몽땅 씻으세요. 조금 전에 원앙이 좋은 과일을 가져와서 수정 항아리에 담아놓았으니까 쟤들더러 도련님께 갖다드리라고 할게요."

"하하, 그럼 누나도 목욕하러 가지 마. 손만 씻고 과일을 이리 가져와."

"호호, 전 너무 덜렁대서 부채까지 떨어뜨려 부러뜨렸는데 어떻게 과일 심부름을 감당할 수 있겠어요? 또 쟁반이라도 깨뜨리면 더 곤란해질 텐데요."

"하하, 깨고 싶으면 깨도 좋아. 그것들은 사람이 쓰는 것들에 지나지 않아. 사람마다 성격이 다르니 아끼는 것도 다르지. 그 부채만 하더라도 원래 바람 부치는 데 쓰는 것이지만 누나가 재미 삼아 찢고 싶으면 그래도 좋아. 하지만 거기다 화풀이를 하면 안 되지. 술잔이나 접시는 물건을 담는 것이지만 울리는 소리를 듣고 싶어서 일부러 깨는 것도 괜찮아. 하지만 거기다 화풀이를 하면 안 되지. 이게 바로 사물을 아낀다는 거야."

"호호, 그럼 도련님 부채를 이리 주세요. 제가 찢을게요. 전 찢는 소리를 제일 좋아해요."

보옥이 웃으며 부채를 건네주자 청문이 받아들고 픽 웃더니 반으로 찍 찢고, 계속해서 또 몇 차례 찍찍 찢었다. 보옥이 옆에서 웃으며 말했다.

"소리 좋고! 또 찢어봐!"

그때 사월이 왔다.

"호호, 못된 짓 좀 그만해."

보옥이 얼른 다가가 사월의 손에 들린 부채를 탁 낚아채 청문에게 건네주었다. 청문이 받아들고 또 몇 번 찢었다. 둘이 "하하!" "호호!" 웃어대자 사월이 말했다.

"이게 뭐예요! 왜 남의 걸로 기분풀이를 해요!"

보옥이 웃으며 말했다.

"하하, 부채 상자에서 마음에 드는 걸 골라 가져. 그까짓 게 뭐 좋은 거라고 그래!"

"그럼 상자를 가져올 테니 쟤더러 다 찢어버리라고 하세요. 어때요?"

"당장 가져와라."

"전 그런 짓은 못해요. 쟤가 손이 부러진 것도 아니니까 쟤더러 가져오라고 하세요."

청문이 웃으며 침상에 기댄 채 말했다.

"나도 지쳤으니 나중에 다시 찢지요 뭐."

보옥이 말했다.

"하하, 옛말에 '천금을 주고도 웃음 한 번 사기 힘들다〔千金難買一笑〕.'[3] 라고 하던데, 그까짓 부채 몇 자루가 값이 나가면 얼마나 나가겠어?"

그러면서 습인을 불렀다. 습인이 옷을 갈아입고 나오자 계집종 가혜가 와서 찢어진 부채를 치웠다. 이어서 모두 함께 더위를 식힌 것에 대해서는 굳이 자세히 이야기할 필요 없겠다.

이튿날 점심 무렵 왕부인이 보차, 대옥 등과 함께 태부인의 방에 앉아 있는데 하인이 와서 말했다.

"사아가씨께서 오셨습니다."

잠시 후 상운이 하녀들과 어멈들을 거느리고 뜰로 들어오자 보차와 대옥이 얼른 계단 아래로 내려가 맞이했다. 젊은 자매지간에 한 달이 넘도록 보지 못하다가 만났으니 그 친밀함이야 두말할 필요가 없을 정도였다. 잠시 후 방에 들어가 모두와 안부 인사를 나누고 나자 태부인이 말했다.

"날씨가 더우니까 외투는 벗으렴."

상운은 얼른 일어나 겉옷을 벗었다. 그러자 왕부인이 웃으며 말했다.

"저런! 그런 건 왜 껴입었어?"

"호호, 둘째 숙모님께서 입으라고 하시잖아요. 누가 이런 걸 껴입고 싶었겠어요?"

보차가 옆에서 말했다.

"호호, 이모님이 모르시는 모양인데, 쟤는 남의 옷 입는 걸 좋아해요. 작년 삼사월쯤에 여기서 지낼 때는 보옥 도련님의 도포를 걸치고 가죽 장화를 신고 이마에 머리띠까지 매고 다녔어요. 언뜻 보면 보옥 도련님 같은데 귀걸이만 두 개 더 단 모양이더라고요. 쟤가 저기 의자 뒤에 서 있으니까 할머님께서도 속으셔서 이러시더라고요. '보옥아, 이리 오너라. 그 위쪽에 걸린 등롱 심지에서 재가 떨어져 눈에 들어가겠다.' 쟤는 웃기만 하고 가지 않았지요. 나중에 모두가 웃음을 참지 못하자 할머님께서도 눈치채고 웃으시며, '남자처럼 차리니 오히려 더 보기 좋구나.' 하셨어요."

대옥이 말했다.

"그건 아무것도 아니지요. 재작년 정월에 재를 데려왔을 때 이틀도 지나지 않아서 눈이 내렸어요. 할머님과 이모님께서 그날 선조님 사당에 배례하고[4] 돌아오시는데 할머님께서 새로 장만하신 붉은색 펠트로 만든 외투를 저기 두셨지요. 그걸 재가 어느 틈에 척 걸쳤어요. 그런데 너무 크고 길어서 손수건으로 허리를 매고 하녀들과 뒤뜰에 눈사람을 만들러 갔다가 그만 도랑 앞에 넘어져서 온몸이 진흙투성이가 되었지요."

모두들 옛날 일을 떠올리고 웃었다. 보차가 웃으면서 유모 주씨에게 말했다.

"유모, 그 댁 아가씨는 지금도 그렇게 말썽을 피우나요?"

주씨도 웃음을 터뜨렸다. 그러자 영춘이 말했다.

"호호, 말썽만 피우면 괜찮게요? 저는 재가 말하는 걸 너무 좋아해서 질색이에요. 세상에! 저기 누워서도 계속 조잘조잘하면서 한바탕 웃다가 또 한바탕 얘기를 늘어놓는데 어디서 그런 말을 수워늘었는지 모르셌어요."

왕부인이 말했다.

"이젠 괜찮아졌겠지. 며칠 전에 어느 집에서 보러 왔다니까 조만간 시집 갈 텐데 설마 아직 그러겠어?"

태부인이 물었다.

"오늘은 자고 갈 거냐, 아니면 집에 돌아갈 거냐?"

주씨가 웃으며 대답했다.

"옷을 모두 챙겨온 걸 못 보셨나 보네요. 한 이틀쯤 묵을 거예요."

상운이 물었다.

"보옥 오빠는 집에 안 계셔요?"

보차가 웃으며 대답했다.

"쟤는 다른 사람은 못 본 체하고 그저 보옥 도련님만 챙긴다니까? 둘 다 장난을 너무 좋아해. 보아하니 말썽 피우는 버릇을 아직 고치지 못한 모양인데?"

그러자 태부인이 말했다.

"이제 너희들도 다 컸으니까 어릴 적 이름은 부르지 말도록 해라."

그 말이 끝나자마자 보옥이 왔다.

"하하, 상운 누이가 왔군. 저번엔 누이 부르러 사람을 보냈는데 왜 안 왔어?"

그러자 왕부인이 말했다.

"방금 할머님께서 지적하셨는데 너도 이름을 마구 부르는구나!"

대옥이 상운에게 말했다.

"오빠가 좋은 걸 얻어서 널 기다리고 있었거든."

"뭔데요?"

보옥이 말했다.

"하하, 그 말을 믿어? 며칠 못 봤더니 키가 더 커졌네?"

"호호, 습인 언니는 잘 지내시나요?"

"응, 덕분에."

"언니 주려고 좋은 걸 가져왔어요."

그러면서 상운은 무슨 덩어리를 싼 손수건을 꺼냈다.

"그게 뭐야? 그냥 예전에 보내주었던 그 강문석絳紋石으로 만든 반지[5]나 두세 개 더 갖다주지."

"호호, 그럼 이건 뭘까요?"

상운은 손수건을 펼쳐 모두에게 보였다. 손수건에는 지난번에 보내주었던 그 강문석 반지가 네 개나 들어 있었다. 대옥이 웃으며 말했다.

"다들 쟤 하는 짓 좀 보세요. 저번에 사람을 시켜 물건을 보낼 때 저것들도 함께 보냈으면 편했을 텐데 오늘 자기가 일부러 가져왔네요. 전 또 무슨 신기한 물건이나 되는 줄 알았는데, 알고 보니 예전과 똑같은 반지네요. 정말 넌 맹하구나!"

"호호, 맹한 건 언니지! 제가 설명할 테니 모두들 누가 더 맹한지 평해주세요. 언니들에게 보낼 선물은 심부름꾼이 얘기하지 않아도 척 보면 자연히 언니들 거라는 걸 알 수 있지요. 하지만 습인 언니 같은 분들에게 보내는 선물은 제가 심부름꾼에게 이건 누구 것이고, 이건 누구 것이라고 알려줘야 해요. 그 심부름꾼이 잘 알아들었으면 괜찮지만 좀 멍청하면 하녀들 이름도 잘 기억하지 못해 횡설수설하고, 심지어 언니들한테 보낸 선물까지 헷갈리게 될 거예요. 선물 받을 하녀가 심부름꾼이 평소 알던 여자라면 괜찮겠지요. 저번에는 어린 남자 하인이었는데 개한테 어떻게 하녀들의 이름을 말해요? 아무래도 제가 가져오는 게 깔끔하지요."

그러면서 상운은 네 개의 반지를 내려놓고 말했다.

"습인 언니, 원앙 언니, 금천 언니, 평아 언니에게 하나씩 줄 거예요. 네 명이나 되는 이 이름들을 어린 남자 하인이 제대로 기억할 수 있겠어요?"

그 말에 모두들 웃으며 말했다.

"듣고 보니 맞는 말이군!"

보옥이 웃으며 말했다.

"하하, 정말 말은 잘한단 말이야. 절대 남한테 지지 않아."

그러자 대옥이 코웃음을 쳤다.

"흥! 쟤가 아니라 차고 있는 금 기린이 말을 잘하는 거예요."

그러면서 그녀는 일어나 나가버렸다. 다행히 모두들 그 말을 제대로 듣지 못했지만, 보차만이 혼자 입을 오므리고 웃었다. 보옥도 그 말을 듣고 또 말실수를 했다고 후회했는데 갑자기 보차가 웃는 모습을 보자 자기도 모르게 웃음이 나왔다. 보차는 보옥이 웃자 얼른 자리를 떠나 대옥과 이야기를 나누러 찾아갔다.

태부인이 상운에게 말했다.

"차를 마시고 좀 쉬었다가 올케들한테 들러 인사해라. 대관원 안도 시원하니까 언니들과 가서 좀 놀고."

상운은 그러겠노라 대답하고 반지 세 개를 다시 손수건에 쌌다. 잠시 쉬었다가 희봉 등을 보러 유모와 어멈들, 하녀들을 거느리고 희봉의 거처로 갔다. 상운은 잠시 담소를 나누고 곧 대관원으로 가서 이환을 찾아가 잠깐 앉아 있다가 다시 이홍원으로 가서 습인을 만났다. 상운은 따라온 이들에게 말했다.

"이제 따라올 필요 없으니 친구나 친척들한테 가봐요. 여긴 취루만 남아서 시중들면 되니까요."

모두 고모나 올케 등 친척을 만나러 가고 상운과 취루만 남았다. 취루가 물었다.

"여기 연꽃은 왜 아직 안 피었을까요?"

"아직 때가 되지 않았나 보지."

"이것도 우리 집 연못에 있는 것과 마찬가지로 누자화樓子花[6]겠지요?"

"저건 우리 것보다는 못해."

"저기 석류나무는 가지가 네다섯 개씩 연이어 있어서 정말 누각 위에 누각을 세운 것 같네요. 저렇게 자라기도 어려운데."

"화초도 사람과 마찬가지로 기맥氣脈이 충분하면 잘 자라지."

취루가 고개를 갸웃하며 말했다.

"못 믿겠는데요? 사람과 같다면 저는 왜 머리 위에 또 머리가 난 사람을 못 봤을까요?"

상운은 자기도 모르게 웃음이 나왔다.

"너한테 제발 말 좀 적게 하라고 하지 않았니? 넌 말하는 걸 너무 좋아해. 그렇게 물으면 어떻게 대답하겠어? 천지간의 모든 것은 음양의 기운을 받아 자라는데, 올바른 것이나 나쁜 것, 기괴한 것 같은 온갖 변화도 모두 음양에 순응하는지 거슬렀는지에 따라 생겨난 결과야. 사람이 태어나 익히 보지 못한 것은 신기하게 여기지만 결국 그 안의 이치는 다 똑같아."

"그럼 옛날부터 지금까지 천지가 개벽한 뒤로 모든 게 다 음양이라는 건가요?"

"호호, 요 바보야! 갈수록 헛소리만 하네? 뭐가 '모든 게 다 음양'이라는 거야? 설마 또 다른 음양이라는 게 있다는 거니? 음과 양은 결국 하나인 셈이야. 양이 다하면 음이 되고 음이 다하면 양이 되는 것이지, 음이 다하고 나서 또 다른 양이 생겨난다거나 양이 다하고 나서 또 다른 음이 생겨난다는 게 아니야."

"그건 너무 헷갈리는 얘기네요! 대체 음양이란 게 뭐기에 형체도 그림자도 없다지요? 그러니까 그 음양이란 게 어떻게 생겨먹었는지 좀 가르쳐주세요."

"음양이란 건 무슨 모양으로도 될 수 있지만 하나의 기운에 지나지 않아. 그것이 담기거나 닿는 기물器物에 따라 모양이 만들어질 뿐이지. 예를 들어서 하늘은 양이고 땅은 음이지. 또 물은 음이고 불은 양이야. 태양은 양이고 달은 음이지."

"오호, 이제 알겠네요! 어쩐지 사람들이 해를 '태양'이라고 하고, 점쟁이가 달을 무슨 '태음성太陰星'이라고 부른다 했더니, 그래서 그런 거로군요."

"호호, 아미타불! 이제야 알았구나."

"그런 것에 음양이 있다는 건 그렇다 쳐요. 그런데 설마 모기나 벼룩, 등에, 꽃, 풀, 기와, 벽돌 같은 데에도 음양이 있다는 건가요?"

"음양이 없을 수 있겠어? 가령 저 나뭇잎 하나에도 음양이 나뉘어 있어. 위로 해를 바라보는 쪽이 양이고, 뒤로 그늘진 쪽은 바로 음이야."

취루가 고개를 끄덕이며 웃었다.

"그런 거였군요. 알겠어요. 근데 이 부채는 어느 쪽이 양이고 어느 쪽이 음이지요?"

"이쪽 정면이 양이고 반대편이 음이야."

취루는 고개를 끄덕이며 웃고는 또 몇 가지 물건을 들어 물어보려 했는데, 마땅한 물건이 떠오르지 않았다. 그러다가 갑자기 상운의 허리띠〔宮絛〕[7]에 매달린 금 기린을 내려다보더니 다시 고개를 들며 물었다.

"호호, 아가씨, 설마 이것도 음양이 있는 건 아니겠지요?"

"들짐승이나 날짐승은 수컷이 양이고 암컷이 음이야. 그거라고 왜 음양이 없겠어?"

"그럼 이건 수컷인가요 아니면 암컷인가요?"

"그건 나도 몰라."

"그건 그렇다 치고, 세상 모든 것에 음양이 있다면 우리 사람들에게는 음양이 없나요?"

상운은 취루의 얼굴을 쳐다보며 꾸짖었다.

"천한 것! 어서 걷기나 해! 갈수록 이상한 것만 묻고 있어!"

"호호, 그건 왜 안 가르쳐줘요? 저도 아니까 골탕 먹이지 마세요."

"호호, 네가 뭘 알아?"

"아가씨는 양이고 저는 음이지요."

상운이 손수건으로 입을 가리고 깔깔 웃었다.

"맞지요? 그러니까 그리 웃으시는 거지요?"

"그래, 맞다, 맞아!"

"사람들이 주인은 양이고 하인은 음이라고 정해놓았지요. 제가 그런 중요한 도리마저 모르는 줄 아셔요?"

"호호, 그래, 아주 잘 아는구나."

그렇게 이야기를 나누며 걷다가 장미 시렁 아래 이르자 상운이 말했다.

"저기 좀 봐. 누가 머리장식을 떨어뜨렸나 보네? 뭔가 금빛이 반짝이잖아."

취루가 얼른 가서 집어 들고 웃으며 말했다.

"호호, 이제 음양을 나눌 수 있게 됐네요."

그러면서 상운이 차고 있던 금 기린을 살펴보는 것이었다. 상운이 주운 것을 보여달라고 했지만 취루는 꼭 쥔 손을 펴지 않고 웃으며 말했다.

"이건 보물이라서 아가씨는 보시면 안 돼요. 이게 어디서 왔을까? 정말 이상하네! 이제껏 여기서 이런 걸 찾고 있는 사람을 못 봤는데."

"호호, 이리 줘봐."

취루가 손을 폈다.

"자, 보세요."

그것은 휘황찬란한 무늬가 있는 금 기린이었는데, 상운이 차고 있는 것보다 크고 화려했다. 상운은 그것을 손바닥에 올려놓고 넋이 나간 듯 말없이 생각에 잠겨 있었다. 바로 그때 저쪽에서 보옥이 다가오며 물었다.

"하하, 뙤약볕 아래서 둘이 뭐하고 있어? 습인 누나한테나 가보지 그래?"

상운은 얼른 금 기린을 숨기며 말했다.

"지금 가려는 참이에요. 같이 가요."

그들은 이홍원으로 들어갔다. 습인이 마침 계단 아래 난간에서 바람을 쐬고 있다가 상운을 보고 얼른 마중 나와 손을 맞잡고 오랜만이라며 인사를 나누었다. 잠시 후 안에 들어가 자리에 앉자 보옥이 웃으며 말했다.

"좀 일찍 오지 그랬어? 내가 좋은 물건을 하나 얻어서 너한테 주려고 했거든."

그러면서 자기 옷을 여기저기 뒤졌다. 한참 뒤적거리더니 "이런!" 하면서 습인에게 물었다.

"그거 누나가 챙겨뒀나?"

"무슨 말씀이세요?"

"전에 얻은 기린 말이야."

"그거야 도련님이 매일 지니고 다니시면서 저한테 물으면 어쩌라고요?"

보옥이 손뼉을 탁 치며 말했다.

"어디서 떨어뜨린 모양이군! 이걸 어디 가서 찾지?"

보옥이 일어나 찾으러 가려 하자 상운은 조금 전에 주운 게 바로 그가 떨어뜨린 것임을 알아챘다.

"호호, 또 언제 기린을 얻었어요?"

"예전에 간신히 얻은 거야. 근데 이렇게 금방 잃어버릴 줄은 몰랐네. 나도 멍청해졌어."

"호호, 잃어버린 게 장난감 하나인데 뭘 그리 난리예요?"

그러면서 상운은 손을 펼쳤다.

"혹시 이거 아니에요?"

보옥은 그걸 보고 기뻐 어쩔 줄 몰라 하며 뭐라고 말했다. 그가 무슨 말을 했는지는 다음 회를 보시라.

제32회

가보옥은 마음속의 의혹을 하소연하고
금천은 치욕을 못 이겨 스스로 목숨을 끊다

訴肺腑心迷活寶玉　含恥辱情烈死金釧

금천이 자살한 일로 가보옥이 왕부인에게 훈계를 듣다.

보옥은 상운이 내민 기린을 보자 너무 기뻐 얼른 집어 들며 말했다.

"하하, 다행히 네가 주웠구나! 어디서 주웠어?"

"호호, 이거니까 다행이지, 나중에 관인官印이라도 잃어버리면 큰일 나지 않겠어요?"

"하하, 관인쯤이야 잃어버려도 별일 아니지만 이걸 잃어버린다면 죽어 마땅한 일이지."

습인이 상운에게 차를 따라주며 말했다.

"호호, 아가씨, 며칠 전에 경사가 있었다지요?"

상운은 얼굴이 빨개진 채 말없이 차만 마셨다. 습인이 또 말했다.

"또 부끄러워하시네요. 십 년 전에 서쪽 난각暖閣*에서 함께 살 때 저랑 밤에 나눈 이야기 기억하세요? 그땐 부끄러워하지 않으시더니 오늘은 왜 부끄러워하세요?"

"호호, 그 얘기를 지금도 하시네요. 저희 어머님이 돌아가시고 제가 집에 돌아가 있는 동안 언니는 어찌어찌해서 오빠를 시중들게 됐지요. 그땐 우리 사이가 좋았지만 이젠 제가 와도 언니가 예전처럼 대해주시지 않잖아요."

"호호, 그렇게 말씀하시다니요. 예전에는 '언니, 언니' 하면서 저한테 세수를 시켜달라, 머리를 빗겨달라, 이것저것 해달라고 하셨는데, 이제 장성하셨다고 아가씨 행세를 하시잖아요. 아가씨께서 그러시는데 제가 어떻게 감히 편하게 대하겠어요?"

"아미타불! 정말 억울해! 내가 정말 그랬다면 당장 죽어버릴 거예요. 보세요, 이 더운 날씨에도 제가 이 집에 오면 꼭 언니부터 먼저 찾아오잖아요. 못 믿겠거든 취루한테 물어보라고요. 집에 있을 때도 전 항상 언니를 생각한다고요."

말이 채 끝나기도 전에 습인과 보옥이 얼른 달랬다.

"농담한 건데 또 진지하게 받아들이는군. 여전히 성격이 급해."

"남의 말을 가로막았다는 얘기는 하지 않고 오히려 제 성격이 급하다고 나무라시네."

상운은 손수건을 펼쳐 반지를 습인에게 주었다. 습인이 무척 고마워하면서 말했다.

"호호, 저번에 아가씨들한테 선물 보내셨을 때 저에게도 보내주셨잖아요. 이번엔 직접 이렇게 갖다주시는 걸 보니 정말 저를 잊지 않으신 모양이네요. 이것만 봐도 아가씨 마음을 알겠어요. 반지 값이야 얼마나 되든 간에 아가씨 진심을 알 수 있다는 말씀이지요."

"그건 누가 준 반지예요?"

"보차 아가씨가 주셨어요."

"호호, 난 대옥 언니가 주신 줄 알았는데 보차 언니가 주신 거로군요. 제가 집에서 매일 생각해봤는데 언니들 가운데 보차 언니만 한 사람이 없어요. 애석하게도 엄마는 다르지만 이런 언니가 있다면 부모님이 돌아가셨다 해도 괜찮을 것 같아요."

상운이 이렇게 말하며 눈시울을 붉히자 보옥이 말했다.

"됐다, 됐어! 그런 얘기는 하지 마."

"뭐 어때서 그래요? 오빠가 무얼 걱정하는지 알아요. 오빠의 '대옥 누이'가 들으면 또 내가 보차 언니 칭찬했다고 화를 낼까봐 그러시지요? 어때요, 제 말이 맞지요?"

습인이 옆에서 피식 웃으며 말했다.

"아가씨, 이제 이렇게 장성하셨는데 속내를 그대로 얘기하는 버릇은 더 심해지셨네요."

보옥도 웃으며 말했다.

"너희들 앞에선 말하기도 무섭다고 생각했는데, 정말 그렇군!"

"착한 오빠, 저한테 미운 털 박힐 소리 하지 마세요. 우리 앞에서야 괜찮지만 오빠의 대옥 누이 앞에선 또 어떨지 모르지요."

습인이 말했다.

"농담 그만하시고, 마침 아가씨께 청이 하나 있어요."

"무슨 일인데요?"

"신을 한 켤레 만들려고 겉에 무늬로 붙일 천을 가위질해놓았는데 제가요 며칠 몸이 안 좋아서 바느질을 못하고 있어요. 혹시 시간 있으시면 대신 좀 만들어주실래요?"

"호호, 이건 또 무슨 일이래요? 이 집에 솜씨 좋은 사람들이 있잖아요. 바느질이며 가위질 잘하는 사람도 있는데 왜 저더러 만들어달라는 거지요? 언니가 시키면 감히 하지 않을 사람이 어디 있다고?"

"호호, 기억이 흐려지셨나 보군요. 이 방의 바느질감은 그런 사람들한테 시켜선 안 된다는 걸 모르시진 않을 텐데요."

상운은 곧 그게 보옥의 신이라는 걸 알아채고 웃으며 말했다.

"그럼 제가 대신 만들어드리지요. 다만 언니 신이라면 제가 만들어드리겠지만 다른 사람 신이라면 안 돼요."

"호호, 또 그러시네. 저 같은 게 어찌 감히 아가씨께 신을 만들어달라고 하겠어요? 솔직히 말씀드리자면 제 신이 아니에요. 누구 건지는 따지지 마시고 그냥 해주시면 어쨌든 제가 감사할게요."

"하긴 따지고 보면 언니 물건도 제가 얼마나 많이 만들어주었는지 모르지요. 하지만 지금은 제가 할 수 없는 이유를 언니도 잘 아실 거예요."

"저는 모르겠는데요?"

"흥! 예전에 제가 만든 부채 주머니를 다른 사람이 만든 것과 비교하다가 홧김에 가위로 잘라버렸다는 얘길 들은 적이 있어요. 저도 벌써부터 알고 있는데 여전히 속이려 드시네요. 그런데도 또 저한테 만들어달라고 하다니 제가 이 방 사람들 종이라도 되었나 보네요?"

보옥이 다급히 웃으며 말했다.

"하하, 지난번엔 네가 만든 건지 몰라서 그랬어."

습인도 말했다.

"호호, 도련님은 아가씨께서 만드신 건지 몰랐어요. 제가 '최근에 바깥에 심부름하는 여자애 하나가 꽃을 수놓는 솜씨가 훌륭하다고 해서 제가 시험 삼아 부채 주머니를 하나 만들어보라고 했어요.'라고 거짓말을 했거든요. 도련님은 그런 줄 아시고 그걸 그분에게 보여드린 거지요. 그런데 어쩌다가 대옥 아가씨를 화나게 해서 아가씨가 가위로 잘라버린 거랍니다. 돌아와서 저더러 얼른 다시 만들라고 하시기에 그제야 아가씨께서 만드신 거라고 말씀드렸지요. 그때 도련님이 얼마나 후회하셨는지 몰라요."

"그럼 더 이상하네? 대옥 언니 성질을 건드리면 안 된다 하고, 그 언니가 가위질은 잘하니까 그 언니더러 만들어달라고 하면 되겠네요."

"대옥 아가씨는 잘 못 만들잖아요. 그게 아니더라도 노마님께서 대옥 아가씨가 힘들어하지나 않을까 걱정하고 계시거든요. 의원도 몸조리를 잘해야 한다고 했으니 누가 그 아가씨를 귀찮게 하겠어요? 작년에도 무려 한 해나 걸려서 겨우 향주머니를 하나 만들었고, 올해도 반 년 동안 그 아가씨가 바느질하는 걸 보지 못했어요."

한창 이야기를 나누고 있는데 하인이 와서 전갈했다.

"흥륭가興隆街*의 나리께서 오셨어요. 가정 나리께서 도련님더러 나와 인사하시랍니다."

보옥은 가화가 왔음을 눈치채고 기분이 별로 좋지 않았다. 습인이 얼른 가서 옷을 가져오자 보옥은 가죽 장화를 신으며 투덜거렸다.

"아버님이 같이 있어주면 되지 올 때마다 꼭 나를 불러요."

상운이 부채를 흔들며 말했다.

"호호, 그야 오빠가 손님 접대를 잘하니까 나리께서 오빠를 부르시는 것이겠지요."

"아버님이 그러실 리가 있나? 그 양반이 나를 보고 싶다고 하니까 이리 되는 거지."

"호호, '주인이 고상하니 손님이 자주 찾는다.'라고 했듯이, 당연히 오빠가 그분한테 뭔가 좋은 얘기를 해주시니까 만나고 싶어 하시는 거겠지요."

"됐네, 됐어! 나도 감히 고상하다고 하기 어려운 속물 중의 속물이라 절대 이런 사람들하고는 왕래하고 싶지 않아."

"호호, 아직 그 성격은 못 고쳤군요. 이제 장성하셨으니 공부해서 거인擧人*이나 진사가 될 시험을 치르고 싶진 않더라도 이런 벼슬아치들과 어울리면서 벼슬길에 나가 세상을 다스리는 학문에 대해 얘기해야지요. 그래야 나중에 교제하거나 처세하는 일도 잘하고 친구도 사귈 게 아니에요. 일년 내내 그저 우리 여자들 속에 파묻혀 지내기만 해서야 되나요!"

"아가씨, 제발 다른 아가씨 방에 가서 노셔요! 여긴 세상 다스리는 학문을 배우는 데 방해만 되는 곳이니까요."

그때 습인이 끼어들었다.

"상운 아가씨, 그런 말씀 마셔요. 저번에 보차 아가씨도 말씀하신 적이 있는데 도련님은 남의 체면 같은 건 신경도 쓰지 않고 그냥 헛기침만 한 번 하고 나가버리셨거든요. 말씀이 채 끝나기도 전에 나가셔서 보차 아가씨 얼굴이 벌게져, 말씀을 계속하기도 그렇고 그만하기도 곤란한 지경이 돼버린 적도 있어요. 다행히 보차 아가씨였으니 망정이지 대옥 아가씨였더라면 또 얼마나 다투고 우셨을지 모르지요. 말이 나왔으니 얘긴데, 정말 보차 아가씨는 너무 존경스러워요. 잠깐 난감해하시다가 돌아가셨지요. 오히려 제가 민망해서 대신 화가 나더라니까요! 그러고 나서도 아가씨는 아무 일 없었다는 듯 전과 똑같이 행동하시니 정말 교양 있고 마음도 넓은 분이지요. 하지만 그 일 때문에 도련님과 좀 서먹서먹해졌어요. 대옥 아가씨한테 화를 내며 상대하지 않았다면 나중에 얼마나 사과했어야 할지 모르지요."

그러자 보옥이 말했다.

"대옥 누이가 언제 그런 개소리를 한 적이 있어? 만약 그랬더라면 벌써 나랑 사이가 멀어졌을걸?"

습인과 상운이 머리를 끄덕이며 웃었다.

"그게 개소리였군요!"

그때 대옥은 상운이 여기 있으니 틀림없이 보옥도 쫓아가서 금 기린 이야기를 할 거라고 생각했다. 그래서 속으로 추측했다.

'근래에 오빠가 읽은 외전이나 야사 따위에서는 대부분 재자가인才子佳人들이 작은 장난감을 인연으로 만났지. 원앙이나 봉황, 옥팔찌나 금 장신구, 교초鮫綃*로 만든 손수건이나 난새〔鸞〕 무늬를 수놓은 허리띠 따위 말야. 그런 작은 물건들 때문에 평생을 함께하게 되는 이야기들인 거야. 이제 오빠도 금 기린을 얻었으니 이것 때문에 우리 둘 사이에 틈이 생기고, 대신 오빠와 상운 사이에 연정이 싹틀지 모르지.'

그래서 대옥은 몰래 이홍원으로 가서 낌새를 살펴 두 사람의 마음을 알아보려 했다. 이홍원에 막 도착했을 때 대옥은 상운이 세상 다스리는 일에 대해 이야기하는 소리를 들었다. 보옥이 "대옥 누이는 그런 개소리를 하지 않지. 그랬다간 나랑 사이가 멀어졌을걸?" 하고 말하는 소리를 듣자, 대옥은 놀랍고 기쁘기도 했지만 또한 한탄스럽고 슬프기도 했다. 기쁜 것은 자기가 사람 보는 눈이 있어서 평소 보옥을 지기知己로 생각한 게 맞았다는 것이고, 놀라운 것은 그가 다른 사람 앞에서 속내를 터놓고 자신을 칭찬하면서, 혹시 모를 오해를 감수하면서까지 그의 각별한 마음을 드러냈다는 것이었다. 한탄스러운 것은 그가 자신의 지기라면 당연이 자신 또한 그의 지기일 텐데, 지기 사이에 무슨 '금'과 '옥'의 인연 같은 걸 따지냐는 것이었다. 또한 '금'과 '옥'의 인연이라는 게 있다면 당연히 자기와 가보옥 사이에 있어야지 왜 하필 설보차라는 존재가 나타났단 말인가! 슬픈 것은 자신이 부모를 일찍 여의었기 때문에 비록 보옥과 자기가 단단히 언약했다 해도 자신을 위해 거들어줄 사람이 아무도 없다는 사실이었다. 게다가 요즘 매번 정신이 어지럽고 병이 점점 깊어져 의원은 기혈이 약해져서 노겁증勞怯症[1]으로 번질 우려가 있다고까지 했다. 그러니 자신과 보옥이 지기라고는 하지만 오래 지속되지 않을까 무서웠다. 설령 보옥이 자신을 지기로 여긴다 한들 자신의 목숨이 길지 않으면 어쩔 것인가! 이렇게 생각하자 대옥은 자신도 모르게 눈물이 흘러내렸다. 그녀는 안으로 들어가 보옥을 만나볼까 하다가 계면쩍은 기분이 들어서 눈물을 훔치며 돌아섰다.

보옥은 서둘러 옷을 입고 나오다가 앞쪽에 대옥이 천천히 걸어가고 있는 것을 발견했다. 그녀가 눈물을 훔치는 듯한 모양이어서 보옥은 얼른 쫓아가 웃으며 말했다.

"누이, 어디 가? 왜 또 울었어? 누가 기분을 상하게 했어?"

대옥이 고개를 돌려보니 보옥인지라 억지로 웃으며 말했다.

"괜찮아요. 제가 언제 울었다고 그래요?"

"하하, 눈에 눈물도 안 말랐는데 거짓말하긴."

보옥이 손을 들어 눈물을 닦으려 하자 대옥이 다급히 물러서며 말했다.

"또 죽고 싶은 모양이군요! 왜 함부로 손발을 놀려요!"

"하하, 이야기를 하다보니 나도 모르게 그만 손이 나갔네. 죽을 줄도 모르고 말이야."

"오빠 죽는 건 별거 아니지만, 홀로 남겨진 무슨 '금'인지 '기린'인지는 어쩐다지요?"

그 말에 다급해진 보옥이 급히 다가서며 물었다.

"또 그 얘기! 대체 날 저주하는 거야, 아니면 화나게 만들려는 거야?"

대옥은 저번 일을 떠올리고 또 말실수를 했다고 후회하면서 재빨리 말했다.

"호호, 화내지 말아요. 제가 말을 잘못했네요. 별것도 아닌 일에 핏대를 세우고 얼굴에 땀까지 흘리며 화를 내요?"

대옥은 자기도 모르게 보옥에게 다가가서 얼굴의 땀을 닦아주었다. 보옥은 한참 동안 그녀를 노려보다가 말했다.

"안심해."

그 말에 대옥은 한참 멍하니 있다가 물었다.

"제가 안심하지 못할 일이 있나요? 대체 그게 무슨 소리지요? 왜 안심하라느니 마느니 하는 거예요?"

보옥이 한숨을 내쉬며 물었다.

"정말 모르겠어? 평소 내가 너한테 쏟은 관심이 헛짓이었단 말이야? 네 마음조차 헤아리지 못하니 네가 늘 나한테 화를 내는 것도 당연하지."

"난 정말 안심하라느니 말라느니 하는 말이 무슨 뜻인지 모르겠어요."

보옥이 고개를 끄덕이며 한숨을 쉬었다.

"누이, 거짓말하지 마. 정말 무슨 뜻인지 모른다면 평소 내가 쏟은 관심도 허사였을 뿐만 아니라 누이가 평소 나를 대하던 마음도 모두 저버리는 거야. 누이가 안심하지 못해서 몸에 병까지 생긴 거야. 조금만 마음을 느긋하게 가진다면 그 병도 그렇게 나날이 깊어지지 않을 거야."

그 말에 대옥은 벼락을 맞은 것 같았다. 보옥의 말은 자기 가슴속에 있는 것보다 더 간절하다고 느껴졌다. 대옥은 할 말이 너무 많았지만 한마디도 꺼내지 못하고 멍하니 그를 바라보았다. 이때 보옥도 하고 싶은 말이 태산 같았지만 어디서부터 시작해야 좋을지 몰라 멍하니 그녀를 바라보았다. 두 사람은 한참 그렇게 있었다. 대옥이 "콜록!" 기침을 하는데 자기도 모르게 눈물이 흐르자 몸을 돌려 떠나려고 했다. 보옥이 급히 붙들었다.

"누이, 잠깐만! 한마디만 듣고 가."

대옥은 눈물을 훔치며 손을 뿌리쳤다.

"무슨 할 말이 있다고요. 말 안 해도 다 알아요!"

그녀는 돌아보지도 않고 가버렸다.

보옥은 그저 멍하니 서 있었다. 조금 전에 보옥이 서둘러 나가는 바람에 부채를 들고 나가지 않자 습인이 얼른 부채를 들고 쫓아 나오다가 둘이 서 있는 모습을 발견했다. 잠시 후 대옥이 가버리고 보옥 혼자 꼼짝 않고 서 있는 모습을 보고 그에게 다가가 말했다.

"도련님, 부채를 들고 나가지 않으셨어요. 다행히 제가 발견하고 가져다 드리러 쫓아왔어요."

넋이 나간 보옥은 습인이 뭐라 하는데도 누구인지 알아보지 못한 채 그녀의 팔을 덥석 붙들고 말했다.

"누이, 내 이 마음을 지금까지 감히 말하지 못했지만 이제 큰 맘 먹고 고백했으니 죽어도 한이 없어! 나도 누이 때문에 병이 났지만 남한테 말하지 못하고 숨기고 있을 수밖에 없었어. 누이 병이 나으면 내 병도 낫지 않겠어? 잠잘 때도 꿈속에서도 누이를 잊을 수 없어!"

습인은 그 말에 깜짝 놀라 혼백이 다 날아갈 지경이었다. 그녀는 "하느님 맙소사! 누구 죽는 꼴 보려고 이러세요!" 하면서 보옥을 떼어놓고 말했다.

"그게 대체 무슨 말씀이세요! 귀신에 홀리기라도 했어요? 어서 가보셔요!"

보옥은 그제야 정신을 차리고 습인이 부채를 갖다주러 왔다는 사실을 깨달았다. 그는 얼굴이 시뻘게진 채 부채를 낚아채 들고 황급히 달려갔다.

보옥이 떠나자 습인은 방금 한 그 말이 틀림없이 대옥 때문이라고 짐작했다. 나중에 남녀 간의 불상사가 벌어져 놀랍고도 무서운 상황이 올 수밖에 없겠다는 생각도 들었다. 그런 생각이 들자 자기도 모르게 멍하니 선

채 눈물을 흘리며 추악한 재앙을 면할 방법을 곰곰이 생각했다. 그렇게 생각에 잠겨 있을 때 저쪽에서 보차가 걸어오면서 말했다.

"호호, 이 뙤약볕 아래에서 왜 그리 넋이 나가 있어요?"

그 소리에 습인은 얼른 웃음을 지으며 말했다.

"저기서 참새 두 마리가 싸우는데 꽤 재미있어서 구경하고 있었어요."

"보옥 도련님이 방금 옷을 차려 입고 어디론가 급히 가던데요? 조금 전에 지나가는 걸 보고 무슨 일인가 물어보려 했어요. 그런데 요즘 도련님 얘기하시는 게 갈수록 횡설수설하는 것 같아서 불러 세우지 않고 그냥 가게 했어요."

"나리께서 부르셔서 가신 거예요."

"저런! 이 한여름 더운 날에 왜 부르신 거래요? 설마 또 무슨 화내실 일이 생각나셔서 한바탕 훈계를 늘어놓으시려고 부르신 건 아니겠지요?"

"호호, 그건 아니에요. 아마 도련님을 뵙고 싶다는 손님이 있는 모양이에요."

"그 손님도 참 생각이 없네요. 이 더운 날 집에서 시원하게 있을 일이지 뭐하러 돌아다닌대요!"

"그러게 말씀이지요."

"그런데 상운이는 그 방에서 뭘 한대요?"

"호호, 잠깐 한담을 나눴어요. 전에 제가 붙여놓은 신발 무늬 있잖아요? 내일 상운 아가씨가 그걸 바느질해주실 거예요."

보차는 이리저리 주위를 둘러보고 아무도 없는 것을 확인한 다음 웃으며 말했다.

"호호, 습인처럼 사리를 잘 아는 사람이 왜 다른 사람의 기분을 헤아리지 못했을까? 내가 요즘 상운이의 표정을 보고 또 떠도는 얘기를 들어보니 걔가 집에서 전혀 자기 마음대로 뭘 하지 못하는 것 같더라고요. 걔 집안에서는 씀씀이가 많이 든다고 침모針母도 두지 않고, 어지간한 것들은 대부분 그 집안 여인들이 직접 만든대요. 요즘 여기 와서 나랑 얘기할 때 주변에 다른 사람이 없으면 집안일이 힘들어 죽겠다고 하소연도 해요. 내가 집안 형편에 대해 물으면 눈시울까지 붉어져서 우물우물 말도 못하더군요. 그 모습을 보니 자연히 어려서 부모를 여읜 고충을 알겠더군요. 난 그 애만 보면 나도 모르게 가슴이 아파요."

그 말을 듣자 습인은 손뼉을 딱 쳤다.

"그래, 맞아요! 어쩐지 지난달에 제가 나비매듭 열 개만 만들어달라고 부탁했는데 여러 날이 지나서야 사람을 보내서는 '대충 만든 거니까 다른 데 임시로 쓰고, 깔끔한 게 필요하면 나중에 거기 갔을 때 다시 잘 만들어줄게요.' 하더군요. 지금 아가씨 말씀을 듣고 보니 우리 부탁이라 거절도 못하고 집에서 한밤중까지 일해서 만들었을 거란 생각이 드네요. 제가 멍청했지요. 진즉 알았더라면 폐를 끼치지 않았을 텐데요."

"지난번에 상운이가 그러는데, 걔네 집에서는 매일 한밤중까지 일을 한대요. 그러니 조금이라도 남의 일을 해주면 그 집안 마님들이 좋아하시지 않겠지요."

"그런데 우리 고집불통 도련님은 크고 작은 일을 막론하고 일체 집안의 침모들한테 맡기시잖아요. 이건 저도 혼자서 다 해낼 수 없다니까요."

"호호, 거긴 신경 쓰지 마요! 그냥 다른 사람한테 시켜놓고 습인이 했다고 둘러대면 되잖아요?"

"어떻게 속여요? 척 보면 아시는데요. 어쩔 수 없이 제가 천천히 하는 수밖에요."

"그럴 필요 없이 내가 조금 도와줄까요?"

"호호, 정말 그렇게 해주신다면 저야 너무 감사한 일이지요. 저녁에 제가 일감을 들고 찾아뵙겠어요."

말이 채 끝나기도 전에 할멈 하나가 황급히 달려와 말했다.

"세상에, 이게 무슨 일이래요! 금천이가 우물에 몸을 던져 죽었대요!"

습인이 깜짝 놀라 물었다.

"어느 금천 말인가요?"

"금천이가 어디 또 있나요? 마님 방에서 시중들던 아이지요. 예전에 무슨 일인지 모를 이유로 쫓겨난 뒤로 집 안에서 매일 통곡만 하고 지냈는데 아무도 거들떠보지 않았답니다. 그런데 갑자기 보이지 않더니만 조금 전에 누가 동남쪽 모퉁이의 우물에서 물을 긷다가 시체를 발견하고 급히 사람을 불러 건져내보니 바로 그 애였다는구먼요. 그 집안에서 살려보겠다고 난리를 쳤지만 이미 늦었다지 뭡니까!"

보차가 말했다.

"별일도 다 있네."

습인도 고개를 끄덕이며 탄식했다. 평소 함께 지냈던 정을 생각하니 자기도 모르게 눈물이 나왔다. 보차는 왕부인의 마음을 위로하기 위해 급히 왕부인의 거처로 갔고, 습인은 이홍원으로 돌아갔다. 이 이야기는 그만하겠다.

보차가 왕부인의 거처에 이르니 사방이 쥐 죽은 듯 고요한데, 왕부인이 안방에 혼자 앉아 눈물을 흘리고 있었다. 보차는 그 이야기를 꺼내기가 불편해서 말없이 옆에 앉았다. 왕부인이 물었다.

"어디서 오는 길이냐?"

"대관원에서 왔습니다."

"그럼 보옥이를 보았겠구나?"

"조금 전에 보았는데 옷을 차려 입고 어디론가 나가는 것 같았습니다."

왕부인이 고개를 끄덕이며 울었다.

"이상한 일이 하나 일어났는데 너도 아니? 글쎄 금천이가 갑자기 우물에 뛰어들어 죽었다는구나!"

"왜 갑자기 우물에 뛰어들어요? 정말 이상한 일이네요."

"전에 그 애가 내 물건을 하나 망가뜨려서 순간적으로 화가 치미는 바람에 몇 대 때리고 내쫓았다. 그냥 이틀쯤 속을 좀 끓이게 됐다가 다시 불러올 생각이었는데, 그렇게 홧김에 몸을 우물에 던져버릴 줄 누가 알았겠니? 다 내 잘못이야!"

"휴! 이모님은 자애롭고 착한 분이시니까 그리 생각하시는 거지요. 제가 보기엔 그 애가 홧김에 우물에 뛰어든 게 아닌 것 같네요. 틀림없이 집에서 지내며 우물 근처에서 놀다가 실수로 발을 헛디뎌 떨어졌을 거예요. 여기서 상전들한테 얽매어 지내다가 나가게 되니 당연히 여기저기 놀러 다니고 싶지 않았겠어요? 설마 홧김에 그랬을까요! 정말 홧김에 그랬다면 어리석은 사람에 지나지 않으니 불쌍하게 여길 필요도 없어요."

왕부인은 고개를 끄덕이며 탄식했다.

"말이야 그렇지만 내 마음은 편치 않구나."

"에휴! 이모님, 그 일은 너무 마음에 두지 마세요. 정 견디기 어려우시거든 그 집에 은돈이라도 몇 냥 보내 주인과 하녀 사이의 정을 보여주시면 되잖아요."

"조금 전에 걔 어미한테 은돈 쉰 냥을 보냈다. 너희 자매들한테 해주려던 새 옷 두 벌도 그 집에 보내주려고 했는데 희봉이 말이 새로 지은 옷은 없고 대옥이 생일에 줄 옷만 두 벌 있다더구나. 그런데 대옥이는 평소 생각이 많은 아이인데다 팔자도 사나운데, 생일날 주겠다고 한 옷을 남의 수의로 줘버린다면 께름칙한 일이 아니겠니? 그래서 방금 침모를 불러 얼른 그 애한테 줄 옷을 두 벌 지으라고 했다. 다른 아이라면 은돈이나 몇 냥 줘버리면 그만이겠지만 금천이는 하녀이긴 해도 평소 내 곁에 있을 때 딸이나 다름없이 대했거든."

왕부인은 말끝을 우물거리며 자기도 모르게 눈물을 흘렸다.

"이모, 뭐하러 번거롭게 침모를 시켜요? 제가 전에 지어둔 옷이 두 벌 있으니 그걸 갖다주면 돼요. 게다가 금천이가 살아 있을 때 제 헌옷을 입곤

했어요. 키도 저랑 비슷해요."

"그렇긴 하겠지만 네가 께름칙하지 않을까?"

"호호, 걱정 마세요. 전 그런 데 신경 안 써요."

보차가 일어나자 왕부인은 얼른 하녀 두 명을 불러 딸려 보냈다.

잠시 후 보차가 옷을 가지고 돌아오니 보옥이 왕부인 옆에 앉아 눈물을 흘리고 있었다. 왕부인은 그에게 뭐라 말하고 있다가 보차가 들어오는 걸 보고 입을 다물어버렸다. 그 모습을 보고 보차는 사정을 대충 짐작하고 가져온 옷을 건네주었다. 왕부인은 금천의 어머니를 불러 가져가게 했다. 이후의 일은 다음 회를 보시라.

제33회

기회를 엿보던 형제는 입을 함부로 놀리고
못난 자식 가보옥은 모진 매를 맞다

手足耽耽小動脣舌　不肖種種大承笞撻

가정이 가보옥에게 매질을 하자 태부인이 달려와 구해주다.

　왕부인은 금천의 어머니를 불러 비녀와 귀걸이 등을 직접 주었다. 또 승려 몇 명을 불러 금천의 극락왕생을 위해 경을 읽게 하라고 지시했다. 금천의 어머니는 머리를 조아려 감사 인사를 하고 돌아갔다.
　가화를 만나고 돌아온 보옥은 금천이 수치심을 이기지 못하고 홧김에 자살했다는 소식을 듣고는 마음이 찢어지는 듯 아팠다. 방에 들어가서 왕부인에게 훈계를 들으면서도 뭐라고 할 말이 없었다. 보차가 들어오자 간신히 밖으로 나올 수 있게 된 보옥은 어디로 가야 할지 막막해서 등짐을 진 것마냥 고개를 푹 숙인 채 한숨을 내쉬며 천천히 걷다가 발길 닿는 대로 대청까지 왔다. 보옥이 막 병풍 문을 돌아 나가는데 마침 맞은편에서 누군가 안으로 들어오는 바람에 상대의 가슴에 부딪히고 말았다. 그러자 그 사람이 호통을 내질렀다.
　"게 서라!"
　보옥이 깜짝 놀라 고개를 들어보니 다름 아니라 그의 아버지였다. 보옥은 자기도 모르게 숨을 깊이 들이마시고 두 손을 늘어뜨린 채 다소곳이 옆에 섰다.
　"왜 고개를 푹 숙이고 풀이 죽어 있느냐? 조금 전에 우촌 선생이 너를 만나고 싶다 하셔서 불렀더니 한참만에야 겨우 나오고, 나와서도 얘기조차 시원하게 하지 못하고 우물쭈물하기만 하더구나. 보아하니 네 얼굴에 무슨 고민이 있는 것 같더니 이제 또 한숨까지 푹푹 쉬고 있구나. 대체 뭐가 부족해서 걱정인 게냐? 까닭 없이 이러면 어쩌자는 게냐?"

보옥은 평소에는 입심이 좋았지만, 이때는 금천의 일 때문에 마음이 상해 있어서 그녀를 따라 죽지 못하는 게 한스러울 지경이었다. 아버지가 이런 이야기를 해도 귀를 기울이지 않고 그저 멍하니 서 있기만 할 뿐이었다.

가정은 원래 그다지 화가 나지 않았지만, 겁을 먹은 채 서 있는 보옥이 대답하는 것도 예전 같지 않자 갑자기 화가 조금 치밀었다. 막 무슨 이야기를 하려는데 하인이 와서 전갈했다.

"충순친왕부忠順親王府*에서 손님이 찾아와 나리를 뵙고 싶다고 합니다."

가정은 의아한 생각이 들었다.

'평소에 그곳과 전혀 왕래하지 않았는데 갑자기 무슨 일로 사람을 보냈지?'

그렇게 생각하면서도 가정은 "어서 모셔라!" 하고 서둘러 밖으로 나갔다. 그곳에는 충순친왕부의 장사관長史官[1]이 기다리고 있었다. 가정은 서둘러 그를 대청 안으로 청해 자리를 권하고 차를 대접했다.

인사를 나누기도 전에 장사관이 먼저 이야기를 꺼냈다.

"소인이 귀댁을 방문한 것은 한 가지 도움을 청할 일이 있어서입니다. 개인적으로 주제 넘는 짓을 하는 게 아니라 친왕 전하의 허락도 받았으니, 저희 친왕 전하의 면목을 생각하셔서 번거로우시더라도 부디 나리께서 직접 힘을 좀 써주십시오. 그러면 친왕 전하뿐만 아니라 소인들도 감사해 마지않을 것입니다."

가정은 무슨 영문인지는 몰랐지만 얼른 웃음을 지으며 일어서서 물었다.

"친왕 전하의 명을 받들어 오셨다는데 어떤 분부가 있으십니까? 잘 설명해주시면 이 몸이 분부를 받들어 처리하겠습니다."

장사관이 쓴웃음을 지으며 말했다.

"뭐 받들어 처리하실 필요까진 없습니다. 그저 한마디만 해주시면 됩니다. 저희 왕부에서 소단 연기를 하는 기관이라는 배우가 여태까지 잘 지내다가 갑자기 사나흘 동안 돌아오지 않고 있습니다. 여기저기 찾아봐도 종적을 알 수 없어 여러 곳을 다니며 수소문하고 있습니다. 그런데 이 성안 사람들 가운데 열에 여덟이 모두 하는 말이, 그 아이가 최근에 옥을 물고 태어나신 귀댁 도련님과 아주 가깝게 지냈다고들 했습니다. 하지만 귀댁은 저희들이 함부로 들어와 찾아볼 수 없는 곳이라 친왕 전하께 아뢰었더니 친왕 전하께서도 '다른 배우라면 백 명이 없어진다 해도 괜찮겠지만, 기관이는 임기응변에도 능하고 성실하기 그지없어 내 마음에 꼭 드는 아이이니 절대 없어서는 안 된다.'라고 하셨습니다. 그래서 나리께 청하오니 귀댁 도련님께 기관이를 돌려보내라고 분부해주십시오. 그러면 친왕 전하의 간절한 소원도 들어드리는 것일 뿐만 아니라 저희들도 찾아다니는 고생을 덜 수 있지 않겠습니까?"

장사관은 깊이 허리 숙여 공손히 절을 올렸다.

가정은 놀라기도 하고 화도 나서 즉시 보옥을 불러오게 했다. 보옥이 영문도 모른 채 서둘러 달려오자 가정이 물었다.

"이런 죽어 마땅할 천한 놈! 집에서 공부를 하지 않는 건 그렇다 치고, 밖에 나가 법도 하늘도 안중에 두지 않는 그런 짓을 저질렀느냐! 기관이는 지금 충순왕부 친왕 전하를 모시는 사람인데 너처럼 하찮은 놈이 무단히 꾀어내서 나한테까지 이런 재앙이 닥치게 했구나!"

보옥이 깜짝 놀라서 급히 대답했다.

"저는 정말 모르는 일입니다. '기관'이라는 게 무언지도 모르는데 어찌 '꾀어낼' 수가 있다는 말씀이십니까?"

그렇게 말하며 울음을 터뜨리자 가정이 입을 열기도 전에 장사관이 코웃음을 치며 말했다.

"도련님, 숨기실 필요 없습니다. 혹시 집에 숨겨두셨거나 그가 있는 곳을 아신다면 어서 말씀해주십시오. 저희가 이런 고생을 조금이라도 덜 수 있다면 도련님의 은혜 잊지 않겠습니다."

보옥은 계속 모른다고 버텼다.

"아마 잘못 전해진 얘기인 모양입니다. 전 그를 만난 적도 없습니다."

"흥! 여기 증거가 있는데도 계속 우기실 겁니까? 나리 앞에서 그걸 말씀드리면 도련님도 곤란하실 텐데요. 기관을 모른다고 하시면서 그 붉은 허리띠는 어떻게 도련님 허리에 매여 있는 것입니까?"

보옥은 혼백이 빠져 나간 듯 눈을 부릅뜬 채 입을 딱 벌리고 속으로 생각했다.

'그걸 저 사람이 어떻게 아는 거지? 이런 비밀스러운 일까지 아는 걸 보니 속이긴 틀렸구나. 다른 일을 또 까발리기 전에 얼른 보내버려야겠다.'

보옥은 이렇게 생각하고 말했다.

"나리, 그 사람에 대해 그리 잘 아신다면 어째서 그 사람이 집을 사서 살고 있다는 큰일조차 모르고 계십니까? 듣자 하니 지금 그 사람은 성에서 이십 리쯤 떨어진 동쪽 교외에 있는 무슨 자단보紫檀堡*인가 하는 마을에 논밭과 집을 사두었다던데, 아마 거기 있는지도 모르지요."

"하하, 말씀을 들어보니 분명 거기 있는 모양입니다. 제가 가서 찾아보지요. 거기 있으면 그만이겠지만, 만약 아니라면 다시 돌아와서 가르침을 받겠습니다."

그렇게 말하고 장사관은 급히 떠났다.

화가 치밀어 눈을 부릅뜬 채 입까지 비틀려 있던 가정은 장사관을 전송하려 가면서 보옥을 돌아보며 말했다.

"거기 꼼짝 말고 있어라! 돌아와서 물어볼 말이 있다!"

그리고 곧장 장사관을 전송하러 갔다가 잠시 후 돌아왔다. 그때 가환이 하인 몇 명을 데리고 허겁지겁 달려왔다. 가정이 하인들에게 호통을 쳐서 지시했다.

"당장 저놈을 잡아 곤장을 쳐라!"

가환은 아버지를 보자 너무 놀라 몸이 뻣뻣해질 지경이어서 황급히 고개를 숙인 채 그 자리에 섰다. 가정이 물었다.

"넌 왜 그리 뛰어다니느냐? 데리고 다니는 놈들은 모두 어디에서 빈둥거리고 있기에 네놈을 고삐 풀린 망아지처럼 날뛰게 하는 게냐!"

가정은 즉시 명을 내려 가환을 서당에 데려간 이들을 불러오라고 했다. 가환은 아버지가 진노해 있자 기회를 봐서 말했다.

"아까는 뛰지 않았습니다. 저쪽 우물 옆을 지나다가 거기서 하녀 하나가 빠져 죽은 것을 보았는데, 머리가 이만큼 크고 몸뚱이가 이만큼 부풀어오른 채 물에 떠 있어서 너무 무서웠습니다. 그래서 얼른 뛰어서 지나쳤습니다."

가정이 깜짝 놀라 물었다.

"난데없이 누가 우물에 뛰어들었단 말이냐? 우리 집에서는 여태 이런 일이 없었거늘. 조상 때부터 모두가 하인들을 너그러이 대하지 않았더냐? 내가 요즘 집안일에 신경을 좀 덜 썼더니 집사들이 혹독하게 위세를 부려서 이렇게 목숨을 가벼이 여기고 함부로 죽는 재앙이 생기게 만든 게로구나. 남들이 알면 조상님 체면이 뭐가 되겠느냐!"

그는 당장 가련과 뇌대, 내흥을 불러오라고 명을 내렸다. 하인들이 "예!" 하고 나가려는데 가환이 재빨리 가정의 옷자락을 붙들며 무릎을 꿇고 말했다.

"아버님, 노여워하지 마십시오. 이 일은 마님 방에 있는 사람들 외에 다른 사람들은 전혀 모르는 일입니다. 제 어머님 말씀으로는······"

거기까지 말하더니 가환은 사방을 한 번 둘러보았다. 가정이 그 뜻을 알아채고 하인들에게 눈짓하자 하인들도 눈치채고 모두 양쪽으로 멀찌감치 물러났다. 그러자 가환이 목소리를 죽여 말했다.

"제 어머님 말씀으로는 예전에 보옥 형님이 마님 방에서 금천이라는 하녀를 억지로 욕보이려다가 말을 듣지 않자 두들겨 팬 적이 있답니다. 그래서 금천이 홧김에 우물에 몸을 던졌답니다."

가환의 말이 채 끝나기도 전에 가정은 화가 나서 얼굴이 금박지처럼 노랗게 변해 버럭 소리를 질렀다.

"당장 보옥이 놈을 잡아와라!"

그러면서 서재로 들어가 다시 호통을 질렀다.

"오늘 누구든 나를 말리려고 드는 자가 있거든 내 사모관대紗帽冠帶와 집안 재산을 모두 그자에게 주어서 보옥이와 함께 살라고 하겠다! 죄인 신세를 면치 못할 바에야 차라리 머리 깎고 절에 들어가 편히 지내는 게 그나마 조상님들께 욕보이는 불효막심한 자식을 낳은 죄를 면하는 길일 테니 말이다."

그의 이런 모습에 문객들과 하인들은 또 보옥 때문이라는 걸 알고, 모두들 깜짝 놀라 손가락을 입에 넣거나 혀를 깨물어 입을 막고 서둘러 물러갔다. 가정은 숨을 씩씩 몰아쉬며 얼굴이 눈물로 범벅이 된 채 의자에 앉아 연신 소리쳤다.

"보옥이 놈을 잡아와라! 곤장을 준비하고, 밧줄을 가져와 놈을 묶어라! 문들은 다 걸어 잠가라! 안채에다 이 소식을 전하는 놈은 당장 때려죽이고 말겠다!"

하인들은 그저 일제히 "예!" 하고 대답할 수밖에 없었다. 개중에 몇몇은 보옥을 데리러 갔다.

보옥은 꼼짝 말고 있으라는 가정의 말에 안 좋은 일이 생길 줄은 알고 있었지만, 가환이 쓸데없는 말을 보탠 것까지는 꿈에도 몰랐다. 그는 대청에서 왔다 갔다 하며 안채에 소식을 알릴 사람을 찾았지만 하필 이런 때에 아무도 보이지 않았다. 심지어 배명마저도 종적을 알 수 없었다. 그렇게 기다리고 있는데 마침 할멈 하나가 나왔다. 보옥은 보배라도 주운 듯 얼른 달려가 할멈을 붙들고 말했다.

"빨리 안채에 들어가 알려줘요. 아버님이 저한테 매질을 하려 하신다고요! 어서요, 어서! 급하다니까요!"

그런데 보옥이 다급한 김에 발음을 똑바로 하지 못하기도 했고, 할멈은 귀까지 어두워서 무슨 이야기인지 알아듣지 못했다. 할멈은 급하다는 말을 우물에 뛰어들었다는 말로 잘못 듣고[2] 웃으며 말했다.

"우물에 뛰어든 건 개인데 도련님이 무슨 걱정이셔요?"

보옥은 할멈이 귀가 어둡다는 걸 알고 다급히 말했다.

"얼른 나가서 내 하인을 하나 오라고 해요!"

"해결 안 된 일이 어디 있다고 그러셔요? 벌써 다 끝났어요. 마님께서 옷이랑 은돈까지 하사하셨는데 어떻게 해결이 안 되겠어요?"

보옥이 다급해서 발을 동동 구르는데 가정의 하인들이 와서 보옥을 끌고 나갔다. 가정은 그를 보자마자 눈에 핏발이 서서는 보옥이 밖에서 배우와 놀아나면서 물건을 주고받고, 집에서는 공부도 게을리 하면서 어머니의 하녀를 욕보이려 한 일에 대해 캐묻지도 않고 다짜고짜 호령했다.

"입에 재갈을 물리고 살이 너덜너덜해질 때까지 쳐라!"

하인들은 감히 명을 어기지 못하고 보옥을 걸상에 묶고는 곤장을 들어 십여 대를 쳤다. 가정은 매질이 약하다며 곤장을 든 하인에게 발길질을 하고, 직접 곤장을 빼앗아 들고는 이를 악문 채 힘껏 삼사십 대를 내리쳤다. 매질을 너무 심하게 하자 문객들이 황급히 달려들어 곤장을 빼앗으며 말렸지만 가정은 들으려 하지 않았다.

"저놈이 저지른 짓거리가 용서받을 만한 건지 한번 물어보시오! 평소 당신들이 저놈을 감싸는 바람에 이 지경까지 이르렀는데도 또 말리려는 거요? 이러다 나중에 저놈이 군주를 시해하고 부모를 죽이는 패륜아가 되어도 나를 말릴 거요!"

문객들은 그가 이렇게 심한 소리까지 할 정도로 화가 치밀었다는 것을 알고 급히 물러나 사람을 보내 안채에 소식을 알렸다. 왕부인은 감히 태부인에게 알리지 못하고 급히 옷을 챙겨 입고 밖에 누가 있는지조차 따지지 않고 서재로 달려왔다. 그 바람에 문객들과 하인들은 미처 피할 틈도 없었다. 왕부인이 서재로 들어오자 가정은 불에 기름을 끼얹은 듯 곤장을 더 세게, 더 빠르게 내리쳤다. 양쪽에서 보옥을 붙들고 있던 두 하인들도 다급히 손을 놓고 피했지만 보옥은 이미 꼼짝도 못할 지경이 되어 있었다. 가정이 다시 매질을 하려 하자 왕부인이 곤장을 끌어안고 말렸다.

"비키시오! 끝장을 내야지! 오늘은 내가 죽기 전에는 매질을 멈추지 않을 거요!"

왕부인이 통곡하며 말했다.

"애가 맞아 마땅한 짓을 저질렀지만 당신도 몸을 생각하셔야지요. 게다가 날씨도 이리 덥고 어머님 몸도 편찮으십니다. 애를 때려죽이는 건 사소한 일이지만 혹시 어머님께서 소식을 들으시고 갑자기 심신이 상하시게 되면 일이 커지지 않겠어요?"

가정이 코웃음을 치며 말했다.

"흥! 그런 얘기는 꺼내지도 마시오! 이런 못난 놈을 낳은 것부터가 이미 불효를 저지른 것이오. 훈계라도 한 번 할라치면 또 다들 나서서 감싸기만 했지. 차라리 이참에 이놈 목을 졸라 죽여 장래의 후환을 없애는 게 나아!"

가정은 밧줄로 보옥의 목을 조르려고 했다. 왕부인이 다급히 그를 끌어안아 말리며 울음 섞인 목소리로 말했다.

"여보, 자식 훈계하는 건 당연한 일이지만 우리 부부 사이도 좀 생각해주세요. 제 나이 벌써 쉰 살인데 자식이라곤 이 못난 놈밖에 없어요. 그래도 굳이 쟤를 다스리시겠다면 저도 더 이상 말리지 않겠어요. 굳이 쟤를 죽일 작정이시라면 저하고도 의를 끊겠다는 뜻인가요? 쟤를 목 졸라 죽일 작정이시라면 먼저 제 목부터 조르세요! 우리 모자가 감히 원한은 품지 않겠지만, 저승에서라도 서로 의지할 수 있지 않겠어요?"

그렇게 말하고 그녀는 보옥의 몸 위에 엎어져 대성통곡했다. 가정은 그 말을 듣고 긴 한숨을 내쉬고는 의자에 앉아 눈물을 비 오듯 흘렸다. 보옥은 얼굴이 창백해진 채 숨소리도 미약해져 있었고, 속에 받쳐 입은 푸른 비단옷은 온통 피로 흥건했다. 허리띠를 풀어 살펴보니 엉덩이에서 종아리까지 온통 검푸른 멍이 들어 있었고, 여기저기 살갗이 터져서 성한 데가 거의 없었다. 왕부인은 자기도 모르게 대성통곡하며 "지지리도 복도 없는 놈아!" 하고 소리쳤다. '복도 없다' 라는 말에 또 가주가 생각나 그의 이름을 부르며 통곡했다.

"주야! 네가 살아 있다면 다른 놈은 백 명이 죽어도 상관하지 않을 텐데!"

이때 왕부인이 나왔다는 소식을 듣고 이환과 희봉, 영춘 자매들이 벌써 나와 있었다. 왕부인이 가주의 이름을 부르며 통곡하자 다른 사람은 몰라도 이환은 터져 나오는 통곡을 억누르지 못했다. 그 소리에 가정도 더욱 눈물을 펑펑 쏟기 시작했다.

사태가 해결되지 않고 있던 차에 하녀가 와서 말했다.

"노마님께서 오셨습니다."

말이 채 끝나기도 전에 창밖에서 떨리는 목소리가 들려왔다.

"나부터 때려죽이고 나서 그 아이를 죽여라! 그래야 시원할 게 아니냐!"

가정은 어머니가 오자 다급한 한편 가슴이 아파와 황망히 맞이하러 나갔다. 태부인은 하녀의 부축을 받으며 가쁜 숨을 몰아쉬면서 걸어왔다. 가정이 다가가 공손히 허리 숙여 절하고, 웃음을 지으며 말했다.

"어머니, 이 더운 날씨에 왜 이리 진노하시며 몸소 오셨습니까? 하실 말씀이 있으시면 저를 부르시지 않고요."

태부인이 걸음을 멈추고 숨을 한 번 몰아쉬며 매서운 목소리로 말했다.

"네가 언제 내 얘기를 듣기나 했느냐! 내가 할 말이 있다 해도, 애석하게도 내 평생 제대로 된 자식을 못 두었으니 누구한테 얘기를 한단 말이냐!"

가정은 그 말이 예사롭지 않게 들려서 다급히 무릎을 꿇으며 눈물을 머금고 말했다.

"제가 자식 놈을 훈계하는 건 조상을 영예롭게 하기 위해서입니다. 어머니, 그 말씀을 제가 어찌 감당할 수 있겠습니까?"

태부인은 침을 탁 뱉으며 말했다.

"내 한마디도 견디기 어렵다면서 그렇게 죽어라 매질을 하면 보옥이는 견디낼 수 있다더냐? 자식 훈계하는 게 조상을 영예롭게 하기 위해서라고 했는데, 그래, 옛날 네 아버지는 널 어떻게 훈계하더냐?"

그렇게 말하면서 태부인은 눈물을 흘렸다. 가정이 또 웃음을 지으며 말했다.

"어머님, 상심하지 마십시오. 제가 잠시 화를 참지 못했습니다. 이후로 다시는 저 애한테 매질을 하지 않겠습니다."

"흥! 나 때문에 그럴 필요 없다. 네 자식 놈한테 네가 매질을 하건 말건 나도 상관하지 않겠다. 너도 이 집안 여자들과 아들을 싫어하는 모양이니, 차라리 우리가 네 곁을 떠나면 모두에게 속 시원한 일이 아니겠느냐!"

태부인은 당장 가마를 대령하라고 지시했다.

"나와 네 집사람, 보옥이는 당장 남경으로 떠나겠다!"

하인들은 그저 말로만 "예, 예!" 할 뿐이었다. 태부인은 또 왕부인에게 말했다.

"너도 울 필요 없다. 지금은 보옥이가 어려서 네가 그리 아끼지만 저놈도 자라 어른이 되어 벼슬살이를 하게 되면 어미 생각을 하지 않을 테니까 말이다. 지금 그놈을 너무 아끼지 마라. 그래야 나중에 화날 일이 하나라도 줄어들 테니까!"

가정이 황급히 머리를 조아리며 울음 섞인 목소리로 말했다.

"어머님, 그리 말씀하시니 제가 몸 둘 바를 모르겠습니다."

"흥! 오히려 내가 몸 둘 바를 모르게 만들어놓고 도리어 네가 그런 소리를 하는구나! 우리가 돌아가면 네 속도 후련해질 테지. 그래, 너한테 마음대로 매질하라고 할 사람이 누군지 두고 보마!"

태부인은 속히 짐을 챙겨서 남경으로 돌아갈 마차와 수레를 준비하라고 지시했다. 가정은 연신 머리를 조아리며 간곡히 사죄했다.

태부인은 이야기를 하다가 보옥이 염려스러워 급히 들어가 살펴보니 이번 매질은 예전에 비할 수 없을 정도로 심했다. 그녀는 마음이 아프면서도 화가 치밀어 보옥을 껴안고 한없이 통곡하다가 왕부인과 희봉 등이 한참 위로하고 나서야 통곡을 멈추었다. 하녀들과 어멈들이 달려와 보옥을 부축하려 하자 희봉이 꾸짖었다.

"멍청한 것들! 눈이 삐었어? 이렇게 심하게 매질을 당했는데 부축해서 걷게 하면 어떡해! 어서 안에 들어가서 등나무로 엮은 긴 걸상을 가져와."

하녀들이 급히 안으로 들어가서 긴 걸상을 들고 나와 보옥을 그 위에 눕히고, 태부인과 왕부인을 따라 안채로 들어가서 태부인의 방 안에 걸상을 들였다.

가정은 어머니의 화가 수그러지지 않아 함께 들어갈 염치가 없었다. 그제야 보옥을 보니 과연 매질이 심하긴 한 것 같았다. 다시 왕부인을 보니 그녀는 연방 "아이고! 내 새끼!" 하면서, "주가 살고 네가 먼저 죽었다면 네 아비가 화낼 일도 없을 테고 나도 반평생을 이렇게 마음고생 하지 않을 텐데. 이제 혹시 잘못되어서 너마저 날 버리고 떠난다면 나는 누구한테 의지하라는 말이냐!"

이렇게 넋두리하면서 또 "못난 놈!" 하며 통곡했다. 그 소리에 가정도 마음이 울적해져서 이렇게까지 매질을 하지는 말았어야 했다고 후회했다. 그가 태부인을 위로하자 태부인이 눈물을 머금고 말했다.

"넌 아직 여기서 뭐하는 게냐? 당장 나가라! 설마 네 눈으로 저 아이 죽는 꼴을 봐야 직성이 풀리겠다는 게냐!"

가정은 하는 수 없이 밖으로 나갔다.

이때 설씨 댁 마님과 보차, 향릉, 습인, 상운 등도 모두 와 있었다. 습인은 마음이 너무 아팠지만 마음 놓고 드러내지 못하고 있었다. 여러 사람이 보옥을 둘러싸고 물을 떠온다 부채질을 한다 하면서 부산을 떨고 있어서 자기가 끼어들 자리도 없었다. 어쩔 수 없이 습인은 중문으로 가서 배명을 불러 자세한 사연을 캐물었다.

"조금 전까지 아무 일 없었는데 왜 매질을 하셨다니? 넌 왜 일찍 와서 알리지 않았어!"

"하필 그땐 제가 곁에 없었어요. 저도 한참 매질을 하고 계실 때에야 소식을 듣고 사정을 알아보니, 기관이와 금천 누나 일 때문이라고 하대요."

"나리께서 그 일을 어찌 아셨다지?"

"기관이 일은 아마 평소에 시샘하던 설나리가 분풀이할 방법이 없으니 바깥의 누구를 꾀어서 나리께 모함을 하게 한 것 같아요. 금천 누나의 일은 환 도련님이 일러바쳤다는데 저도 나리를 모시는 하인들한테 들은 얘기예요."

습인은 두 사건 모두 정황이 들어맞는지라 십중팔구 그랬나 보다 생각했다. 그런 다음 돌아오니 모두들 보옥을 치료하느라 정신이 없었다. 처치가 끝나자 태부인이 명을 내렸다.

"조심해서 이 아이 방으로 들어다 놓도록 해라."

하녀들이 "예!" 하고 분주히 움직여서 보옥을 이홍원 안의 자기 침상에 눕혔다. 그러고도 한참 부산을 떨다가 하나둘씩 자기 자리로 돌아갔다. 그때서야 습인도 안으로 들어가 정성껏 시중을 들면서 어찌 된 일인지 캐물었다. 이에 대해서는 다음 회를 보시라.

제34회

사랑 가운데 사랑으로 인하여 누이에게 감동하고
잘못을 거듭하니 이를 지적하며 오빠를 타이르다

情中情因情感妹妹　錯裏錯以錯勸哥哥

가보옥은 문병하러 온 임대옥의 사랑에 감동하다.

습인은 태부인과 왕부인 등이 떠난 후 보옥 곁으로 가서 눈물을 머금고 물었다.

"어쩌다 이렇게까지 매질을 당하셨어요?"

보옥이 한숨을 내쉬며 말했다.

"물어보나 마나 그 일들 때문이지! 그나저나 하반신이 너무 아픈데 어디가 망가졌는지 좀 봐줘."

습인은 조심조심 손을 뻗어 보옥의 내복 바지를 내리려고 했는데, 조금만 움직여도 보옥이 이를 악물고 "아야!" 하고 비명을 질러대는 바람에 움찔 멈추었다. 서너 번을 시도하고 나서야 겨우 내복 바지를 내렸다. 그의 다리는 반쯤 시퍼렇게 멍이 들어 있었는데, 그 자국들은 모두 너비가 손가락 네 개만큼이나 되었고 퉁퉁 부어 있었다. 습인이 이를 악물고 말했다.

"맙소사! 어쩌면 이리도 지독하게 매질을 하셨을까! 제 말만 들으셨어도 이렇게 되진 않았을 거 아니에요? 다행히 뼈나 힘줄은 다치지 않았기에 망정이지, 어디를 못 쓰게 됐으면 어쩔 뻔했어요?"

그렇게 말하고 있는데 하녀가 전갈했다.

"보차 아가씨께서 오셨어요."

습인은 내복 바지를 입혀줄 시간이 없어서 얼른 비단 겹이불로 보옥을 덮어주었다. 잠시 후 보차가 환약을 하나 들고 와서 습인에게 말했다.

"저녁에 이 약을 술에 개어서 도련님께 발라 드려요. 어혈瘀血의 열독熱毒을 빼줘서 금방 낫게 해줄 거예요."

보차는 습인에게 약을 건네주고 보옥에게 물었다.

"좀 나아졌나요?"

"덕분에요. 좀 앉아요."

보차는 그가 눈을 또렷이 뜨고 말하는 모습이 아까와는 달라서 상당히 안심하면서도 한숨을 쉬었다.

"진즉 남의 말에 귀를 기울였더라면 이런 일이 없었을 텐데요. 노마님이나 이모님께서 가슴 아파하시는 것은 말할 것도 없고, 저희들도 마음이 아프네요."

거기까지 말하다가 보차는 재빨리 뒷말을 얼버무리면서 성급한 말을 했다며 후회했다. 그녀는 자신도 모르게 얼굴이 빨개져서 고개를 푹 숙였다. 보옥도 이렇게 다정한 말을 듣고는 말속에 깊은 뜻이 담겨 있다고 생각했다. 또 그녀가 말을 잇지 못하고 얼굴이 붉어진 채 고개를 숙이고 수줍게 허리띠를 만지작거리는 모습을 보자 말로 표현할 수 없을 만큼 아름답다는 생각이 들었다. 보옥은 저절로 기분이 좋아져서 상처의 아픔 따위는 벌써 까마득한 하늘로 날려버리고 생각에 잠겼다.

'그저 매를 몇 대 맞은 것뿐인데 다들 이렇게 동정하고 슬퍼하는 모습을 보여주는구나. 정말 아름답고 사랑스럽고 존경할 만해. 내가 갑자기 재앙을 만나 죽기라도 한다면 저들은 얼마나 슬퍼할까! 내가 죽으면 저들은 이렇게 슬퍼할 게 분명하니 평생의 사업이 물거품이 된다 해도 애석할 게 없지. 저승에서라도 즐겁고 편안하지 못하면 어리석고 못난 귀신이 될 수밖에 없지.'

보옥이 이렇게 생각에 잠겨 있는데 보차가 습인에게 물었다.

"이모부께선 왜 갑자기 진노하셔서 매질을 하셨대요?"

습인은 배명에게 들은 이야기를 들려주었다.

보옥도 가환의 일을 모르고 있다가 습인의 말을 듣고서야 알게 되었다. 그런데 습인이 설반까지 끌어들이자 보차가 괜히 마음 상할까 싶어서 얼른 습인의 말을 막았다.

"형님은 절대 그럴 사람이 아니니 함부로 추측하면 안 돼!"

보차는 자신의 마음을 상하지 않게 해주려는 말인 줄 알고 속으로 생각했다.

'이리 심하게 매를 맞았는데도 자기 아픈 것은 생각하지 않고 남한테 실수할까 싶어서 이렇게 신경을 쓰다니. 이것만 봐도 우리한테 마음 쓰고 있다는 걸 알겠네. 그런데 그런 마음을 갖고 있으면서 왜 바깥의 큰일에도 힘써서 이모부님을 기쁘게 해드리지 않지? 그랬다면 이런 낭패도 당하지 않았을 거 아냐? 어쨌든 내가 마음 상할까 싶어 습인의 말을 막았지만, 평소 제멋대로 굴면서 도무지 조심성 같은 건 없는 내 오빠의 심성을 내가 모를까! 예전에도 별것 아닌 진종인가 하는 작자 때문에 아주 큰 난리를 피웠는데, 이번 일은 당연히 그때보다 더 심하지.'

이렇게 생각하고 나서 보차가 웃으며 말했다.

"이 사람 탓이니 저 사람 탓이니 원망할 필요 없어요. 제 생각에는 평소 도련님 행실이 바르지 못해 그런 사람들과 어울리니까 이모부님께서 진노하신 것 같아요. 제 오빠가 말을 조심하지 않아서 순간적으로 도련님 얘기를 발설했다 하더라도 일부러 뒤에서 험담한 건 아닐 거예요. 어쨌든 그게 사실일 수도 있겠지만 제 오빠는 그런 자잘한 일을 따져서 조심하는 사람이 아니거든요. 습인 아가씨는 어려서부터 도련님처럼 세심한 사람만 보며 자랐기 때문에 세상 무서운 줄 모르고 마음에 있는 말은 바로 뱉어버리는 사람은 본 적이 없겠지요?"

습인은 자기가 설반 이야기를 해서 보옥이 말을 막을 때부터 이미 실수했다는 걸 깨닫고 보차가 멋쩍어할까봐 걱정했는데, 그녀가 이렇게 말하자 부끄러워서 할 말이 없었다. 보옥은 보차의 말이 반은 공명정대하고 반은 자신의 의심을 없애주는 말이어서 아까보다 더 기분이 개운해졌다. 보옥이 무슨 말을 하려는 찰나 보차가 몸을 일으키며 말했다.

"내일 다시 올게요. 몸조리 잘하셔요. 조금 전에 습인에게 약을 주었으니 저녁에 바르면 곧 괜찮아질 거예요."

그리고 바로 문밖으로 나갔다. 습인이 얼른 뜰 밖으로 나와 전송하며 말했다.

"아가씨, 신경 써주셔서 고마워요. 나중에 도련님이 나으시면 직접 찾아가 인사하실 거예요."

"호호, 뭐 감사할 것까지 있나요? 그저 쓸데없는 생각 마시고 몸조리나 잘하시면 금방 괜찮아지실 거라고 위로해드려요. 노마님이나 이모님을 놀라시게 해서는 안 돼요. 이모부님 귀에 들어가면 그때는 어땠든지 간에 전 말을 따져보려 하실 테고, 그러면 결국 봉변을 당하시지 않겠어요?"

그렇게 말하고 보차는 떠났다.

돌아오면서 습인은 보차에 대해 속으로 무척 감격했다. 방 안으로 들어가니 보옥은 묵묵히 생각에 잠겨 비몽사몽인 것처럼 누워 있었다. 습인은 세수하고 머리 빗으러 밖으로 나갔다. 보옥은 말없이 침상에 누워 있자니 엉덩이가 바늘로 찌르는 듯 칼로 베는 듯 아프고, 또 불에 지지는 듯 열기가 치밀었다. 몸을 조금이라도 돌리면 "아야!" 하는 비명이 저절로 나왔다. 날은 저물어가고 있었고 습인 대신 두세 명의 하녀들이 대기하며 명을 기다리고 있었지만 지금은 그들을 부를 일이 전혀 없었다.

"너희들도 나가 씻어라. 시킬 일이 있으면 부를 테니."

하녀들도 모두 밖으로 나갔다.

보옥은 정신이 점점 혼미해졌다. 갑자기 장옥함이 걸어 들어와 충순왕부에 잡혀간 일을 하소연하기도 했고, 금천이 들어와 통곡하며 우물에 몸을 던진 심정을 이야기하기도 했다. 보옥은 비몽사몽간이라 그들의 말에 전혀 신경을 쓰지 않았다. 그런데 갑자기 누군가 그를 흔들었다. 환상처럼 아련하게 누군가 슬피 우는 소리도 들렸다. 보옥이 꿈에서 깨어나 눈을 떠 보니 다름 아니라 대옥이었다. 보옥은 여전히 꿈인가 싶어서 얼른 허리를 기울여 상대의 얼굴을 자세히 살펴보았다. 두 눈이 복숭아처럼 부어 있고 얼굴이 온통 눈물로 뒤범벅이 되어 있는 모습은 분명 대옥이었다. 보옥은 다시 살펴보려다가 하반신이 너무 아파서 "아야!" 비명을 지르며 다시 누워 한숨을 내쉬었다.

"누이는 또 뭐하러 왔어! 해는 졌다지만 땅의 열기가 아직 식지 않았으니 두 번씩이나 왔다 갔다 하고 나면 또 더위를 먹는다고! 난 매를 맞긴 했지만 전혀 아프지 않아. 이러고 있는 건 다른 사람들을 속여 아버님께 소문이 들어가게 만들려는 꾀병이야. 그러니 진짜로 여기지 말라고."

대옥은 소리 내어 통곡하지는 않았지만 숨 죽여 흐느끼다 보니 목이 메어서 더욱 가슴이 답답했다. 게다가 보옥이 그렇게 말하자 가슴속에서는 하고 싶은 말이 수없이 많았지만 입 밖으로 나오지 않았다. 대옥은 한참 후에야 겨우 흐느낌 섞인 목소리로 말했다.

"이젠 정신 좀 차리세요!"

보옥이 한숨을 내쉬었다.

"걱정 마. 그리고 그런 말은 하지 마. 그 사람들을 위해서라면 난 죽어도 좋아!"

말이 채 끝나기도 전에 밖에서 소리가 들려왔다.

"둘째 아씨께서 오셨습니다."

대옥은 희봉이 왔다는 걸 알고 얼른 일어서며 말했다.

"전 뒤뜰로 나갔다가 나중에 다시 올게요."

보옥이 그녀의 팔을 붙들며 말했다.

"왜 그래? 왜 갑자기 형수님을 무서워하는 거야?"

대옥은 조바심을 내며 나직하게 말했다.

"제 눈을 좀 봐요. 그분이 또 이걸 두고 놀리실 거 아니에요?"

그 말에 보옥은 얼른 손을 놓았다. 대옥은 재빨리 침상 뒤쪽으로 돌아 뒤뜰로 나갔다. 뒤이어 희봉이 앞쪽에서 들어오며 물었다.

"좀 나아졌어요? 먹고 싶은 게 있으면 저희 집에 사람을 보내서 가져가세요."

이어서 설씨 댁 마님이 찾아왔고, 조금 뒤에는 태부인이 또 사람을 보냈다.

등불을 켤 때가 되자 보옥은 국물만 두어 모금 마시고 바로 곤히 잠들었다. 계속해서 주서댁과 오신등吳新登, 정호시鄭好時˙의 아낙들처럼 나이 지긋하고 자주 왕래하는 이들도 보옥이 매를 맞았다는 소식을 듣고 찾아왔다. 습인이 얼른 나가 맞이하며 나직하게 말했다.

"아주머니들, 한발 늦으셨네요. 도련님은 막 잠이 드셨어요."

습인은 그들을 다른 방으로 안내하고 차를 대접했다. 아낙들은 잠시 조용히 앉아 있다가 습인에게 말했다.

"도련님 깨어나시거든 우리가 다녀갔다고 말씀 전해줘."

습인은 그러겠노라 하고 그들을 배웅했다. 막 돌아가려는데 왕부인이 보낸 할멈이 찾아왔다.

"마님께서 도련님 방에 있는 하녀들 가운데 한 명을 불러오라 하셨네."

습인은 잠시 생각하다가 청문과 사월, 단운, 추문 등에게 목소리를 낮춰 말했다.

"마님께서 사람을 부르시니 내가 다녀올게. 너희들은 방을 잘 지키고 있어."

습인은 그길로 할멈과 함께 대관원을 나와 위채로 갔다. 왕부인은 시원한 걸상에 앉아 파초 잎 모양의 부채를 부치고 있다가 습인을 보고 말했다.

"아무나 보내면 되지, 네가 오면 보옥이 시중은 누가 들어?"

"도련님은 방금 잠드셨어요. 거기 있는 네다섯 명의 아이들도 이젠 시중 드는 일에 익숙해졌으니 안심하셔요. 걔들이 오면 마님 분부를 제대로 알아듣지 못해 일을 그르치게 될까 싶어서 제가 왔어요."

"별일 아니다. 그냥 지금 상태가 어떤지 물어보려고 부른 거야."

"보차 아가씨가 보내주신 약을 발라드렸더니 아까보다 좀 나아지셨어요. 아까는 아파서 제대로 누워 계시지도 못했는데 이제 편히 잠드신 걸 보니 그런 것 같아요."

"뭘 좀 먹었더냐?"

"노마님께서 국을 한 사발 보내셨는데 두어 모금만 마셨어요. 계속 목이 마르다며 매실탕만 드시려 했어요. 제 생각에 매실은 약이 퍼지는 걸 억제하는 것이라 많이 드시면 좋지 않을 것 같아요. 아까 매를 맞으시면서 비명도 지르지 못하셨으니 당연히 열독과 열혈이 심장에 남아 있을 텐데, 그걸 잡수셔서 심장을 자극하기라도 하면 큰 병이 될 수도 있으니 큰일이 아니겠어요? 그래서 한참 동안 설득하니까 겨우 매실탕 찾는 걸 그만두시고 설탕에 잰 장미즙을 드셨어요. 하지만 반 사발쯤 마시고는 달지도 않고 향기도 없어서 비위가 상한다고 하셨어요."

"에그! 진즉 나한테 얘기하지 그랬어? 전에 누가 향로香露* 즙을 두어 병 보내순 적이 있다. 원래는 보옥이한테 조금 줄까 했는데 함부로 써버릴까 싶어서 주지 않았지. 장미즙이 비위 상해서 싫어한다면 그걸 가져가렴. 물 한 사발에 차 숟가락으로 하나만 타면 아주 향기가 좋아."

왕부인은 채운을 불러 지시했다.

"전에 들어온 그 향로즙을 몇 병 가져오너라."

습인이 말했다.

"두 병만 가져오면 돼요. 더 많으면 헤프게 쓰기 쉬우니까요. 모자라면 다시 가지러 올게요."

한참 뒤에 채운이 두 병을 가져와 습인에게 주었다. 그것은 길이가 세 치쯤 되는 작은 유리병이었다. 위에는 나사 모양의 은 마개가 있고, 노란 딱지에는 각각 '목서청로木樨清露'*와 '장미청로〔玫瑰清露〕'라고 적혀 있었다. 습인이 웃으며 말했다.

"정말 귀한 거로군요! 이 작은 병에 얼마나 들어 있을까요?"

왕부인이 말했다.

"그건 황실에 진상하는 물건이다. 노란 딱지를 보면 모르겠니? 네가 잘 간수해서 함부로 쓰지 않도록 해라."

습인이 "예!" 하고 나가려 할 때 왕부인이 또 불렀다.

"잠깐 기다려라. 너한테 물어볼 일이 생각났다."

습인이 급히 돌아오자 왕부인은 방 안에 다른 사람이 없는 것을 확인한 후 물었다.

"얼핏 듣자 하니 보옥이가 매를 맞은 게 환이가 나리께 무슨 말을 했기 때문이라고 하던데, 너도 그런 얘기를 들은 적 있느냐? 들은 게 있다면 나한테 얘기해라. 네가 말했다는 건 비밀로 하마."

"그런 얘기는 못 들었어요. 누가 와서 도련님이 연극배우를 억지로 데려 갔다며 나리께 내놓으라고 해서 매질을 하셨다고 들었어요."

왕부인이 고개를 내저으며 말했다.

"그 일도 있고 다른 이유도 있다."

"다른 이유는 정말 모릅니다. 당돌한 말씀이지만, 따지고 보면……"

습인이 급히 뒷말을 삼키자 왕부인이 말했다.

"괜찮으니까 계속해라."

"호호, 마님, 화를 내지 않겠다고 하시면 말씀드릴게요."

"내가 왜 화를 내? 어서 얘기나 해봐라."

"따지고 보면 도련님은 나리께 두어 번 훈계를 받아 마땅합니다. 나리께서 모른 체하시면 나중에 무슨 일을 저지르실지 모르잖아요."

그 말에 왕부인이 합장하고 "아미타불!" 하더니 습인을 "착한 것!" 하고 부르면서 말했다.

"다행히 너도 아는구나. 내 마음도 그렇다. 자식 교육을 시켜야 한다는 걸 내 어찌 모르겠느냐? 예전에 주가 살아 있을 때 내가 어떻게 가르쳤는데 지금 보옥이를 잘 가르쳐야 한다는 걸 모르겠느냐? 하지만 사정이 있다. 지금 내 나이 벌써 쉰인데 자식이라곤 그 아이 하나밖에 남지 않았다. 게다가 그 아이는 몸이 약하고 제 할머님이 보배처럼 아끼시는데 좀 심하게 훈계했다가 무슨 일이라도 생기면 그 아이 할머님이 진노하실 게 아니냐? 그러면 위아래 모두 불안하게 여길 테니 큰일이 아니겠어? 그러다 보니 그 아이를 제멋대로 두어서 망쳐놓았구나. 내가 늘 입으로만 타일러서 나무라고 화도 내보고 울어도 보았지만 그저 그때뿐이지 조금 지나면 또 신경을 쓰지 않다가 결국 봉변을 당한 뒤에야 고치게 되더구나. 하지만 그 아이가 매질에 잘못되기라도 하면 내 장차 누구한테 의지한단 말이냐!"

그렇게 말하며 왕부인은 눈물을 흘렸다.

습인은 왕부인이 이렇게 슬퍼하는 모습을 보고 자기도 가슴이 아파 눈물을 머금고 말했다.

"도련님은 마님 소생이니 어찌 마음이 아프시지 않겠어요? 저희가 아랫사람으로서 시중을 잘 들어 모두들 평안하게 지낼 수 있다면 다행이겠지만 마님께서 걱정하시듯 일이 그리 되면 평안하기조차 어렵겠지요. 한시라도 제가 도련님께 충고하지 않은 적이 없지만 그래도 깨닫지 못하십니다. 게다가 하필 그런 사람들이 도련님과 친하게 지내려드니 도련님이 그렇게 될 수밖에요. 결국 저희가 충고하는 건 오히려 일을 망치는 결과를 초래하고 말지요. 이제 마님께서 그 말씀을 꺼내시니 저도 한 가지 일이 생각나 마님께 여쭙고 분부를 기다릴까 합니다. 하지만 마님께서 의심하시면 제 말씀이 헛일이 되고, 죽어도 묻힐 곳이 없어지게 될까 걱정입니다."

왕부인은 그 말에 필시 무슨 이유가 있을 것이라 여기고 급히 물었다.

"애야, 할 얘기가 있으면 어서 해봐라. 요즘 사람들이 앞뒤에서 널 칭찬하는 소리를 들었지만 난 그저 네가 보옥이를 걱정하고 있다는 얘기로만 알아들었다. 아니면 네가 다른 사람들과 사이좋게 지내나 보다 생각하는 정도였지. 이렇게 좁은 생각으로 너를 다른 어멈들과 똑같이 대했구나. 그런데 조금 전에 네 얘기를 들어보니 아주 이치에 맞고 내 생각과도 똑같구나. 무슨 얘기든지 어서 해봐라. 그저 남들이 모르게 하기만 하면 된다."

"별일은 아닙니다. 그저 마님께서 어떻게든 방법을 써서 이후로 도련님이 대관원 밖으로 나와 지내도록 해주셨으면 좋겠다는 말씀입니다."

왕부인이 깜짝 놀라 습인의 손을 덥석 잡고 말했다.

"걔가 설마 누구랑 무슨 요상한 일을 저질렀다는 말이냐?"

"아, 아닙니다. 그런 말씀이 아니에요! 제 좁은 소견이지만 이제 도련님도 대관원 안의 아가씨들도 모두 장성하셨고, 게다가 대옥 아가씨와 보차 아가씨는 고종사촌 이종사촌과 사이가 아닙니까? 남매지간이라고는 하지만 남녀 간의 구별이 있는 법인데 밤낮으로 함께 지내는 것도 불편하고 주변 사람들도 걱정스럽게 하지요. 또 바깥 사람들 보기에도 좋지 않고요. 집안일이라곤 하지만 '아무 일이 없더라도 늘 무슨 일이 생길까 염려해야 한다〔沒事常思有事〕.'라는 속담도 있듯이 세상에 일어나는 뜻밖의 일들이 대부분 본인은 무심결에 한 일인데 흑심을 품은 사람이 보면 일부러 한 일이라고 생각해서 안 좋은 소문을 내기 마련입니다. 그저 안 좋은 일이 일어나지 않도록 미리 예방하는 게 좋을 것 같습니다. 마님께서도 도련님의 평소 성격을 잘 아시잖아요? 그저 저희 같은 여자들 속에 섞여 있는 것만 좋아하시니, 미리 방비하지 않다가 혹시 조금이라도 잘못된 일을 하시게 되면 사실 여부에 상관없이 사람들의 입에 오르내릴 거예요. 소인배들이야 입을 함부로 놀리니까 기분이 좋으면 보살보다 좋다고 말하지만, 기분이 나쁘면 짐승만도 못하다고 하겠지요. 도련님이 나중에 누구한테 좋은 얘기를 듣는다면 별일 없이 지나는 정도로 그치겠지만, 혹시 누가 조금이라도 안 좋은 소리를 하게 되면 두말할 필요 없이 저희는 살과 뼈가 바스러져 가루가 되고 엄청난 벌을 받겠지요. 그런 거야 늘 있을 수 있는 자잘한 일이지만, 나중에 도련님 평생의 명예와 평판도 끝장나버리지 않겠어요? 또 마님께서도 나리를 뵐 면목이 없어지시겠지요. '군자는 재앙을 미리 방비한다〔君子防不然〕.'[1]라는 속담도 있잖아요? 그러니 지금 미리 방비하는 게 좋을 것 같아요. 마님께선 일이 많으셔서 잠시 그 점을 생각하지 못하셨을 거예요. 하지만 이런 생각을 하고도 마님께 여쭙지 않는다면 죄가 더 커지지 않겠어요? 요즘 저는 이 일이 밤낮으로 늘 마음에 걸렸어도 누구한테 말하기도 그렇고 해서 그저 혼자 등불 아래에서 고민했어요."

왕부인은 벼락이라도 맞은 듯한 기분이었다. 게다가 금천의 일까지 떠오르자 습인이 더욱 사랑스럽게 여겨졌다.

"호호, 애야, 정말 속이 깊고 생각이 세심하구나! 나라고 그런 생각을 안 해봤을 리 있겠느냐만 요즘 몇 가지 일이 생기다보니 그만 잊고 있었구나. 네가 이렇게 일깨워주니 우리 모자의 체면을 염려해주는 네 마음을 알겠다. 너한테 이렇게 훌륭한 면이 있다는 것도 아주 잘 알게 되었다. 알았다. 넌 잠시 돌아가 있어라. 나도 생각이 있다. 그저 한마디만 더 하마. 기왕 네가 이런 얘기를 했으니 나도 보옥이를 너한테 맡기마. 신경을 잘 써서 그 아이한테 아무 일 없도록 해다오. 그게 나를 위한 일이기도 하니까 말이다. 당연히 나도 네 수고를 잊지 않겠다."

습인은 연신 "예, 예!" 하고 떠났다. 그녀가 돌아와서 보니 보옥이 막 잠에서 깨어났다. 습인이 향로즙을 받아왔다고 전하자 보옥은 무척 기뻐하며 당장 타오라고 했다. 과연 그것은 향기가 아주 좋았다. 보옥은 대옥이 그냥 돌아간 것이 마음에 걸려서 누구에게 심부름을 시킬까 생각했지만, 습인의 눈치가 보였다. 그래서 꾀를 내어 습인더러 보차한테 가서 책을 빌려오라고 시켰다.

습인이 떠나자 보옥은 청문을 불러 지시했다.

"대옥 아가씨 방에 가서 뭐하는지 보고 와. 내 상태에 대해 묻거든 다 나았다 하고."

"아무 일도 없이 거긴 뭐하러 가요? 전할 말이라도 있어야 다녀올 핑계가 되는 거 아닌가요?"

"전할 말은 없어."

"그게 아니라면 뭘 갖다주거나 아니면 뭘 가져오기라도 해야 하잖아요? 안 그러면 제가 둘러댈 말이 없잖아요?"

보옥은 잠시 생각하다가 손수건을 두 장 집어 청문에게 던졌다.

"하하, 그도 그렇군. 그럼 이걸 전해주라 하더라고 해."

"별일이네요. 아가씨가 이렇게 낡은 손수건을 좋아하시겠어요? 도련님이 또 놀리려 하신다고 화를 내실걸요?"

"하하, 걱정 마. 대옥 누이는 당연히 무슨 뜻인지 알 거야."

청문은 어쩔 수 없이 손수건을 들고 소상관으로 갔다. 마침 춘섬이 난간에 손수건을 널고 있다가 청문이 들어가자 급히 손을 내저으며 말했다.

"주무시고 계셔요."

청문이 안으로 들어가니 등불도 켜놓지 않아 온 방 안이 캄캄했다. 대옥이 침대에 누워 있다가 누구냐고 묻자 청문이 얼른 대답했다.

"저예요, 청문."

"무슨 일이야?"

"도련님께서 손수건을 갖다드리라고 하셨어요."

대옥은 웬 손수건인가 생각하다가 물었다.

"그 손수건은 누구한테 받은 거래? 아마 좋은 건가 본데 도련님더러 갖고 계시다가 다른 사람한테 주시라고 전해드려. 난 지금 필요 없으니까."

"호호, 새것이 아니라 집에 있던 거예요."

대옥은 잠시 곰곰이 생각하더니 퍼뜩 깨달은 바가 있어서 급히 말했다.

"거기 두고 가."

청문은 손수건을 두고 돌아오면서 내내 생각해보았지만 대체 무슨 일인지 알 수 없었다.

한편, 대옥은 보옥이 손수건을 보낸 뜻을 깨닫자 기분이 좋아졌다.

'오빠가 이렇게 고심한 걸 보니 내 고민을 이해하고 기쁘게 해주려나 보네. 내 고민은 장차 어떻게 될지 모르니까 또 슬퍼진다는 것이지. 그런데 갑자기 쓰던 손수건 두 장을 보냈어. 내 마음을 이해하지 못하고 손수건만 보낸 거라면 가소로운 일이지. 남을 통해 은밀히 보낸 점을 생각하면 또 두렵기도 하구나. 나는 늘 잘 우니까 생각하면 쑥스럽기도 하고 부끄럽기도 하네.'

이리저리 생각하노라니 가슴속에 끓는 듯한 열기가 치밀었다. 대옥은 끝없이 치미는 정을 이기지 못해 등불을 밝히게 하고는 남이 의심을 하거나 말거나 신경 쓰지 않고 책상 앞에서 먹을 갈아 붓에 적셔 그 손수건에 글을 써 내려갔다.

    부질없이 눈동자에 맺힌 눈물 덧없이 떨어지는데
    남몰래 뿌리는 눈물 누구 때문인가?
    작은 손수건 시름 풀어주려고 보내주었으니
    이 마음 어찌 슬프지 않으랴!
    眼空蓄淚淚空垂
    暗灑閑抛卻爲誰
    尺幅鮫鮹勞解贈
    叫人焉得不傷悲

    방울방울 옥 같은 눈물 남몰래 흘릴 뿐
    하루 종일 무심하여 마음만 쓸쓸하네.
    베개에도 소매 끝에도 닦아내기 어려워
    그저 점점이 얼룩지게 내버려둘 뿐.
    抛珠滾玉只偸潸
    鎭日無心鎭日閑

枕上袖邊難拂拭

任他點點與斑斑

얼굴에 흐르는 눈물 오색실로도 꿰기 어려워
상수 강가의 옛 흔적²은 이미 흐릿해졌네.
내 창문 앞에도 천 그루 대나무 있는데
향기로운 눈물 자국 거기에도 남을까?
彩線難收面上珠
湘江舊跡已模糊
窗前亦有千竿竹
不識香痕漬也無

대옥은 온몸에 열기가 치밀고 얼굴이 화끈 달아올라 쓰기를 멈추었다. 거울 앞으로 달려가 비단 덮개를 열고 비춰보았더니 두 볼은 복사꽃처럼 빨갛게 달아 있었다. 그녀는 이 때문에 병이 생길까 싶어 잠시 후 침대에 누우면서도 그 손수건을 들고 생각에 잠겼다. 이 이야기는 더 이상 하지 않겠다.

한편, 습인이 보차의 방을 찾아갔는데 하필 그녀가 어머니에게 간 바람에 빈손으로 돌아올 수밖에 없었다. 보차는 밤이 제법 깊어져서야 돌아왔다. 그녀는 설반의 성격을 알기 때문에 그가 사람을 시켜 보옥의 일을 흘렸을 거라 대충 짐작하고 있었지만, 습인의 이야기를 듣고는 그 생각을 더욱 확신했다. 하지만 습인은 그 이야기를 배명에게 들은 것이고, 배명 또한 뚜렷한 증거도 없이 설반이 이야기했을 거라고 혼자 추측한 것이었다. 평소 설반이 말을 함부로 하는 사람이라는 평판을 듣고는 있어도 이번 일과는 아무 상관이 없었다. 그러나 남들이 괜히 자기에 대해 욕을 해도 평소 들은 말이 있으니 입이 있어도 할 말이 없었다.

이날 설반은 밖에서 술을 마시고 돌아와 어머니에게 인사하러 갔는데 마침 보차가 있어서 몇 마디 한담을 나누다가 무심코 물었다.

"듣자 하니 보옥 동생이 곤욕을 치렀다던데 무슨 일 때문이래요?"

설씨 댁 마님은 마침 그 일 때문에 기분이 좋지 않은 상태였지만 설반이 이렇게 말을 꺼내자 이를 악물고 말했다.

"철없는 것! 이게 다 너 때문에 일어난 일인데, 무슨 염치로 그걸 물어!"

설반이 깜짝 놀라며 되물었다.

"제가 뭘 어쨌다고 그러세요?"

"그래도 속이려 드는구나! 모두들 네가 얘기를 흘렸다고 하던데 아니란 말이냐?"

"어머니, 남들이 다 제가 살인을 했다고 하면 믿으시겠네요?"

"네 동생까지도 네가 얘기를 흘렸다고 알고 있는데 설마 쟤까지 널 모함하겠어?"

그러자 보차가 황급히 위로했다.

"두 분 목소리 좀 낮추세요. 조만간 일의 전말이 밝혀지겠지요."

다시 설반에게 물었다.

"오빠가 얘기를 흘렸건 그렇지 않았건 이미 지난 일이니까 굳이 따질 필요 없어요. 괜히 별일도 아닌 걸 크게 만들 뿐이니까요. 하지만 제발 이후로는 밖에서 말썽 좀 부리지 마시고 남의 일에 참견 좀 하지 마셔요. 날마다 사람들과 어울려 다니는데, 조심성 없는 오빠 같은 사람이 아무 일 없으면 그만이겠지만 무슨 일이 생기면 오빠가 한 일이 아니라도 모두들 오빠를 의심하지 않겠어요? 남들은 말할 필요 없이 당장 저부터 그러잖아요."

설반은 마음에 담은 걸 바로 내뱉는 사람이라 이렇게 사건의 내막을 시원하게 말하지 않고 애매하게 둘러대는 꼴을 보지 못했다. 또 보차가 자기더러 쏘다니지 말라고 충고하고 어머니는 자기더러 입을 함부로 놀려서 보옥이 매를 맞게 되었다고 나무라자, 그는 펄쩍 뛰면서 자기가 한 짓이 아니라며 목숨을 걸고 맹세까지 했다. 그리고 사람들을 향해 욕을 퍼부었다.

"어떤 놈이 날 이렇게 모함하는 거야? 내 그 잡놈의 이빨을 모조리 부러뜨려놓고 말겠어! 분명히 보옥이가 매를 맞으니까 괜히 아부하려고 날 끌어들여 거짓말을 한 게로군. 보옥이가 무슨 천왕이라도 된대? 제 아버지한테 좀 맞았다고 온 집안이 며칠 동안이나 시끄럽다니 말이야. 전에도 걔가 잘못을 저질러 이모부님께서 두어 대 매질을 하셨는데 나중에 노마님께서 어떻게 아셨는지 가진 형님의 고자질 때문이라고 그 형님을 불러 단단히 꾸지람을 내리셨지. 그런데 이번엔 나까지 끌어들이는군! 기왕 이렇게 된 거 나도 무섭지 않아. 차라리 보옥이를 때려죽이고 내 목숨으로 갚으면 모두들 시원할 거 아냐!"

이렇게 고함을 지르며 설반은 문빗장을 하나 집어 들고 달려나갔다. 설씨 댁 마님이 깜짝 놀라 황급히 붙들며 꾸짖었다.

"아주 죽을 짓만 골라 하는구나, 이 못난 놈아! 누굴 때리겠다고? 어디 나부터 때려봐라!"

설반이 놀라 눈이 퉁방울만 하게 되어 고함을 질렀다.

"왜 이러세요! 가지도 못하게 하시면서 왜 괜히 제 탓만 하세요? 이후로 보옥이가 살아 있는 동안 저는 내내 구설수에 시달릴 테니 차라리 둘 다 죽는 게 깨끗하지 않겠어요?"

보차가 얼른 다가가 달랬다.

"참을성을 좀 가져요. 어머니가 이렇게 속을 태우시는데 오빠가 위로해드리지는 못할 망정 이렇게 난리를 피우면 어떡해요? 어머니뿐 아니라 다른 사람이 충고하는 것도 다 오빠를 위해 그러는 건데 오히려 오빠 성미대로 화를 내면 되겠어요?"

"또 그 소리군. 다 네가 일러바친 거지?"

"오빠가 앞뒤 가리지 않고 저지른 짓은 생각지도 않고 저만 원망하시는 군요!"

"내가 앞뒤 가리지 못한다고? 그럼 보옥이가 밖에서 경솔하게 시비를 일으키는 것에 대해서는 왜 아무 말 없는 거냐! 여러 말 할 것 없이 저번의 기관이 일만 봐도 그래. 들어봐라. 기관이는 나하고 열 번이 넘게 만났지만 난 개한테 한 번도 치근덕거린 적이 없어. 그런데 보옥이는 만나자마자 이름도 모르면서 바로 허리띠를 주었잖아? 설마 이것도 내가 일러바친 거란 말이야?"

설씨 댁 마님과 보차가 얼른 말문을 막았다.

"또 그 얘기! 그 일 때문에 보옥 도련님이 매를 맞았잖아요! 이제 보니 오빠가 얘기를 흘린 게 맞군요."

"정말 미치겠네! 내가 말을 흘렸다고 뒤집어씌우는 것쯤이야 뭐 괜찮아. 그런데 왜 그깟 보옥이 하나 때문에 이 난리를 피우느냔 말이야!"

"누가 난리를 피워요? 오빠가 먼저 빗장을 휘두르면서 난리를 피워놓고 누굴 탓해요?"

설반은 구구절절 조리에 맞는 보차의 말이 어머니보다 반박하기 어려워 한 가지 계책을 생각해냈다. 그녀의 입을 막아버릴 이야기를 하면 아무도 감히 자기를 막지 못하리라 생각했던 것이다. 그는 홧김에 앞뒤 가리지 않고 내뱉어버렸다.

"아이고, 동생, 나랑 다툴 필요 없어. 내 진즉 네 마음을 알고 있거든? 전에 어머니 말씀이, 금목걸이를 찬 너는 옥을 가진 사람과 짝이 되어야 한다며? 너도 그걸 마음에 두고 있다가, 보옥이가 그 물건을 갖고 있는 걸 보고 이렇게 개를 감싸는 거겠지!"

말이 채 끝나기도 전에 화가 치민 보차가 어머니를 붙들고 울음을 터뜨렸다.

"엄마, 들으셨지요? 오빠가 대체 무슨 소리를 하는 거예요!"

설반은 누이가 울자 비로소 자기가 말실수했다는 사실을 깨달았지만 홧김에 그대로 자기 방으로 가버렸다. 그 이야기는 그만하겠다.

설씨 댁 마님은 화가 나서 부들부들 떨면서도 한편으로는 보차를 달랬다.

"평소 저 못된 놈 말버릇을 잘 알잖니? 나중에 내 저놈에게 사과하라고 하마."

보차는 너무 화가 났지만 어머니가 불안해할 것 같아 어쩌지도 못하고 그저 눈물을 머금고 인사한 후 방에 돌아가 밤새 울었다.

이튿날 아침, 보차는 건성으로 세수를 하고 대충 매무새를 바로잡은 후 어머니에게 인사하러 갔다. 마침 대옥이 꽃그늘 아래 서 있다가 어디 가느냐고 물었다. 보차는 우물우물 "집에." 하고 대답하고는 걸음을 재촉했다. 대옥은 그녀가 시무룩하게 가는데다 눈자위에 눈물 흘린 흔적이 있는 것이 예전과는 아주 달라 보여서, 뒤에서 웃으며 말했다.

"언니, 몸 생각 좀 해요. 눈물을 두 항아리나 흘려도 매 맞은 상처를 낫게 하진 못할 테니까요."

보차가 뭐라고 대답했는지는 다음 회를 보시라.

제35회

백옥천은 몸소 연잎탕을 맛보고
황금앵은 매화 무늬 주머니를 잘 짜주다

白玉釧親嘗蓮葉羹　黃金鶯巧結梅花絡

앵아가 이홍원에서 매화 무늬 주머니를 짜주다.

　보차는 대옥이 비꼬는 소리를 분명히 들었지만 어머니와 오빠에 대한 걱정 때문에 돌아보지도 않고 가버렸다. 대옥은 여전히 꽃그늘 아래 서서 멀리 이홍원 쪽을 바라보았다. 그때 이환과 영춘, 탐춘, 석춘이 하녀들을 거느리고 이홍원에 다녀온 후 각자 제 갈 길로 흩어지고 있었다. 희봉이 보이지 않자 대옥은 혼자 생각했다.

　'왜 오빠한테 병문안을 오지 않지? 일에 붙들려 있다 해도 틀림없이 와서 농담이나 하며 맞장구치면서 노마님과 마님의 환심을 사려 할 텐데. 오늘은 여태 오지 않는 걸 보니 분명 무슨 일이 있는 모양이군.'

　그렇게 추측하며 다시 고개를 들어보니 울긋불긋 화려한 치장을 한 여인네들이 이홍원을 향해 오고 있었다. 자세히 보니 태부인이 희봉의 손을 잡고 오고 있었고, 그 뒤에 왕부인과 형부인이 주씨와 하녀, 어멈들과 함께 이홍원으로 들어가는 것이었다. 대옥은 고개를 끄덕이며 부모 있는 사람은 좋겠다는 생각에 어느새 또 눈물이 주르륵 흘렀다. 잠시 후 보차와 설씨 댁 마님 등도 이홍원으로 들어갔다. 그때 자견이 뒤쪽에서 걸어오며 말했다.

　"아가씨, 가서 약 잡수세요. 끓여놓은 물이 또 식었어요."

　"대체 왜 그래? 만날 이리 다그치기만 하고 말이야. 내가 먹든 말든 너하고 무슨 상관이야!"

"호호, 기침이 좀 나아지니까 또 약을 안 잡수시는군요. 오월이라도 날이 무더우니 아무래도 조심하셔야 해요. 꼭두새벽에 일어나셔서 이 눅눅한 곳에 한참 서 계셨으니 이제 돌아가서 좀 쉬셔야지요."

그 말에 정신이 번쩍 든 대옥은 비로소 다리가 좀 아프다는 것을 느꼈다. 그녀는 한참 동안 멍하니 서 있다가 자견의 부축을 받으며 천천히 소상관으로 돌아갔다.

뜰 안으로 들어서자 땅에는 온통 대나무 그림자가 삐죽삐죽 드리웠고, 파릇파릇한 이끼가 덮여 있었다. 대옥은 "으슥한 곳에도 사람 다니는 길 있을 만하고, 푸른 이끼에 맺힌 흰 이슬 청량하구나〔幽僻處可有人行 點蒼苔白露泠泠〕!"라는 『서상기』의 구절이 떠올라 남몰래 한숨을 쉬며 중얼거렸다.

'겹글자〔雙文〕[1]의 여인이여, 정말 박명하구나! 그래도 넌 홀어머니와 어린 동생이라도 있지. 나 임대옥은 박명한데다 홀어머니와 어린 동생마저 없구나. 옛말에 '미인박명美人薄命'이라더니, 난 미인도 아닌데 무슨 운명이 너보다 더 가혹하단 말이냐!'

그런 생각에 잠겨 걷고 있는데, 회랑에 있던 앵무새가 대옥이 오는 것을 보더니 갑자기 푸드득 날개를 치며 내려왔다. 깜짝 놀란 대옥이 욕을 퍼부었다.

"이런 쳐 죽일 것! 또 내 머리 위에 먼지를 잔뜩 뿌려놓았잖아."

앵무새는 다시 나무틀로 날아 올라가더니 이렇게 소리쳤다.

"설안아, 얼른 주렴 걷어라! 아가씨 오셨어!"

대옥이 걸음을 멈추고 손으로 나무틀을 두드리며 말했다.

"모이랑 물은 주었어?"

그러자 앵무새가 흡사 대옥이 평소 하는 것처럼 긴 한숨을 내쉬며 읊조렸다.

내 이제 꽃 묻어주니 남들이 어리석다 비웃는데

훗날 나 묻힐 때 알아줄 이 누구일까?
보라, 봄이 저물며 꽃들도 점점 시드는데
그게 바로 아리따운 얼굴 늙어 죽는 때라네.
하루아침에 봄 저물고 아리따운 얼굴 늙으니
꽃 지고 사람 죽으면 서로 알지 못하리라!
儂今葬花人笑痴
他年葬儂知是誰
試看春盡花漸落
便是紅顔老死時
一朝春盡紅顔老
花落人亡兩不知

그 소리에 대옥과 자견이 웃음을 터뜨렸다. 자견이 말했다.

"호호, 이건 평소 아가씨가 읊조리던 거 아니에요? 쟤가 어떻게 그걸 외웠을까요?"

대옥은 나무틀을 내려다가 둥근 창문 밖의 고리에 걸어놓게 하고, 방 안으로 들어가 둥근 창가에 앉았다. 약을 먹고 나자 창밖의 대 그림자가 비단 창에 비쳐서 방 안 가득 푸른 그늘이 드리우고 안석과 대자리에 서늘한 기운이 피어났다. 대옥은 시름을 풀 길 없어 비단 창을 사이에 두고 앵무새를 희롱하며 놀면서 평소 좋아하던 시와 사詞도 가르쳤다. 이 이야기는 그만하겠다.

한편, 보차가 집에 도착하니 설씨 댁 마님은 머리를 빗고 있다가 그녀를 보고 이렇게 말했다.

"꼭두새벽부터 뭐하러 왔어?"

"어머니 괜찮으신가 보러 왔지요. 어제 제가 가고 나서 혹시 오빠가 또 와서 난리를 피우지 않았어요?"

그러면서 보차가 어머니 옆에 앉으니 저절로 울음이 나왔다. 그걸 보자 설씨 댁 마님도 감정이 북받쳐 한바탕 따라 울면서, 한편으로는 그녀를 달랬다.

"아가, 속상해하지 마라. 내가 그놈을 혼내주마. 너한테 무슨 일이라도 생기면 난 누굴 바라고 살겠니!"

마침 설반이 밖에서 그 말을 듣고 냉큼 달려 들어와 보차에게 이리 굽신 저리 굽신 절을 하며 말했다.

"누이, 이번만 용서해줘! 어제는 내가 술을 마시고 밤늦게 돌아오다가 도중에 귀신에 들렸나봐. 집에 도착해서도 깨지 않아 무슨 헛소리를 했는지 나도 기억이 안 나는데 본의 아니게 누이를 화나게 했나 보네."

보차는 얼굴을 가리고 울고 있다가 그 말을 듣자 자기도 모르게 웃음이 나왔다. 그녀는 고개를 들고 방바닥에 침을 "퉤!" 뱉으며 말했다.

"연극(像生兒)[2]하실 필요 없네요! 속으로는 우리 모녀를 싫어하면서 그저 어떻게든 우리가 오빠 곁을 떠나버려야 속이 시원하겠다고 생각하고 있는 줄 다 아니까요."

"하하, 누이, 그게 무슨 말이야? 그럼 내가 몸 둘 바를 모르게 되잖아. 전에는 이리 이상한 얘기를 안 했잖아?"

설씨 댁 마님이 즉시 말을 받았다.

"네 귀엔 누이가 한 이상한 얘기만 들어오는 모양이구나? 설마 엇저녁에 네가 한 얘기는 당연하다는 거냐? 정말 정신이 나갔던 모양이로구나!"

"어머니도 화내지 마시고 누이도 걱정 마. 이제부터 절대 그 사람들과 어울려 다니며 술 마시지 않을 테니까요. 됐지요?"

보차가 콧방귀를 뀌며 말했다.

"흥! 이제야 정신을 차린 모양이군요!"

설씨 댁 마님도 말했다.

"네가 그런 결심을 지킨다면 용이 알을 낳을 거다!"

"제가 또 그 사람들과 어울린다는 얘기가 들리면 누이가 나한테 침을 뱉고 사람이 아니라 짐승이라고 욕해도 좋아. 됐지? 이제 그만하자고. 나 하나 때문에 두 모녀가 만날 속을 썩여서야 되겠어? 어머니가 나 때문에 화내시는 건 그나마 용서받을 수 있겠지만 누이까지 나 때문에 계속 속을 썩인다면 난 더더욱 사람도 아니게 되잖아. 아버지도 안 계시는데 내가 어머니께 효도도 못하면서 오히려 화나게 해드리고 누이를 아껴주지는 못할망정 속을 썩이니 짐승만도 못하지!"

그렇게 말하며 설반은 흐르는 눈물을 주체하지 못했다.

설씨 댁 마님은 울고 있지 않았지만 그 소리를 들으니 또 가슴이 아파왔다. 보차도 억지로 웃으며 말했다.

"실컷 난리를 피워놓고 이제 또 어머니를 울리는군요!"

설반은 다급히 눈물을 닦았다.

"하하, 내가 언제 어머니를 울렸어? 자, 자, 이제 그런 얘긴 그만하자고. 향릉이더러 누이한테 차나 따라주라고 해야겠어."

"차는 됐네요. 어머니가 손을 씻고 나면 함께 대관원으로 갈 거예요."

"누이, 목걸이 좀 보여줘. 광을 한 번 내야 할 것 같아."

"멀쩡한데 왜 또 광을 내요?"

"옷도 몇 벌 더 지을 때가 된 것 같은데 원하는 색상이나 모양이 있으면 나한테 얘기해."

"있는 옷도 다 입어보지 못했는데 뭐하러 또 지어요?"

잠시 후 설씨 댁 마님이 옷을 갈아입고 보차와 함께 대관원으로 들어가자 설반도 밖으로 나갔다.

설씨 댁 마님과 보차가 보옥을 보러 이홍원으로 가니 포하청 안팎의 회랑에 많은 하녀와 할멈이 서 있었다. 설씨 댁 마님과 보차는 태부인이 와 있다는 걸 알고 안으로 들어가 인사를 나누었다. 보옥은 평상에 누워 있었다. 설씨 댁 마님이 문안을 하자 보옥은 황급히 허리를 숙이려 하면서 "좀 괜찮아졌어요." 하고 웅얼웅얼 대답했다.

"이모님과 누나에게 폐만 끼쳐서 너무 죄송하네요."

설씨 댁 마님은 얼른 그를 부축해 눕히고 또 물었다.

"필요한 게 있으면 나한테 얘기해."

"예, 생각나면 사람을 보낼게요."

왕부인이 또 물었다.

"먹고 싶은 게 있니? 돌아가면 보내주마."

"하하, 별로 먹고 싶은 건 없어요. 그런데 전에 해주셨던 그 연잎과 연열매를 넣어서 만든 탕이 그래도 맛있었어요."

희봉이 옆에서 웃으며 말했다.

"저것 좀 보라지요! 입맛은 까다롭지 않으면서 꼭 준비가 번거로운 것만 찾아요. 하필 그걸 먹고 싶다니 말이지요."

태부인이 서둘러 사람을 보내 탕을 만들어오라고 하자, 희봉이 또 말했다.

"호호, 할머니, 너무 서두르지 마셔요. 근데 내가 그 틀을 누구한테 맡겼더라?"

희봉은 할멈을 돌아보며 주방 담당에게 가서 물어보라고 지시했다. 그 할멈은 한참 만에 돌아와서 말했다.

"틀 네 벌을 모두 갖다드렸다고 하던데요?"

희봉이 잠깐 생각하더니 말했다.

"누구한테 주었는지 생각났네. 틀림없이 다방茶房에 있을 거야."

또 다방에 사람을 보내 알아보았으나 거기에도 없었다. 조금 뒤에 금은 그릇을 관리하는 이가 그 틀을 보내왔다.

설씨 댁 마님이 먼저 받아 살펴보니 그것은 작은 상자였다. 안쪽에는 네 개의 은 틀이 장착되어 있었는데 길이가 한 자 남짓이고 폭은 한 치 정도였다. 그 위에는 콩알만 한 크기로 국화며 매화, 연실蓮實, 마름 따위의 문양이 아주 정교하게 새겨져 있었는데 모두 삼사십 개는 되어 보였다. 그걸 보고 설씨 댁 마님은 태부인과 왕부인을 향해 웃으며 말했다.

"이 댁에는 정말 별게 다 있군요. 탕 만드는 틀*까지 이런 게 있다니요! 말씀을 듣지 못했더라면 저는 이걸 보고도 어디다 쓰는 물건인지 알아보지 못했겠네요."

다른 사람들이 입을 열기 전에 희봉이 얼른 나섰다.

"호호, 모르시는 게 당연하지요. 그건 작년에 귀비마마께 올릴 음식을 준비할 때 궁중 사람들이 생각해낸 방식대로 만든 거예요. 무슨 가루로 찍어냈는지는 몰라도 신선한 연잎 향기가 탕에 가득 풍기대요. 하지만 맛은 별로더군요. 누가 그런 걸 늘 먹겠어요? 그때는 모양을 갖춰 만들어드리려고 한 번 해본 건데, 도련님이 어떻게 지금 그걸 생각해냈는지 모르겠네요."

희봉은 틀을 건네받아 어멈에게 주며 주방에 가서 당장 닭을 몇 마리 잡고, 그 밖에 첨가할 것들을 준비해서 탕 열 그릇을 만들어오라고 분부했다. 그러자 왕부인이 말했다.

"왜 그리 많이 만들어?"

"호호, 다 이유가 있지요. 이건 집에서 늘 하는 게 아닌데 이제 도련님이 얘기를 꺼내서 만들게 되었잖아요? 그런데 도련님께만 드리고 할머니나 고모님, 마님들께 드리지 않는 건 별로 좋지 않을 것 같아요. 이참에 모두 드실 만한 양을 만들고, 덕분에 저도 새로운 걸 맛보는 영광을 누려볼까 하거든요!"

태부인이 웃으며 말했다.

"저놈의 원숭이, 약아빠졌다니까! 공금을 가져다가 제 생색을 내는구먼."

모두들 웃음을 터뜨렸다. 희봉도 얼른 웃으며 말했다.

"그거야 상관없어요. 이런 자잘한 것쯤이야 저도 한턱낼 만한 능력이 되거든요."

그러면서 어멈에게 분부했다.

"주방에 가서 좋은 걸 많이 넣어 만들고, 내 앞으로 달아두라고 해."

어멈이 "예!" 하고 나갔다.

보차가 옆에서 웃으며 말했다.

"제가 여기 있는 몇 년 동안 유심히 보니 희봉 언니가 아무리 재간을 부려도 노마님께는 못 당하는 것 같네요."

그러자 태부인이 말했다.

"나도 이젠 늙었는데 무슨 재간을 부리겠느냐? 옛날 내가 희봉이만 한 나이였을 때는 그래도 쟤한테 견줄 만했지. 쟤가 우리보다 못하다고 한다면야 뭐 그렇다 치겠지만 네 이모보다는 훨씬 세다. 불쌍한 네 이모는 말수도 적고 나무토막 같아서 시부모 앞에서 환심을 살 줄도 몰라. 그런데 희봉이는 조잘거리는 재주가 있으니 귀여움을 받을 수밖에 없지."

보옥이 웃으며 말했다.

"하하, 그럼 말수가 적은 사람은 귀여움 받지 못하겠네요?"

"말수 적은 사람도 나름대로 귀여운 데가 있지. 잘 조잘거리는 사람도 미움 받을 때가 있으니 차라리 말을 안 하는 것보다 못해."

"하하, 정말 그래요. 제가 보기에 큰형수님은 말수가 적지만 할머님께선 둘째 형수님과 똑같이 대해주시잖아요. 말재주만 좋다고 귀여움을 받는다면, 여기 자매들 가운데 둘째 형수님과 대옥 누이만 귀여움을 받겠지요."

"애들 얘기가 나왔으니 말인데 이모 앞이라서 하는 얘기가 아니라 정말이지 우리 집 여자애들 넷 가운데 누구도 보차한테 견줄 수 없어."

설씨 댁 마님이 얼른 웃으며 말했다.

"호호, 그건 좀 불공평한 말씀이네요."

왕부인도 얼른 웃으며 말했다.

"어머님께서 늘 나한테 보차를 남몰래 칭찬하셨으니 생색내려고 지어서 말씀하신 건 아니야."

보옥은 원래 대옥이 칭찬을 받게 하려고 태부인에게 말을 꺼냈는데 뜻밖에 보차가 칭찬을 받자 그녀를 쳐다보며 싱긋 웃었다. 보차는 얼른 고개를 돌려 습인에게 말을 걸었다.

그때 하녀가 식사하시라면서 모시러 왔다. 태부인은 자리에서 일어나며 보옥에게 몸조리 잘하라 당부하고, 하녀들에게도 몇 마디 분부한 후 희봉의 부축을 받으며 걸음을 옮겼다. 태부인은 설씨 댁 마님과 서로 앞서 나가라며 양보하다가 함께 나왔다. 태부인은 탕이 다 되었냐고 물어본 후 설씨 댁 마님 등에게 물었다.

"먹고 싶은 거 있으면 얘기하게. 내가 희봉이한테 만들어오게 시킬 재주는 있거든."

설씨 댁 마님이 웃으며 말했다.

"호호, 노마님께선 저 사람을 잘도 골탕 먹이시는군요! 저 사람이 늘 이것저것 만들어 올리지만 별로 드시지도 않으시면서요."

그러자 희봉이 웃으며 말했다.

"호호, 그런 말씀 마세요. 우리 할머님께선 사람 고기가 시큼하다고 싫어하셔서 그렇지 안 그랬다면 벌써 절 잡아 잡수셨을 거예요!"

태부인을 비롯한 모든 이가 "호호!" 웃음을 터뜨렸다. 보옥도 방 안에서 손뼉을 치며 웃자 습인이 말했다.

"호호, 둘째 아씨 입심은 정말 무시무시해요!"

보옥이 습인의 손을 잡으며 말했다.

"하하, 누나도 한참 서 있었으니 피곤하겠네?"

보옥은 그녀를 끌어당겨 옆에 앉혔다. 습인이 미소 지으며 말했다.

"이런, 깜박했네요! 보차 아가씨 계실 때 말씀 좀 드려주세요. 그물주머니 짜게 앵아 좀 보내달라고 말이에요."

"하하, 마침 얘기 잘했어."

보옥은 곧 창밖을 향해 말했다.

"보차 누나, 밥 먹고 앵아 좀 보내줘요. 그물주머니 짜는 것 좀 도와달라고 할까 하는데 시간이 될까요?"

보차가 고개를 돌리고 대답했다.

"당연하지요. 조금 있다가 보내드릴게요."

태부인 등은 무슨 이야기인지 잘 알아듣지 못해서 걸음을 멈추고 보차에게 물었다. 보차가 설명해주자 사람들이 사정을 알게 되었다. 이에 태부인이 한마디 더 했다.

"그래, 애야, 걔더러 몇 개 만들어주라고 해라. 부릴 사람이 없으면 내 방에 한가한 애들 많으니까 아무나 불러다 쓰렴."

설씨 댁 마님과 보차가 웃으며 말했다.

"그냥 걔더러 만들게 하면 되는데 따로 부를 필요 있나요? 걔도 매일 일 없이 장난질만 치고 있는걸요."

모두 그렇게 이야기를 나누며 걷고 있는데 상운과 평아, 향릉 등이 가산 바위 옆에서 봉선화를 따고 있다가 일행을 보고 다가와 맞이했다. 잠시 후 대관원 밖에 이르자 왕부인은 태부인이 피곤할 것 같으니 위채에 들어가 잠깐 쉬었다 가시라고 청했다. 태부인도 다리가 아파 고개를 끄덕이며 그러자고 했다. 왕부인은 곧 하녀를 먼저 보내 자리를 마련하게 했다. 그때 조씨는 병을 핑계로 나오지 않고 주씨만이 할멈들과 어멈들, 하녀들과 함께 서둘러 주렴을 치고, 등받이를 세우고 요를 깔았다. 태부인은 희봉의 부축을 받으며 들어가 설씨 댁 마님과 각기 주인과 손님 자리로 나누어 앉았다. 보차는 상운과 함께 아래 자리에 앉았다. 왕부인은 몸소 태부인에게 차를 올렸고, 이환이 설씨 댁 마님에게 차를 올렸다. 태부인이 왕부인에게 말했다.

"시중은 동서들한테 맡기고 너도 거기 앉아 얘기나 나누자꾸나."

왕부인은 등받이 없는 작은 의자에 앉으며 희봉에게 말했다.

"어머님 진지를 여기다 차리고 몇 가지 음식을 더 가져오너라."

희봉은 "예!" 하고 나가서 태부인의 방에 사람을 보내 알렸다. 거기에 있던 할멈 가운데 하나가 급히 밖에 알리자 하녀들이 서둘러 달려왔다. 왕부인은 "가서 아가씨들을 모셔 오너라." 하고 지시했다. 한참 후에 탐춘과 석춘만이 왔다. 영춘은 몸이 불편해서 밥 생각이 없다고 했고, 평소 열 끼 중 다섯 끼만 먹는 대옥은 말할 필요도 없었기 때문에 다들 그러려니 했다.

잠시 후 음식이 도착하자 하녀들이 상을 차렸다. 희봉이 수건에 상아 젓가락을 싸서 들고 탁자 곁에 서서 웃으며 말했다.

"할머님, 고모님, 사양하지 마시고 제 말씀대로 하셔요."

태부인이 설씨 댁 마님을 향해 웃으며 말했다.

"그러세나."

설씨 댁 마님도 웃으며 그러자고 했다. 희봉이 젓가락 네 쌍을 놓고는 위쪽의 두 쌍은 태부인과 설씨 댁 마님 것, 양쪽 두 쌍은 보차와 상운의 것이라고 했다. 왕부인과 이환 등은 탁자 옆에 서서 음식 차리는 것을 지켜보았다. 희봉은 먼저 깨끗한 그릇을 가져오라고 해서 보옥에게 줄 음식을 골라 담았다.

잠시 후 연잎탕이 도착하자 태부인이 먼저 살펴보았다. 왕부인은 한쪽에 서 있던 옥천을 돌아보며 보옥에게 음식을 갖다주라고 시켰다. 그러자 희봉이 말했다.

"쟤 혼자서는 못 가져가요."

마침 앵아와 희아°가 함께 왔다. 보차는 그들이 밥을 먹었다는 걸 알고 앵아에게 말했다.

"마침 보옥 도련님이 그물주머니를 짜달라고 너를 찾았으니, 너희 둘이 함께 가봐."

앵아가 "예!" 하고 옥천과 함께 나와서 투덜거렸다.

"이 무더운 날 그 먼 데까지 어떻게 들고 간담?"

"호호, 걱정 마. 방법이 있어."

옥천은 할멈을 하나 불러 탕과 음식 등을 찬합에 담아 들고 따라오라 하고, 그들 둘은 빈손으로 걸어갔다. 이홍원 대문 안에 이르고 나서야 옥천이 찬합을 받아들고 앵아와 함께 보옥의 방으로 들어갔다.

습인과 사월, 추문은 보옥과 담소를 나누다가 그들이 오자 얼른 일어나 웃으며 말했다.

"어쩜 이리 절묘하게 둘이 함께 왔어?"

그러면서 찬합을 받아들었다. 옥천은 등받이 없는 의자에 앉았지만 앵아는 감히 앉지 못했다. 습인이 얼른 발받침을 갖다 놓았지만 앵아는 여전히 앉지 못했다. 보옥은 앵아가 오자 무척 기뻤지만 옥천을 보자 그녀의 언니 금천이 떠올라 가슴이 아프고 부끄러웠다. 그래서 앵아는 내버려두고 옥천과 이야기를 나누었다. 습인은 보옥이 앵아를 모른 체하자 앵아가 기분이 상하지 않을까 걱정스러웠다. 앵아가 앉으려 하지 않자 곧 그녀를 데리고 다른 방으로 가서 차를 마시며 이야기를 나누었다.

보옥의 방에서는 사월 등이 그릇과 젓가락 등을 준비해 식사 시중을 들었다. 보옥은 밥은 먹지도 않고 옥천에게 물었다.

"어머님은 건강하셔?"

옥천은 화난 얼굴로 보옥을 똑바로 쳐다보지도 않고 있다가 한참만에야 겨우 "괜찮아요." 하고 짧게 대답했다. 보옥은 멋쩍은 기분이 들어서 한참 말을 못하다가 간신히 웃음을 지으며 말했다.

"누가 음식 심부름을 시켰어?"

"당연히 마님과 아씨들이지요!"

보옥은 옥천이 여전히 울상을 짓고 있자 금천의 일 때문이라는 것을 알았다. 마음을 비우고 공손하게 달래주고 싶었지만 주변에 사람이 많아 그것도 어려웠다. 온갖 방법을 써서 주변 사람들을 다 내보낸 후 또 웃음을 지으며 이것저것 물어보았다. 옥천은 처음에는 기분이 좋지 않았으나 보옥이 전혀 화를 내지 않고 아무리 모진 말을 해도 온화하게 대응하자, 자기도 좀 멋쩍어져서 비로소 표정이 조금 누그러졌다. 그러자 보옥이 웃으면서 청했다.

"누이, 그 탕 좀 줘봐. 맛 좀 보게."

"전 누구에게 음식 먹여주는 건 할 줄 모르니까 이 방 사람들이 오면 드세요."

"하하, 먹여달라는 게 아니야. 내가 일어날 수 없으니까 건네주면 내가 먹는다는 거지. 누이도 빨리 돌아가 다녀왔다고 여쭙고 밥을 먹어야 하지 않겠어? 내가 괜히 시간만 끌면 누이도 배를 곯으면서 고생해야 하잖아? 뭐 싫다면 내가 좀 아프더라도 참고 가져올 수밖에."

보옥은 침상에서 내려오려고 억지로 몸을 일으켰지만 "아야!" 비명을 지를 수밖에 없었다. 보다 못한 옥천이 벌떡 일어서며 말했다.

"누워 계셔요! 전생에 무슨 죄를 지어서 이런 응보를 받는지 원! 정말 눈 뜨고 보기 어렵군요!"

그러면서도 옥천은 "킥!" 웃으며 탕을 갖다주었다.

"하하, 누이, 화를 내고 싶거든 이 안에서 마음대로 내고 할머니나 어머니 앞에서는 좀 온화한 표정을 지으라고. 거기서도 이랬다간 또 꾸중이나 듣게 될 테니까 말이야."

"됐네요! 탕이나 드셔요! 저한테 감언이설 할 필요 없어요. 전 그런 말 안 믿어요!"

옥천이 보옥을 재촉하여 두어 모금 마시게 하자, 보옥이 일부러 말했다.

"맛이 없네. 안 먹을래."

"아미타불! 이런 게 맛이 없다면 대체 어떤 게 맛있다는 거예요?"

"전혀 맛이 없어. 못 믿겠거든 한 모금 먹어봐."

옥천이 홧김에 한 모금 맛을 보자 보옥이 웃으며 말했다.

"그런대로 먹을 만하지?"

옥천은 자기를 속여 한 모금 먹어보게 한 그의 의도를 알아챘다.

"아깐 맛이 없다고 했으니까 이젠 먹을 만하다고 해도 안 드릴 거예요."

보옥이 계속 웃으며 자기도 달라고 했지만 옥천은 주지 않고, 사람을 불러 밥을 가져오라고 했다.

하녀가 막 방에 들어왔을 때 누군가 전갈했다.

"부傅나리 댁의 할멈 두 분이 문병을 오셨습니다."

보옥은 통판通判* 부시傅試* 집에서 할멈들을 보냈다는 걸 알았다. 부시는 가정의 문하생으로 근래 몇 년 동안 가씨 집안의 명성과 위세에 기대 순탄하게 벼슬길에 올랐다. 가정도 그를 잘 대해주었기 때문에 다른 문하생들과는 달리 부시는 자주 이 집에 사람을 보내오곤 했다.

보옥은 평소 남녀를 막론하고 멍청한 이들을 제일 싫어했는데, 이날은 무슨 영문인지 두 할멈들을 들여보내라고 했다. 물론 거기에는 까닭이 있었다. 보옥은 부시에게 부추방傅秋芳*이라는 여동생이 있는데, 집안의 사랑을 독차지하는 규수로서 용모와 재주가 모두 빼어나다는 소문을 듣고 있었다. 비록 만나보지는 못했지만 마음으로는 무척 흠모했기 때문에 두 할멈을 들여보내지 않으면 부추방을 박대하는 셈이 되지 않을까 싶어서 얼른 들여보내라고 한 것이었다. 부시는 벼락출세한 주제에 부추방의 용모가 제법 뛰어나고 남보다 총명하니, 지체 높은 귀족 집안에 시집보낼 생각을 품고 웬만한 집안은 거들떠보지도 않았다. 그래서 부추방은 올해 스물세 살이 되었는데도 아직 시집을 가지 못하고 있었다. 하지만 지체 높은 귀족 가문에서는 부시가 가난하게 살았던 사람이고 집안의 기반도 보잘것없다고 생각해서 청혼을 하지 않았다. 그래도 부시는 가씨 집안과 친밀하게 지내는 점을 염두에 두고 은근히 기대하고 있었다. 그런데 오늘 보내 온 두 할멈은 무식하기 짝이 없는 이들이라서, 보옥이 만나보겠다고 하자 방에 들어와 그저 짤막하게 인사만 하고 그대로 꿀 먹은 벙어리가 되어버렸다.

옥천은 낯선 사람들이 들어오자 보옥과 입씨름하던 걸 멈추고 탕 그릇을 손에 든 채 이야기만 듣고 있었다. 보옥은 할멈들과 이야기하는 데 정신이 팔려 있으면서도 탕을 받으려고 손을 뻗었다. 하지만 옥천도 할멈들을 쳐다보고 있다가 보옥이 갑자기 손을 내밀어 그만 탕 그릇을 툭 쳐서 엎어버리는 바람에 국물이 보옥의 손에 쏟아져버렸다. 옥천은 손을 데지 않았지만 깜짝 놀라 벌떡 일어섰다.

"어머나! 이걸 어째!"

하녀들이 얼른 달려와 그릇을 받았다. 보옥은 자기 손이 덴 건 느끼지 못하고 옥천에게 물었다.

"어딜 데었어? 많이 아파?"

그러자 옥천과 주위 사람들이 모두 웃음을 터뜨렸다. 옥천이 말했다.

"데긴 도련님이 데었는데 저한테 물으시면 어떡해요?"

보옥은 그제야 자기가 데었다는 걸 느꼈다. 사람들이 달려와 얼른 쏟아진 국물을 치웠다. 보옥도 밥을 더 이상 먹지 않고, 손을 씻고 차를 마시면서 두 할멈과 몇 마디 이야기를 나누었다. 잠시 후 두 할멈이 인사하고 나가자 청문 등이 다리 근처까지 배웅해주고 돌아왔다.

두 할멈은 주위에 사람이 보이지 않자 걸으면서 이야기를 나누었다. 한 할멈이 이야기했다.

"이 집 도련님이 겉은 멀쩡해 보여도 속은 어수룩하다더니, 먹는 거 하나 똑바로 못하는 걸 보니 정말 멍청하구먼. 제 손을 데어놓고 다른 사람한테 아프냐고 묻는데 그게 바보가 아니면 뭐람?"

"호호, 저번에 왔을 때 들은 얘긴데, 집안사람들 가운데 그 도련님이 정말 멍청하다고 욕하는 사람들이 많더구먼. 비에 쫄딱 젖은 닭 같은 몰골을 해가지고도 되레 남들더러 '비 오니까 어서 피해!' 하고 소리치더라는 거야. 정말 우습지 않아? 곁에 사람이 없으면 혼자 울다 웃고, 제비를 보면 말을 걸고, 도랑의 물고기를 봐도 말을 걸고, 별이나 달을 보면 탄식하며 뭐라 웅얼웅얼 중얼거린다고 하더구먼. 게다가 성미도 물러터져서 심지어 어린 하녀들의 신경질까지 다 받아준다는 거야. 물건을 아낄 때는 실 조각 하나도 아끼다가 헤프게 써댈 때는 천 냥이든 만 냥이든 상관하지 않는다지?"

둘은 그렇게 이야기를 나누며 대관원을 나가 모두에게 인사하고 돌아갔다. 그에 대해서는 더 이상 말하지 않겠다.

이제 습인의 이야기를 해보자. 그녀는 할멈들이 떠나자 앵아를 데리고 보옥의 방으로 건너와 보옥에게 무슨 그물주머니를 짜야 하는지 물었다. 보옥이 앵아를 향해 웃으며 말했다.

"하하, 얘기에 정신이 팔려서 너를 잊고 있었구나. 너를 부른 건 다름 아니라 그물주머니를 몇 개 만들어달라고 부탁하기 위해서였어."

"뭘 담을 주머니인데요?"

"하하, 뭘 담을 건지는 상관 말고 여러 가지 모양으로 몇 개 만들어줘."

앵아가 손뼉을 치며 웃었다.

"아이고, 어느 세월에! 그러다간 십 년이 걸려도 다 못 만들 거예요."

"하하, 누이, 일도 없이 한가하다면서 좀 만들어줘."

습인이 웃으며 말했다.

"짧은 시간에 어떻게 다 만들어요? 지금은 우선 급히 필요한 것부터 두어 개 만들라고 하세요."

그러자 앵아가 말했다.

"급한 게 뭐 별거 있나요? 부채 주머니와 향주머니, 허리에 찰 손수건 주머니 정도겠지요."

보옥이 말했다.

"손수건 주머니가 좋겠네."

"손수건은 무슨 색인가요?"

"진홍색이야."

"진홍색이면 검은 주머니여야 보기 좋지요. 아니면 쪽빛으로 해도 어울려요."

"노란 송화색엔 어떤 색이 어울리지?"

"분홍색이지요."

"하하, 그럼 예쁘겠군. 점잖으면서도 좀 요염한 면이 있어야 할 테니까."

"전 초록색이랑 녹황색을 제일 좋아해요."

"그것도 좋겠군. 분홍색 하나랑, 초록색으로도 하나 만들어줘."

"무늬는 어떤 걸로 할까요?"

"몇 가지 무늬가 있어?"

"일주향—炷香과 조천등朝天鐙, 상안괴象眼塊, 방승方勝, 연환連環,[3] 매화, 버들잎. 이렇게 일곱 가지가 있어요."

"예전에 셋째 아가씨한테 만들어준 건 무슨 무늬였어?"

"가운데를 꿴 매화 무늬였어요."

"그게 좋겠다."

보옥이 습인에게 실을 가져오라고 하는데 밖에서 할멈이 말했다.

"아가씨들 식사 준비가 다 됐습니다."

그러자 보옥이 습인에게 말했다.

"가서 밥 먹어. 빨리 먹고 와."

습인이 웃으며 말했다.

"손님이 계신데 저희가 어떻게 가요!"

앵아가 실을 고르며 말했다.

"호호, 그게 무슨 말씀이세요? 얼른 가서 먹고 오세요."

습인 등은 그 말대로 나가고 심부름할 하녀 둘만 남겨두었다.

보옥은 앵아가 실을 짜는 것을 구경하면서 한담을 나누다가 물었다.

"몇 살이지?"

앵아는 손을 놀리면서 대답했다.

"호호, 열여섯 살이에요."

"원래 성은 뭐야?"

"황黃가예요."

"하하, 성하고 이름이 제법 어울리네. 정말 꾀꼬리〔黃鶯〕로군?"

"호호, 원래 이름은 금앵金鶯이라고 두 글자였는데 아가씨께서 부르기 불편하다고 그냥 앵아라고만 부르시다 보니 지금은 그렇게 굳었어요."

"보차 누나도 널 아끼나 보구나. 나중에 보차 누나가 시집가면 틀림없이 너도 데려가겠는데?"

앵아가 입을 오므리고 웃자 보옥도 웃으며 말했다.

"내가 습인 누나한테 나중에 어느 복 많은 사람이 네 주인과 널 데려갈지 모르겠다고 늘 얘기하곤 했지."

"호호, 모르시나 본데 우리 아가씨한테는 세상 다른 사람들한테는 없는 장점이 몇 가지 있어요. 용모야 그다음이지요."

보옥은 보차의 매력 있는 말투와 웃는 모습에 일찌감치 마음을 빼앗겨 있던 차에 앵아가 보차 이야기를 하자 곧 물었다.

"무슨 장점이 있는데? 누이, 자세히 얘기해줘."

"호호, 얘기해드릴 테니까 제가 알려드렸다고 아가씨한테 말씀하시면 안 돼요?"

"하하, 그야 당연하지!"

그때 밖에서 누군가의 목소리가 들려왔다.

"왜 이리 조용해!"

두 사람이 돌아보니 다름 아니라 보차였다. 보옥이 얼른 자리를 권하자 보차가 자리에 앉으며 앵아에게 물었다.

"뭘 만들고 있어?"

앵아의 손에 들린 것을 쳐다보니 막 반쯤 만들어놓은 상태였다.

"호호, 이건 별로군요. 차라리 옥을 실에 꿰서 만드는 게 더 좋겠어요."

그 말을 듣자 보옥이 손뼉을 탁 치며 말했다.

"하하, 맞아요! 내가 깜박 잊고 있었네. 그런데 무슨 색이 어울릴까요?"

"여러 색이 뒤섞인 건 절대 안 되고, 진홍색은 안 어울리고, 노란색도 눈에 차지 않고, 검은색은 또 너무 어두워요. 어디 좀 생각해보지요. 그래, 금실과 검은 진주를 꿴 실을 한 올 한 올 엮어 그물주머니를 만들면 예쁘겠네요."

그 말을 듣고 보옥은 기뻐 어쩔 줄 몰라 다급히 습인을 불러 금실을 가져오라고 했다. 그때 마침 습인이 요리 두 접시를 들고 들어오다가 말했다.

"오늘은 정말 이상하네요. 조금 전에 마님께서 제게 요리 두 접시를 보내주셨어요."

"하하, 틀림없이 요리가 남아서 이 방 사람들더러 함께 먹으라고 보내주신 거겠지."

"아니에요. 저한테 주라고 지정해 보내주시면서 감사하러 올 필요는 없다고 하셨어요. 정말 이상하지 않아요?"

보차가 웃으며 말했다.

"자기한테 보내신 거니까 그냥 먹으면 되지 뭐가 이상하다는 거예요?"

"호호, 여태 이런 일이 없었거든요. 괜히 저만 송구스럽네요."

보차가 입을 오므리고 웃으며 말했다.

"이게 송구스럽다고요? 나중엔 이보다 더 송구스러워할 일이 있을 텐데요."

습인은 그 말에 무슨 뜻이 있다고 생각했다. 그녀가 알기로 평소 보차는 말을 함부로 하는 사람이 아니기 때문이었다. 습인은 저번에 왕부인이 한 말을 떠올리며 그 일에 대해서는 더 이상 이야기하지 않고, 보옥에게 살펴보라면서 요리를 건네주었다.

"손 씻고 실을 가져올게요."

습인은 바로 나가 밥을 먹고 손을 씻은 후에 금실을 가지고 들어와 앵아와 함께 그물주머니를 짰다. 이때 보차는 설반이 보낸 심부름꾼에게 불려가고 없었다.

보옥이 그물주머니 짜는 것을 구경하고 있는데 형부인이 두 하녀 편에 두 가지 과일을 보내왔다. 그 하녀들이 형부인 대신 안부를 물었다.

"마님께서 걸으실 수 있는지 여쭤보라셨어요. 걸으실 수 있으면 내일 오셔서 기분이나 풀라고 하셨어요. 마님께서 무척 걱정하고 계셔요."

"걸을 수 있게 되면 꼭 인사 올리러 간다고 말씀드려. 아픈 건 예전보다 좀 나아졌으니 안심하시라 전해드리고."

둘에게 자리를 권하고 추문을 불러 방금 가져온 과일 중 절반을 대옥에게 갖다주라고 했다. 추문이 "예!" 하고 막 나가려는데 뜰 안에서 대옥의 목소리가 들려왔다. 보옥은 "어서 안으로 모셔라!" 하고 황급히 일렀다. 이후에 어찌 되는지는 다음 회를 보시라.

(3권에서 계속)

| 역자 주석 |

제19회

1. '해어화解語花'는 '상대의 뜻을 잘 이해하고 말솜씨가 좋은 꽃 같은 미녀'라는 뜻이다. 여기서는 화습인을 가리킨다.
2. 대체적인 내용은 다음과 같다. 명나라 때 두문학杜文學(?~?)이 환관 엄숭嚴嵩의 박해를 피해 호광湖廣 지역을 떠돌다가 호胡승상의 집에 데릴사위로 들어갔는데, 길에서 전처가 낳은 아들인 정도령을 만난다. 처음에는 아는 체하지 못했다가 나중에 호승상에게 사정을 설명하고 부자가 다시 만난다.
3. 「황백영이 분노하여 귀신 병사로 진을 치다〔黃伯英怒擺陰兵陣〕」라고도 한다. 이 이야기는 『칠국춘추평화七國春秋平話』에 들어 있는 몇 가시 이야기를 모아놓은 것으로, 연燕나라의 장군 악의樂毅의 스승 황백영黃伯英이 산에서 내려와 미혼진迷魂陣을 펼쳐서 제나라의 장군 손빈孫臏을 곤경에 빠뜨린다는 내용이다.
4. 『서유기西遊記』 중 한 장면이다.
5. 『봉신연의封神演義』 중 한 장면이다.
6. 배우들이 연극을 배우거나 일상생활을 하는 곳이다.
7. 청나라 때의 법률에 따르면, 가노家奴의 자녀는 대를 이어서 평생 노비가 되어야 했지만, 화습인은 임시로 고용한 하녀이기 때문에 경우가 다르다.
8. 『대학大學』에 들어 있는 구절로, "지극히 밝은 덕〔明德〕을 밝혀 나타낸다."라는 뜻이다.
9. 원래 고관대작이 타는 것으로, 일반 백성은 결혼할 때 탈 수 있었다. 여기서는 지체 높은 집안에 정실부인으로 시집간다는 뜻으로 쓰였다.
10. 고대 인도의 전설에 등장하는 네 마귀 중 하나로, 마계魔界의 주인이다. 항상 마귀

들을 이끌고 사람의 심신을 괴롭히고 불법佛法을 방해하며 선한 일을 망친다. 여기서는 사람을 괴롭히는 원수 같은 존재라는 뜻으로 쓰였다.
11. 대산과 임자동은 임대옥의 이름을 이용해 만든 허구적인 명칭이다.
12. 원문은 '납팔죽臘八粥'이다. 음력 12월 8일에 석가모니가 득도한 것을 축하하는 뜻으로 여러 종류의 쌀, 콩, 과일 등을 넣어 죽을 쒀서 부처와 조상에게 바치고, 친척과 친구들에게도 보내는 풍속이 있었다. 이 때문에 이 죽은 '불죽佛粥' 또는 '칠보죽七寶粥'이라고도 부른다.
13. 옛날 군중軍中에서 명령 전달의 증거로 사용한 화살 모양의 작은 수기手旗이다.
14. 토란(香芋)과 '향옥香玉'의 중국어 발음이 모두 [xiāngyù]라는 것을 이용한 말장난이다.

제20회

1. '봉鳳'(fèng)과 '풍風'(fēng)의 발음이 유사한 것을 이용한 말장난이다.
2. 두 번 달인 약, 즉 재탕再湯을 가리킨다.
3. 원문에는 바둑(圍棋)을 둔다고 했으나, 실제 내용은 주사위놀이를 하는 것이다. 이것은 원문의 내용에 착오가 있거나, 아니면 주사위놀이를 에둘러서 표현한 것으로 보인다.
4. 둘째를 나타내는 '이二'[èr]와 사랑하다는 뜻의 '애愛'[ài]가 발음이 비슷해서, 혀가 짧은 사람이 말하면 헷갈리게 들린다는 뜻으로 놀리는 말이다.

제21회

1. 땋은 머리의 끝이 쉽게 흔들리지 않도록 잡아주는 약간 묵직한 장식물을 가리킨다.
2. '혜惠'와 '회晦'의 중국어 발음이 모두 [huì]이고 '향香'과 '기氣'에 모두 '냄새'라는 뜻이 담겨 있음을 이용한 말장난이다.
3. 원문의 "절성기지絶聖棄知"는 원래 『노자』 제19장의 "절성기지 민리백배絶聖棄知 民利百倍."에서 나온 말이다.
4. 대나무나 나무, 쇠, 옥 등으로 만든 것으로 글자가 새겨져 있다. 두 쪽으로 쪼개 나눠 가졌다가 훗날 맞춰봄으로써 상대방의 신분을 확인하는 데 이용되었다.

5. '육려六呂'라고도 하며, 대개 '음률音律'을 대표하는 말로 쓰인다.
6. 춘추시대 진晉나라의 악사로서 장님이지만 음률을 잘 구별했다고 한다. 고대에는 주로 맹인盲人을 악관樂官으로 삼았기 때문에, 본문에서 '고광瞽曠'의 맹인 '고瞽' 자는 악관이라는 뜻이다.
7. 『맹자孟子』「이루상離婁上」에 따르면, 이루는 눈이 밝기로 유명한 인물로서 100보 밖에서 가느다란 털끝까지 식별할 수 있었다고 한다.
8. 옛날의 뛰어난 기술자로서 요堯임금의 부름을 받아 여러 기술자를 관리했다고 한다.
9. 이 부분은 원문에는 '유有'로 되어 있어서 '갖게 된다'라고 번역했으나, 문맥상으로 보면 앞의 두 구절에서처럼 '함含' 즉 속에 숨겨놓고 밖으로 드러내지 않는다는 뜻으로 풀이하는 것이 더 자연스럽다.
10. 옛날 미신에서 아이들의 천연두를 관장한다고 여겨지던 신이다.
11. 원문의 '다고낭아多姑娘兒'는 '다관多官의 아내'라는 뜻과 함께 '젊고 헤픈 여자'라는 의미를 같이 포함하고 있다.

제22회

1. 원래 선종禪宗 불교에서 남을 깨우치게 만드는 날카로운 의미를 담은 법어法語를 가리키는 말이다. 여기서는 우주와 사물의 원리에 대한 깨달음을 의미하고 있다.
2. 원문의 '등미燈謎'는 음력 정월 보름이나 중추절 밤에 초롱에 수수께끼 문답을 써넣는 놀이를 가리킨다.
3. 나이가 만 열 살이나 스무 살이 될 때의 생일을 가리킨다.
4. 산시성(山西省)에 있는 산으로, 고대 불교의 '성지聖地' 중 하나이다. 여기서는 직접 죽음을 언급하기 어려워서 우회적으로 '오대산에 올라 부처가 된다.'라는 식으로 표현한 것이다.
5. 연극에 사용되는 음악 명칭이다. 곤강은 '곤산강崑山腔'이라고도 하며 강소江蘇 곤산崑山 일대에서 유행하던 음악을 명나라 때의 위양보魏良輔 등이 정리하고 다듬은 것으로, 명대 후기와 청나라 때 널리 유행했다. 이 음악을 사용한 연극을 '곤곡崑曲'이라고 부른다. 익강은 '익양강弋陽腔'이라고도 하며, 강서江西 익양현弋陽縣에서 유행하던 음악으로서 역시 청나라 때 상당히 널리 유행했다.
6. 익양강 곡조를 바탕으로 한 연극이며, 명나라 때의 전기傳奇 『배도환대裴度還帶』의 제

13단락[齣] 「유이륵채劉二勒債」의 내용을 개편한 것이다. 여기서는 돈은 많지만 인색하기 그지없는 유이劉二가 계책을 써서 자신의 자형 배도裴度가 전당포에 맡긴 재물을 가로채지만, 나중에 그 자신이 파산하여 헌옷을 전당포에 맡긴다는 내용을 해학적으로 묘사하고 있다.

7. 『산문山門』 또는 『취타산문醉打山門』이라고도 한다. 청나라 초기 구원邱園이 지은 전기傳奇 『호낭탄虎囊彈』(작자가 주좌조朱佐朝라는 설도 있음) 중 한 막이다. 현재는 『철백구鐵白裘』에 포함되어 있다. 이것은 『수호전水滸傳』 중 노지심魯智深이 악질 토호土豪인 정도鄭屠를 때려죽인 후 승려가 되어 오대산으로 피신하지만, 불교의 계율을 지키지 않고 술에 취해 산문에서 소동을 일으키다가 사부인 지진장로智眞長老에 의해 절에서 쫓겨난다는 이야기이다.

8. 악보[曲牌] 명칭 중 하나이다. 『점강순』의 남곡南曲은 황종궁黃鍾宮을 곡조로 사용하고, 북곡北曲은 선려궁仙呂宮을 사용한다.

9. 악보 명칭 중 하나로 『점강순』 중 일부이다. 『노지심취뇨오대산』에서는 노지심이 사부에게 작별 인사를 할 때 부르는 노래이다.

10. 노지심이 정도를 때려죽이고 칠보촌七寶村 은사 조원외趙員外의 집에 숨어 있다가 훗날 은신처가 발각되자 그곳을 떠나 오대산에 들어가 승려가 되었다는 내용을 묘사한 것이다.

11. 원문의 '권단행卷單行'은 절을 떠난다는 뜻이다. 떠돌이 승려가 어느 절에 들어가 살려면 우선 의발衣鉢과 자루[袋]를 승방의 고리에 걸어두고 있다가 주지의 허락을 받으면 그 절에 머물게 되는데, 이런 수속을 '괘답掛 ' 또는 '괘단掛單'이라고 부른다. 반대로 승려가 절을 떠날 때 고리에서 물건을 내리는 것을 '권단卷單'이라고 하는데, 여기서 '단單'은 승려 면허증에 해당한다.

12. 원나라 때 이름이 알려지지 않은 어느 작가가 지은 잡극雜劇 『공신연경덕불복로功臣宴敬德不伏老』의 제3막[折]을 가리킨다. 이것은 당나라 때 울지경덕尉遲敬德이 군사를 이끌고 출정하지 않으려고 미친 척했다는 이야기인데, 임대옥은 그걸 빌려 가보옥에게 '미쳤다[妝瘋]'라고 놀리고 있다.

13. 월극越劇과 곤곡崑曲의 배역 중 하나로, 주로 여성이 담당한다. 그 종류는 대개 비단悲旦, 화단花旦, 규문단閨門旦, 정단正旦, 발단潑旦, 무단武旦 등이 있다. 비단은 경극京劇에서는 '청의青衣'라고 부르며, 『비파기琵琶記』의 조오낭趙五娘처럼 주로 팔자 사나운 여성 역에 해당한다. 화단은 『서상기西廂記』의 홍낭紅娘처럼 천진하고 발랄한 여

성 역을, 규문단은 『서상기』의 최앵앵崔鶯鶯처럼 벼슬아치 집안의 아가씨를, 정단은 『벽옥잠碧玉簪』의 이부인李夫人처럼 중년의 부인 역을 맡는다. 발단은 『송강자석朱江刺惜』의 염파석閻婆惜처럼 성격이 발랄한 여성을, 무단은 『십일랑十一郎』의 서봉주徐鳳珠처럼 무예를 익힌 여성 역을 연기한다.

14. 이 구절은 『장자』에 들어 있지 않다. 그러나 의미를 따져보면 「산목山木」편에 들어 있는 "감미로운 우물이 먼저 마른다〔甘井先竭〕."라는 구절을 변형하여 만든 것인 듯하다.

15. 여기에는 선종 불교의 깨달음에 관한 이치가 담겨 있기도 하지만, '증證'이라는 글자에 '증명하다'라는 뜻이 있기 때문에 다른 한편으로 남녀 간의 애정에 관한 생각을 피력하고 있기도 하다. 즉 서로가 자신에 대한 상대방의 사랑을 증명해보이고 싶어 하지만, 서로 사랑하는 마음이 없어져 증명할 필요가 없어질 때에야 비로소 사랑의 느낌을 깨닫게 되나니, 모든 것이 공空으로 돌아가 증명되지 않는 게 없어지는 때가 되면 비로소 진정으로 살 만한 지경이 된다는 뜻이다.

16. 『장자』 「제물론齊物論」에 있는 "그것(도道)이 없다면 나도 없을 터이니, 내가 없다면 그것이 깃들어 구현될 곳도 없다〔非彼無我 非我無所取〕."라는 구절에서 뜻을 가져온 표현이다.

17. 중국 선종 불교는 5세기 초에 천축에서 온 보리달마普提達摩에 의해 전해졌다가 혜가慧可와 승찬僧粲, 도신道信, 홍인弘忍으로 의발衣鉢이 전수되었다. 그러나 홍인이 입적한 후 선종은 남북으로 나뉘었다. 이 가운데 북종은 신수神秀를 6조로 모시고 이른바 '점오점수漸悟漸修'의 수행을 추구했고, 남종은 혜능을 6조로 모시고 '불립문자不立文字', '돈오돈수頓悟頓修'의 수행을 추구했다. 훗날 중국 불교에서 선종은 일반적으로 남종으로 대표되었다.

18. 오늘날 광둥성〔廣東省〕 북부와 후난성〔湖南省〕 및 쟝시성〔江西省〕의 접경지대에 걸친 지역에 해당한다.

19. 오늘날 황메이현〔黃梅縣〕에 속하는 곳이다. 후베이성〔湖北省〕 동쪽, 양쯔 강〔揚子江〕 북쪽에 위치한다.

20. 주지住持 바로 아래에 해당하는 직위에 있는 승려를 가리킨다.

21. 시 원고를 담아두는 대나무로 만든 통이다. 이것은 몸에 지니고 다니다가 우연히 시 구절이 떠오르면 임시로 적어두는 용도로 사용되었다.

22. 다구茶具를 씻을 때 사용하는 대나무로 만든 빗자루이다. 이것은 대나무 줄기를 비

처럼 가늘게 쪼개 만든다.
23. 짐승이나 귀신의 머리 모양으로 만든 기와나 도자기로, 대개 기와지붕의 처마를 장식하는 데 쓰인다.
24. 원문의 '참수초站樹梢'는 '립지立枝'와 뜻이 통하고, '립지'는 중국어로 읽을 때 '여지荔枝'[lìzhī]와 발음이 같다. 지연재 비평에서는 '여지'의 발음이 '가지에서 떠난다'라는 것을 의미하는 '이지離枝'와 통하기 때문에, 이 구절에는 '나무가 넘어지면 원숭이가 흩어진다[樹倒猢猻散].'라는 속담처럼 훗날 가씨 집안이 쇠락하여 가족들이 뿔뿔이 흩어지게 된다는 것을 암시한다고 설명했다.
25. 원문의 '필必'은 '필筆'과 발음이 통하고, '응應'은 '응험應驗'을 의미하는데 이때 '험驗'[yàn]은 벼루를 뜻하는 '연硏'[yán]과 발음이 통한다.
26. 이것은 가원춘이 만든 수수께끼이다. 전체 내용에는 귀비가 되어 귀한 몸이 되었으나 우담화優曇華처럼 금방 스러져 요절할 자신의 운명에 대한 암시가 깃들어 있다.
27. 원문의 '음양수陰陽數'에는 남녀 사이의 운수[數]라는 뜻도 들어 있기 때문에, 이 수수께끼는 가영춘의 결혼생활이 행복하지 못할 것임을 암시한다.
28. 이 수수께끼에는 집에서 멀리 떨어진 곳으로 시집가게 될, 실 끊어진 연과 같은 가탐춘의 운명이 암시되어 있다.
29. 형질形質과 색깔, 모양을 갖추어 눈으로 볼 수 있는 일체의 것을 가리킨다.
30. 원문의 '능가菱歌'는 악부시樂府詩에 흔히 등장하는 '능가련곡菱歌蓮曲'을 가리키는데, 그 내용은 대개 남녀 간의 사랑에 관한 것이다.
31. 인간세계의 화려한 쾌락과 인연을 끊고 불교에 귀의하는 것을 속세 사람들의 관점에서 보면 마치 칠흑같이 어두운 바다에 빠지는 것과 비슷하다는 의미이다. 관점에 따라서는 '검은 바다'가 '필묵서해筆墨書海' 즉 문인-학자들의 세계로서, 평생을 파묻혀 살아도 진리의 빛을 보지 못한다는 의미로도 풀이할 수 있다.
32. 이 수수께끼는 훗날 가석춘이 비구니가 될 운명임을 암시하고 있다. 한편, 본문의 '대광명大光明'은 대광명왕大光明王이라고 불린 적이 있는 석가모니, 즉 부처를 가리킨다. 아울러 이 수수께끼가 불전佛殿의 부처님 앞에 놓는 등불[海燈]을 나타내는 것이기 때문에 '대광명'은 등불의 크고 밝은 빛을 가리킨다고도 할 수 있다.
33. 조회할 때 양 소매에 밴 궁중의 향 연기를 가리킨다. 이 구절은 조회가 끝나 돌아오면 소매에 묻었던 향 연기도 없이 빈손이 되어 있다는 뜻이다. 하지만 '누가' 그렇게 되랴 하고 물었으니, 누구나 부귀영화를 누리는 벼슬살이가 끝나면 빈손이 되어 돌

아갈 수밖에 없다는 뜻이다. 또한 관점에 따라서 이 구절은 무릇 벼슬아치들은 언제나 권력의 욕망에서 벗어나지 못하고 청렴할 수 없다는 뜻으로 풀이할 수도 있겠다. 이 구절은 두보杜甫의 시「화가지조조대명궁和賈至早朝大明宮」에 들어 있는 "조회 끝나니 향 연기 소매에 가득 담아오네[朝罷烟香携滿袖]."를 변용한 것이다.

34. 이 구절은 설보차가 가보옥과 한 이불을 덮고 자는 부부의 금슬을 누릴 운명이 아님을 암시한다.
35. 『주례周禮』「춘관春官」에 따르면 '계인'은 새벽에 우는 닭처럼 시간을 알리는 임무를 맡았다.
36. 밤중에 시간 재는 향을 바꾸는 시녀의 일을 의미한다. 옛날에는 밤에 가느다랗게 만든 향을 태워 시간을 쟀는데, 향 한 자루가 타는 시간은 대개 일경一更 정도가 된다.

제23회

1. '투백초鬪百草'라고도 한다. 아주 오래전부터 전해지던 민속놀이 중 하나로, 봄여름 사이에 풀과 꽃이 무성할 때 규방의 여자들이 주로 즐겼다. 참가자들은 각기 꽃이나 풀, 대나무 따위를 골라 이름을 대어 짝을 맞추는데, 상서로우면서도 진귀한 것을 대는 이가 이기는 놀이이다.
2. '측자測字'라고도 한다. 이것은 원래 한자를 편偏, 방旁, 관冠, 각脚 등으로 분해하여 그 뜻에 따라 길흉을 점치는 것인데, 여기서는 그렇게 분해해서 풀어놓은 글자를 맞추는 놀이라는 뜻으로 쓰였다.
3. 술자리에서 행하는 놀이의 일종이다. 손에 수박씨나 호박씨, 연밥, 잣, 바둑알 등을 쥐고 있으면, 다른 사람들이 그 수량이나 빛깔, 짝수, 홀수를 알아맞히는 놀이이다.
4. 원문의 '마경蟆更'은 '하마경蝦蟆更'을 가리킨다. 명나라 때 낭영郞英이 편찬한 『칠수속고七修續稿』「변증류辨證類」의 '육경고六更鼓'에 인용된 『담정준 精焉』에 따르면, 궁궐에서 새벽 6시가 될 때 북을 쳐서 알리는 것을 '하마경'이라고 하며, 그때 궁궐 문을 열어 신하들이 조회하러 들어온다고 했다. 일설에는 강남 지역에서 밤에 야경夜警을 돌 때 딱따기를 치는 것을 '하마경'이라고도 한다.
5. 『서상기西廂記』에서 최앵앵의 하녀 홍낭紅娘이 남녀 주인공의 밀회를 위해 이불을 마련해준 것을 염두에 둔 표현이다.
6. 원래 눈을 비유한 것이다. 다만 이 단어[梨花]는 그 발음이 이화離話, 즉 이별 이야기

와 통하기 때문에 연인과 헤어진 사람의 쓸쓸한 심경을 암시하기도 한다.
7. 원문의 내용을 자세히 풀자면, 날씨가 너무 추워서 가볍고 비싼 황금색 담비 털옷을 입은 귀공자도 술기운을 적지 않게 빌려야 할 정도라는 뜻이다.
8. 조합덕趙合德(?~?)은 한나라 성제成帝 때의 소의昭儀로서 황후인 조비연의 동생이다. 조비연 자매는 원래 양아공주陽阿公主가 집안에 두고 있던 무희舞姬였는데, 조비연이 성제에게 바쳐져 총애받는 황후가 되었고, 이어서 조비연의 천거로 조합덕도 궁녀가 되었다. 이들 자매는 힘을 합쳐 당시 황제의 총애를 받고 있던 반첩여班婕妤를 몰아내고, 허許황후를 폐위시키기도 했다. 나중에 자매 사이에 틈이 벌어지기도 했으나, 정치적으로는 항상 연대하여 서로의 위상을 지켜주었다고 한다. 전설에 따르면 조합덕은 몸매가 풍만하여 조비연보다 총애를 더 많이 받았고, 결국 춘약春藥까지 먹어가며 그녀와 정사를 벌이던 성제가 복상사하자 자살을 강요받았다고 한다.
9. 당나라 때 원진元稹(779~831)이 지은 전기傳奇 『앵앵전鶯鶯傳』의 별칭이다. 금나라와 원나라 때는 그 이야기가 제궁조諸宮調 및 잡극雜劇으로 개편되어 『서상기西廂記』라고 불렸다. 여기서는 원나라 때 왕실보王實甫가 개편한 잡극 『서상기』를 가리킨다.
10. 『서상기』 제1본 제4절에서 장생張生이 자신을 '근심 많고 병 많은 몸'이라 하고 최앵앵은 '나라를 기울게 할 미모'라고 한 것을 빌려서 한 말이다.
11. 이 역시 『서상기』 제4본 제2절에 나오는 구절이다. 한편 『논어』 「자한子罕」에는 "심어도 이삭이 패지 않는 게 있구나[苗而不秀者有矣夫]!"라는 공자의 말이 들어 있는데, 자질이 뛰어나도 요절해서 아무 성취도 이루지 못한 이가 있음을 탄식한 말이다. 하지만 이 말은 훗날 겉만 번지르르하고 내실은 없는 이를 빗대어 풍자하는 말로 쓰이게 되었다. 단단해야 할 창날이 색깔만 희고 무르기 그지없는 땜납(납과 주석의 합금)으로 되어 있다는 표현 역시 마찬가지의 의미이다.
12. 앞의 두 구절부터 여기까지는 『모란정牡丹亭』 「경몽驚夢」에서 두여낭杜麗娘이 부르는 노래이다.
13. 당나라 때 최도崔涂가 쓴 「춘석春夕」에 들어 있는 구절로, 원문은 다음과 같다.

  水流花謝兩無情 흐르는 물 지는 꽃 둘 다 무정하여라.
  送盡東風過楚城 초 땅 지나는 봄바람 모두 전송했다네.
  蝴蝶夢中家萬里 나비의 꿈속에 고향은 만 리 밖에 있고
  子規枝上月三更 두견새 우는 나뭇가지에 삼경의 달이 걸렸네.

故園書動經年絶　집에서 보내는 편지 끊어진 지 일 년이 넘었고
華髮春唯滿鏡生　백발은 봄인데도 거울 가득 피어나네.
自是不歸歸便得　스스로 돌아가지 못하니 돌아가면 그만인 것을
五湖烟景有誰爭　오호의 안개 낀 풍경을 누구와 다투려는가?

14. 남당南唐 이욱李煜의「낭도사浪淘沙」에 들어 있는 구절이다. 원문은 다음과 같다.

簾外雨潺潺　창밖에는 비가 부슬부슬
春意闌珊　봄은 저물어가고
羅衾不耐五更寒　비단 이불은 새벽 추위 견디지 못해
夢裏不知身是客　꿈속에 잠겨 나그네 신세인 줄도 모르네.
一餉貪歡　이제껏 즐거운 일만 추구했거늘
獨自莫憑欄　홀로 난간에 기대서지 말자.
無限江山　강산은 끝없는데
別時容易見時難　헤어질 때는 쉬 와도 만날 때는 오기 어렵구나.
流水落花春去也　흐르는 물에 꽃잎 떨어지니 봄이 가는구나,
天上人間　하늘에도 인간 세상에도!

15. 『서상기』 제1본 「설자楔子」에 들어 있는 최앵앵의 노래이다.

제24회

1. '영의領衣' 또는 '미자眉子'라고도 하며 속칭 '가령假領'이라고도 한다. 청나라 때는 옷과 옷깃이 따로 떨어진 옷이 많았다.
2. 명나라와 청나라 때 지부知府의 업무를 보조하던 관리이다.
3. 명연茗烟을 가리킨다. 원본의 '교기校記'에 따르면, 이 책에서 제24~34회까지는 '배명'이라고 표기했다가 제39회 이후로는 다시 '명연'으로 쓰고 있고, 이름을 바꾼 이유에 대해서는 밝혀지지 않았다고 했다. 참고로 연변대학교에서 나온 한국어 번역본을 윤문한 국내의 기존 번역본(도서출판 예하, 1990, 2쇄)에는 이 장면 다음에 나오는 배명과 가운의 대화에서 가보옥이 '연烟' 자를 꺼려서 배명이라고 이름을 고쳐주었다는 내용이 들어 있다.

제25회

1. 원문의 '염마법魘魔法'은 일종의 술법을 써서 귀신을 부려 다른 사람을 괴롭히거나 죽음에 이르게 하는 미신적인 행동 중 하나이다. '오귀五鬼'는 옛날 점술가들이 말하는 악살惡煞 중 하나이며, 귀수鬼宿의 다섯째 별을 나타낸다.
2. 『금강경金剛經』 뒷부분에 첨부된 주문이다.
3. 신의 보우를 받고 재앙을 피하기 위해 행하는 민간의 종교 풍속이다.
4. 사람들의 기원을 듣고 병을 치유해주는 보살이다. 전설에는 신농씨神農氏 또는 편작扁鵲을 '약왕'이라 하기도 하고, 당나라 때의 손사막孫思邈(541~682)을 가리킨다고 하기도 한다. 불교의 '약왕보살'은 범어 Bhaiṣajya-rāja를 의역한 이름인데, 미래에 부처가 되었을 때 법호法號는 정안여래淨眼如來(Vimalanetra)이다.
5. 지금의 태국 일대를 가리킨다.
6. 여자가 혼사를 받아들이는 것을 속칭 '차를 마신다〔吃茶〕'라고 한다. 차나무는 옮겨 심으면 죽어버리기 때문에 옮겨 심어서는 안 된다는 사실을 통해 한 번 혼사가 정해지면 바꿀 수 없다는 뜻에서 생긴 말이다.
7. 도사나 무당이 그릇에 담긴 물에 손가락으로 부적을 그리거나 부적을 쓴 종이를 태워 그 재와 물을 섞은 것이다. 민간 미신에서 사악한 귀신을 물리치거나 병을 고치는 데 효험이 있다고 믿었다.
8. 화려한 방을 가리킨다.
9. 남녀를 비유한다. 여기서는 가보옥과 자매들을 가리킨다.
10. 제26회의 내용에 비춰 보았을 때, 이것은 남자는 물론이고 여자들 가운데서도 아내나 어머니를 제외한 다른 사람의 접촉을 금한다는 뜻으로 보아야 할 듯하다.

제26회

1. 원문은 "每日家情思睡昏昏"인데, 잡극雜劇 『서상기西廂記』의 「최앵앵이 밤에 거문고 소리를 듣다〔崔鶯鶯夜聽琴〕」라는 대목의 첫째 막〔折〕에서 최앵앵이 부른 노래 가사의 일부이다. 이 장면은 최앵앵이 남주인공 장張서생에 대한 그리움으로 답답하고 괴로운 심사를 묘사하고 있다.
2. 원문은 "若共你多情小姐同鴛帳 怎捨得疊被鋪床"인데, 이것은 잡극 『서상기』의 「장군서가 도량에서 소동을 피우다〔張君瑞鬧道場〕」라는 대목의 둘째 막에서 장서생이

부른 노래 가사의 일부이다. 여기서 '다정한 아가씨'는 최앵앵을, '침상 위의 겹이불'은 그녀의 하녀인 홍낭紅娘을 가리킨다. 가보옥은 자신을 장서생에, 임대옥을 최앵앵에, 자견을 홍낭에 비유한 것이다.
3. 당인(1470~1523)의 자는 백호伯虎, 또는 자외子畏이고, 호는 육여거사六如居士, 도화암주桃花庵主 등을 썼다. 명나라 때 오현吳縣(지금의 쟝쑤성(江蘇省) 쑤저우시(蘇州市)에 속함) 사람이다. 그는 부패한 과거제도 때문에 벼슬길에 나아가려는 뜻이 좌절된 뒤로 줄곧 세상의 예법에 얽매이지 않고 거침없이 살았다. 시와 문장으로 명성을 날려 같은 시대의 축윤명祝允明, 문징명文徵明, 서정경徐禎卿과 더불어 '강남사재자江南四才子'로 불렸다. 또한 그림으로 더 유명하여 심주沈周, 문징명, 구영仇英과 더불어 '오문사가吳門四家'로 불렸다.
4. '당은糖銀'은 '당인唐寅'과 발음이 같아서 〔tángyín〕으로 읽힌다. '과은果銀'은 '당은糖銀'의 뜻을 부연하여 만들어낸 말이다.
5. 아름다운 임대옥이 늘 수심에 잠겨 눈썹을 찡그리고 있다는 뜻에서 붙인 별명이다.

제27회

1. 당나라 현종玄宗의 귀비貴妃 양옥환楊玉環과 한나라 성제成帝의 비 조비연趙飛燕은 모두 고대의 대표적인 미인으로, 한 사람은 통통하고 다른 한 사람은 가냘픈 것으로 유명하다. 여기서 양귀비는 설보차를, 조비연은 임대옥을 비유하고 있다.
2. '간모干旄'는 옛날에 깃대 끝에 물소(牦)의 꼬리를 장식하여 위엄을 보이는 것을 가리킨다. '정旌'은 물소 꼬리 장식과 비슷하지만 오색의 새 깃털로 장식하는 것도 있다. '당幢'은 양산처럼 생긴 깃대 장식이다.
3. 매미가 허물을 벗듯이 꾀를 써서 상대가 눈치채지 못하게 빠져나간다는 뜻이다. 이것은 옛날 병법兵法인 『36계三十六計』의 제21계로, 「혼전계混戰計」 중 하나이다.
4. 송나라 때 여주汝州(지금의 허난성(河南省) 린뤼(臨汝))에 있던 도요陶窯로, 당시 '오대명요五大名窯' 중 하나이다. 이곳에서 생산된 청자는 당시 품질이 최고로 꼽혔다.
5. 지는 꽃을 보내기 위해 모여서 여는 연회라는 뜻이다.
6. 여기서는 주렴을 누를 때 쓰는, 받침대가 달린 작은 돌사자를 가리킨다.

제28회

1. 여기 언급된 환약 이름들은 명나라 때 장경악張景岳이 편찬한 『경악전서景岳全書』에 들어 있는 것들이다. '팔진익모환'은 익모초와 당귀, 숙지황, 인삼, 백출白術 등 9종의 약초를 배합해 만든 것으로 부녀자들의 기형 손상 등의 병을 치료하는 데 쓰인다. '좌귀환'은 숙지황을 주성분으로 하고 구기자와 녹각교鹿角膠, 귀판교龜板膠 등을 배합해 만든 약이며 신장의 기운을 보충해준다. '우귀환' 역시 숙지황을 주성분으로 하되 천부자川附子, 육계肉桂, 두중杜仲 등 10가지 약재를 배합해 만든 것으로, 역시 신장을 따뜻하게 해주는 약이다. '맥미지황환'은 6가지 지황환 배합 방식을 토대로 만든 환약이다. 역시 숙지황을 주성분으로 하여 맥문동, 오미자를 더해 만든다. 이 약은 간과 신장의 기능을 보조하여 과로나 기침 등을 치료하는 데 쓰인다.
2. 산조인酸棗仁과 잣, 당귀, 생지황, 인삼 등 13가지 약재를 배합해 만든 환약으로 심신을 보양하는 약재이다. 이 약의 처방은 원나라 때 위역림危亦林이 편찬한 『세의득효방世醫得效方』에 들어 있다.
3. '자하거紫河車'는 곧 태반胎盤을 가리킨다. 옛날에는 태반이 기혈을 보양하는 데 효능이 있고, 특히 첫 아이를 낳을 때의 태반이 좋다고 생각했다.
4. 인삼을 가리킨다. 인삼은 약으로 쓸 때 뿌리만 쓰지만, 옛날에는 유통 과정에서 고급 인삼은 가짜와 구별하기 위해 잎이 달린 상태로 팔렸다.
5. 간과 신장의 기능을 보충해주고 피를 맑게 해주는 효능이 있다는 약재이며, 그 크기가 클수록 효능이 뛰어나다고 여겨졌다.
6. 지라(脾)와 위장을 튼튼하게 해주는 것으로, 대개 소나무 뿌리 부분에 기생하는 버섯이다.
7. 원문의 '홍두紅豆'는 '상사자相思子'라고도 하며, 완두 크기만 한 분홍색 콩의 일종이다. 여기서는 피눈물을 비유하고 있다.
8. 고대의 구리거울 이름이다. 거울 표면이 반질반질 빛나서 햇빛에 비추면 마름꽃(菱花)처럼 반짝인다는 의미에서 붙여진 이름이다.
9. 송나라 때 이중원李重元의 사詞 「왕손을 기리며」(憶王孫)에 "두견새 소리 구슬프니 차마 들을 수 없고 황혼이 지려는 때 배꽃에 빗방울 떨어지니 문을 굳게 닫네(杜宇聲盛 不忍聞 欲黃昏 雨打梨花深閉門)."라는 구절이 들어 있고, 역시 송나라 때 진관秦觀의 사 「자고천鷓鴣天」에도 "甫能炙得燈兒了 雨打梨花深閉門"이라는 구절이 들어 있다.
10. 주로 희곡이나 소설에서 귀족 집안의 부녀자들이 화장하고 장신구를 꾸미는 용도

로 쓰기 위해 지은 2층 이상의 건물을 가리킨다.
11. 당나라 때 온정균溫庭筠의 시 「상산의 아침 길〔商山早行〕」에 "닭 울음소리 울리는 초가지붕 여관에 비치는 달빛, 사람 발자국 사라진 판교 위에 내리는 서리〔鷄聲茅店月 人迹板橋霜〕"라는 구절이 들어 있다.
12. 여기서 '엄마'는 기생어미, 즉 '필아鴇兒'를 가리킨다.
13. 이 노래는 두구꽃과 벌레를 빌려 남녀 간의 성행위를 빗대고 있다. 원문 중 '육아肉兒'는 원래 살붙이, 즉 아주 가까운 사이를 의미하는 말이며 종종 혈육을 비유하는데, 여기서는 남자의 성기를 암시하는 뜻으로도 쓰였다.
14. 『시경詩經』 「주남周南」 「도요桃夭」에 "복사꽃 아름답게 활짝 피었네, 화사하도다 그 꽃이여〔桃之夭夭 灼灼其華〕."라는 구절이 들어 있다.
15. 계화桂花 향기가 들어 있는 머릿기름이다.
16. 원래 촛불이 타고 남은 심지가 벼 이삭처럼 굽어지는 모습을 '촉화燭花'라고 부르는데, 여기서는 성조聲調를 맞추기 위해 '등燈'자를 썼다. '쌍예雙蕊'는 2개의 '촉화'라는 뜻인데, 옛날에 이것은 상서로운 조짐, 또는 오랫동안 헤어져 지내던 부부가 상봉할 조짐을 상징한다고 여겨졌다.
17. 옛날에 질병이 있거나 장례를 치를 때 승려나 도사를 불러 경을 읽는 것을 '초제醮祭'라고 했는데, 평상시 복을 기원하고 재앙을 없애기 위해 행하는 초제 의식을 '평안초'라고 부른다
18. 약제를 단단히 뭉쳐 작은 덩어리로 만든 것이며 '약정자藥錠子'라고도 부른다. 대개 갖가지 꽃 모양으로 만든다.

제29회

1. 촛불이나 등불의 불똥을 따거나 조절하는 데 쓰이는 도구이다.
2. 왕희봉이 한 욕은 옛날 중국에서 도사를 놀려 부를 때 '쇠코〔牛鼻子〕'―우리나라에서는 종종 '말코'라고 했음―라고 했던 것을 비틀어 만든 것이다.
3. 여기 등장하는 '차천대왕㴱天大王'은 도교의 신선 명단에 들어 있지 않다. 현대의 연구자들 중에는 이것이 '혼세마왕混世魔王', '강동천왕絳洞天王'과 더불어 반항적이고 정통의 규범에 어긋나는 사고와 행실을 보이는 가보옥을 가리키는 일종의 별명이라고 여기는 이들이 많다.

4. 황황璜은 옥기玉器 이름이다. 모양은 납작하고 둥근 벽璧을 반으로 쪼갠 것과 비슷한데, 옛날에는 남의 집을 방문하거나 사람을 초빙할 때, 또는 제사나 장례식에서 주로 사용했다. 종종 장식용으로도 쓰였다.
5. 명나라 때 무명씨가 지은 익양강弋陽腔의 연극이며, 유방劉邦이 흰 뱀을 칼로 벤 이야기를 연출한 것이다.
6. 청나라 때의 전기 작품이며『십초기十醋記』라고도 한다. 당나라 때 곽자의郭子儀가 7명의 아들과 8명의 사위를 두고 부귀와 장수를 누렸다는 이야기를 연출한 것이다.
7. 명나라 때 탕현조湯顯祖가 지은 전기傳奇 작품으로 원래 제목은『남가기南柯記』이다. 이것은 순우분淳于棻이 꿈속에서 대괴안국大槐安國의 부마駙馬가 되어 태수太守 벼슬을 지냈지만 결국 왕에게 신임을 잃고 쫓겨났다는 이야기이다.『백사기』부터『남가몽』까지 세 작품은 가보옥의 집안이 일어난 때로부터 부귀영화를 누리다가 결국 쇠락하는 과정을 암시하고 있다.
8. 종이로 만든 자루에 금박지나 은박지를 접어 만든, 돈〔元寶〕을 담은 것이며 '소포복燒包袱'이라고도 한다. 신에게 제사 지낼 때 올리는 글과 함께 태운다.
9. 향유香薷와 후박厚朴, 편두扁豆 등을 넣어 만든 약제이다. 더위 먹은 것이나 감기를 치료할 때 쓴다.

제30회

1. 원나라 때 강진지康進之가 지은 잡극雜劇『이규부형李逵負荊』을 가리킨다. 이 작품은 장편소설『수호전水滸傳』제73회의 내용을 토대로 한 것으로, 두 악당이 이규李逵와 노지심魯智深을 가장해서 양가의 딸을 납치했는데, 소문을 들은 이규가 송강宋江에게 따지며 행패를 부렸다가 나중에 진상이 밝혀지자 가시나무를 짊어지고 송강 앞에 꿇어앉아 사죄했다는 이야기를 연출하고 있다. "가시나무를 짊어지고 잘못을 빌다〔負荊請罪〕."라는 말은『사기史記』「염파인상여열전廉頗藺相如列傳」에 나오는데, 이 이야기를 바탕으로 만들어진 연극은『완벽기完璧記』이다.
2. 『장자莊子』「천운天運」에는 춘추시대 월나라의 미녀 서시가 병약해서 늘 눈썹을 찡그렸는데 그 모습이 더 아름답게 보여서 이웃에 사는 여자가 그걸 흉내 냈더니 더 밉상으로 보여 주위 사람들이 비웃었다는 이야기가 실려 있다.

제31회

1. 경진본庚辰本에 대한 지연재의 비평에서는 이것이 앞으로 수십 회 뒤에 약란若蘭이 활터(射圃)에서 기린 장식을 찬 이야기에 대해 미리 복선을 깔아둔 것이라고 했다. 이로 미루어보면 이 회는 제80회 이후 묘사된 사상운의 운명에 대한 복선이라고 할 수 있다. 그러나 일반적으로 '백수쌍성白首雙星'은 늙을 때까지 함께하는 연인이나 부부를 비유하기 때문에, 이 제목은 가보옥과 사상운이 부부가 될 운명임을 암시한다고 풀이하는 이들도 있다. 특히 조설근이 제80회까지만 쓰고 제81회부터 제120회까지는 고악이 이어서 썼다고 주장하는 이들은 이 부분을 증거로 들어서, 제81회 이후에서 가보옥과 설보차가 부부가 되게 만든 것은 고악이 조설근의 의도를 몰랐기 때문에 잘못 설정해버린 결과라고 주장하기도 한다.

2. 여동환黎洞丸은 혈갈血竭과 삼칠초三七草, 아선약(阿仙藥), 웅황雄黃, 우황牛黃 등 10여 가지 약재로 만든 환약이다. 쇠붙이에 상처가 나서 생긴 출혈이나 손발에 맞은 상처, 어혈瘀血, 혼절, 부종 등의 증상을 치료하는 데 쓰인다. 이 중 산양의 피가 들어가는 약을 '산양혈려동환'이라고 한다.

3. 이 말은 남조南朝 왕승유王僧孺의 시 「영총희詠寵姬」에 들어 있는 것이며, 해당 원문은 다음과 같다. "다시 돌아보는 눈길은 성과도 바꾸고, 한 번의 웃음은 천금에 산다네(再顧連城易 一笑千金買)."

4. 원문은 '배영拜影'이다. 설이나 제사 때 자손들이 신조의 소상와 잎에 근질을 올리는 것을 가리킨다.

5. 원문은 "絳紋石戒指"으로, 진홍색 무늬가 들어 있는 그다지 비싸지 않은 돌로 만든 반지라는 뜻이다. 그러나 이 구절은 중국어 발음에 따라 "장문사저지將聞事姐指"를 암시한다. 즉 가보옥의 혼약이 정해질 것을 장차 듣게 된다는 뜻이다. 사상운이 '반지[戒指]'를 보내는 것을 통해 장도사가 혼사를 제의하게 될 일을 미리 말해주는 것이다. 여기서는 습인과 원앙, 금천, 평아에게도 각기 하나씩 가져왔으니, 결국 그들도 곧 각기 짝이 정해져 떠나게 될 것임을 암시하고 있는 셈이다.

6. 연꽃의 한 종류로, 꽃술 속에 또 한 겹의 꽃이 피기 때문에 누각처럼 생겼다고 해서 붙여진 이름이다. '중대重臺'라고도 하며, 속칭 '기루자起樓子'라고도 불린다.

7. 위쪽에 꽃무늬가 있고 양끝에 술이 달려 있어서 다른 장식품을 매달 수 있게 만들어진 허리띠이다.

제32회

1. 몸이 나약하고 기혈이 부족해 쉽게 피로해지는 병이다. 현대의학에서 말하자면 결핵이나 악성 빈혈 따위의 병에 해당한다.

제33회

1. 왕부王府 내부의 일을 관장하는 관리이다. 이 직책은 남조南朝 시기부터 설치되었으며, 이후로 각 왕조의 왕부에 모두 이 직책을 담당한 관료가 있었다.
2. 번역에서 '급하다'라고 한 부분의 원문은 '요긴要緊'(yàojǐn)인데, 이것은 잘못 들으면 '우물에 뛰어들다.'라는 뜻의 '도정跳井'(tiàojǐng)과 발음이 혼동될 수 있다.

제34회

1. 송나라 때 곽무천郭茂倩이 편찬한 『악부시집樂府詩集』 「군자행君子行」에 "군자는 재앙이 일어나기 전에 방비하고 의심 살 만한 일을 하지 않는다. 오이밭에서는 신발 끈을 매지 않고, 살구나무 아래에서는 갓끈을 바로잡지 않는다(君子方未然 不處嫌疑間. 瓜田不納履 李下不正冠)."라는 말이 들어 있다.
2. 순임금의 죽음을 슬퍼한 상비湘妃의 눈물이 대나무에 얼룩졌다는 이야기를 비유한 것이다.

제35회

1. 『서상기』의 여주인공 최앵앵崔鶯鶯을 가리킨다. 그녀의 이름에 '앵' 자가 2개 겹쳐 있기 때문에 이렇게 부른 것이다.
2. 원래 사물의 소리나 모양 등을 흉내 내는 것을 가리킨다. 송나라 때 오자목吳自牧이 편찬한 『몽량록夢梁錄』 「한인閑人」에는 "옛날에는 온갖 기술에 능통한 이들이 있어서 뉴원자紐元子 같은 이는 '소리 흉내[像生叫聲]를 배워서……"라는 구절이 들어 있는데, 여기서 '소리 흉내'는 사물의 소리나 모양을 해학적으로 흉내 내어 사람들을 웃기는 기술을 가리킨다.
3. 일주향─炷香은 직선형, 조천등朝天凳은 사다리꼴, 상안괴象眼塊는 마름모꼴, 방승方勝

은 한쪽 모서리가 겹친 2개의 마름모꼴, 연환連環은 서로 연이어진 2개의 동그라미 형태이다.

| 가씨 가문 가계도 |

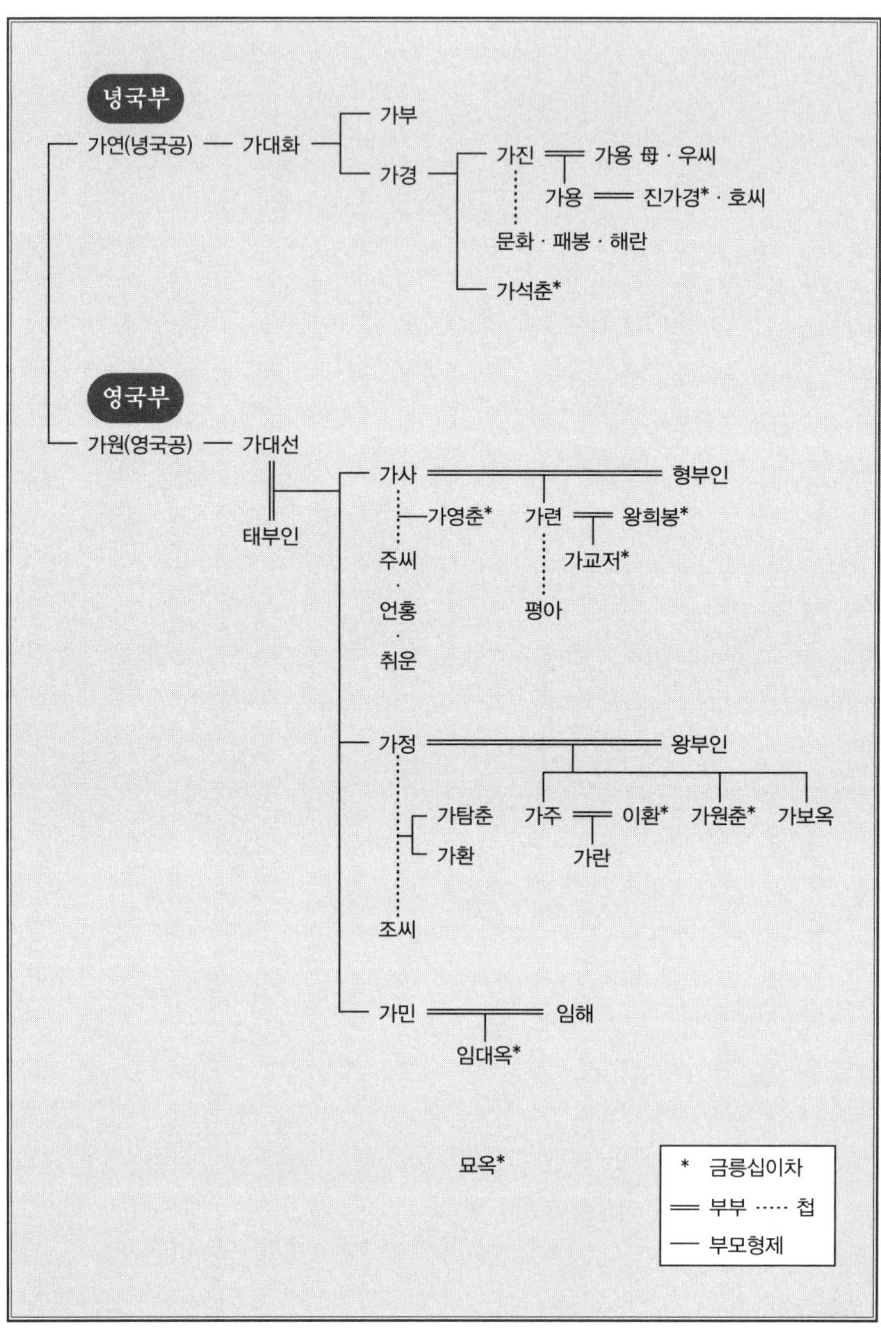

| 주요 가문 가계도 |

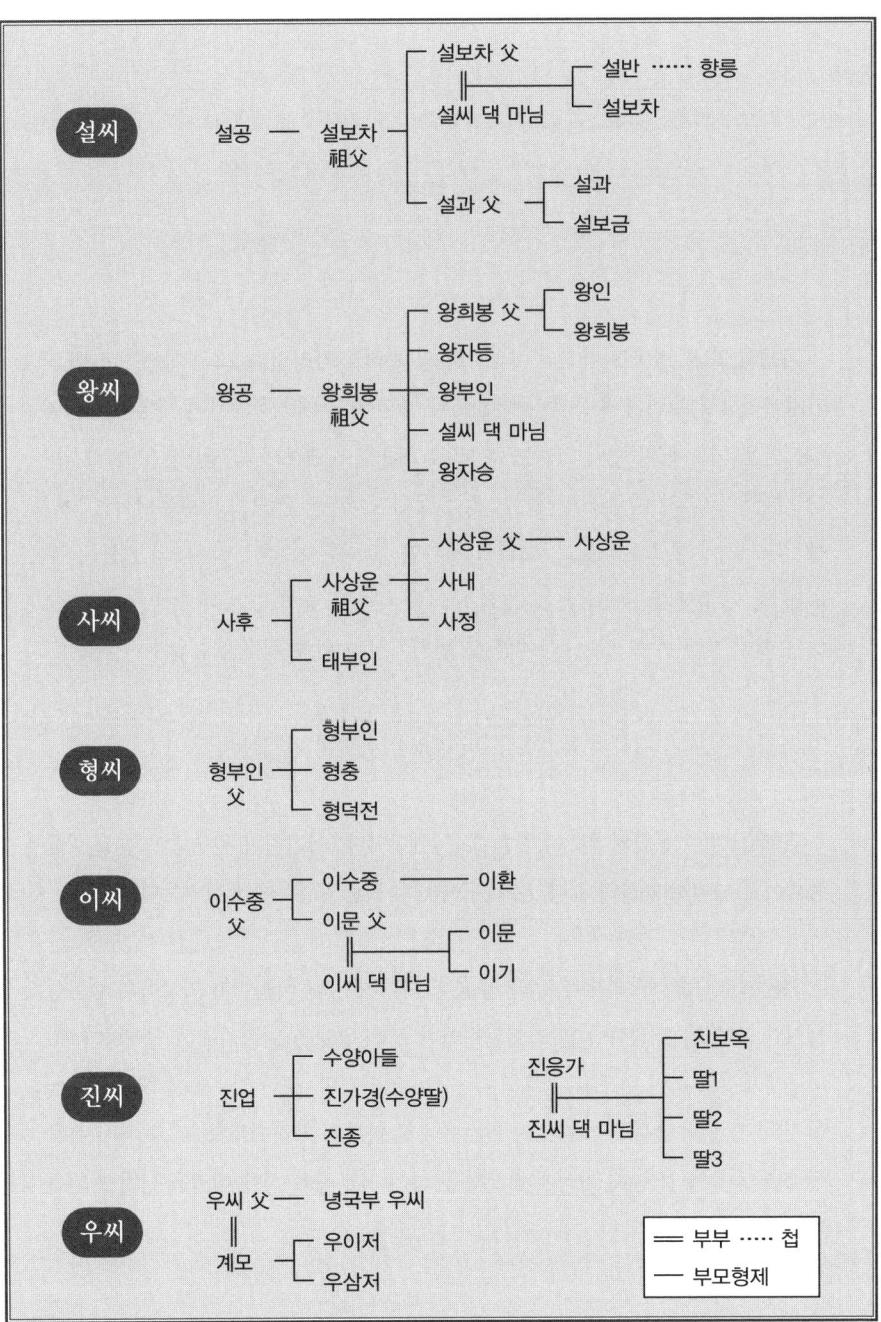

| 등장인물 소개 |

가용의 아내 녕국부 가진의 아들 가용의 아내를 가리킨다. 그의 아내는 원래 진가경이었으나 그녀가 죽은 후 호씨胡氏와 재혼했다. 제92회에서 풍자영과 가정이 주고받은 대화에 따르면, 그녀는 경기도京畿道를 지낸 사람의 딸이라고는 하지만 그 집안은 그다지 내세울 만하지는 않은 듯하다. 한편, 지연재 비평본에서는 그녀를 '허씨許氏'라고 표기했고, 번역의 저본인 '교주본校注本' 제58회의 원문에 "賈母 邢 王 尤 許婆媳祖孫等皆每日入朝隨祭"라는 내용이 들어 있기 때문에 '허씨'라고 하는 것이 맞을 수도 있다. 하지만 본 번역에서는 뒤쪽의 서술과 맞추기 위해 이 부분을 "태부인과 형부인, 왕부인, 우씨 그리고 많은 고부姑婦와 조손祖孫들이 매일 조정에 들어가 제사에 참석했다."라고 조금 바꿔서 번역했다.

가혜佳蕙 이홍원의 허드렛일을 하는 하녀이다. 어리지만 말주변이 좋고 마음씀씀이가 넉넉하며 사려 깊다. 평소 모아둔 용돈을 임홍옥에게 맡겨둔다.

가환賈環 영국부 가정과 그의 첩 조씨 사이에서 난 아들이자 가보옥의 이복동생이다. 행동에 조심성이 없고 이기적이며 잦은 말썽을 일으키는 소인배이다. 하녀들에게서도 평이 나쁘고, 왕희봉과는 원수지간이다. 또한 가보옥에 대해 질투심이 많아 일부러 촛대를 쓰러뜨려 가보옥에게 화상을 입히기도 하고, 금천이 우물에 뛰어들어 죽었을 때 가정에게 모함을 하여 가보옥이 심한 매질을 당하게 만들기도 한다.

금앵金鶯 설보차의 하녀이며 원래 이름은 황금앵인데, 설보차가 발음이 좋지 않다고 해서 앵아라고 바꿔 불렀다. 영리하고 손재주가 좋은 금앵은 가보옥과 설보차가 통령보옥과 금목걸이를 살펴볼 때 두 물건이 짝을 이룬다는 것을 금방 눈치챘다.

금천金釧 성은 백白씨이며 옥천의 언니이다. 이들 자매는 모두 영국부 왕부인의 시녀이다. 나중에 금천은 가보옥과 농담을 주고받는 장면이 왕부인에게 발각되면서 그를 유혹한다는 오해를 받고 쫓겨난다.

기관琪官 장옥함의 예명. ('장옥함' 항목 참조)

기산綺霰 영국부 가보옥의 하녀이며, 판본에 따라 이름을 '기하綺霞'라고 쓰기도 한다. 원문에서 어린 하녀들이 기산을 '큰 언니[綺大姐姐]'라고 부르는 것으로 보건대 이홍원의 하녀들 중 비교적 지위가 높은 편인 듯하지만, 실제 이야기에서는 그다지 중요한 역할을 하지 못하고 이름만 몇 번 언급된다.

다관多官 영국부의 주정뱅이 요리사이다. 유약하고 무능한 까닭에 '머저리[多渾蟲]'라는 별명을 가지고 있다(제21회). 젊고 제법 미모가 있는 그의 아내는 행실이 경박하여 아무 남자하고나 들러붙어서 가씨 가문의 거의 모든 남자와 잠자리를 같이하지만 그는 그저 술과 고기, 돈만 생기면 다른 일에는 전혀 상관하지 않는다.

단운檀雲 가보옥의 하녀 중 하나이다. 이야기에서 몇 차례 이름만 언급될 뿐 별로 중요한 역할을 하지 않고 있는데, 제78회에서 가보옥이 청문을 애도하며 지은 「부용꽃 소녀를 위한 애도의 글[芙蓉女兒誄]」에 "머리빗이 용 되어 날아가버리니 부러진 단운의 이를 볼 때마다 애절하다."라는 내용이 들어 있는 것으로 보건대, 작품의 판본이 전승되는 과정에서 그녀와 관련된 에피소드가 떨어져 나간 듯하다.

대서待書 가탐춘의 시녀이다. 눈치가 빠르고 말솜씨가 훌륭하다.

대환선인大幻仙人 선황先皇이 장張법사를 부른 별칭. ('장법사' 항목 참조)

도운挑雲 가보옥 가까이에서 시중을 드는 비교적 나이 어린 남자 하인이다.

동귀同貴, **동희**同喜 두 사람은 설보차의 어머니 설씨 댁 마님의 하녀이지만, 이야기에서는 그다지 중요한 역할을 하지 않는다.

마씨馬氏 가보옥을 기명寄名 양자로 삼은 여도사이다. 옛날 중국의 민간 풍속에서는 신의 보우를 받고 재앙을 피하기 위해 자녀를 유명한 도사에게 명분상의 양자로 삼게 하곤 했다. 그녀는 가정의 첩 조씨와 모의하여 '염마법魘魔法'이라는 간교한 술법으로 왕희봉과 가보옥에게 해코지를 한다. 나중에 다른 곳에서도 비슷한 짓을 저지르다가 들통이 나서 처벌을 받게 된다.

만아卍兒 가씨 가문의 지위가 낮은 하녀 중 하나이다. 제법 예쁘고 하얀 피부를 가진 매력적인 소녀이다. 만아라는 이름은 그녀의 어머니가 꿈에 비단을 한 필 얻었는데 거기에 오색으로 화려하게 '만卍' 자 모양의 무늬가 수놓여 있었기 때문에 붙여진 것이라고 했다. 제19회에서 가보옥의 하인 명연과 몰래 사통하다가 들통나기도 한다.

문관文官 가씨 가문에서 양성한 열두 명의 배우들 중 한 명으로, 소생小生 배역을 연기했다. 열두 배우들 중 우두머리로서 영리하고 말솜씨가 좋아 태부인에게 귀여움을 받았으며, 이 때문에 극단이 해체된 뒤 태부인의 하녀로 들어가게 된다. 그러나 나중에 다른 배우들과 함께 왕부인에 의해 대관원에서 쫓겨나는데, 그 이후에는 어찌 되었는지 알 수 없다.

문행文杏 설보차의 하녀이다. 제48회에서 설씨 댁 마님이 한 말에 따르면 "나이가 어려서 말귀도 제대로 알아듣지 못하는" 아이라고 했다.

반학伴鶴 가보옥 가까이에서 시중을 드는 비교적 나이 어린 남자 하인이다.

방춘方椿 경사의 서문西門 밖에서 꽃과 나무를 키워 파는 사람이다.

벽월碧月 이환의 하녀이며 잔심부름을 하는 신분이다. 이야기에서는 그다지 중요한 역할을 하지 않는다.

벽흔碧痕 영국부 가보옥의 하녀이다. 이야기에는 두세 차례 등장할 뿐이지만 나름대로 성깔 있고 입심이 대단한 것으로 묘사되어 있다. 제24회에서는 그녀가 추문과 물을 길러 간 사이에 자신들보다 지위가 낮은 소홍이 가보옥의 차 시중을 드는 모습을 발견하고 주제 넘는 짓을 한다고 매섭게 꾸짖는다. 제31회에서 청문이 한 이야기에는 벽흔이 가보옥을 목욕시켜 줄 때 질펀한 장난을 한 적이 있다는 사실이 암시되어 있다.

보관寶官 가씨 가문에서 양성한 열두 명의 배우들 중 소생小生 배역을 연기한 인물이다. 그녀는 종종 이홍원에 가서 놀곤 하는데, 극단이 해체된 뒤에는 수양어미를 따라 대관원 밖으로 나가 자신을 고향으로 데려갈 친부모를 기다린다.

복세인卜世仁 가운의 외삼촌이며 향료 가게를 운영한다. 그는 가운의 아버지가 죽었을 때 그 집안 재산을 가로채기도 하지만, 가운이 도움을 청할 때는 그럴 듯한 논리를 대며 거절한다. 지연재 비평에서는, '복세인'과 중국어 발음이 유사한 것으로 유추해보면 그의 이름은 '사람도 아닌〔不是人〕' 존재임을 암시한다고 했다.

부시傅試 영국부 가정의 문하생이다. 가씨 집안의 명성과 위세에 기대 순탄하게 벼슬길에 들어서서 통판通判의 자리에까지 올랐으며, 이 때문에 영국부에 자주 드나든다. 특히 자신의 여동생 부추방을 가보옥과 결혼시키려는 은근한 바람을 가지고 있다.

부추방傅秋芳 통판通判 부시의 여동생이다. 부시는 용모가 제법 뛰어나고 남보다 총명한 그녀를 지체 높은 귀족 집안에 시집보내려 하면서 웬만한 집안은 거들떠보지도 않았기 때문에 그녀는 스물세 살이 되도록 결혼을 하지 못하고 있다. 또한 부시는 가씨 가문과 친밀하다는 이유로 은근히 여동생 부추방을 가보옥에게 시집보내려는 기대를 품고 있다.

사월麝月 가보옥의 하녀 중 하나로, 직설적이고 반항적인 성격은 청문과 비슷한 데가 있다. 화습인의 말을 잘 따르고, 청문과도 가끔 다투기도 하지만 금방 잊어버리고 다시 좋은 사이로 지낸다. 청문이 과격한 성격 때문에 다른 사람과 다툼이 생길 때도 나서서 도와주곤 한다.

사상운史湘雲 금릉십이차. 태부인 사씨의 질손녀이다. 비록 명문가에서 태어났지만 어려서 부모를 잃고 숙부 사내史鼐와 사정史鼎 밑에서 자라면서 두 숙모에게 냉대를 당한다. 명랑하면서 솔직하고 시원한 말투를 지녔으며, 시 창작에 뛰어난 재능과 열정을 가지고 있다.

소운素雲 이환의 하녀이다. 제46회에서 원앙과 평아가 나누는 대화에 따르면, 그녀는 그 두 사람을 비롯하여 화습인, 호박 등 지위가 높은 시녀들과 어릴 적부터 친한 사이였다. 이환 곁에서 시중을 들면서 주로 중요한 말을 전하거나 차나 음식을 나르는 등의 일을 한다.

소홍小紅 영국부 집사인 임지효의 딸이며 원래 이홍원에서 허드렛일하는 지위 낮은 하녀였다. 본명은 임홍옥이지만 가보옥이나 임대옥의 이름에 들어 있는 '옥玉'자와 겹친다는 이유로 '소홍'이라고 바꿔 부르게 되었다. 영리하고 조리 있는 말솜씨를 가진 그녀는 신분 상승을 위해 끊임없이 노력하며, 결국 왕희봉의 눈에 들어 그 밑에서 일하게 된다.

소화掃花 가보옥 가까이에서 시중을 드는 비교적 나이 어린 남자 하인이다.

수귤繡橘 가영춘의 하녀이며 입심이 세고 호승심이 강한 인물이다. 주인에 대한 충성심이 강하다.

수란繡鸞 영국부 왕부인의 시녀 중 하나이지만, 이야기에서는 그다지 중요한 역할을 하지 않는다.

수봉繡鳳 영국부 왕부인의 시녀 중 하나이다. 이야기에서는 그다지 중요한 역할을 하지 않고 제23회에 딱 한 번 이름만 언급된다.

쌍서雙瑞, 쌍수雙壽 두 사람 모두 가보옥 근처에서 시중을 드는 비교적 나이가 어린 남자 하인들이다.

영관齡官 가씨 가문에서 극단을 만들기 위해 가장 등을 소주에 보내 사들인 열두 명의 여자아이들 중 하나이다. 주로 소단小旦 배역을 연기하며, 용모는 임대옥을 닮은 것으로 묘사된다. 정월 대보름에 가원춘이 친정을 방문했을 때는 빼어난 연기로 칭찬을 받은 적도 있고, 가장과 사이가 좋았지만 극단이 해체된 후에는 가씨 기문을 떠나게 된다.

예이倪二 가운과 같은 골목에 사는 그는 고리대금을 놓고 도박장에서 살다시피 하면서 술독에 빠져 있는 무뢰한이다. '취한 금강역사(취금강)'라는 별명을 가지고 있지만, 나름대로 협의俠義를 행하기도 해서 평판은 나쁘지 않다.

옥관玉官 가씨 가문에서 양성한 열두 명의 배우들 중 정단正旦 역을 연기한 인물이다. 극단이 해체된 뒤에는 수양어미를 따라 대관원 밖으로 나가 자신을 고향으로 데려갈 친부모를 기다린다.

옥천玉釧 영국부 왕부인의 시녀이며 성은 백白씨, 금천의 동생이다. 금천은 가보옥과 농담을 주고받는 장면이 왕부인에게 발각되면서 그를 유혹한다는 오해를 받고 쫓겨난 후 우물에 몸을 던져 자살한다. 이 일로 옥천은 가보옥에게 원망을 품지만 제35회에서 병상에 누워 있는 가보옥에게 연잎탕을 갖다주라는 심부름을 할 때 그가 계책을 써서 옥천에게 연잎탕을 맛보게 함으로써 그녀의 마음이 풀어진다. 또한 금천의 일로 죄책감이 생긴 왕부인이 그녀에게 언니 몫의 월급까지 합쳐서 매달 은돈 두 냥씩을 주게 하는데, 이것은 가정의 첩 조씨나 화습인이 받는 월급과 같은 액수이기 때문에, 일부 논자들은 이를 근거로 왕부인이 그녀를 훗날 가보옥의 첩으로 들일 계획을 가지고 있었다고 주장하기도 한다. 그러나 120회본에서는 그녀가 가보옥의 첩이 되었다는 이야기는 나오지 않는다.

왕제인王濟仁　황실 태의원太醫院의 육품 어의御醫로서 역시 태의원 정당正堂을 지낸 왕군효王君效의 질손姪孫이다. 그는 자주 가씨 가문을 드나들며 태부인을 비롯하여 화습인, 가교저, 청문, 가보옥, 왕희봉, 임대옥 등의 병을 진맥하고 처방을 내려준다. 유려한 말솜씨와 뛰어난 의술을 갖추어서 많은 이의 신임을 얻는다. 나중에는 음봉蔭封을 얻기 위해 종군從軍하여 공을 세우려 하기도 한다.

운아雲兒　금향원이라는 기루에서 명성이 높은 기생이다. 제28회의 서술에 따르면 풍자영이 마련한 술자리에 운아가 함께 참석한다.

원앙鴛鴦　태부인의 하녀이며 성은 김金씨이다. 그녀의 아버지는 가씨 가문의 하인이었기 때문에 그녀도 자연히 이 집안의 하녀가 되었으며, 태부인에게 많은 신임을 얻는다. 태부인이 골패놀이를 할 때는 옆에서 도와주고, 술자리에서 주령놀이를 할 때면 항상 우두머리[令官]가 되어서 놀이를 재미있게 이끈다. 이 덕분에 가씨 가문에서도 지위가 대단히 높다.

은저銀姐　가운의 외삼촌 복세인의 딸인데, 제24회에서 이름만 한 번 언급된다.

인천引泉　가보옥 가까이에서 시중을 드는 비교적 나이 어린 남자 하인이다.

임홍옥林紅玉 소홍의 본명. ('소홍' 항목 참조)

자초紫綃 이홍원에서 잔심부름하는 하녀이다. 이야기에서는 그다지 중요한 역할을 하지 않는다.

장張**법사** 도교 사원인 청허관의 우두머리 도사인데 이름은 알 수 없다. 제29회의 설명에 따르면 선황先皇으로부터 '대환선인大幻仙人'이라고 불렸고, 지금은 도록사道錄司의 업무를 관장하고 있으며, 또한 지금의 황제도 그를 '종료진인終了眞人'에 봉해주어 왕공王公이나 번진藩鎭들도 그를 '신선'이라고 부르고 있다고 하는데, 가씨 가문과 교분이 깊어서 마님들이나 아가씨들과도 모두 알고 지내는 사이다. 가교저의 기명사부寄名師傅이기도 한 그는 가보옥의 통령보옥을 구경하고 나서 여러 도사에게서 모은 금 기린 등의 예물로 보답한다.

장옥함蔣玉菡 배우이며 소단小旦 연기를 잘하는 것으로 유명하다. 예명藝名은 기관琪官(기관棋官으로 쓴 판본도 있음)이다. 제28회의 서술에 따르면 풍자영이 마련한 술자리에서 가보옥과 처음 만난 그는 가보옥이 부채 손잡이에 달린 고리 모양의 옥을 떼어 예물로 주자 자신이 차고 있던 붉은 허리띠를 풀어 답례도 준다.

정아靚兒 영국부의 하녀이다. 제30회에서 자신의 부채를 설보차가 장난삼아 숨긴 것으로 여기고 돌려달라고 했다가 핀잔을 듣는다. 더욱이 이 일을 빌미로 설보차는 가보옥과 임대옥을 싸잡아 풍자하여 조롱한다.

정호시鄭好時 영국부에서 어느 정도 지위가 있는 집사인 것으로 여겨지지만 실제 이야기에서는 등장하지 않고, 제34회에서 그의 아내가 가정에게 매를 맞고 몸져누운 가보옥에게 문안을 하러 다녀갔다고만 언급되어 있다.

조씨〔趙姨娘〕 영국부 가정의 첩으로서 가탐춘과 가환의 생모이다. 그러나 영국부 안에서 실질적으로 하녀와 다름없는 신분으로 생계를 위해 주름을 짜기도 하고, 방석 따위를 나르는 일을 하기도 한다. 이 때문에 가보옥의 하녀인 방관 등이 공개적으로 그녀에게 대들기도 한다. 또한 지극히 속이 좁고 이기적이어서 가탐춘과 잦은 갈등을 일으키기도 하고, 못난 가환 때문에 왕부인과 태부인에게 수모를 당하기도 한다.

진아臻兒 향릉의 하녀로, 이야기에서는 그다지 중요한 역할을 하지 않는다.

채병彩屛 가석춘의 하녀로, 항상 가까이에서 시중을 들며, 출가하려는 결심을 굳힌 가석춘을 만류하기 위해 애쓴다. 가석춘이 머리를 기른 채 집안에서 수행하게 되자 그녀는 잠시 시중을 들다가 적당한 곳으로 시집간다.

채운彩雲 가씨 가문의 하인에게서 태어나 영국부 왕부인의 시녀가 되어 왕부인의 물건을 관리하고 가정이 외출할 때 준비를 돕는 등 신임이 두터웠다. 그런데 가정의 첩 조씨가 낳은 아들 가환을 좋아하여, 조씨의 부탁에 따라 왕부인 방에서 갖가지 물건을 훔쳐다가 그들 모자에게 주기도 한다. 특히 왕부인 방에서 장미즙을 훔쳐다 가환에게 준 일은 옥천에게 발각되어 문제가 생기기도 하는데, 가보옥이 나서서 자신이 장난삼아 저지른 일이라고 둘러대어 무마해주기도 한다. 그러나 가환은 그녀가 가보옥에게 마음이 있다고 의심하여 외면해버린다.

채하彩霞 가씨 가문의 하인에게서 태어나 영국부 왕부인의 시녀가 되어 왕부인의 물건을 관리하고 가정이 외출할 때 준비를 돕는 등 신임이 두텁다. 일설에는 '채운'과 동일 인물이라고 여기기도 하지만 120회 판본에서는 별개의 인물로 설정되어 있다. 어떤 경우에는 가정의 첩 조씨를 모시는 이등 하녀로 등장하기도 한다. 제72회에 따르면, 채하는 왕희봉의 중개를 통해 내왕의 못난 아들과 결혼하게 된다.

천설茜雪 가보옥이 대관원에 들어가기 전에 그의 시중을 들던 시녀들 중 비교적 지위가 높다. 원앙, 화습인, 자견 등과 함께 가씨 가문에 뽑혀 들어왔으나, 가보옥의 풍로차를 유모 이씨에게 주었다는 이유로 가보옥에 의해 쫓겨난다.

청문晴雯 가보옥의 하녀 중 하나로 아름다운 용모와 호리호리한 몸매를 가졌으며 눈과 눈썹이 임대옥을 닮았다. 총명하면서 개성적인 그녀는 직설적이고 반항적이면서 날카로운 언변을 지니고 있다.

추문秋紋 가보옥의 하녀 중 하나로 화습인이나 청문에 비해 지위는 낮지만 항상 가보옥 가까이에서 시중을 든다. 상전에게 충심을 다하는 순종적인 성격이기 때문에 그녀는 이야기에서 여러 차례 등장하기는 하지만, 다른 인물들에 비해 강렬한 인상을 남기지 못한다.

추아墜兒 가보옥의 하녀로, 평아의 금팔찌를 훔친 사실이 들통 나 청문이 내쫓는다.

춘섬春纖 임대옥의 하녀이며, 작품에 두 번 등장한다. 첫 번째는 제29회에서 임대옥을 따라 청허관에 가서 초제를 지내는 모습을 구경한 것이고, 두 번째는 제34회에서 청문이 가보옥의 심부름으로 임대옥에게 손수건을 전해주러 갔을 때 춘섬이 난간에 손수건을 널고 있는 모습을 보았다.

취금강醉金剛 '예이'의 별명. ('예이' 항목 참조)

취루翠縷 사상운의 하녀이며 어리고 순진한 소녀이다. 남녀 관계에 대해서도 전혀 숙맥인 그녀는 제31회에서 사상운과 함께 가보옥의 거처인 이홍원으로 가는 도중에 음양의 이치에 대해 묻다가 사람의 음양에 대한 이야기를 꺼내는 바람에 '천한 것'이라는 핀잔을 듣기도 한다. 또 그 길에서 가보옥이 잃어버린 금 기린을 줍는다.

취묵翠墨 가탐춘의 하녀이며 수완이 좋아서 종종 중요한 일을 맡아 처리한다.

제46회에서 원앙과 평아가 나누는 대화에 따르면, 그녀는 그 두 사람을 비롯하여 화습인, 호박 등 지위가 높은 시녀들과 어릴 적부터 친한 사이였다.

평아平兒 왕희봉이 결혼할 때 데려온 하녀이자 가련의 첩이다. 대단히 총명하고 선량한 그녀는 왕희봉을 도와 집안 살림을 처리하면서 냉혹한 왕희봉의 처사로 생기는 문제들을 몰래 처리하고, 왕희봉의 계교로 비참하게 죽어가는 우이저에게도 동정을 베푼다.

풍당馮唐 풍자영의 아버지로, 신무장군神武將軍이라는 작위를 가지고 있다.

풍아豐兒 왕희봉의 하녀로, 항상 곁에서 시중을 들며 하녀들 중 평아보다 지위가 조금 낮다. 왕희봉이 죽은 후에 휴가를 내고 자기 집으로 돌아가버린다.

혜향蕙香 가보옥의 하녀이다. 본래 이름은 운향芸香이었는데 화습인이 혜향으로 바꾸었다. 제21회에서는 화습인에게 화가 나 있던 가보옥이 혜향의 이름을 사아四兒로 바꿔버린다.

호박琥珀 태부인의 하녀이며 주로 분부를 전달하거나 물건을 가져오는 등의 잡다한 심부름을 한다.

호사래胡斯來 영국부 가정의 청객상공淸客相公, 즉 문객이다.

홍아紅兒 임홍옥의 이름에 가보옥의 이름과 마찬가지로 '옥玉'자가 겹치는 바람에 이를 피하려고 사람들이 그녀를 부르는 별칭이다. 대개 '소홍'이라고도 불린다. ('소홍' 항목 참조)

화자방花自芳 가보옥의 시녀인 화습인의 오빠이다. 부모가 가난해서 화습인을 가씨 가문에 팔았는데, 아버지가 죽은 후 살림이 조금 나아진다.

희아喜兒 『홍루몽』에는 두 명의 희아가 등장하는데 제35회에서 앵아와 함께 언급되는 인물은 설보차의 하녀인 듯하고, 제65회에서 수아壽兒와 함께 등장하는 인물은 녕국부 가진이 심복으로 부리는 하인이다.

| 찾아보기 |

가산假山 건축 용어. 비교적 큰 규모의 중국식 정원에서 기묘한 모양의 돌과 흙을 쌓아 인공적으로 만들어 감상할 수 있게 한 작은 산이다.

강운헌絳雲軒 건물 이름. 가보옥이 시녀들과 함께 거처하는 곳이다. '강운'은 진한 붉은색 구름이라는 뜻이며 '화려한 누각의 덧없는 꿈'을 의미하는 '홍루몽紅樓夢'과 의미가 상통한다. 훗날 가보옥이 대관원 안의 이홍원에 살게 되었을 때에도 작품에 나오는 시사詩詞와 각 회의 제목에서는 여전히 그의 거처를 '강운헌'이라고 일컫는 경우가 많다. 제8회에는 가보옥이 쓴 '강운헌'이라는 글씨를 청문이 손이 시린 것을 참아가며 문 위틀[門楣]에 붙였다고 서술되어 있다.

거인擧人 학위 이름. 원래 거인은 한나라 때에 지방관들이 조정에 천거한 인재를 가리키는 말이었다. 당·송 시대에는 과거시험, 특히 진사과가 실시되면서 응시한 과목의 채점관[司貢]에게 추천받은 이들을 아울러 '거인'이라고 불렀다. 그러나 명·청 시대에는 향시에 급제한 이들을 '거인' 또는 '대회장', '대춘원'이라고 불렀고, 거인에 급제한 것을 일컬어 '발해發解', '발달發達' 또는 '발發'했다고 했다. 일반적으로 세속에서는 거인을 가리켜 '나리[老爺]'라고 불렀고, 고상하게 칭할 때에는 '효렴孝廉'이라고 불렀다. 이후 조정에서 치르는 회시에 급제하면 '진사'가 되었다.

게송偈頌 노래형식. 범어 게타偈佗(Gāthā)의 별칭이며, 게어偈語, 게자偈子라고도 한다. 불경에서 부처의 도리를 설명하기 위해 넣은 노래 형식으로, 매 구절이 세 글자나 네 글자, 다섯 글자, 여섯 글자, 일곱 글자 등으로 구성되어 있고, 그보다 많은 글자로 된 것도 있지만 보통 네 글자로 된 것이 많다. 이외에 승려들이 지은, 깊은 뜻이 담긴 시가詩歌를 가리키기도 한다.

경황庚黃 인명. 무식한 설반이 당인唐寅이라는 이름을 몰라보고, 자신이 본 춘화春畵의 작가라고 거명한 이름이다.

골패骨牌 **놀이** 노름의 한 종류. 중국에서 골패놀이는 흔히 '마작麻雀'(중국에서는 '마장麻將' 또는 '마작패麻雀牌'라고 함)이라고 하는 놀이를 가리키는데, 이 경우는 4명의 참가자가 6부류 42종의 도안에 모두 144장의 패를 가지고 짝을 맞추며 진행하는 노름을 말한다. 마작에 이용되는 패는 기본적으로 '만萬', '속束'(또는 '색索'), '통筒', 그리고 각기 4가지 색을 가진 동서남북의 풍향風向을 가리키는 '풍風'을 포함하여 총 6개의 부류로 분류된다. 놀이에서는 기본적으로 연결되는 3개의 패나 같은 패 3개를 모았을 때 하나의 세트가 되며, 놀이 방식은 각기 나눠 받은 패를 가지고 하나씩 버리고 가져오는 것을 반복하면서 다른 3명의 참가자보다 높은 패의 세트를 맞추는 것이다. 그러나 구체적인 놀이 규칙은 각 지역과 놀이 방식에 따라 대단히 다양하다.

교초鮫綃 비단 이름. 전설에서 남해南海에 산다는 교인鮫人, 즉 인어가 짠다는 얇고 가벼운 비단이다. 남조南朝 양나라 때 임방任昉이 편찬한 『술이기述異記』에 따르면, 그것은 '용사龍紗'라고도 부르며, 그것으로 옷을 지어 입으면 물에 들어가도 젖지 않는다.

금계화金桂花 꽃 이름. 계화桂花(Osmanthus fragrans)는 월계月桂, 목서木犀라고도 부르는 은대싱 상록수의 꽃이며 수로 중국 서남부 지역에 많이 자란다. 그 꽃은 유백색과 황색, 붉은 오렌지색 등이 있는데, 그중 황색 계열의 꽃을 '금계화'라고 부른다.

금전후錦田侯 작위 이름. 『홍루몽』에서 가상으로 설정한 인물의 작위이며, 해당 인물의 성명은 밝혀지지 않았다. 제25회에는 그의 부인이 재앙을 없애기 위해 대광명보조보살大光明普照菩薩 앞에 큰 유리등[大海燈]을 밝히는 명목으로 여도사 마씨에게 매일 향유香油 스무 근을 시주한다는 이야기가 언급되어 있다.

금향원錦香院 기루妓樓 이름. 제28회의 서술에 따르면 풍자영이 마련한 술자리에, 이곳에서 명성이 높은 기생 운아가 함께 참석했다.

기린麒麟 동물 이름. 고대 중국의 전설에서 바람과 거북이, 용과 더불어 사령四靈으로 꼽히는 동물이며, '기린騏麟'이라고도 쓴다. 이것은 신이 타고 다니는 동물이라고 여겨졌는데, 고대인들은 기린이 어질고 상서로운 동물이라고 생각했다. 이 중 수컷이 '기麒', 암컷이 '린麟'이라고 한다. 명나라 이후로는 정화鄭和(1371~1433)

413

가 뱃길로 아프리카에 다녀오면서 들여온 목이 긴 동물을 기린(giraffe)이라고 불렀다.

기명부寄名符 호신護身 부적의 일종. 옛날 중국에서는 자녀들이 부처나 신의 비호를 받아 무사히 잘 자랄 수 있도록 승려나 도사의 기명제자寄名弟子, 즉 명분상의 제자로 삼는 풍속이 있었는데, 이때 기명사부는 해당 제자에게 법명을 지어주고, 그것을 적은 '기명부'('기명부寄命符'라고도 함)를 주어서 차고 다니거나 목에 걸고 다니게 했다. 기명 의식을 치를 때 사부는 제자에게 승복이나 도복 같은 물건을 주곤 하는데, 이것을 아울러 '법보法寶'라고 부른다. 그중 가장 대표적인 것이 기명부와 기명쇄寄名鎖, 또는 기명삭寄名索 같은 것들이다.

기산재綺霰齋 서재 이름. 영국부 의문義門 바깥에 있는 가보옥의 서재이다.

난각暖閣 건물 이름. 본채(正房)와 이어진 양쪽 곁방을 투간套間이라고 하는데, 투간 안에 다시 벽을 내 만든 작은 방을 난각이라 한다. 그 안에 놓인 구들을 침상처럼 꾸며 놓는다.

남안군왕부南安郡王府 저택 이름. 『홍루몽』에서 가상으로 설정한 4명의 군왕 중 하나인 남안군왕의 저택이자 업무를 처리하는 곳이다. 남안군왕은 북정군왕과 함께 제71회에 묘사된 태부인의 80세 생일잔치에 방문하는 등 가씨 가문과 밀접하게 교유했다고 되어 있다.

달마암達摩庵 암자 이름. 『홍루몽』에서는 가원춘이 친정을 방문할 때를 대비해 이곳에 있던 12명의 어린 승려들을 대관원 안으로 데려다놓았는데, 이후 이들은 가근의 감독 아래 성 밖의 철함사에서 지내게 된다.

대관원大觀園 정원 이름. 『홍루몽』에 나오는 가상의 정원이다. 이곳은 영국부의 맏딸로서 황제의 귀비가 된 원비(가원춘)가 친정을 방문할 때 머물 수 있도록 조성된 방대한 건축물이다. 영국부와 녕국부의 원래 구역 중 일부를 떼어 합쳐서 만들었다. 화단과 가산, 호수, 정자, 누각 등을 포함한 대관원의 전체 구조와 배치는 산자야라는 인물이 설계했다.

도록사道錄司 관서 이름. 도교에 관련된 업무를 담당하는 곳이다. 송나라 때는 도록원道錄院이라는 이름으로 원래 홍려시鴻臚寺에 소속되어 있다가 1116년에 비서성秘書省 소속으로 바뀌었다. 명나라 때인 1382년에 비로소 '도록사道錄司'라는 명칭으로 예부 소속의 관서가 되었으며, 청나라 때도 그대로 이어졌다. 이곳의 책임자는 정인正印이며 그의 보좌관은 부인副印인데, 그 아래 좌정左正과 우정右

正, 좌우 연법演法, 좌우 지령至靈, 좌우 현의玄義 등이 있었다. 또 지방의 각 성省에는 도기사道紀司를, 주州에는 도정사道正司를, 현縣에는 도회사道會司를 설치했다.

도향촌稻香村 정원 이름. 대관원 안의 서쪽에 위치한, 가산 발치에 있는 몇 칸의 초가집을 중심으로 한 곳이다. 이곳은 진흙으로 담을 둘렀고, 볏짚으로 대문을 만들었으며, 수백 그루의 살구나무가 심어져 있다고 묘사되어 있다. 또 그 바깥에는 뽕나무와 느릅나무, 석류나무 등이 심어져 있다. 가보옥이 가정 등과 함께 막 완공된 대관원을 둘러보다가 '행렴재망杏簾在望'이라는 제사題詞를 지어서 임시로 붙였는데, 정월 대보름에 가원춘이 친정을 방문한 후 '완갈산장浣葛山莊'이라는 이름을 하사했다. 하지만 그녀의 분부에 따라 가보옥이 이곳 풍경에 관한 시를 쓰자(실은 임대옥이 대신 써준 것임), 다시 그곳의 이름을 '도향촌稻香村'으로 바꾸라고 했다(제17~18회). 이곳은 훗날 이환의 거처가 된다.

막자사발[乳鉢] 그릇 이름. 약재를 가는 데 쓰는 기구이다. 모양새는 작은 절구와 비슷하며 약재를 눌러서 가는 데 필요한 공이가 딸려 있다. 이것은 대개 도자기로 만들지만 경우에 따라서는 단단한 옥이나 마노瑪瑙로 만든 것도 있다.

망종절芒種節 절기 이름. 24절기 가운데 아홉 번째 절기로, 6월 6일이나 7일 전후, 태양이 황경黃經 75도에 있을 때 시작된다. 이 시기는 대개 단오절인 음력 5월 5일 전후에 해당한다. 망종절은 보리나 밀같이 까끄라기가 있는 곡물이 익어서 수확할 때라는 뜻과 더불어 기장과 같이 비교적 늦게 수확하는 곡물의 파종을 서둘러야 할 때라는 뜻이다.

매향총埋香塚 꽃 무덤. 『홍루몽』에서 임대옥이 꽃을 묻은 곳을 미화하여 부르는 칭호이다. 제27회에서 임대옥은 꽃잎을 모아 땅에 묻고 무덤을 만들어준다.

목서청로木樨淸露, **장미청로**[玫瑰淸露] 향로즙의 이름. 제34회에서 왕부인이 화습인을 통해 가보옥에게 준 향로즙이다. 각기 길이가 세 치쯤 되고 나사 모양의 은 마개가 있는 작은 유리병에 들어 있었다고 한다. 병에 붙은 노란 딱지에는 각각 '목서청로'와 '장미청로'라고 적혀 있었다고 하는데, 이를 통해 그것들이 각기 목서(계화桂花)와 장미꽃을 주원료로 하여 화초에 맺힌 이슬을 섞어 짜낸 즙이라는 것을 짐작할 수 있다. 왕부인의 설명에 따르면 그것들은 황실에 진상된 물건이다.

목패[對牌] 나무나 대나무로 만든 패. 재물을 수령하거나 내줄 때 증빙으로 삼는 것이다. 앞면에는 표식이 그려져 있는데, 중간에서 반으로 잘라 두 쪽으로 만들었다.

재물을 수령하거나 내줄 때 양쪽을 맞춰서 확인한다.

무측천武則天(624~705) 인명. 본명은 무조武曌이다. 당나라 고종高宗의 황후로서 고종이 죽자 중종中宗을 궁중에 유폐시키고 예종睿宗을 내세워 조정의 정권을 휘두르다가, 결국에는 예종마저 폐위시키고 스스로 여황제가 되어 나라 이름을 주周로 바꾸기도 했으나 훗날 재상 장간지張柬之 등에 의해 상양궁上陽宮에 유폐幽閉되었다. 죽은 뒤 측천황후則天皇后라는 시호가 내려졌다. 무측천은 본래 태종太宗의 비妃였는데 결국 태종의 아들인 고종高宗의 후后가 되었다. 이를 빌려, 제5회에서 진가경의 방을 묘사하는 장면에서 무측천이 화장하던 방에 놓았던 거울이 있다고 했는데, 이는 진가경과 시아버지인 가진 사이에 불륜이 있음을 풍자한 것이다.

번진藩鎭 역사 용어. '방진方鎭'이라고도 한다. 번진은 원래 지방의 일정 구역을 다스리던 장관을 가리키던 말이었는데, 당나라 때는 중요한 주州에 설치한 도독부都督府의 책임자와 절도사節度使를 일반적으로 '번진'이라고 불렀다. 나라를 보위하는 군대의 주둔지[軍鎭]라는 뜻인데, 나중에는 지방의 군대에서 최고 지휘관을 가리키는 일반적인 의미로도 쓰였다.

법기法器 종교 기구. 불교나 도교 사원에서 각종 의식을 행할 때 사용되는 기구들을 아울러 칭하는 말이다. 대개 불교에서 사용하는 것은 불기佛器, 불구佛具, 법구法具라고도 부르고, 도교에서 이용하는 것은 법구法具, 도구道具라고도 부른다. 불교의 경우는 염주나 석장錫杖뿐만 아니라 부처에게 공양하거나 법회法會를 열고 수행하는 데 필요한 종이나 북, 징[鐃], 방울[鈸], 목어木魚 같은 악기를 비롯하여 각종 병甁이나 바리때[鉢], 먼지떨이[拂塵] 등의 도구들도 모두 '법기'에 해당한다.

벽사주碧紗櫥 건축 용어. '격선문隔扇門' 또는 '격문格門'이라고도 부른다. 청나라 때 건물의 내부 장식에서 방을 나누는 방식 중 하나이다. 틀은 대개 등불 모양으로 만드는데, 그 중앙에 그림이나 글씨가 들어 있는 종이를 바르기도 하고, 궁궐이나 부귀한 집안에서는 유리나 다양한 색깔의 비단을 설치한다.

봉요교蜂腰橋 다리 이름. 대관원 안에 있는 다리이다. 이곳에서 임홍옥은 추아의 안내를 받아 들어오는 가운과 처음 만나 서로 호감을 갖게 된다.

부賦 문학 용어. 한나라 때 만들어진 산문 문체 중 하나이다. 사마상여司馬相如와 반고班固 등이 대표적인 작가로 꼽힌다. 이 형식은 대개 특정한 주제나 사물에 대해

작가의 해박한 지식을 바탕으로 갖가지 사물이나 개념, 인물 등을 장황하게 나열하는 것이 특징이다. 최초에는 황제에게 풍자적으로 간언하기 위한 목적으로 지어졌다. 한나라 후기로 가면서 서술의 대상이 특정한 사물을 칭송하는 쪽으로 범위가 넓어지기도 했으나, 지나치게 형식화되고 작가의 지식을 자랑하기 위해 난해한 어휘와 표현들이 자주 사용되면서 점차 문인들의 관심에서 멀어졌다. 그러나 이 문체는 4-4-6-6으로 대표되는 특별한 구법句法을 제시함으로써 훗날 변려문駢儷文이 만들어지기 위한 토대를 제공했고, 중국에서 최초로 성립된, 작가의 이름을 내건 글쓰기 형식이라는 역사적 의미를 지니고 있다.

생生, 단旦, 정淨, 말末 중국 전통 연극의 배역[角色] 이름. 중국 전통 연극에서는 여주인공을 '단旦(또는 정단正旦)', 남주인공을 '말末(또는 정말正末)'이라고 부른다. 일반적으로 '생生'은 주인공보다는 비중이 낮은 남자 배역을 가리키는데 나이와 역할에 따라 그 아래 '소생小生', '노생老生', '무생武生' 등 다양한 배역으로 나뉜다. '정淨' 역시 남자 배역 중 하나로 '화검花臉' 또는 '흑두黑頭'라고도 부르는데, 이 역시 역할에 따라 다양한 배역으로 나뉜다.

소단小旦 중국 전통 연극의 배역[角色] 이름. 일반적으로 중국 전통 연극에서 나이 어린 여자아이의 배역을 연기하는 배우를 가리킨다. 다만 월극越劇과 곤곡崑曲에서는 역시 여성 배역이긴 하지만 이야기에서 신분과 연기의 방식에 따라 비단悲旦(경극京劇에서는 '청의青衣'라고 함), 화단花旦, 규분단閨門旦, 정단正旦, 무단武旦, 발단潑旦 등으로 나뉜다.

소상관瀟湘館 정원 이름. 『홍루몽』에 나오는 가상의 정원인 대관원 안에 있는 별도의 작은 정원이자 저택이다. 가보옥이 가정 등과 함께 막 완공된 대관원을 둘러보다가 '유봉래의有鳳來儀'라는 제사題詞를 지어서 임시로 붙여놓았던 곳인데, 정월 대보름에 가원춘이 친정을 방문한 후 '소상관'이라는 이름을 하사했다. 훗날 이곳은 임대옥의 거처로 사용되며, 이 때문에 항상 눈물이 많은 임대옥은 시 모임[詩社]에서 '소상비자瀟湘妃子'라는 호를 쓰게 된다.

소생小生 중국 전통 연극[角色]에서 주인공보다 비중이 낮은 남자 배역 중 하나이다. ('생生, 단旦, 정淨, 말末' 항목 참조)

소식素食 종교 용어. 동물성 재료와 마늘, 파, 생강, 겨자, 후추와 같이 매운맛을 내는 5가지 양념인 '오신五辛' 및 부추, 자총이, 마늘, 평지, 무릇과 같이 자극성 있는 5가지 채소류인 '오훈五葷'이 섞여 있지 않은 음식을 가리킨다. 이것은 대개 불교나 도교의 사원에서 먹는 식사에 해당한다. '오신'과 '오훈'의 종류에 대해서는 불교와 도교에서 규정하는 것이 약간 다르다.

소축小丑 중국 연극의 배역 이름. 주로 우스갯소리나 해학적인 동작을 연기한다.

수문대수守門大帥 민간종교의 신 이름. 구체적인 사항은 확인할 수 없으며, 대개 집안에 재앙이나 질병이 들어오지 못하게 막아주는 역할을 하는 신인 듯하다.

순염어사巡鹽御史 관직 명칭. 명나라와 청나라 때는 전국의 소금 전매와 관련된 업무를 감찰하기 위해 조정의 감찰기구인 도찰원에 소속된 감찰어사를 파견했는데, 이렇게 파견된 어사를 순염어사라고 불렀다. 순염어사는 대개 양회兩淮, 양절兩浙, 하동河東 등지에 각기 한 명씩 파견되곤 했다.

시랑侍郎 벼슬 이름. 문하시랑門下侍郎을 줄여 부르는 호칭이다. 진秦·한 때 군주의 측근에서 모시던 벼슬아치 중 황문시랑黃門侍郎이 있었는데, 당 현종玄宗 때 문하시랑으로 명칭이 바뀌었으며, 문하성門下省의 장관인 시중侍中의 보좌관으로 삼았다. 당나라와 송나라 때 시랑은 평장사平章事와 더불어 재상宰相으로 불렸으나, 원나라 이후로 이 벼슬은 없어졌다. 다만 청나라 때는 각 부원부院에 좌시랑左侍郎과 우시랑右侍郎이 있었는데 이것은 태자소사太子少師, 태자소부太子少傅, 태자소보太子少保, 내무부총관內務府總管, 그리고 각 성省의 총독總督과 같이 정이품에 해당하는 고위 관직이었다.

심방갑沁芳閘 갑문閘門 이름. 대관원 안을 흐르는 심방계沁芳溪의 수위와 물 흐름을 조절하기 위해 만든 갑문이다.

심방계沁芳溪 개울 이름. 대관원을 건축하는 과정에서 바깥에서 끌어들인 물길이다. 가탐춘의 거처인 추상재와 가영춘의 거처인 철금루가 이곳 물가에 지어져 있으며, 그 물이 흘러 모인 연못 가운데에는 우향사가 지어져 있다.

심방교沁芳橋 '심방정' 항목 참조

심방정沁芳亭 정자 이름. 대관원 정문에서 가장 가까운 다리이자 정자이다.

양국충楊國忠(?~756) 인명. 본명은 양교楊釗, 당나라 때 양귀비의 사촌오빠이다. 그는 양귀비가 현종玄宗의 총애를 얻은 후 재상으로 승진하여 40여 년 동안 조정을 좌지우지하다가 안녹산과 마찰을 일으켜 결국 안녹산의 반란을 야기했다. 게다가 태자太子 이형李亨과 갈등을 일으키는 바람에, 현종이 성도成都로 피난 가는 도중 마외역馬嵬驛(지금의 산시[陝西] 싱핑현[興平縣])에서 금군禁軍들에 의해 반란군과 내통한 혐의로 난도질 당해 죽었다.

양귀비楊貴妃 인명. 당나라 현종의 귀비였던 양옥환楊玉環(719~756)을 가리킨다. 서시西施, 왕소군王昭君, 초선貂蟬과 더불어 고대 중국의 4대 미녀로 꼽히는 그녀는 광서廣西 용주容州(지금의 롱현〔容縣〕) 사람으로 17세에 수왕비壽王妃에 책봉되었으나, 27세에는 당시 61세의 시아버지인 현종의 귀비가 된다. 이후 그녀가 미색으로 현종을 현혹시키는 동안 그녀의 사촌오빠인 양국충을 비롯한 양씨들이 조정의 권력을 장악하여 전횡을 일삼음으로써 나라가 혼란에 빠지고, 결국 안녹산의 반란이 일어나게 된다. 이에 현종은 성도로 피난을 가게 되는데, 도중의 마외파馬嵬坡에서 금군禁軍들의 요청에 따라 양국충이 처형되고 양귀비 역시 길가 사당에서 목이 매달려 죽었다.

연년신험만전단延年神驗萬全丹 약 이름. 왕희봉의 친척 집안에서 구하려 했다는 약인데, 자세한 처방은 알 수 없지만 그 이름으로 보면 수명을 늘리는 데 효험이 있는 보약의 일종이며 환약 형태로 만들어진 것이라고 짐작된다. 논자에 따라서는 이것이 사채놀이를 하는 왕희봉에게 전달되는 암호로, '연년신험만전단'은 바로 돈〔銀子〕을 가리킨다고 풀이하기도 한다.

옥황각玉皇閣 도교 사원 이름. 제25회에 따르면 이곳에 있는 장張도사가 귀신 들린 사람을 잘 고친다는 소문이 있다.

옥황묘玉皇廟 사당 이름. 옥황상제를 비롯한 주요 하늘 신들을 모시는 사당이며, 종종 긴우關羽나 이랑신二郎神 등을 함께 모시기도 한다. 『홍루몽』에서는 가원춘이 친정을 방문할 때를 대비해 이곳에 있던 12명의 어린 도사들을 대관원 안으로 데려다 놓았는데, 이후 이들은 가근의 감독 아래 성 밖의 철함사에서 지내게 된다.

외전外傳 역사 용어. 원래 경학에서 본문의 의미를 전문적으로 풀어 해설한 것을 '내전內傳'이라 하고, 각종 사실이나 언론을 광범하게 인용하여 경전의 본래 의미를 풀어 해설하는 것을 '외전'이라고 구별했다. 역사 서술에서 외전은 왕실에서 공인한 정식 역사서에 수록되지 못한 인물의 전기傳記나, 정식 역사서에 전기가 수록되어 있는 인물이라 할지라도 거기에 수록되지 않은 각종 일화들을 중심으로 별도의 전기를 쓴 경우를 가리킨다. 이런 성격으로 인해 외전은 실존 인물이든 허구적인 인물이든 상관없이 특정한 인물을 주인공으로 한 소설 작품의 제목에 자주 사용되기도 했다.

요풍헌蓼風軒 건물 이름. 『홍루몽』에 나오는 가상의 정원인 대관원 안에서 서쪽에 위치해 있으며, 근처 연못 안에는 우향사가 있다. 그 남쪽으로 개울을 사이에 두고 추상재가 있고, 서남쪽에는 노설암이 있다. 요풍헌이라는 이름은 정월 대보름에 가원춘이 친정을 방문한 후에 하사한 것이다. 이후 이곳은 가석춘의 거처가 되며, 이 안에 있는 난향오가 가석춘의 침실이다.

운남雲南 지명. 중국 서남쪽 귀퉁이에 있는 지역이다. 중심 도시는 쿤밍(昆明)이며, 미얀마와 라오스, 베트남의 국경과 맞닿아 있다. 이곳은 진시황과 한漢무제武帝 때부터 일부 지역이 중국에 편입되기 시작했고, 삼국시대 촉한의 제갈량이 이곳을 정벌하기도 했다. 역대로 이 지역의 소수민족들은 자신들의 왕조를 가진 중국의 속국이면서 독립적인 정권을 유지했는데, 1253년에 쿠빌라이가 몽고 군대를 파견하여 그곳의 대리국大理國을 멸망시킴으로써 행정적으로 중국의 통제를 받게 되었다.

은고銀庫 창고 이름. 녕국부와 영국부에 모두 있는 시설이며, 일반적인 물건을 넣어두는 창고와는 달리 금은 같은 귀금속을 별도로 보관하는 장소이다.

의문儀門 대문 이름. 옛날 관아나 저택의 대문 안쪽에 있는 문으로, 장식적 역할을 하면서 "예의가 있으면 본받을 만하다[有儀可象]."라는 뜻을 나타낸다. 일설에는 관서官署의 곁문, 즉 '이문謻門'이 잘못 전해져서 '의문儀門'이라고 불리게 되었다고도 한다.

이향원梨香院 정원 이름. 이곳은 원래 영국공 가원이 만년에 정양靜養하던 곳으로, 제4회의 묘사에 따르면, 작고 아기자기하게 10여 칸의 방을 갖추고 있고 앞뒤 청사가 모두 갖춰져 있다. 또한 거리로 통하는 별도의 문이 있고, 서남쪽에도 작은 문이 있어서 담 사이의 길을 통해 왕부인이 있는 본채의 동쪽으로 갈 수 있다. 설보차와 그녀의 모친, 오빠 설반이 처음 가씨 가문에 찾아왔을 때 잠시 이곳에 머물렀다. 나중에 그들이 다른 곳으로 거처를 옮긴 후로는 소주에서 사온 12명의 배우들이 이곳에 머물면서 선생에게서 노래와 연극을 배웠다. 훗날 배우들을 해산시키고 나서는 줄곧 비어 있어서, 가련의 첩 우이저가 죽었을 때 잠시 영구를 이곳에 안치하기도 했다.

이홍원怡紅院 정원 이름. 대관원 안에 있는 정원 중 가보옥의 거처로 정한 곳이다. 대관원은 영국부의 맏딸로서 황제의 귀비가 된 가원춘이 친정을 방문할 때 머물 수 있도록 조성된 곳이다. 제17~18회에서 가보옥이 부친 가정과 함께 대관원을 둘러보며 어느 정원에 '홍향록옥紅香綠玉'이라는 제사題詞를 썼는데 정월대보름에 가원춘이 친정을 방문했을 때 '이홍쾌록怡紅快綠'으로 바꾸었다. 이곳이 가보옥의 거처가 되면서 훗날 가보옥은 시 모임〔詩社〕에서 자신의 호를 '이홍공자怡紅公子'라고 쓰게 된다.

인삼양영환人參養榮丸 약 이름. 인삼과 복령, 당귀, 대추 등 12가지 약재를 배합한 약이다. 유명한 십전대보탕에 들어가는 약재를 기초로 특정한 약재를 더하거나 빼서 만든다. 이 약은 기혈을 보충하고 정신 안정에 효험이 있어서 종종 신경쇠약증의 보조 치료제로 쓰이며, 비장과 위장의 기능을 강화하는 작용도 하는 것으로 알려져 있다.

자단보紫檀堡 지명. 『홍루몽』에서 설정한 가상의 지명이며 경사 성 밖으로 20리 떨어진 곳에 있다고 했다. 제33회에 따르면 충순친왕부忠順親王府에 소속된 배우인 기관琪官(장옥함)이 왕부에서 도망쳐 나와 이곳에 별장을 사서 지냈다.

적취정滴翠亭 정자 이름. 제27회의 묘사에 따르면 이것은 호수 위에 떠 있으며 사방으로 모두 난 구불구불한 회랑을 통해 뭍과 이어져 있다. 설보차는 나비를 쫓다가 이곳에 와서 우연히 임홍옥과 추아가 나누는 비밀스러운 이야기를 듣게 된다.

정단正旦 중국 고대 연극의 배역 이름. 연기하는 주인공이 대개 푸른색의 겹옷〔褶子〕을 입기 때문에 흔히 '청의靑衣'라고도 불린다. 전통 연극에서는 대개 여성 배역을 '단旦'이라고 부르는데, 이야기에서 가장 중요한 주인공의 배역을 '정단'이라고 부른다. 정단의 연기는 대사보다는 주로 노래를 중심으로 하며 몸동작은 상대적으로 적고, 행동도 자분하고 진중한 것이 특징이다. 이들은 대개 이야기 안에서 현모양처나 정절을 지키는 열녀로 설정되어 있다.

주령酒令 **놀이** 놀이의 일종. 술자리에서 흥을 북돋우기 위한 놀이이다. 서주西周 시기부터 시작되었고 수·당 무렵에는 어느 정도 틀이 정착된 것으로 보인다. 일반적으로 주령놀이를 할 때는 술자리에 앉은 사람 중 한 명을 우두머리〔令官〕로 정하고, 나머지 사람은 우두머리가 정한 규칙에 따라 순서대로 돌아가며 시사詩詞를 읊거나 연구聯句를 짓거나 기타 정해진 일을 행한다. 놀이 방식은 아주 다양하지만, 규칙을 어긴 사람은 대개 벌주를 마시기 때문에 이 놀이를 '행령음주行令飮酒'라고도 부른다.

쫑쯔〔粽子〕 음식 이름. '쟈오수〔角黍〕', '퉁쫑〔筒粽〕'이라고도 부르는, 중국 단오절에 먹는 전통 음식이다. 종려나무 잎에 찹쌀과 대추 등을 넣어서 찐 것으로, 전국시대 초나라의 굴원을 추모하기 위해 만들어졌다는 전설이 있다.

천당穿堂 건축 용어. 앞뒤 정원 사이에 있는, 중간을 가로질러 통행할 수 있는 대청이다.

천리안千里眼, **순풍이**順風耳 도교의 수호신. 이 둘의 지위는 별로 높지 않지만 뛰어난 시력과 청력을 지니고 있다는 점 때문에 비교적 널리 알려져 있다. 이들의 내력에 대해서는 알려진 바가 없지만 고대 소설에서 자주 등장한다. 이들의 신상神像은 대개 도교 사원의 대문 입구에 세워져 있으며, 그들 옆에 2명의 무사를 더해서 '사대해신四大海神'이라고 부르곤 하는데, 이는 불교의 '사대금강四大金剛'을 모방한 것이다.

천향국茜香國 나라 이름. 『홍루몽』에서 가상으로 설정한 여왕이 다스리는 나라이다. 여름에 차고 있으면 피부에 향기가 나서 땀이 차지 않는 붉은색의 허리띠를 조공으로 바쳤다고 되어 있다. '천茜'은 붉은색 염료를 만드는 원료인 꼭두서니라는 덩굴식물이기 때문에, 허리띠의 색깔과 맞추기 위해 이런 이름을 지어낸 것으로 보인다. 한편, 붉은 허리띠는 고대 중국의 전설에서 월하노인月下老人이 서로 결혼하게 될 운명을 지닌 두 남녀의 발에 묶어주는 붉은 실을 암시하기도 한다.

철금루綴錦樓 누각 이름. 대관원 중앙의 정루正樓인 대관루 동쪽에 있는 누각이며 철금각이라고도 불린다. 이 건물의 위층은 영국부의 병풍이나 의자, 탁자, 꽃등〔花燈〕 등의 가재도구를 보관하는 창고로도 쓰인다. 훗날 이곳은 가영춘의 거처가 된다. 이 건물은 물가에 자리 잡고 있기 때문에 태부인이 대관원에서 잔치를 벌일 때 이곳 아래층에 술자리를 마련하고, 연못 위에 있는 우향사에서 배우들에게 풍악을 연습하게 하기도 한다(제40회).

철망산鐵網山 지명. 여러 가지 이설이 있으나, 대체로 '인간 세상에는 없는 아주 먼 곳'이라는 정도의 의미를 나타내는 가상의 지명으로 받아들여지고 있다.

청도青島 지명. 산둥〔山東〕반도 남단의 황해黃海에 인접한 도시이며, 현대 중국의 대표적인 맥주인 칭다오〔青島〕맥주가 생산되는 곳이기도 하다. 주나라 때부터 도시가 발달했던 이 지역은 춘추시대 월나라의 수도였던 낭야琅琊의 궁궐이 들어서기도 했고, 당나라 때부터 이미 무역항으로서 명성을 날렸다. 1897년에는 독일의 조차지租借地가 되어 제1차 세계대전에는 아시아 유일의 격전지로 수난을 겪기도 했으며, 1922년에 중국에 회수되었다.

청허관清虛觀 도교 사원 이름. 제28회에 따르면 태부인은 이곳에서 5월 1일부터 3일까지 평안초平安醮를 지냈다. 옛날에는 질병이 있거나 장례를 치를 때 승려나 도사를 불러 경을 읽는 것을 '초제醮祭'라고 했는데, 평상시 복을 기원하고 재앙을 없애기 위해 행하는 초제 의식을 '평안초'라고 부른다.

추상재秋爽齋 서재 이름. 대관원 안 심방계 옆에 있는 건물이지만 뜰에 파초와 오동나무가 있으며, 그 안에 효취당이라는 널찍한 대청이 있다는 것 외에는 별다른 묘사가 없다. 훗날 이곳은 가탐춘의 거처가 되어 해당사라는 시 모임이 이곳에서 결성되기도 한다. 또 효취당은 태부인이 처음으로 대관원에서 잔치를 벌인 곳이기도 하다.

축丑 고대 중국 연극의 배역 이름. '소화검小花臉', '삼화검三花臉'이라고도 부르며 연기 내용에 따라 크게 문축文丑과 무축武丑으로 나뉜다. 문축은 대개 제왕이나 장군, 재상에서부터 바람둥이 서생, 나무꾼, 우스갯소리 잘하는 노인 등 비교적 몸동작이 적은 등장인물을 연기하고, 무축은 주로 빠르고 현란한 말솜씨나 민첩하고 정교한 무술 등의 몸동작이 필요한 등장인물을 연기한다. 특히 이들은 각 분야의 연기에 필요한 자신만의 장기를 내세워 연기하는 것이 특징이다.

충순친왕부忠順親王府 저택 이름. 『홍루몽』에서 설정한 가상의 친왕親王인 충순친왕의 저택이자 집무처이다. 충순친왕은 성명이 밝혀지지도 않았고 이야기에서도 실제로 등장하지는 않지만, 제33회에서는 그 왕부의 장사長史로 있는 이가 영국부를 찾아와 가보옥에게 그 왕부에 소속된 배우 기관(장옥함)의 행방을 묻는다.

취연교翠煙橋 다리 이름.

탕 만드는 틀 요리 도구. 탕湯을 끓일 때 들어가는 떡 따위를 만드는 틀이다. 제35회에 실명된 그것은 작은 상자 모양인데, 그 안쪽에는 길이가 한 자 남짓에 폭이 한 치 정도 되는 4개의 은 틀이 장착되어 있다. 또 그 위에는 콩알만 한 크기로 국화며 매화, 연실蓮實, 마름 따위의 문양이 아주 정교하게 새겨져 있었는데 모두 30~40개쯤 된다고 했다.

통판通判 벼슬 이름. 지부知府 아래에서 세금으로 걷은 양곡을 운반하거나 농사일, 수리水利, 소송訴訟 등의 사무를 담당했다. 송나라 때의 통판은 감찰관의 기능을 겸하고 있었기 때문에 '감주監州'라는 별칭으로 불리기도 했다. 청나라 때도 통판은 비슷한 직능을 수행했으며, '분부分府'라는 별칭으로도 불렸던 정육품의 벼슬이었다.

팔보거八寶車 수레 이름. 화려한 조각과 갖가지 비단 및 보석 등으로 장식한 수레를 가리킨다.

패독소종약敗毒消腫藥 약 이름. 혈액의 독소를 제거하고 종양과 같이 붓거나 염증이 생긴 곳을 치료해주는 약이다. 처방전은 알려져 있지 않지만 대개 사육곡蛇六谷이나 천계자天癸子 등의 약재를 사용하는 것으로 짐작된다. 제25회에서 왕부인은 가정에게 매질을 당한 가보옥을 치료하기 위해 하녀들을 시켜서 이 약을 발라주게 한다.

포하청抱廈廳 건축 용어. 건축물을 전후좌우 사방으로 접합시킬 때 좌우측에 있는 것을 '협옥挾屋', 앞뒤로 있는 것을 '대루對壘'라고 부르는데, 한 건물의 일부분만 앞뒤로 돌출된 것을 '귀두옥龜頭屋'이라고 부른다. 귀두옥은 송나라 때부터 유행했다고 한다. '포하'는 원 건물의 앞뒤에 돌출되도록 붙인 작은 건물을 가리킨다. 그 건물이 일반적인 방이 아니라 대청의 용도로 쓰일 경우 '포하청'이라고 부른다.

풍로風爐 화로 이름. 대개 구리나 철로 주조한 것으로 옛날의 세발솥을 닮은 소형 화로이다. 주로 차를 끓이거나 술을 데우는 데 많이 사용되었다.

합환주合歡酒 술의 일종. '합근주合巹酒'라고도 하며, 원래 남녀가 결혼할 때 함께 잔을 나누어 마시는 술을 가리킨다. 제38회에서 임대옥이 찐 게를 먹은 후 가슴이 조금 답답해서 하녀에게 꽃잎을 담가 우려낸 술을 데워오라고 하는데, 이것이 합환주라고 되어 있다. 여기서 말하는 합환주는 합환수合歡樹의 연분홍색이 감도는 하얀 꽃으로 담근 것인데, 이것은 한기를 없애고 답답한 기분을 풀어주며, 미용에도 효과가 있다고 한다. 합환수는 야합수夜合樹, 마영화馬纓花, 융화수絨花樹, 부용수芙蓉樹라고도 부르는 콩과의 나무로, 다 자란 나무는 높이가 16미터에 이르는데, 6월에서 7월 사이에 피는 꽃은 낮에는 벌어지고 밤에는 오므라드는 특징이 있다.

향구香毬 놀이기구 이름. 천 안에 향료를 넣고 공 모양으로 만들어 던지고 받으며 놀 수 있게 만든 것이다. 개중에는 기이한 향 부스러기를 넣어 만들어서 연극에서 무희舞姬가 춤을 출 때 사용하는 것도 있었다.

향로香露 음료 이름. 원래 화초에 맺힌 이슬을 가리킨다. 그러나 『홍루몽』에서는 그 이슬과 꽃잎 등을 섞어 짜낸 즙을 가리킨다.

향병香餠 음식 이름. 옛날에 향료香料를 작은 떡 모양으로 만든 것을 가리킨다. 몸에 차고 다니거나 불에 태워 향 연기를 피우는 용도로도 쓸 수 있었다.

향설윤진단香雪潤津丹 약 이름. 여름에 먹으면 더위를 식힐 수 있는 효능이 있는 것으로 알려져 있다.

향여의香如意 불교 도구 이름. 여의는 인도에서 전해진 것이며, 승려가 불경을 강설할 때 손에 드는데, 대개 그 위에 불경의 문장이 새겨져 있어서 일부분이 갑자기 생각나지 않을 때 찾아 확인하도록 되어 있다. 대개 대나무나 짐승의 뼈, 구리, 옥, 금, 은 등으로 만들며, 막대의 한쪽 끝이 '심心' 자 모양으로 되어 있다. 최초의 여의는 이 부분이 손가락 모양으로 되어 있어서 손이 닿지 않는 등을 긁을 때 사용할 수도 있었기 때문에 속칭 '사람을 찾을 필요 없는 것[不求人]'이라고도 했다고 한다. 제28회에서 가원춘이 태부인에게 하사한 '향여의'는 향나무로 만든 것으로 여겨진다.

향합香盒 그릇 이름. 향료를 넣는 상자이며 대개 둥글고 넓적한 모양에 뚜껑이 달려 있다.

형무원蘅蕪苑 정원 이름. 대관원 안에 있는 정원 중 설보차의 거처로 삼은 곳이다. 제17~18회에서 가보옥이 부친 가정과 함께 대관원을 둘러보며 각 건물과 풍경에 제사題詞를 쓸 때 어느 정원에 '형지청분蘅芷淸芬'이라고 썼는데, 정월대보름에 가원춘이 친정을 방문한 후 '형무원'이라는 이름을 하사했다. 이후 이곳은 설보차의 거처가 되며, 가탐춘의 주재로 시사詩社를 결성할 때 이환이 형무원의 이름을 따서 설보차의 호를 형무군蘅蕪君으로 지었다.

화미조畫眉鳥 새 이름. 상체는 옅은 갈색이고 부리와 등 위에 갈색의 굴대 무늬가 있다. 눈 가장자리는 흰색이며, 눈 위에 흰색의 눈썹 같은 무늬가 또렷하다. 하체는 짙은 갈색이고, 배에 회색 깃털이 섞여 있다. 몸길이는 약 23센티미터 정도이다.

황주黃酒 술 이름. '미주米酒'라고도 부르는 양조수이다. 이 술은 고량수로 대표되는 백주白酒와는 달리 알코올 도수가 20도 이하이며, 색깔 또한 미색과 황갈색, 적자색 등으로 다양한데 저장[浙江]의 소흥주紹興酒와 산둥[山東]의 즉묵로주卽墨老酒, 푸젠[福建]의 용암침항주龍巖沉缸酒, 복건로주福建老酒 등이 여기에 속한다.

흥륭가興隆街 거리 이름. 『홍루몽』에서는 경사의 거리로 설정되어 있으므로, 오늘날 베이징[北京] 창안구[長安區]에 있는 거리를 가리키는 듯하다. 그러나 이 작품의 시대적 배경과 도시 배경에 대해서는 의도적으로 숨겨져 있기 때문에 딱히 그곳을 지칭한다고 할 수는 없겠다.

흥읍興邑 지명. 『홍루몽』에서 설정한 가상의 지명이며 경사에서 왕복하는 데에 하루 정도가 걸리는 곳에 있는 작은 시골마을이다.

| 가부賈府와 대관원 평면도 |

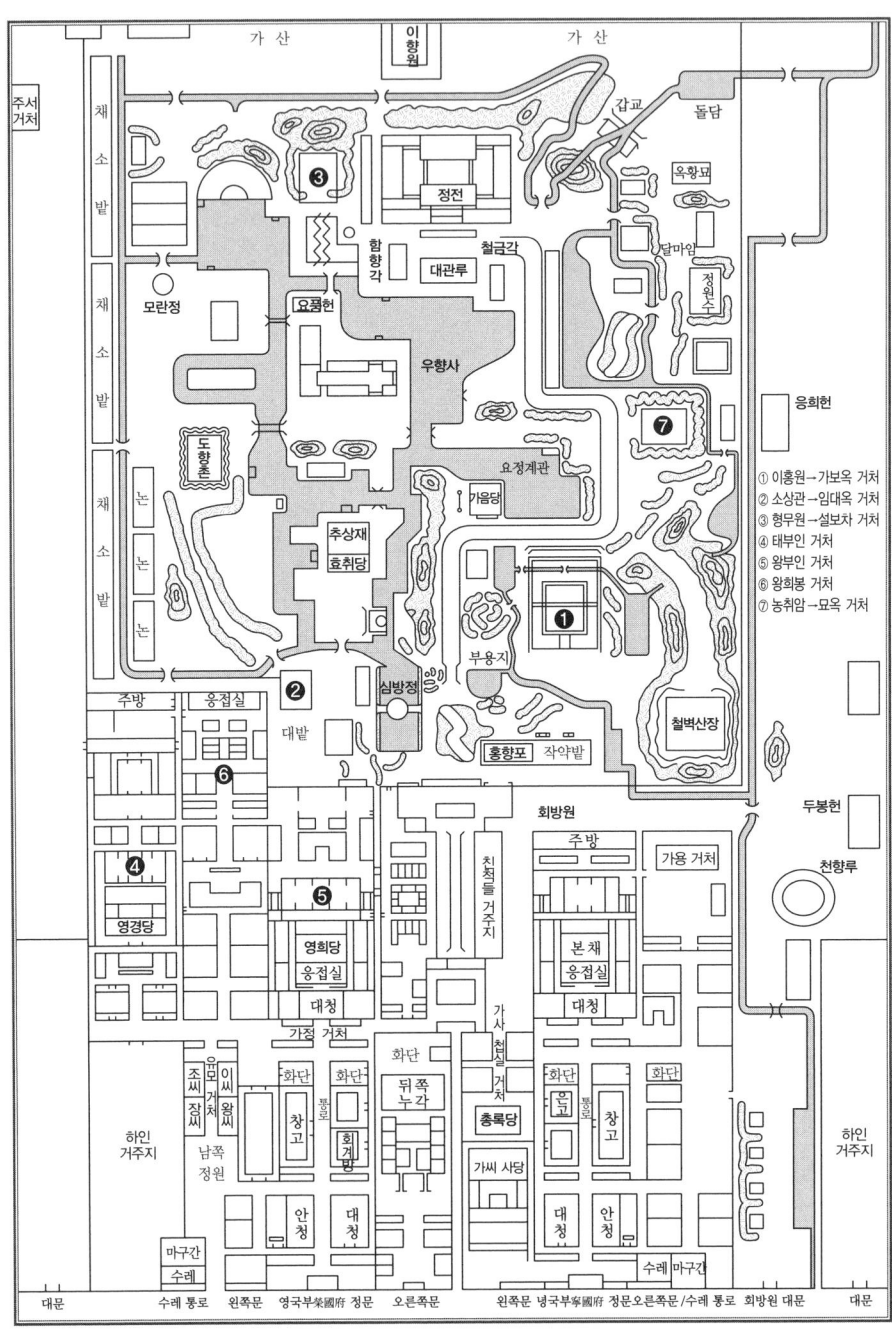

| 연표* |

회차	연차	계절/월일	주요 사건	참고
19		1월 17(18?)일	명연, 만아와 밀회하다가 가보옥에게 발각됨. 가보옥, 화습인의 집 방문.	
		이튿날	가보옥, 임대옥에게 쥐 이야기를 지어서 들려줌.	
20		?	가보옥, 사월의 머리를 다듬어줌.	
		이튿날	가환, 앵아와 다툰 일로 왕희봉에게 꾸지람을 들음. 가보옥, 임대옥과 말다툼.	
21		이튿날	사상운, 가보옥의 머리를 빗겨줌. 가보옥, 화습인과 다투고 혜향의 이름을 사아로 바꿈. 가보옥, 『남화경』의 문장을 바꿔 씀.	
		이튿날	화습인, 가보옥을 점잖게 훈계함. 임대옥, 시를 지어 가보옥의 글을 평함.	
	13	?	가교저, 천연두에 걸림.	
		이틀 후	가련, '예비 아가씨〔多姑娘兒〕'와 밀회.	
22		?	왕희봉, 설보차의 생일잔치에 관해 가련과 상의함.	원래 설보차의 생일은 2월이고, 15세가 되어 성년식을 치른 것은 그녀가 영국부에 오고 나서 5년 후의 일이다. 그러므로 여기서 '첫 생일잔치'라고 한 것은 성년이 되고 나서 처음 여는 생일잔치를 가리키는 듯하다.
		1월 21일	가부인, 설보차의 첫 생일잔치를 열어줌. 설보차, 가보옥에게 「기생초〔寄生草〕」를 읊어줌. 사상운 및 임대옥, 가보옥에게 화냄.	
		1월 22일	가정, 등불 수수께끼를 보고 불길한 예감을 느낌.	

* 이 연표는 가보옥이 태어나면서 이야기가 시작된 첫 해를 기점으로 하여 주요 사건을 날짜별로 정리한 것이다. 다만 『홍루몽』은 판본의 전승 과정이 복잡하기 때문에 연월일과 계절에 대한 기술이 정확하지 않고 뒤섞이거나 잘못된 부분도 적지 않다. 특히 제80회 이후로는 연월일에 대한 서술이 거의 없다. 이 때문에 날짜의 경우는 간혹 문맥을 바탕으로 추측한 것도 있어서, 하루 이틀 정도의 오차가 있을 수도 있음을 밝혀둔다.

23		?	가근, 승려와 도사들을 관리하는 일을 맡게 됨.	가보옥이 대관원에 들어간 후 사계절의 풍경을 노래한 시를 각기 한 수씩 지었으므로, 1년이 지난 듯함.
		?	가정, 가보옥을 훈계	
		2월 22일	가보옥, 임대옥, 설보차 등이 대관원에 들어가 살게 됨.	
24		3월 11~12일	가보옥, 임대옥과 함께『회진기』를 봄. 가보옥과 임대옥, 꽃무덤을 만듦. 임대옥, 『모란정』의 노래를 들음. 가보옥, 가운의 의부義父가 됨. 가보옥, 가사에게 문안 인사를 함. 예이, 가운에게 돈을 빌려줌.	
		이튿날	가운, 임홍옥과 처음 만남.	
		이튿날	가운, 대관원의 초목을 심는 일을 맡음.	
25		이틀 후	가환, 촛대를 쓰러뜨려 가보옥에게 화상을 입힘.	승려가 통령보옥에게 한 말에 따르면, 청경봉에서 헤어진 지 벌써 13년이 흘렀음.
		이틀 후	조씨, 마도사와 모의하여 가보옥과 왕희봉에게 염마법을 씀.	
		이삼일 후 (3월 20일 또는 21일)	승려와 도사가 나타나서 가보옥의 병을 고쳐줌.	
26	14	33일 후 (4월 24일 또는 25일)	가보옥의 병이 나음.	
		4월 25일	설반, 생일잔치를 미리 열어 가보옥을 초청함.	
27			망종일芒種日 설보차, 나비를 쫓다가 임홍옥과 추아의 대화를 통해 임홍옥과 가운 사이의 관계를 알게 됨. 임홍옥, 왕희봉의 하녀가 됨. 임대옥, 두 번째 꽃 무덤을 만들고 구슬픈 노래를 읊음.	
28		4월 26일	가보옥, 왕부인이 임대옥에게 천왕보심단을 먹으라고 하자 황당한 약 처방에 대해 이야기함. 가보옥, 풍자영의 술자리에 초청을 받아 장옥함과 처음 만남. 가보옥, 장옥함이 준 허리띠를 화습인에게 줌. 가영춘, 가족들에게 단오절 예물을 하사함.	
		4월 27일	가보옥, 설보차의 사향 염주를 벗어달라고 해서 구경함.	
29		5월 1일	태부인, 청허관에서 초제를 지냄.	

29		5월 1일	가보옥, 도사에게서 받은 금 기린을 챙겨둠.
		5월 2일	가보옥, 임대옥과 말다툼.
		5월 3일	설반의 생일
30		5월 4일	가보옥, 임대옥과 화해함. 가보옥, 금천을 희롱하여 결국 쫓겨나게 함. 영관, 가장을 그리워하며 장미 시렁 아래에서 그의 이름을 씀. 가보옥, 화습인에게 실수로 발길질함.
31	14	5월 5일	가보옥, 청문과 말다툼함.	청문, 부채를 찢고 화해함.
32			사상운, 취루에게 음양의 이치를 해석해주다가 금 기린을 줍게 됨. 가보옥, 임대옥에게 내심을 토로함. 금천, 우물에 뛰어들어 자살함.
33		5월 6일	가보옥, 장옥함과 금천의 일 때문에 가정에게 매질을 당함.	가환, 가정에게 가보옥의 일을 일러바침.
34			설보차, 임대옥, 각기 가보옥의 병문안을 함. 왕부인, 화습인에게 향로 즙을 건네며 가보옥을 보살펴달라고 당부함. 가보옥, 임대옥에게 낡은 손수건을 전함. 설보차, 설반에게 훈계함.	임대옥, 가보옥이 준 손수건에 시를 씀.
35		5월 7일	가보옥, 옥천에게 연인 탕을 맛보게 함. 앵아, 가보옥에게 그물주머니를 짜줌.	

홍루몽 2

1판 1쇄 발행   2012년 12월 5일
1판 4쇄 발행   2024년 3월 29일

지은이   조설근
옮긴이   홍상훈
펴낸이   임양묵
펴낸곳   솔출판사

주소   서울시 마포구 와우산로29가길 80(서교동)
전화   02-332-1526
팩스   02-332-1529
블로그   blog.naver.com/sol_book
이메일   solbook@solbook.co.kr
출판등록 1990년 9월 15일 제10-420호

ISBN   978-89-8133-617-2 (04820)
         978-89-8133-623-3 (세트)

• 잘못된 책은 구입한 곳에서 바꿔드립니다.
• 책값은 뒤표지에 표시되어 있습니다.